Wilhelm Berger

Johannes Hus und König Sigmund

Wilhelm Berger

Johannes Hus und König Sigmund

ISBN/EAN: 9783743629820

Hergestellt in Europa, USA, Kanada, Australien, Japan

Cover: Foto ©Raphael Reischuk / pixelio.de

Weitere Bücher finden Sie auf **www.hansebooks.com**

Johannes Hus

und

König Sigmund.

Von

Dr. Wilhelm Berger.

Augsburg.

Verlag von F. Butsch Sohn.

1871.

Bei der Bearbeitung der nachstehenden Monographie hat mich einzig die Absicht geleitet, über das Verhältniß König Sigmunds zu Johannes Hus, so weit es mir bei redlichem Willen an der Hand der Quellen möglich wäre, Licht zu verbreiten. Die bei Behandlung gerade dieser Frage mit seltenen Ausnahmen verfolgten Zwecke der Anklage oder Vertheidigung, des Angriffes oder der Abwehr liegen mir vollständig ferne.

Der Pflicht unbefangener Prüfung und unpartheiischer Darstellung glaubte ich nicht besser entsprechen zu können, als indem ich versuchte, so weit dies einem modernen Menschen möglich ist, mich in die Denk= und Anschauungs= weise jener Zeit hineinzuleben und deren Menschen und Verhältnisse nur mit ihrem eigenem Maßstabe zu messen.

Dies war vor Allem nothwendig gegenüber dem nicht nur den Ideen des neunzehnten Jahrhunderts, sondern jeder höheren Auffassung von der Würde und sittlichen Freiheit des Menschen so schroff entgegenstehenden Ketzer= processe. Denn wie sehr wir denselben als eine traurige Verirrung der mittelalterlichen Gesellschaft beklagen, als eine tiefe Herabwürdigung des Menschenthums verabscheuen

mögen: wir werden gleichwohl an der Thatsache Nichts
ändern können, daß durch das ganze Mittelalter und eine
gute Strecke in die neue Zeit herein man geglaubt hat,
das Christenthum als einzige Grundlage der Gesellschaft
durch die äußersten Strafmittel schützen zu müssen. Erst
in dem Maße, wie vom Staate die Erkenntniß durchdrang,
daß er seiner Idee nach ein sittliches Institut ist, und für
sich, unabhängig von jeder Glaubensformel eine sittliche
Mission zu erfüllen hat, vermochte in der christlichen Welt
das treffliche Wort des Lactantius [1]) zur Geltung zu
kommen: Non est opus vi et iniuria, quia religio cogi non
potest: verbis potius quam verberibus res agenda est, ut
sit voluntas.

Die in Betracht kommenden religiösen und theolo=
gischen Fragen glaubte ich nur so weit berücksichtigen zu
sollen, als der Zweck meiner Arbeit forderte. [2]) Insbe=
sondere war es nicht meine Aufgabe, zu untersuchen, ob
Hus in der That häretische Lehren vorgetragen oder nicht.
Diese Frage haben die Kenner der mittelalterlichen Theologie
zu entscheiden. So weit es sich um Sigmunds Beziehun=
gen zu Hus handelt, genügt es, daß die nach den Einrich=
tungen der römischen Kirche berufenen Richter sowohl
Wykliffe als Hus für Häretiker erklärt haben. Deren
Urtheil muß uns für den fraglichen Fall gerade so maß=

---

[1]) De justit. V. 20.

[2]) Aus demselben Grunde unterblieb auch eine Aufzählung der vom
Concil verdammten Sätze, welche eingehend besprochen sind von Hefele
Conc. Geschichte VII. 1. 150 ff. 194 ff. Ueber die Theologie Hussens
handeln ausführlich die bekannten Arbeiten von Böhringer, Krummel, Nean=
der (Gesch. der chr. Kirche VI. hg. v. Schneider), Schwab, Friedrich, Hefele
u. A.

V

gebend sein, wie es einst für den deutschen König hat
maßgebend sein müssen. Allerdings sind in neuerer Zeit
die Grundlagen des vom Konstanzer Concil gefällten
Urtheils erschüttert worden; denn die Stellen aus Werken
gleichzeitiger Theologen, welche Schwab in seiner Besprechung
von Hefeles Conciliengeschichte im Bonner Literaturblatte ¹)
beigebracht hat, sind in Verbindung mit Huffens bis zum
letzten Augenblicke festgehaltener Behauptung, die ihm zur
Last gelegten Irrlehren seien nicht seine Lehre, ganz geeignet,
der Unterstellung Raum zu geben, daß die Väter des
Concils bei aller formellen Correctheit ihres Verfahrens
doch befangen genug waren, den Buchstaben des Gesetzes
höher zu stellen als den Geist des Rechtes und daß ihrer
nicht wenigen die Gelegenheit willkommen war, den rigo=
rosen Tadler kirchlicher Mißbräuche, wie sie glaubten,
unschädlich zu machen. Allein für die Beurtheilung Sig=
munds wird dies von keinem Belange sein, nicht einmal,
wenn künftiger Forschung der Nachweis gelingen sollte,
daß an Hus ein förmlicher Justizmord verübt worden.
Im Allgemeinen dürfte es eine schwere, wenn nicht
unlösbare Aufgabe sein, über Huffens Theologie völlig ins
Reine zu kommen, so lange eine kritische Ausgabe seiner
lateinischen Werke fehlt. Denn die ersten Drucke derselben,
auf welche sich die Gesammtausgaben von 1558 und 1715 ²)
gründen, sind in einer aufgeregten Zeit und unter Umständen
an Lichts getreten, welche Zweifel an der völligen Authen=
ticität nur allzusehr begünstigen.

---

¹) V. 1870. Nr. 18. 676. 677.
²) Historia et Monumenta Joannis Hus et Hieronymi Pragensis.
Die Ausg. von 1558 war mir unzugänglich; ich benützte die von 1715,
der Kürze wegen als Opera Hussi citierend.

Nicht beffer ftanb es bis vor kurzer Zeit mit den
fonftigen Quellen feiner Geſchichte, feinen Briefen, Proceß=
acten und insbeſondere der Relatio de Mag. Joannis Hus
causa des Peter von Mladenowiz. Erſt durch Höflers
Geſchichtſchreiber der huſſitiſchen Bewegung, die bei allen
Mängeln das entſchiedene Verdienſt beanſpruchen dürfen,
für die Geſchichte des Huſſitismus eine neue Bahn eröffnet
zu haben, und mehr noch durch Palackys über jedes Lob
erhabene Documenta Mag. Joannis Hus vitam doctrinam
causam in Concilio Constantiensi actam etc. illustrantia iſt
für die Forſchung ein feſter Boden geſchaffen worden. Es
wird keiner beſondern Rechtfertigung bedürfen, wenn man
neben Palackys Ausgabe des Mladenowiz die 1537 zum
erſten Male gedruckte und in die Ausgaben von 1558
und 1715 übergegangene Bearbeitung, in welcher die tenden=
ziöſe Interpolation an mehr als einer Stelle wahrnehmbar
iſt, völlig unberückſichtigt läßt. [1])

---

[1]) Ueber dieſe Bearbeitung vgl. Palacky Geſch. v. Böhmen III. 1. 316.
Note 428. Die Geſch. des Huſſitenthums und Prof. C. Höfler 22. Doc.
VIII. Höfler Geſchichtſchr. I. 105 ff. Eine deutſche Ueberſetzung wurde
durch Johann Agricola 1529 zum Drucke beförbert und gedruckt zu Hagenau
von Johann Secer: Hiſtory vnd wahrhafftige Geſchicht, wie das heilig
Euangelion mit Johann Huſſen ym Concilio zu Coſtniz durch den Bapſt
vnd ſeinen anhang offentlich verdampt iſt, ym jart nach Chriſti vnſers Herren
geburt 1414. Die Vorrede theilt mit, daß das lateiniſche Original „gefun=
ben worden ynn der Bibliotheca eines Doctors der Erzney, Paulus Rocken=
bachs zu Zeyz, vnd durch meinen guten freundt Nicolaum Krompach verdeutſcht.
. . . Wer es geſchrieben hat, weiß ich nicht, doch halt ich, es habs Petrus
der Notarius gethon.“ Die Ueberſetzung ſtammt aus einer dem von Höfler
und Palacky ebierten Mladenowiz möglichſt nahe kommenden Handſchrift.
Eine neue Auflage dieſer Schrift, Frankfurt und Leipzig 1686, wird von
Höfler (a. a. O. 107) erwähnt. Der von Krummel (Geſch. der böhm.
Reform. 444) gemachte Verſuch, die Zuverläſſigkeit der ältern Ausgaben des
Mladenowiz zu retten, möchte nicht leicht Beifall finden; vgl. denſelben in
theol. Studien und Kritiken 1866. 407. Anm. a.

Nicht mehr Werth als die alten Ausgaben des Mladenowiz hat die in
Hist. et Monum. Joan. Hus II. 515—520 enthaltene Narratio historica

Die einschlägliche Literatur habe ich gewissenhaft be=
rücksichtigt, wiewohl mein Bestreben fortwährend dahin
gieng, möglichst aus den Quellen selbst zu schöpfen. Ver=
schiedentlich, so insbesondere bezüglich des Geleitsbriefes,
mußte ich mir den Weg selber suchen. Wie weit es mir
gelungen, das Rechte zu finden, überlasse ich der billigen
Beurtheilung der Kundigen. Die neuesten Schriften über
Hus, der siebente Band von Hefeles Conciliengeschichte und
Henkes trefflicher Vortrag: Johann Hus und die Synode
von Constanz[1]) sind erst erschienen, als ich meine Arbeit im
Wesentlichen vollendet hatte. Daß ich in vielen Punkten
mit letzterem zusammentreffe, erweckt mir die Hoffnung,
nicht ganz vergebens gearbeitet zu haben.

Leider läßt die Correctheit des Druckes Manches zu
wünschen übrig; doch sind eigentlich sinnstörende Druckfehler
nur zwei zu berichtigen: S. 32 Z. 10 ist „nicht" zu tilgen

---

de condemnatione et supplicio Joannis Hus in Synodo Constantiensi.
Dieselbe ist, wiewohl sie sich als das Werk eines Zeitgenossen ausgibt,
offenbar von einem Latinisten des 16. Jahrh. und zwar, wie es scheint,
nach dem ächten Mladenowiz zusammengestellt, und bietet Nichts, was nicht
schon in diesem enthalten wäre, ausgenommen die Notiz, daß Sigmund er=
röthet sei, als Hus bei der Urtheilsverkündigung sich auf das königliche
Geleite berufen habe. Allein da der Augenzeuge Peter von Mladenowiz
auffallender Weise von diesem Erröthen Nichts berichtet, so möchte es nicht
ganz unmöglich sein, daß die fragliche Narratio erst nach dem Wormser
Reichstage von 1521 verfaßt worden ist, und daß ihr Verfasser der bekann=
ten Aeußerung Karl des Fünften eine bestimmte Thatsache unterlegte, während
sie vielleicht nur ganz allgemein den Sinn hatte, Karl wolle nicht wie
Sigmund sich eines Wortbruches zu schämen haben. Daß Palacky, welcher
den oft gedruckten Brief Poggis an Lionardo Bruni über das Ende des
Hieronymus in die Documenta aufgenommen hat, die Narratio historica
nicht wiedergibt, hat seinen Grund wohl darin, daß er sie für völlig werth=
los hält.

[1]) Sammlung gemeinverständlicher wissenschaftlicher Vorträge herausg.
von Rud. Birchow und Fr. v. Holtzendorf IV. Serie. Heft 81.
Berlin 1869. 8.

und S. 160 Z. 7 „Alle Hoffnungen" zu lesen. Versehen wie auf S. 50 Z. 7 v. u. Reumoni für Reumont u. a. mögen durch die Schwierigkeit, welche Bürstenabzüge dem minder geübten Auge bereiten, entschuldigt werden. Die Orthographie böhmischer Eigennamen folgte im Manuscripte der Schreibweise Palackys; da der Druckerei die hiefür nöthigen besondern Typen fehlten, mußten während des Druckes Aenderungen vorgenommen werden, bei welchen es nicht ohne einige Verstöße abgieng.

Meinem Freunde Dr. Barack, Vorstand der fürst=lichen Hofbibliothek, bin ich für manche Förderung meiner Arbeit verpflichtet, desgleichen für die gütige Mittheilung der Richentalhandschriften dem Herrn Grafen von Königs=egg zu Aulendorf, der herzoglichen Bibliothek zu Wolfen=büttel und dem Herrn Bürgermeister Stromeyer in Konstanz. Allen sei hiemit der verbindlichste Dank aus=gedrückt.

Donaueschingen, Juli 1871.

Dr. Berger.

I.

Urſachen und Verlauf der huſſitiſchen Umwälzung bleiben unverſtändlich, wenn man nur die religiöſe Seite derſelben ins Auge faßt. Auf ihr Entſtehen und Wachſen haben allerdings religiöſe und theologiſche Fragen einen weſentlichen Einfluß ausgeübt; die Bewegung iſt jedoch darum keineswegs eine nur religiöſe, ſondern ebenſoſehr eine nationale und politiſche geweſen. Ja es möchte ſehr zweifelhaft ſein, ob ohne die in Böhmen gleichzeitig auf Löſung drängenden nationalen und politiſchen Fragen, trotz der tiefen Zerrüttung der kirchlichen Zuſtände, die durch Johannes Hus hervorgerufene religiöſe Bewegung jemals eine größere Bedeutung erlangt hätte.

Dieſelbe wurde eine Macht erſt durch das offene und ausgeſprochene Bündniß mit der nationalen Strömung, ſeit Hus 1411 von der römiſchen Curie verurtheilt, und dieſe Verurtheilung von einem großen Theile der czechiſchen Nation als eine Beſchimpfung der nationalen Ehre aufgenommen wurde. Bis dahin hatte der theologiſche Streit über die Zuläßigkeit der Lehre Wykliffes nur für einen beſchränkten Kreis Bedeutung gehabt, ebenſo hatte Huſſens Thätigkeit auf der Kanzel noch wenig über die Mauern der Bethlehemscapelle hinausgewirkt. Längſt aber hatte die ſlaviſche Bevölkerung Prags und Böhmens in Hus und ſeinen Freunden die Vorkämpfer der czechiſchen Nationalität gegen die Deutſchen kennen und verehren gelernt. Ueberdies beſaß Hus unter den Günſtlingen König Wenzels mächtige Freunde, und hochgeſtellte Damen, unter ihnen die Königin ſelbſt, waren ſeine Gönnerinnen. So konnte es geſchehen, daß die urſprünglich perſönliche Angelegenheit des Magiſters zur nationalen Sache wurde und in allen Schichten der Gesellschaft ihre eifrige Vertretung fand. Was ihm hierbei besonders zu Statten kam, war das Gewinnende seiner Persönlichkeit, sein fleckenloser Wandel, sein Eifer gegen die Gebrechen seiner Standesgenossen. Um seine eigentlichen Lehrmeinungen, welche indeß damals noch als vollständig mit der Kirchenlehre übereinstimmend galten, hatten außer den theologischen Gegnern und Anhängern wohl die Wenigsten sich eingehend gekümmert.

Die Verbrennung Hussens, die Verdammung seiner Lehre als einer Ketzerei entzündete die Flammen des Bürgerkrieges. Jetzt erst traten die Hussiten mit einem bestimmten religiösen Programm auf, in welchem übrigens bald der nicht von Hus eingeführte Laienkelch eine hervorragendere Stelle einnahm als die vom Concil verurtheilten Sätze Hussens und Wykliffes.

Der Bürgerkrieg vernichtete nicht nur die Blüthe Böhmens, sondern er zerstörte fast Alles, was die karolinische Zeit ge= schaffen hatte, von Grund aus. So unheilvoll hätten seine Wirkungen nicht sein können, wenn nicht die politischen Verhält= nisse Böhmens sich längst in einer gefährlichen Krise befunden hätten. Allein seit einer Reihe von Jahren hatten revolutionäre Kräfte das Ihrige gethan, um das böhmische Staatswesen in seinen Grundfesten zu erschüttern. Man gienge daher zu weit, wollte man ausschließlich Hus und seine Parthei für die Zer= störung der Blüthe Böhmens verantwortlich machen. Die eigent= lichen Ursachen des Verderbens liegen vielmehr weit jenseits des Anfangs der hussitischen Streitigkeiten, und reichen zum guten Theile in die Zeit Karl des Vierten zurück.

In gerechter Bewunderung der Schöpfungen Karls versteht man sich ungerne dazu, in diesen selbst die Ursachen ihrer er= staunlich kurzen Dauer zu suchen. Scheint doch die trostlose Gestaltung der kirchlichen Verhältnisse, das Treiben der Bewe= gungsmänner, die entfesselten Leidenschaften der Massen, Wenzels Unfähigkeit zum Handeln wie zum Widerstehen hinreichend, um den beispiellos raschen Verfall zu erklären. Ueberdies ist es seit der jesuitischen Reaction des siebenzehnten Jahrhunderts her= kömmlich geworden, die karolinische Zeit nur im glänzendsten

Lichte darzuſtellen, damit die Schatten der Huſſitenzeit deſto tiefer
und abſtoßender wirkten. Auf der anderen Seite hat die nationale Geſchichtſchreibung der Böhmen das Ihrige gethan, um
gegenüber dem zerrütteten Zuſtande Deutſchlands das Böhmen
Karl des Vierten als das Urbild ſtaatlicher Glückſeligkeit hinzu-
ſtellen. Und doch wird man bei unbefangener Betrachtung ſich
nur ſchwer der Ueberzeugung verſchließen können, daß gerade die
am härteſten angeklagten Erſcheinungen der huſſitiſchen Periode
zum großen Theile aus den natürlichen Conſequenzen der Politik
Karls herzuleiten ſind. ¹)

Unter äußerſt ſchwierigen Verhältniſſen übernahm Karl, ein
ſiebenzehnjähriger Jüngling, 1333 die Regierung Böhmens und
Mährens. ²) Er hatte ſeine Jugendjahre in Frankreich zuge-
bracht, und zu Paris am Hofe Karl des Fünften ſeine wiſſen-
ſchaftliche und politiſche Bildung erhalten. Sein politiſches Ideal
war und blieb für die größte Zeit ſeines Lebens das franzöſiſche
Königthum, welches damals die erſten und ſchwierigſten Schritte
zur unbeſchränkten Königsherrſchaft bereits hinter ſich hatte. ³)
Seit Philipp Auguſt hatte der loſe Verband des alten Lehens-
ſtaates langſam aber ſtetig den Umbildungsproceß zur feudalen
Monarchie durchgemacht. Jeder König, auch die ſchwächeren nicht
ausgenommen, hatte der königlichen Macht einen neuen Titel
zugelegt. Die kräftigern Regenten hatten, geſtützt auf ein leb-
haftes Selbſtgefühl der Nation, mit richtigem Blicke die Bedeutung des dritten Standes würdigend, dem Gedanken des
nationalen Einheitsſtaates eine Bahn geöffnet, welche weder durch
Bürgerkriege, noch durch den anderthalbhundertjährigen Kampf

---

¹) Ueber die vorhuſſitiſchen Zeiten: Palacky Geſchichte von Böhmen
II. 2, 202 ff. Höfler M. Joh. Hus und der Abzug der deutſchen Pro-
feſſoren und Studenten aus Prag. 78—166. Helfert Hus und Hiero-
nymus. 34 — 54. Hiſtor. pol. Blätter 45, 885. 969. 1053. Höfler
Concilia Pragensia I — LXI.
²) Palacky a. a. O. Droyſen Geſchichte der preuß. Politik I. 168 ff.
Vita Caroli bei Freher Rerum Bohemicarum antiqui scriptores.
Hanov. 1602. p. 88.
³) Schäffner Geſch. der Rechtsverf. Frankreichs I. 16 ff. Guizot
Cours d'histoire moderne IV. 127.

mit England wieder verschüttet werden konnte. Philipp des
Schönen Sieg über Papst Bonifacius den Achten legte den Grund
zu einem nationalen Kirchenthum. Das gelegentliche meist durch
das nationale Interesse gerechtfertigte Hinübergreifen der Staats=
gewalt auf das kirchliche Gebiet konnte sich der hohe Klerus,
längst mit dem Staate aufs Innigste verwachsen, in seinem
eigenen Interesse gefallen lassen. Die Abhängigkeit des römischen
Hofes von dem französischen während des Aufenthaltes zu Avi=
gnon, die trotz allen Kämpfen für die Prärogative der Krone un=
antastbare Rechtgläubigkeit der Könige gestattete der Staatsge=
walt einen in damaliger Zeit einzigen Einfluß auf das Kirchen=
wesen. Die Wissenschaft, vom Königthume mit eifrigster Sorge
gehegt und gefördert, trug das Ihrige dazu bei, dem politischen
Systeme der Könige Halt und Entfaltung nach allen Seiten hin
zu sichern.

Einen solchen Staat aus Böhmen und seinen Nebenländern
zu schaffen, hatte sich Karl zur Aufgabe gemacht. Allein in Böh=
men fehlten für ein dauerhaftes Staatsgebäude die unerläßlichen
Grundlagen. Ganz anders als in Frankreich, wo germanische
und romanische Elemente, längst zur Einheit verschmolzen, sich
als politische Nation wußten, stand es in Böhmen. Hier war
seit dem Falle des zweiten Otakar der Hader zwischen Deutschen
und Slaven in fortwährendem Steigen begriffen, und brach
durch das mit unsäglicher Anmaßung sich aufblähende National=
gefühl der letztern häufig zu unverhohlenem Hasse aus. Der böh=
mische Adel war auf den abenteuernden Zügen mit König Johann
durch Modetollheiten und Schwelgerei in seinen ökonomischen
Verhältnissen zurückgekommen, und suchte und fand seine Rech=
nung auf Kosten der Krondomänen, der Kirchengüter und der
wohlhabenden deutschen Stadtbevölkerung. [1]) Die Geistlichkeit,
in den unruhigen Zeiten verwildert, durch Wohlleben in uner=

---

[1]) Palacky a. a. O. 203. Vita Caroli. 94. sq. Chron. Aulae
Regiae bei Freher SS. rer. Boh. 71. Ueber die allgemeine Stimmung
der Czechen gegen die Deutschen zur Zeit des K. Johann gibt die Reim=
chronik Dalimils (Stuttg. Lit. Ver. 48) an vielen Stellen belehrende
Aufschlüsse.

baulichen Wandel gerathen, war in der öffentlichen Achtung ge=
funken. Da sie vorwiegend aus der deutschen Bevölkerung sich
ergänzte, war sie dem Adel verhaßt und mit ihren Reichthümern
den habsüchtigen Gelüsten des Raubritterthumes preisgegeben. ¹)
Das fast ausschließlich deutsche Bürgerthum war wegen seines
auf geistige Ueberlegenheit und unverdrossenen Fleiß gegründeten
Wohlstandes und wegen der Ausnahmestellung seines Rechts=
lebens dem slavischen Adel und Volke ein Gegenstand des Neides
und der Abneigung. So fand die Zwietracht beider Nationali=
täten in allen Verhältnissen reichliche Nahrung und setzte jedem
Versuche einer Verschmelzung beharrlichen Widerstand entgegen.
Ohne nationale Grundlage ist kein Staatswesen von Dauer. Karl
fand eine solche nicht vor und vermochte sie ebensowenig zu
schaffen; daher entbehrten alle seine Schöpfungen von vornherein
der besten Gewähr für ein dauerndes Bestehen. Dazu kam noch,
daß auch diejenigen Hilfsmittel entfielen, welche anderwärts unter
ähnlichen Umständen ein gemeinsames Rechtsbewußtsein an die
Hand gab. Auch durch das Rechtsleben zog sich die heillose
Zweitheilung. Die Deutschen hatten durch die Privilegien der
böhmischen Herrscher von alten Zeiten her ihr deutsches Recht.
Die slavische Bevölkerung hielt an dem volksthümlichen slavischen
Rechte fest. Viel von diesem war im Laufe der Zeit veraltet
und abgestorben, Anderes durch den unter dem ersten Luxem=
burger eingeführten Feudalismus beseitigt worden. Man hielt
an dem noch Uebrigen mit doppelter Zähigkeit fest, weil zu der
natürlichen Pietät noch die Wirkung des nationalen Gegensatzes
kam.

---

¹) Palacky Formelbücher (Abh. der kön. böhm. Gesellsch. V. Folge, II.)
361: tamen abbates ad sua monasteria, quae .. regum Bohemiae ..
necnon nobilium, baronum et ceterorum Christi fidelium amplis sunt
dotata stipendiis ... alienigenas et exteras tantum personas in sua
recipientes collegia, nostros incolas recipere dedignantur. Quo fit,
ut ad loca ipsorum ab incolis regni praedicti minor habeatur de-
votio et tepescente caritatis ardore bona, villae, curiae, grangiae,
possessiones ipsorum et praedia a baronibus, nobilibus et ceteris regni
praedicti habitatoribus eo protegantur debilius etc. schreibt Karl 1348
an den Generalabt der Cistercienser.

Unter diesen Umständen war Karl darauf angewiesen, die Bürgschaften für die Dauer seiner politischen Schöpfungen in einer möglichst concentrirten Regierungsgewalt und in der Sicherstellung seiner Dynastie durch die Erstgeburtsfolge zu suchen. Diesen Weg verfolgte er mit solcher Entschiedenheit, daß seine übrigen Schöpfungen fast ohne Ausnahme als Mittel zu diesem Zwecke erschienen. Wie die Zeitverhältnisse einmal lagen, blieb ihm in der That kaum etwas Anderes übrig.

Was bei seinem Regierungsantritte Karln vorzüglich zu Statten kam, war die vollständige Anarchie, in welcher er Böhmen antraf. [1] Das Elend war durch dieselbe auf eine solche Höhe gestiegen, daß jedes Mittel zur Abhilfe willkommen sein mußte. Es wurde darum dem jugendlichen Herrscher nicht allzu schwer, eine kräftige Parthei um sich zu sammeln, mit deren Hilfe er Ordnung in den Wirrwarr brachte. Raubburgen wurden gebrochen, die theils verpfändeten, theils entfremdeten Krongüter mit Güte und Gewalt an die Krone zurückgebracht. Mit dem Erstarken der königlichen Gewalt wuchs das Ansehen der Gerichte, eine pünktliche Rechtspflege brachte wieder Sicherheit und Leben in Handel und Wandel. Es waren Jahre harter Arbeit, welche Karl an die Wiederherstellung der Ordnung setzen mußte; allein damals schuf er sich jene ausgedehnte Gewalt, wie sie vor ihm kein Böhmenkönig besessen hatte. Was man im Drange der Noth hatte dulden müssen, das verstand er durch weises und gerechtes Walten der Bevölkerung Böhmens unentbehrlich und selbst lieb zu machen. Die alten Wunden des Landes waren bald geheilt, jedes Jahr brachte neuen Segen auf allen Lebensgebieten. Ackerbau und Handel, Gewerbe und Kunst, Wissenschaft und Religion nahmen unter dem Scepter Karls einen nie geahnten Aufschwung. Die Empfindlichkeiten der beiden zwieträchtigen Nationen wußte der weise Herrscher mit seltenem Takte zu schonen, wenn er auch immerhin der größeren Reizbarkeit der Slaven mehr als gebührend [2] Rechnung trug.

---

[1] Majestas Carolina ed. P. Geschin Hanov. 1617. p. 1. 2. Vita Caroli 94.

[2] Hierher gehört die Bestimmung der goldenen Bulle von 1356, daß die

Der inneren Blüthe entsprach der Glanz nach außen. Böhmen wurde der Mittelpunkt der über drei tausend Geviertmeilen
umfassenden Luxemburger Hausmacht, Prag die Hauptstadt des
deutschen Reiches. [1] Es konnte in der That zweifelhaft erscheinen,
ob die von Böhmens König getragene Kaiserkrone größeren Glanz
der Krone des heiligen Wenzel verleihe oder von derselben em-
pfange. Indem Karl Alles, was Wissenschaft, Kunst und Religion zur Verherrlichung des Königthums beizutragen vermögen,
auf die böhmische Krone wie in einen Brennpunkt sammelte,
umgab er die Königswürde mit einem Nimbus, wie er im Abend-
lande nur von Ludwig dem Vierzehnten wieder erreicht wurde.

Dem Staatsgebäude Karls fehlte jedoch bei allem Glanze
das Wichtigste, die Gewähr für dauerndes Bestehen. Diese lag
einzig in einer entsprechenden Reform der Staatsverfassung, die
dem Könige diejenige Gewalt gesetzlich gesichert hätte, welche Karl
durch die Gunst der Verhältnisse thatsächlich erlangt hatte. Allein
auf diesem Gebiete fanden die Bestrebungen Karls den entschie-
densten Widerstand. Man ließ sich den unbeschränkten König
wegen seines kräftigen und segensreichen Waltens gefallen, aber
man wollte kein unbeschränktes Königthum. In den ersten Jahr-
zehnten konnte daher Karl ohne Mühe verschiedenes durchsetzen,
was nicht gerade das alte Herkommen anzugreifen schien oder
was sich durch besondere Zweckmäßigkeit empfahl. Seine orga-
nisatorische Thätigkeit auf dem staatswirthschaftlichen Gebiete,
seine kirchlichen und wissenschaftlichen Stiftungen fanden keine
Schwierigkeit. Für die Erbfolgeordnung erlangte er sogar weit
gehende Zugeständnisse. Schon seit Otakar dem Ersten war an
die Stelle der altböhmischen Senioratserbfolge die Erstgeburtsfolge getreten. [2] Allein durch das Aussterben des premyslischen

Söhne der deutschen Kurfürsten auch der böhmischen Sprache mächtig sein
sollten.

[1] Heinr. v. Diessenhoven ed. Höfler, p. 24. Pragam se-
cessit, quae nunc metropolis regni Bohemiae existit, ubi nunc sedes
Imperii existit, quae olim Romae, tandem Constantinopolis, nunc
vero Pragae degit.

[2] Palacky Gesch. v. Böhmen II. 1. 36.

Mannsstammes hatten die böhmischen Großen dreimal innerhalb vier Jahren die Gelegenheit gehabt den erledigten Thron durch Wahl zu besetzen. Karl besaß wohl nach dem Rechte der Geburt Ansprüche auf die böhmische Krone, allein er hatte als Stellvertreter seines Vaters dieselbe förmlich den Händen des Adels entwinden müssen. Er konnte darum nur dann auf den Bestand seiner Dynastie rechnen, wenn er das Princip der Legitimität, wie es in Frankreich galt, auch in Böhmen zur Anerkennung brachte. In der That erlangte er die Huldigung des Landes für seinen ersten Sohn wenige Monate nach dessen Geburt, und in der Folge, da dieser vor Ablauf des zweiten Lebensjahres gestorben war, für den Zweitgeborenen, den nachmaligen König Wenzel. Im Jahre 1355 wurde die Erbfolge dahin geordnet, daß in Ermangelung männlicher Nachkommenschaft Karls die böhmische Krone auf seinen Bruder Markgraf Johann von Mähren und dessen Söhne vererben sollte. [1]

Besser freilich wäre es für das Land und die Dynastie gewesen, wenn die Königsgewalt ihren Schwerpunkt in den Landesgesetzen erhalten hätte. Allein der böhmische Adel wehrte mit aller Entschiedenheit jede dahin zielende Aenderung der Landesverfassung ab. Als Karl dem Landtage 1348 die Majestas Carolina vorlegte, ein Staatsgrundgesetz, [2] welches dazu gedient hätte, die königlichen Machtbefugnisse sicher zu stellen, wußten die Stände die augenblickliche Entscheidung hintanzuhalten. Nach sieben Jahren, während welcher Karl es schwerlich unterlassen hat die Annahme zu betreiben, entschied sich der Landtag dafür, die Majestas Carolina als Ganzes abzulehnen und nur einzelnen minder bedeutenden Punkten derselben seine Genehmigung zu ertheilen. Karl nahm sein Gesetzbuch ausdrücklich zurück. [3] Es

---

[1] Palacky II. 2, 339. Dubik Gesch. des Benediktinerstiftes Raygern. I. 339.

[2] Siehe S. 5 Anm. 1. Pelzel Karl der Vierte I. 317—323. Höfler krit. Wanderungen durch die böhm. Gesch. in Mitth. des Vereins f. Gesch. der Deutschen in Böhmen VIII. 87,

[3] Palacky. II. 2, 344 vgl. 299.

ist nicht unwahrscheinlich, daß er nur durch sein Nachgeben in
dieser Lebensfrage den Ständen die Zustimmung zur Erbfähigkeit
seines Bruders und seiner Neffen abkaufte. Die Dynastie war
dadurch gesichert, aber die Fortdauer der Schöpfungen Karls
blieb dem Zufall anheimgestellt, ob seine Nachfolger Thatkraft
und Umsicht besitzen und von keinem Ereignisse über ihre Kräfte
hinaus versucht werden würden. Dieser Fall trat sofort unter
K. Wenzel ein. Der Versuch desselben das persönliche Regiment
seines Vaters fortzusetzen rief die zehnjährigen Unruhen des
Herrenbundes hervor, welche Böhmen aufs Tiefste zerrütteten
und dem politischen Umsturz der Hussitenzeit wesentlich vorarbeiteten.
Man mag zugestehen, daß die Verantwortung hierfür Karln nicht
ausschließlich trifft, daß er durch die Macht der Verhältnisse sich
mit dem Erreichten zu begnügen gezwungen war.

Viel schwerer fallen dagegen verschiedene Neuerungen ins
Gewicht, welche Karl im Interesse seiner monarchischen Bestrebungen auf dem kirchlichen Gebiete durchführte. Seit uralter Zeit
zerfielen die Länder der böhmischen Krone in die dem Mainzer
Erzsprengel zugehörigen Bisthümer Prag und Olmütz. Die Er-
weiterung der Grenzen Böhmens unter der Herrschaft der Luxemburger berührte die Sprengel Regensburg, Bamberg, Meißen und
Breslau, wodurch auch die Erzbischöfe von Salzburg, Magdeburg
und Gnesen Metropolitanrechte im Gebiete des Königs von Böhmen
ausübten.

Auf Karls Betreiben wurde 1344 das Bisthum Prag von
der Mainzer Kirchenprovinz getrennt und zum Erzbisthum erhoben, welchem dann Olmütz und das neugegründete Bisthum
Leitomyschl unterstellt wurde. [1] Diese Aenderung eines Jahr-
hunderte alten Verhältnisses sollte durch die kirchlichen Bedürfnisse
Böhmens gerechtfertigt werden. [2] In der That aber hatten

---

[1] Frind Kirchengesch. Böhmens II. 57 ff. Schötter Joh. v. Luxemburg II. 224. Palacky II. 2. 254 ff.

[2] Raynald a. 1344. 67. Balbini Miscellanea histor. regni
Boh. VI. 35. 40. Palacky a. a. O. Note 323. Die Gründe waren
vorzüglich die weite Entfernung von Mainz, die Verschiedenheit der Sprachen,
die Schwierigkeit der Reise. Der deutsche Erzbischof von Mainz eignete sich

sicher nur politische Erwägungen sie angerathen. [1]) Für Karl
diente sie zur Herstellung der Einheit der Gewalten in seinem
Erbreiche, Clemens dem Sechsten war sie das Mittel die Macht
des Mainzer Erzbischofs Heinrich von Virnburg, der treu zu
Kaiser Ludwig stand, zu schwächen und ben wohl schon bamals
zum Gegenkönig Ludwigs ausersehenen Karl zu verpflichten.
Ganz dieselbe politische Bedeutung hatte die gleichzeitig von
Karl versuchte aber durch K. Kasimir von Polen hintertriebene
Einziehung des Bisthums Breslau in die Prager Erzbiöcese gehabt. [2]) Eben dahin zielte auch die 1365 erfolgte Ernennung der
Erzbischöfe von Prag zu ständigen Legaten der Diöcesen Regensburg, Bamberg und Meißen. Es wurde allerdings auch diese
durch das Reformbedürfniß der drei Bisthümer begründet ; allein die
betreffende Bulle Urban des Fünften läßt keinen Zweifel darüber,
daß Karls Hauptziel war, in allen seinen Territorien seinen Einfluß auf die Kirchenregierung gesichert zu wissen. [3]) Einem trotz
zeitweiligen Verstimmungen der Curie so ergebenen Fürsten wie
Karl konnten sich die Päpste, zumal es ja nur auf Kosten der
deutschen Kirche und des deutschen Reiches ging, immerhin gefällig
erweisen. Die politische Tragweite der neuen kirchlichen Eintheilung war es auch, welche die Reichsfürsten zu lebhaften Aeuße-

---

natürlich viel weniger zum Metropoliten der gemischten Prager Diöcese als
ber böhmische Erzbischof zum Legaten der ganz deutschen Bisthümer Regensburg, Bamberg, Meißen, ober der bes Deutschen unkundige Böhme Albert
von Sternberg zur Regierung des deutschen Erzstifts Magdeburg.

[1]) **Alb. Argent.** bei Urstis. II. 135. Carolus in odium Henrici
Moguntini Pragensem Episcopum, subditum Moguntinensi promoueri
in archiepiscopum procurauit et duos episcopatus in Bohemia sibi
subjici et a Moguntinensis ecclesiae ditione absolui.

[2]) **Raynald** a. 1344. 67. **Palacky** II. 2. 255.

[3]) **Bulle Urbans V.** 8. März 1365. **Pelzel** Karl IV. Urk. 281.
Das Reformbedürfniß war weiter Nichts als ein Vorwand; denn die
Meißener Diöcese hatte zum Metropoliten den vortrefflichen Dietrich von
Kugelweit, bem Karl selbst das Erzbisthum Magdeburg verschafft hatte, in
Bamberg war bis 1365 Lupold von Bebenburg, einer der vortrefflichsten
Männer seiner Zeit, Bischof gewesen. Nach Ausweis der von Höfler edirten
Concilia Pragensia ging es in der Prager Erzbiöcese mit der Besserung
langsam genug.

rungen des Unwillens veranlaßte. ¹) Das Ausscheiden Böhmens
aus dem Mainzer Erzsprengel schädigte das deutsche Reich, denn
dadurch wurde das festeste Band zerrissen, welches durch ein hal=
bes Jahrtausend Böhmen an Deutschland geknüpft hatte. Die
gleichzeitig gegebene Bestimmung, daß der böhmische König nicht
mehr vom Erzkanzler des deutschen Reiches, sondern vom Prager
Erzbischof sollte gesalbt und gekrönt werden, ²) mußte wesentlich
dazu beitragen, das ohnehin nie sehr lebhafte Bewußtsein der Zu=
gehörigkeit zu Deutschland in den Herzen der Böhmen zu ver=
wischen.

Die Folgen der Trennung für die böhmische Kirche traten
nicht sofort hervor. Die apostolische Größe des Erzbischofs Ar=
nest von Pardubiz, das in überreichem Maße bewiesene Wohl=
wollen Karls, der gleichzeitige Aufschwung Böhmens, Alles wirkte
zusammen, um dem neuen Metropolitanstuhle einen Glanz zu ver=
leihen, welcher keinen Zweifel an einer glücklichen Zukunft auf=
kommen ließ. Allein im Grunde mußte die böhmische Kirche diesen
Glanz theuer genug bezahlen. Der böhmische Klerus hatte durch
die Losreißung von Deutschland eine Stütze verloren, für welche
er in Böhmen keinen Ersatz finden konnte. Er vermochte in
den unfertigen politischen Zuständen nie mehr Bedeutung zu er=
langen, als das Belieben des Herrschers und seines Hofes ihm
zu gestatten für gut fand. Jene feste und gewichtige Stellung
im Staatsorganismus, welche der deutsche und französische Klerus
besaß, war dem böhmischen versagt. Die übermäßige Bereicherung
mit Gütern, welche nicht nach gemeinem Kirchenrechte besessen
wurden, sondern nach böhmischem Rechte als Kroneigenthum galten,
mußte eher zum Schaden als zum Vortheile ausschlagen. In
völliger Abhängigkeit vom Hofe war die böhmische Geistlichkeit
in ihrem Wirken auf das Volk durch alle jene Uebelstände behin=
dert, welche Hofgunst oder Abgunst, Reichthum, Wohlleben, Ver=
wickelung in weltliche Geschäfte herbeizuführen geeignet waren.
Und die böhmische Laienwelt war von Haus aus nicht leicht zu

¹) Alb. Arg. a. a. O. Schötter a. a. O.
²) Balbini Misc. VI. 38.

behandeln. Der Adel war theils in Blasirtheit, theils in Roh=
heit verkommen, und beim Volke gab es noch am Schlusse des
vierzehnten Jahrhunderts zahllose Unsitten des nationalen Hei=
denthums zu bekämpfen. Ueberdies fraß in den untersten Schich=
ten der Bevölkerung das zerstörende Gift verschiedener sittenlosen
Sekten trotz blutiger Strafgesetze in erschreckender Weise um sich. [1]

Nicht zufrieden, Böhmen von der deutschen Mutterkirche los=
gerissen zu haben, führte Karl den nationalen Dualismus, welcher
der politischen Entwickelung sich so wenig förderlich erwies, auch
ins kirchliche Leben ein. Dies geschah durch die Wiederherstellung
des slavischen Ritus. Derselbe hatte, nachdem das großmährische
Reich durch den Magyarensturm zu Anfang des zehnten Jahrhun=
derts zu Grunde gegangen war, noch einige Menschenalter hindurch
ein kümmerliches Dasein gefristet. Seit dem zwölften Jahrhundert
war er fast spurlos verschollen. Aus Rücksicht auf die czechische
Nationalität und um den Glanz der Krone zu erhöhen, gründete
Karl zu Prag ein Kloster für Benediktiner des slavischen Ritus.
Dasselbe wurde mit Mönchen aus Dalmatien besetzt und mit
reichen Vergabungen und Privilegien aller Art begnadet. Diese
Stiftung hat in den wenigen Jahren ihres Bestehens keine be=
sondere Bedeutung gewonnen. Immerhin war es politisch unklug,
neben der Kirche noch ein Kirchlein zu bauen und das wichtige
Moment der Einigung außer Acht zu lassen, welches die römische
Kirche den entzweiten Nationalitäten bieten konnte. [2]

Im Uebrigen wurde unter Karls Regierung Nichts verab=

---

[1] Frind II. 82 ff. Höfler Joh. Hus und der Abzug 82 ff.

[2] Palacky II. 2. 305. Pelzel Urk. 75. 82. 91. 93. 96. 99. Bei
der Einleitung der Verhandlungen mit der römischen Curie wurde auf die
Uebelstände hingewiesen, unter welchen die Benediktiner in Slavonien durch
die Zerstörung ihrer Klöster, und damit die religiösen Interessen des Landes
zu leiden hätten. Hätte Karl, wie man schon vermuthet hat, daraus poli=
tischen Vortheil ziehen wollen, so wäre die Einrichtung des Emaus=Klosters
zu einem slavischen Seminar ein guter Anfang gewesen. Aber von einer
wissenschaftlichen oder praktischen Thätigkeit der Mönche ist nirgends die
Rede, sondern nur vom beschaulichen Leben und von der Verherrlichung
Gottes und der — böhmischen Sprache. Urk. 93. Mouasterii vestri
restauratione felici omnipotentis Dei cultum uberius augmentari con-
spicimus et boemicae nostrae linguae decores amplioris claritatis ho-
noribus decorari.

säumt, um die Geistlichkeit Böhmens in jeder Hinsicht empor zu
bringen. Das redliche Bemühen der Erzbischöfe um Abstellung
sittlicher Mißstände, um wissenschaftliche Bildung und geistlichen
Wandel des Klerus fand bei Karl die bereitwilligste Unterstützung. Daß diese Bemühungen nicht die gewünschten und
verdienten Früchte trugen, lag hauptsächlich an der allgemeinen
Zerrüttung des kirchlichen und gesellschaftlichen Lebens der nach
Erneuerung ringenden Zeit, nicht wenig auch an dem Charakter
der theologischen Wissenschaft. Jenes harmonische Zusammen-
wirken der intellectuellen und moralischen Kräfte, welches die großen Theologen des dreizehnten Jahrhunderts auszeichnete, hatte
sein Ende erreicht. Die Schultheologie ging die frostigen Wege
des Verstandes und erstarrte allmählig in geisttödtendem Formel-
wesen. Der Gang der kirchlich-politischen Verhältnisse zu Anfang
des vierzehnten Jahrhunderts hatte die Theologie aus der stillen
Zelle hinausgerufen auf den staubigen Kampfplatz der Tagespolitik.
Im Leben der Kirche hatte der juristische Standpunkt ein bedenk-
liches Uebergewicht über den moralischen erhalten. Die liebe-
warmen Seelen fühlten sich hierdurch zurückgestoßen und suchten
Trost und Vergessen in gänzlicher Abgezogenheit und in der Selbst-
versenkung in die Tiefen des Mysticismus. Daduruch entwuchs
das Gemüthsleben der niemals entbehrlichen Zucht des Verstandes,
und dem Verstande wurde die begeisternde und reinigende Flamme
der Liebe entzogen. Bis zum Schlusse des vierzehnten Jahrhunderts kam es so weit, daß man auf der einen Seite hochmüthig
Alles mit den kahlen Formeln der theologischen und juristischen
Wissenschaft abzuthun vermeinte, auf der andern verzweifelnd nur
noch im Walten des Antichrist die Erklärung und im Heran-
nahen des jüngsten Tages und der Wiederkunft des Herrn die
Hilfe für den Jammer der Zeit zu finden vermochte.

Durch die unermüdlichen Anstrengungen der Erzbischöfe Arnest
und Johann Oczko stand die Geistlichkeit Böhmens in mancher
Hinsicht höher als die deutsche und französische. Dafür gab es
aber gerade in Böhmen mehr als anderwärts Verhältnisse, welche
einem dauernden Erfolge der Reformen hinderlich waren. Dies
war zunächst das enge Verhältniß der Geistlichkeit zum Hofe, ihre

Verwickelung in weltliche Geschäfte, die übermäßige Vermehrung der geistlichen Pfründen und der hierdurch geförderte Zudrang Unberufener in den geistlichen Stand. Nicht minder nachtheilig aber war jene eigenthümliche Färbung von Karls Frömmigkeit, welche der äußeren Form mehr als billig huldigte und in vielen Dingen — so besonders in seiner auch für ein gläubiges Zeitalter zu weit getriebenen Liebhaberei für Reliquiensammlungen — ans Kleinliche anstreifte. Die religiösen Orden, durch päpstliche Privilegien der Jurisdiction der Bischöfe entzogen, häufig in ärgerliche Streitigkeiten mit dem Weltklerus verwickelt, durch Verfall der klösterlichen Zucht der Ueppigkeit und weltlichem Leben anheimgegeben, erfüllten nur in seltenen Fällen ihre Bestimmung am Aufbau des innerlichen Lebens mitzuarbeiten. So fehlte es in der karolinischen Zeit keineswegs an jener gewissen modischen Frömmigkeit, wie sie wohl das von oben gegebene Beispiel zu erzeugen pflegt, aber man war weit entfernt von einem kräftigen religiösen Aufschwunge zu durchgreifender Lebenserneuerung. Prag besonders, bei allen seinen glänzenden Kirchenfesten und prunkvollen Heilthumsfahrten, zeigte alle jene sittlichen Gebrechen, für welche das reiche bewegte Leben der Weltstadt von jeher ein günstiger Boden war.

Es fehlte nicht an Männern, welche mit voller Hingabe das Ziel verfolgten, die Gesellschaft einer sittlichen Besserung entgegen zu führen.[1]) So der deutsche Augustiner Konrad von Waldhausen, Prediger an der Gallikirche, der Domherr Milicz, der Ritter Thomas von Stitny, der Canonicus Matthias von Janow. Alle diese waren vom redlichsten Eifer beseelt, allein mehreren ging jenes richtige Maß ab, ohne welches die Thätigkeit des Predigers und Beichtigers jede nachhaltige Wirkung verfehlen muß. Daß Waldhauser und Milicz sich die Feindschaft der Bettelorden und theils halbbegründete, theils grundlose Anklagen wegen irriger Lehren zuzogen, war bei der unverhohlenen Gunst Karls und des Erzbischofs ohne Belang. Schädlich dagegen

---

[1]) Palacky die Vorläufer des Hussitenthums in Böhmen. Neue (Titel) Ausgabe. Prag 1869.

wirkten gewisse überspannte Ansichten über die sittlichen Pflichten
des Christen. So erklärte Milicz den erlaubten Gewinn beim
Handel für Wucher, die Studenten der Universität für Ketzer,
und verlor sich zuletzt in den Irrwahn des Chiliasmus und apo=
kalyptischer Träumereien. Matthias von Janow wollte den
Laien den täglichen Empfang der Eucharistie zur Pflicht machen
und verlangte die Zurückführung des vielgegliederten Lebens
der Gesellschaft auf den Zustand der ersten Christengemeinden.
In den wirklichen und eingebildeten Gebrechen der Zeit fand
er das Walten des Antichrist, und hoffte das Heil der Christen=
heit von jenen Wundern, die sich das mystische Traumleben so
leicht und gerne vorspiegelt. Mit solcher Ueberspanntheit mußte
die gute Absicht in Wirrsal und Unsegen verkehrt werden. Böhmen
hätte damals einen jener volksthümlichen Geister bedurft, wie sie
zu verschiedenen Zeiten aufgetreten sind, ausgerüstet mit geistiger
Schärfe und hoher sittlicher Kraft. Allein damals wie später
traten immer nur Leute an die Spitze, welche wohl eine Bewegung
hervorzurufen, nicht aber die Herrschaft über diese und sich selbst
in der Hand zu behalten vermochten. So lange der Geist des
Friedens und der Ordnung, der Karls Regierung auszeichnete,
über Böhmen waltete, mochte man die Gefahr, welche diese Ver=
kehrtheiten in sich bargen, übersehen oder gering anschlagen. Daß
auch Tage des Unfriedens und der Gährung kommen und die
bösen Geister entfesseln konnten, mochte Niemand denken.

Wiewohl bei Karls Hintritt das böhmische Staatswesen fest
gegründet und gut geordnet schien, so waren doch die Keime zu
verderblichen Bewegungen vorhanden: die Ueberlieferung eines
persönlichen Regiments ohne eigentlichen Rechtsboden, die Ver=
hältnisse der von Deutschland losgerissenen und dem Byzantinismus
verfallenen Kirche, und der theils durch den natürlichen Gang
der Dinge, theils von Karl selbst mit Bewußtsein und Absicht
aufs Höchste gesteigerte czechische Nationalstolz.

II.

König Wenzel besaß von den Eigenschaften seines großen
Vaters nicht eine einzige. Karl hatte zwar für die Erziehung
seines Nachfolgers keine Sorge gespart, allein sein Glauben, daß
den Prinzen ganz besondere, eigens für ihren künftigen Beruf
geschaffene Seelen zu Theil würden, hatte ihn die Fähigkeiten seines Sohnes überschätzen lassen. Trotz dem Abrathen des Erzbischofs Arnest wurde Wenzel, zwei Jahre alt, zum König von
Böhmen gekrönt. Fortan urkundete er unter eigenem Siegel,
verlieh Gnaden und reichte Lehen, wichtige Verträge wurden
unter seinem Namen geschlossen. Er entgieng dadurch im zarten
Knabenalter der dem künftigen Herrscher unentbehrlichen Schule
des Gehorsams, und lernte weder sich selbst noch andere zu beherrschen. Kaum den Kinderjahren entwachsen wurde er zur
wirklichen Theilnahme an den Staatsgeschäften beigezogen. Dies
war wohl ein gutes Mittel ihm eine ausgebreitete Kenntniß der
Geschäfte zu geben, aber auch der sicherste Weg ihn des eigenen
Denkens und selbständiger Entschließung zu entwöhnen. Im
Grunde eine gutherzige Natur wurde er leicht von fremdem Willen abhängig und eine Beute der Schmeichler. Wichtige Fragen
fanden ihn unentschlossen, nur im Zorne zeigte er Kraft, aber
er handelte dann ohne Ueberlegung, oft in blinder Raserei. Jeder
Anstrengung und ernsten Beschäftigung abhold, jedes großen Ge-
dankens unfähig, mußte er die Krone für eine drückende Bürde
achten. Und doch war er vom Schicksale berufen, noch weit entfernt von den Jahren männlicher Reife zwei Kronen zu tragen,
und zwar unter Verhältnissen, welche auch einer klarern und
festern Natur unüberwindliche Schwierigkeiten zu schaffen geeignet
waren.

Das deutsche Reich war aufs Tiefste zerrüttet. Fürsten, Ritter=
bünde, städtische und bäuerliche Eidgenossenschaften waren gegen
einander in Waffen. Die geringe Sorge, welche Karl in seinen
letzten Jahren für die Zustände des Reiches gehabt, hatte bei
den Reichsständen mit der Selbständigkeit auch die Zuchtlosigkeit
groß wachsen lassen. Es war Wenzeln in der That nicht zu
verübeln, wenn er nach einigen fruchtlosen Versuchen Ordnung
zu schaffen sich verstimmt zurückzog und selbst an die Niederlegung der deutschen Königskrone dachte.

Das Todesjahr Karl des Vierten hatte dem jungen Herr=
scher eine neue dornenvolle Aufgabe gebracht. Kaum bot die
Zurückverlegung des päpstlichen Stuhles nach Rom durch Gregor
den Elften die Hoffnung auf Heilung der tiefen Schäden des
kirchlichen Lebens, so wurde durch die Selbstsucht der französischen
Cardinäle die Einheit der Kirche zerrissen. Die Anerkennung
des Gegenpapstes Clemens des Siebenten durch den französischen
Hof stellte eine Verlängerung der Kirchentrennung in Aussicht.
Wenzel gab, hierin dem letzten Rathe seines Vaters folgend, sich
Anfangs Mühe für den rechtmäßigen Papst und die Wiederher=
stellung der Einheit. Aber bald erlahmte bei ihm der Eifer sein
Recht des Schutzherrn der Kirche geltend zu machen, nach welchem
der französische König abermals die Hand ausstreckte.

In Böhmen ging vorerst noch Alles den gewohnten Gang.
Karls Geist waltete in den Kronbeamten, die noch mit ihm das
Staatsschiff gesteuert hatten. Mit ihrem Hintritte ging auch die
alte Zeit zu Grabe. Wenzel war nicht der Mann, wie sein
Vater selbst zu regieren. Die hohen Behörden walteten in her=
tömmlicher Weise ihres Amtes Neben diesen schuf aber Wenzel
frühzeitig noch eine Art Cabinetsregierung. [1]) Dieselbe war das
Organ seines Willens, häufiger er der Spielball des ihrigen.
Es waren Männer von Einsicht und Thatkraft, meist dem niedern
Adel entstammt, eifrige Vertreter der unbeschränkten Monarchie
und einer nationalczechischen Politik. Hieraus ergab sich die feind=
liche Stellung, in welche sie bald zum hohen Adel und in noch
gesteigertem Grade zur Geistlichkeit geriethen.

[1]) Palacky III. 1. 31.

Von den erften zehn Regierungsjahren Wenzels lebte noch
lange nachher die befte Erinnerung im Volke. Man fagte, wer
damals mit einem Geldfacke auf dem Kopfe von einem Ende des
Landes zum andern gewandert wäre, der hätte nicht zu fürchten
gehabt, daß ihm etwas zu Leibe gefchehe. [1] Doch fcheint im
Finanzwefen des Staates nicht mehr die treffliche Ordnung der
karolinifchen Zeit geherrfcht zu haben. Die Silberwährung Böhmens wenigftens verfchlechterte fich zwifchen Karls und Wenzels
Münzordnung von 1378 und dem Jahre 1407 um nahezu vier-
zig Prozent. [2] In die Mitte der achziger Jahre fällt der Anfang
des Haders der Nationalitäten an der Univerfität, [3] und faft
gleichzeitig der erfte Streit zwifchen der hohen Geiftlichkeit und
den Günftlingen des Königs — beides Vorfpiele deffen, was
das erfte Jahrzehent des neuen Jahrhunderts bringen follte.

Die Stellung der königlichen Günftlinge zum Klerus pflegt
verfchieden beurtheilt zu werden. Auf der einen Seite fieht man
in ihrem fcharfen Auftreten gegen denfelben reformatorifche Be-
ftrebungen, eine Anficht, welcher der Umftand Gewicht zu verleihen
fcheint, daß ihrer mehrere nachmals unter den erften und eifrigften
Freunden Huffens erfcheinen. Anderfeits wird jeder ihrer Schritte
als boshafte Feindfeligkeit gegen Kirche und Klerus ausgelegt.
Beide Auffaffungen dürften indeffen zu weit gehen. Die Günftlinge waren nicht nur den fchlimmen fondern auch den guten
Geiftlichen auffäßig. Sie verfolgten Männer, denen fie, was
fittliche Höhe betrifft, nicht würdig waren die Schuhriemen auf-
zulöfen, und vertrugen fich mit Solchen, an welche Johannes
Hus feine herbften und berechtigtften Rügen richtete. Das ift in
keinem Sinne reformatorifch. Nicht minder thaten fie ihr Mög-
lichftes entgegen den Verfuchen des Klerus bezüglich der Kirchen-

[1] Palacky III. 1. 29.
[2] Die Grofchen um 37, die Heller gar um 128 Prozent. Voigt Befchreibung der bisher bekannten böhmifchen Münzen II. 164. 186. Note 85 vgl. mit 189. 198. Note 94. Mit diefen ungünftigen Geldverhält-niffen waren wohl die ins erfte Jahrzehent von Wenzels Regierung fallenden Judenverfolgungen im Zufammenhang. Höfler Gefchichtfchr. I. 1. 5. 7.
[3] Höfler Joh. Hus u. der Abzug 124 ff. Chron. Univ. Prag. bei Höfler Gefchichtsfchr. I. 13. 14.

güter das canonische Recht auf Kosten der Landesgesetze zur
Geltung zu bringen, und zogen sich wegen Bedrängung der Kirche
selbst kirchliche Censuren zu. Und doch finden wir mehrere derselben zu wiederholten Malen urkundlich als Gründer und Ver-
mehrer kirchlicher Stiftungen. Diese Männer vertraten in erster
Linie ein politisches Princip, die unbeschränkte Monarchie. Sie
bekämpften den Klerus überall, wo er sich dieser entgegenzustellen
Miene machte; sie wollten überdies nicht, daß derselbe als Stand
irgend eine Ausnahmestellung gegenüber den Landesgesetzen habe.
Hiernach vor Allem will ihr Verhalten beurtheilt sein. Es ist
unzweifelhaft, daß sie in der Vertretung ihrer Ansichten häufig
das richtige Maaß überschritten, daß sie die Grenze zwischen
ihrem persönlichen Belieben und dem, was sie als Rechtsforderung
vertraten, oft keineswegs scharf gezogen haben. Allein hierzu bot
ihnen das Verhältniß der Kirche zur bürgerlichen Gesellschaft
nur allzu leicht die Gelegenheit, und das Gebahren der hohen
Geistlichkeit oft genug das Vorbild. [1]

Die Regierung der Günstlinge erregte vielfache Unzufriedenheit zunächst beim Adel und der Geistlichkeit. Als Wenzel wegen
der ihm ungenehmen Abtswahl zu Klabrau 1393 in neue Streitigkeiten mit dem Erzbischof gerieth, in Folge deren mehrere Geistliche gefoltert, der Generalvikar Johannes von Pomuk sogar in
der Moldau ertränkt wurde, drang die Mißstimmung auch in die
Kreise des Volkes. [2] Den Herren vom hohen Adel schien der
Zeitpunkt günstig, um die Cabinetsregierung zu stürzen und den
alten Einfluß des Adels auf die Regierung wieder herzustellen.
Sie schlossen einen Bund, an dessen Spitze Herr Heinrich von
Rosenberg sich stellte. Dieser Bund suchte und fand eine Stütze

---

[1] Besonders belehrend ist in dieser Beziehung das Document: Acta in
Curia Romana Johannis a Genzenstein Archiepiscopi Pragensis III.
bei Pelzel Wenzel. Urf. CXVI. S. 145. Man ersieht daraus, wie
wenig scharf in vielen Verhältnissen die Grenze zwischen kirchlichen und
weltlichen Rechten gezogen war, und welche Widerwärtigkeiten daraus entsprangen. Auf der andern Seite ist es nicht überflüssig an den Breslauer
Pfaffenkrieg zu erinnern, die tragische Folge des kirchlichen Interdicts, welches wegen einiger Fässer Bier verhängt wurde.

[2] Palacky III. 1. 70.

an mehreren Gliedern des Luxemburger Hauses. Am 18. De=
zember 1393 schlossen König Sigmund von Ungarn, Herzog
Albrecht von Oesterreich, die Markgrafen Jobok von Mähren und
Wilhelm von Meißen zu Znaym ein Schutz= und Trutzbündniß,
daß sie wollten „frundlich und getruwlich einander geraten, bei=
stendig vnd beholfen sin wider allermenniglich ußgenommen dem
heiligen Romischen Riche." [1] Ohne Zweifel war dieses Bündniß
gegen Wenzel gerichtet, wenn schon dessen Namen nicht genannt
wurde. Wenzels anderer Bruder Herzog Johann von Görlitz
und sein Vetter Prokop blieben der Sache ferne.

Sigmund betritt hier zum ersten Male die Wege einer Politik,
deren Ziel kein anderes war als ihm die Macht und den Länder=
besitz seines Bruders zur Verfügung zu stellen. Er hatte in den
letzten zehn Jahren die Ueberzeugung gewinnen müssen, daß seine
Stellung in Ungarn wesentlich von dem Verhalten der westlichen
Grenznachbarn abhängig war. Von Wenzel hatte er wenig zu
hoffen, denn derselbe war in den Händen seiner Günstlinge. Von
den mährischen Vettern hatte er Alles zu fürchten, wenn ihr Vortheil
ihnen irgend welchen für ihn noch so bedenklichen Schritt anrieth.
Um jeden Preis mußte er daher der Haltung Böhmens versichert
sein. Er war dies am vollständigsten, wenn er unter irgend
welchem Titel die oberste Gewalt des Landes in die Hand bekam.
Dieses Ziel verfolgte Sigmund, so lange Wenzel lebte, mit allen
Mitteln der Gewalt und der Hinterlist.

Mit dem Herrenvereine scheint er sich vorerst, wenigstens
offen, nicht eingelassen zu haben. Möglicherweise benützte er die
heraufziehende Gefahr, um von Wenzel gewisse Zugeständnisse zu
erlangen. Von Znaym, wo er das eben erwähnte Bündniß ge=
schlossen, begab er sich mit glänzendem Gefolge an das Hoflager
seines Bruders nach Prag. Hier verweilte er bis zum Februar
des folgenden Jahres. Der Verkehr der Brüder scheint ein

---

[1] Pelzel Wenzel Urk. XCVI. Palacky a. a. O. 71. Aschbach
Gesch. Kaiser Sigmunds I. 58. 59. Aller Wahrscheinlichkeit nach waren
schon Sigmunds, Jodoks und Albrechts Schutzbündnisse vom 2. Juni 1390
und 13. Januar 1392 gegen Wenzel gerichtet. Kurz Oesterreich unter
Albrecht dem Dritten II. 145. 153. vgl. 155.

freundlicher gewesen zu sein; Sigmund schloß sogar am 2. Februar
1394 mit Wenzel ein Bündniß, in welchem er denselben eventuell
zu seinem Erben in Ungarn ernannte.[1] Ob er dies gethan,
um Wenzel und seine Günstlinge sicher zu machen, oder als
Gegenleistung für in Aussicht gestellte Vortheile, ist ungewiß.

Am 5. Mai schloß Markgraf Jobok ein förmliches Bündniß
mit der Herrenparthei. Man verpflichtete sich gegenseitig „mit
aller zu Gebote stehenden Macht sich zu vereinen und einander
beizustehen, damit das allgemeine Wohl gefördert, Unrecht abge=
schafft und Recht und Gerechtigkeit im Lande in derselben Weise
wieder gehandhabt werde, wie es zur Zeit ihrer Vorfahren Sitte
gewesen.“[2] Drei Tage darnach wurde Wenzel von Jobok und
dem Herrn von Rosenberg zu Beraun festgenommen und nach
Prag gebracht, wo man ihn unter dem Scheine der Freiheit in
der Burg gefangen hielt.[3] Welchen Antheil hieran Sigmund
gehabt, ist nicht zu ermitteln. Zeitgenössische Berichte bezeichnen
ihn als den Urheber.[4] Allein Jobok hatte das Bündniß vom
fünften Mai geschlossen und die Aufhebung Wenzels geleitet, ihm
wurden die ersten Früchte der That zu Theil. Es möchte darum
wahrscheinlicher sein, daß der ganze Anschlag von Jobok ausge=
gangen ist. Vielleicht hat Sigmund um die Sache gewußt und
sich im Stillen auf die unter Umständen höchst dankbare Rolle
des Vermittlers Rechnung gemacht.[5]

Die Günstlingsregierung wurde abgethan, den Baronen
Antheil an der Landesverwaltung in Aussicht gestellt und Jobok
mit der Würde eines Starosta des böhmischen Königreiches be=
kleidet. Hierdurch behielt Wenzel nur noch den Titel des Königs
ohne einen Schatten von Macht.[5] Ungeachtet der strengen Be=
wachung fand er indeß Mittel und Wege, seinen Bruder Herzog

---

[1] Palacky III. 1. 73.

[2] Ebendas.

[3] Pelzel Wenzel I. 281. Ders. in Abhandl. einer Privatgesellsch.
in Böhmen IV. 18 ff. Palacky a. a. O. 74. 75. Höfler Geschicht=
schreiber der husit. Bewegung I. 1. 5. 8. 15. Dobner Mon. IV. 64.

[4] Aschbach I. 61. Anm. 15.

[5] Palacky 76. Anm. 84.

Johann von Görlitz um Hilfe anzurufen und demselben ausgedehnte Vollmachten und namhafte Geldmittel in die Hand zu legen. In kurzer Zeit gelang es dem Herzog sich soweit zu verstärken, daß er zur Befreiung des Bruders gegen Prag ziehen konnte, dessen Bürger sich nur widerwillig in den Gehorsam gegen Jobok gefunden hatten. Hierdurch wurden die Verschworenen genöthigt Prag zu verlassen, jedoch nicht ohne den König mitzunehmen, der nach langem Umherziehen auf der Burg Wildberg in Oberösterreich verwahrt wurde. Mehrere Fürsten des Reiches hatten inzwischen zur Befreiung des römischen Königs sich mit Herzog Johann vereinigt und waren in Böhmen eingerückt. Herzog Albrecht von Oesterreich dagegen schickte den Verschworenen sechshundert Mann zu Hilfe. [1]

Durch die Klugheit Herzog Johanns wurde indeß der drohende Krieg verhindert. Man verstand sich zu einer Uebereinkunft, derzufolge beide Theile die Waffen niederlegen, Wenzel die bringendsten Forderungen des Herrenbundes befriedigen und demselben volle Verzeihung und Vergessen des Geschehenen gewährleisten sollte. Der Freiheit wiedergegeben gerieth Wenzel bald mit dem Befreier in Zwist, da er wenig Lust zeigte die eingegangenen Verpflichtungen zu erfüllen. Auch der Herrenbund konnte die thatsächliche Niederlage nicht verschmerzen und wartete zu neuem Aufstande nur die günstige Zeit ab. Beide Theile standen sich beobachtend gegenüber und suchten sich durch Bündnisse mit auswärtigen Fürsten zu verstärken. Wenzels Zögern in der Erfüllung seiner Versprechungen trieb zu Anfang 1395 eine nicht unbedeutende Anzahl bisher treugebliebener Barone in das Lager des Herrenbundes, [2] welcher im Dezember des abgelaufenen Jahres mit Markgraf Jobok und den Herzogen von Oesterreich ein neues Bündniß auf sieben Jahre geschlossen hatte. Vergeblich bemühte sich Herzog Johann einen vollständigen Frieden zu Stande zu bringen. Ebenso erfolglos erwiesen sich Wenzels Versuche Mißtrauen und Zwietracht unter den Verbündeten hervorzurufen.

---

[1] Kurz a. a. O. 164. 165.
[2] Palacky a. a. O. 85 ff.

Im Hochsommer 1395 griff der Bund, dem zuletzt auch noch Herzog Johann beigetreten war, neuerdings zu den Waffen. Nun endlich gab Wenzel nach. Er ernannte Johann zum obersten Hauptmann des Königreiches und ertheilte ihm Auftrag und Vollmacht, die Angelegenheit mit dem Herrenbunde ins Reine zu bringen. [1]) Allein nach fünfmonatlichen Bemühungen erntete der Herzog den Dank, daß Wenzel den zum Abschlusse reifen Vertrag verwarf, allen Schritten des Bruders widersagte und sämmtliche Vollmachten zurückzog. [2])

Die Veranlassung zu diesem auffallenden Verfahren war wohl keine andere als Wenzels Annäherung an Sigmund. Dieser hatte in den letzten zwei Jahren eine kluge Zurückhaltung beobachtet, die böhmischen Angelegenheiten jedoch gewiß keinen Moment aus dem Auge verloren. Erregte ihm die erfolgreiche Thätigkeit Herzog Johanns Besorgnisse, oder hielt er sonst seine Zeit für gekommen, gegen Ende des Jahres 1395 oder Anfang 1396 [3]) schrieb er an Wenzel einen Brief voll der eindringlichsten Versicherungen seines Eifers für den Bruder. Nichts liege ihm mehr am Herzen als die Ehre und Erhöhung des Luxemburger Hauses. Wenzel müsse darum mit allen Kräften nach der Kaiserwürde streben. Die Verhältnisse seien dafür günstiger als je. Der König von England habe Absichten auf die Kaiserwürde, und es seien Leute für denselben thätig, welche in schlechter Absicht Wenzeln anlägen, Nichts für seine eigene Erhöhung zu thun. Der wiederholten Versicherung treuester Ergebenheit und ausdauernster Hilfsbereitschaft schloß Sigmund Klagen an über die boshaften Neider, welche durch Zwischenträgerei das brüderliche Verhältniß in Uneinigkeit und Haß zu verkehren beflissen wären. Wahrscheinlich blieb der Verkehr der beiden königlichen Brüder nicht auf dieses Schreiben beschränkt. Sigmund scheint noch weitere, wirksamere Mittel in Anwendung gebracht zu haben. Denn um

---

[1]) Palacky 91.

[2]) Ebendas. 92.

[3]) Palacky Formelb. II. 71. Das Schreiben ist hier nicht datirt. Gesch. v. Böhmen III. 1. 92. wird es „gegen Ende des J. 1395" verlegt. Ebendas. 93 N. 103 dasselbe Schreiben im Auszuge.

Lichtmeß 1396 erhielt er nicht nur eine Einladung nach Prag zu kommen, sondern Wenzel bestritt auch die nicht unbeträchtlichen Kosten der Reise. [1] Der König von Ungarn säumte nicht der Einladung zu folgen. Nun gediehen die schon im vorigen Jahre ohne Erfolg mit Jobok gepflogenen Verhandlungen zu raschem Abschlusse. Die böhmisch = ungarischen Erbverträge wurden er= neuert [2] und Sigmund wurde von Wenzel sogar zu seinem Stellvertreter im römischen Reiche ernannt. [3] Ueberdies erhielt er gemeinsam mit Jobok die Vollmacht die Unterhandlungen mit dem Herrenbunde wieder aufzunehmen und den Streit zum Aus= trage zu bringen. Am Ostersonntage 2. April erfolgte der Friedensschluß. [4] Wie vorauszusehen war, wurden den Baro= nen ihre Forderungen zugestanden, die neben einigen wirkli= chen Verbesserungen nur darauf hinausgingen, den alten Einfluß des Adels auf die Landesverwaltung wiederherzustellen. Die hohen Landesämter wurden mit einer einzigen Ausnahme an Mitglieder des Herrenbundes vergeben. Dieselben bildeten in Verbindung mit dem Erzbischofe von Prag, den Bischöfen von Olmütz und Leitompschl und einigen gleichfalls dem Herrenbunde angehörigen Baronen den obersten Rath des Königs. Herzog Johann von Görlitz war nach seiner Enthebung vom Capitanat in seine Heimath zurückgekehrt, und unerwarteter Weise am 1. März gestorben. Wessen man Sigmund für fähig hielt, beweist der Verdacht der Zeitgenossen, daß er in Verbindung mit den mähri= schen Vettern den Bruder durch Gift aus dem Wege geräumt habe. [5] Sigmund konnte von seinem Vermittleramte zunächst keine weitern Früchte ernten. Er mußte nach Ungarn zurückkehren, um den längst vorbereiteten Feldzug gegen die Türken anzutreten, der durch die Niederlage der Christen bei Nikopolis 28. September 1396 einen so kläglichen Ausgang nahm.

---

[1] Aschbach I. 67.
[2] Pelzel Wenzel Urkb. 124.
[3] Wencker. Coll. Arch. 361. Urk. Sonntag Jubica 1396.
[4] Pelzel a. a. O. Urkb. 126.
[5] Aschbach a. a. O. 67. Note 37.

In Böhmen war durch das Abkommen vom 2. April zwar
äußerlich der Friede, aber keineswegs Ordnung und Vertrauen
wieder hergestellt. Wenzel ertrug nur mit Widerwillen den auf=
gedrungenen Rath, und konnte die Einschränkung seiner Macht,
die Beseitigung seiner Günstlinge nicht verschmerzen. Er durch=
kreuzte die Anordnungen der hohen Landesbeamten, wo er nur
konnte, allein den Muth etwas Ernstes gegen dieselben zu unter=
nehmen hatte er nicht. Nur einmal riß ihn sein Unwille so weit
hin, daß er den Markgrafen Jobok und sechs Barone, welche mit
Herzog Stephan von Bayern auf den Karlsstein gekommen waren,
festnehmen ließ und mit harter Gefangenschaft bedrohte. Er gab
sie zwar nach wenigen Tagen wieder frei, aber der Vorgang hatte
die nachtheilige Folge, daß der Herrenbund wieder anfing auf
thätlichen Widerstand zu denken. [1] Die Rathschläge Sigmunds,
die Schritte für Erlangung der Kaiserwürde geriethen in Ver=
gessenheit oder wurden dem schwankenden König von seinen
Günstlingen wieder ausgeredet. Denn diese scheinen allmählig
wieder den alten Einfluß gewonnen zu haben. Jobok blieb bis
zum Sommer 1397 Herr der Lage, die er nicht versäumte zu
seinem Vortheil auszunützen. Als aber auf sein Anstiften drei
der königlichen Günstlinge erschlagen worden waren, verbannte
ihn Wenzel, obwohl er die eigentlichen Mörder ungestraft ließ,
aus Prag. [2] König Sigmund, nach der Schlacht von Nikopolis
über Constantinopel und Venedig nach Ungarn zurückgekehrt,
fand dort alle Hände voll zu thun, und mußte vorerst auf weitere
Einmischung in die böhmischen Angelegenheiten verzichten.

Die Angelegenheiten des Reiches führten Wenzel im Spät=
sommer 1397 nach Deutschland, die der Kirche im folgenden Frühjahr
nach Frankreich. Bei einer Zusammenkunft in Rheims ließ er sich
von Karl dem Sechsten für einen von der Pariser Universität
gemachten und an mehreren Höfen mit Beifall aufgenommenen
Plan zu Einigung der Kirche gewinnen. Beide strittigen Päpste,
Bonifacius der Neunte und Benedikt der Dreizehnte, sollten durch

---

[1] Palacky a. a. O. 98. 99. 100.
[2] Ebend. 102. Pelzel Wenzel II. 342 ff. Urkb. 26.

Androhung der Entziehung des Gehorsams dazu vermocht werden, ihre Würde niederzulegen und dadurch eine einhellige Wahl zu ermöglichen. Beide Päpste wollten von einer Abdankung Nichts wissen. Aber auch der Mehrheit der deutschen Reichsfürsten war der Plan mißfällig. Dieselben fanden es durchaus verwerflich, daß der römische König sich in kirchlichen Dingen dem französischen unterzuordnen schien, und waren entschlossen in der Obedienz der römischen Papstreihe auszuharren.[1] Eine schwere Krankheit, die den König bald nach seiner Rückkehr befiel, verhinderte denselben an weiterem Vorgehen.

Dafür brach zu Anfang des Jahres 1399 der alte Hader in Böhmen wieder aus. Wenzel hatte für die Dauer seiner Abwesenheit seinen Vetter Procop zum Statthalter in Böhmen ernannt. Procop hatte sich vom Herrenbunde stets fern gehalten. Es dürfte darum nicht unwahrscheinlich sein, daß er jetzt den Versuch machte das alte Regiment wieder herzustellen. Er war dem Volke und dem Herrenbunde gleichermaßen verhaßt. Dazu kam noch, daß er im Streite mit dem Bischof von Olmütz die Geistlichkeit Mährens in unerhörter Weise mißhandelte.[2] Dies veranlaßte die böhmische Geistlichkeit, voran den Bischof Johann von Leitomyschl, sich offen mit dem Herrenvereine zu verbinden. Sigmund grollte wegen der ihm durch die Erhebung Procops widerfahrenen Zurücksetzung. Um so günstiger nahm er Markgraf Jobst, den Bischof von Leitomyschl und Herrn Otto von Bergow auf, die gegen Ende des Jahres als Gesandte des Herrenbundes zu ihm nach Ofen kamen, um seine Hilfe gegen Procop anzurufen.[3] Ueber diesen und seine Helfer, eine Schaar aus allen Ländern Europas zusammengelaufener Abenteurer, war wegen der am Bischof und Domkapitel von Olmütz verübten Gewaltthaten bereits am 4. März 1399 Bann und Interdict verhängt worden.[4] Sigmund säumte nicht, sich auf den Weg nach Böhmen zu machen.

---

[1] Höfler Ruprecht von der Pfalz 130 ff.

[2] Wolny im Archiv für Kunde österreichischer Geschichtsquellen VII. 175 ff.

[3] Palacky a. a. O. 118.

[4] Wolny a. a. O. 187.

Sein Auftreten gegen Procop und Wenzel hatte diesmal wenigstens den Anschein des Rechtes. Am 18. Januar schloß er mit
Markgraf Jobst, dem Bischof von Leitomyschl und dem Herrenbunde zu Iglau ein Bündniß zur Bekämpfung Procops und seiner
Banden. Die gesammte Bevölkerung Böhmens und Mährens
wurde zum Vertilgungskampfe aufgerufen. [1] Die aus Deutschland
einlaufenden Nachrichten, daß die Kurfürsten damit umgingen
Wenzel abzusetzen und das ganze Luxemburgische Haus vom Throne
auszuschließen, vermochten nicht den Krieg zu verhindern. Von
April bis August schlug man sich ohne entscheidende Erfolge.

Die Lage der deutschen Angelegenheiten brachte indeß Sigmund
und Wenzeln doch einander näher. Sigmund erklärte sich sogar
im Juni 1400 bereit mit Bonifacius dem Neunten persönlich in
Unterhandlung zu treten. Da traf am 30. August die Nachricht
ein, daß die Fürstenversammlung zu Oberlahnstein Wenzeln am
20. August förmlich abgesetzt, und am folgenden Tag den Pfalzgrafen Ruprecht den Jüngern zum römischen König gewählt hatte.
Dadurch wurde die Einigkeit der Luxemburger Brüder und Vettern
wieder hergestellt, jedoch nur auf kurze Zeit. Jobst und Sigmund
hatten schlagfertige Heere zur Hand, aber Wenzel konnte sich nicht
entschließen den von Sigmund geforderten Preis der Hilfe zu
zahlen. Derselbe verlangte nämlich die Abtretung Schlesiens und
der Lausitz und die Regentschaft in Böhmen. [2] Hierauf nicht
einzugehen hatte Wenzel seine guten Gründe. Denn Jobst und
Sigmund gingen unverhohlen damit um ihn auch der böhmischen
Krone zu berauben. Und wenn er in diesem Augenblick, da man
sogar in Prag den Thronwechsel als eine Frage der nächsten
Zeit besprach, die Gewalt aus der Hand gab, ebnete er selbst dem
Thronräuber die Wege. [3] Grollend schieden die Brüder, und
Sigmund führte sein Heer nach Ungarn.

---

[1] Palacky Formelbücher II. 75. 76.

[2] Palacky Gesch. von Böhmen III. 1. 127. Höfler Ruprecht von
der Pfalz 185. Wencker Coll. arch. 405.

[3] Aschbach Sigmund I. 155. 424. 425. man meynet uwer frunt
(Sigmund) werde den knaben (Wenzel) kurzlichen verdrengen und werde an
sin statt kommen, e daz vier wochen avff kommen. Ebend. 426.

Auch die höchste Noth vermochte nicht Wenzeln Weisheit zu lehren. Durch sein wahnsinniges Gebahren trieb er noch die letzten Getreuen in die Reihen der Gegner. Als die Truppen Ruprechts sich den Landesgrenzen näherten, schloß der Herrenverein mit diesem ein förmliches Bündniß und belagerte in Verbindung mit den Mannschaften des Markgrafen von Meißen sogar die Hauptstadt.

Der am 20. Juni 1401 mit Ruprecht zu Amberg geschlossene Waffenstillstand, welchem bald die Verhandlungen von Waldmünchen folgten, schaffte Wenzel nach dieser Seite hin Ruhe. Gleichwohl vermochte er nicht den Herrenbund mit gewaffneter Hand zu unterwerfen. Der Preis des Friedens und der Unterwerfung waren weitgehende Zugeständnisse. Wenzel mußte sich die Bevormundung durch einen Regentschaftsrath gefallen lassen, der aus vier Mitgliedern des Herrenvereins gebildet wurde. [1]) Die übrigen Herren wurden mit Verpfändungen königlicher Einkünfte, Zuweisung von Klostervogteien und ähnlichen Vergünstigungen abgefunden. [2]) Jodok erhielt die Lausitz und namhafte Geldsummen. Für Sigmund ging die günstige Gelegenheit verloren, denn er war am 28. April von den ungarischen Großen festgenommen worden, und erhielt seine Freiheit erst wieder, nachdem Wenzel mit dem Herrenbunde seinen Frieden gemacht.

Gleich nach der Befreiung Sigmunds that Wenzel den ersten Schritt zur Aussöhnung ihm entgegen. Ob er damit dem Zuge des brüderlichen Herzens folgte, oder ob ihm die aufgezwungene Nebenregierung lästig geworden war und er wünschte, durch Sigmund von derselben befreit zu werden, ist ungewiß. Wahrscheinlich ist das Letztere, wenn nicht gerade die Vormünder es waren, die den König zu diesem Schritte nöthigten. Wenzel fordert nach herzlichen Freudenbezeugungen über die Befreiung den Bruder auf, Ort und Zeit für eine Zusammenkunft zu bestimmen. Er werde sich mit Hintansetzung aller anderen Geschäfte einfinden, und sie wollten dann über seine Kaiserkrönung und andere

---

[1]) Palacky a. a. O. 132. Pelzel II. 446.
[2]) Höfler Ruprecht 219.

Angelegenheiten sich besprechen und nach Sigmunds Gutfinden ihren beiderseitigen Gegnern mannhaften und nachdrücklichen Wi= derstand leisten.[1]) Sigmund war bereit den Wünschen des Bruders zu entsprechen. Er nahm die Kaiserangelegenheit kräftig in die Hand, versicherte sich der alten Bundesgenossen und warb neue. Ein Vertrag mit den Herzogen Albrecht und Wilhelm von Oesterreich sollte den Durchzug nach Italien sowie die Ruhe in Ungarn und Böhmen sichern.[2]) Gegen Ende des Jahres kamen die Brüder zu Kuttenberg zusammen. Der Vertrag von Königin= grätz, 4. Februar 1402, war das Ergebniß ihrer Unterhandlungen. Derselbe brachte Sigmund endlich zum lang erstrebten Ziele. Wenzel übergab dem Bruder die oberste Gewalt in Böhmen und ernannte ihn zu seinem Vicar im deutschen Reiche.[3])

Allein das gute Einvernehmen war nur von kurzer Dauer. Wenzel war mit der Art, wie Sigmund seine Regierungsgewalt in Böhmen anwandte, unzufrieden. Die Romfahrt war ohnehin nie recht nach seinem Sinne gewesen. Nicht mit Unrecht mochte er fürchten, daß er, wenn er einmal Böhmen den Rücken gekehrt, sich mit leeren Titeln ohne einen Schatten von Macht werde be= gnügen müssen. Möglicherweise machte er sogar Anstalten die dem Bruder ertheilten Vollmachten zu widerrufen. Wenn Wenzel sich abermals widerspänstig zeigte, waren nicht nur die Interessen des Luxemburger Hauses blosgestellt, sondern, was für Sigmund noch wichtiger war, ihm ging die Regentschaft Böhmens vielleicht für immer verloren. Damit war auch der Besitz der ungarischen Krone gefährdet, denn es mehrten sich die Anzeichen, daß König Ladislaus von Neapel einen Anschlag gegen Ungarn vorbereitete. Für Sigmund stand daher Alles auf dem Spiele. Wollte er sich nicht selbst aufgeben, so mußte er rücksichtslos und entschlossen

---

[1]) Palacky a. a. O. 135. Note 156. Formelb. II. 76. 77. Für terminum placitorum in motis vel ubi placuerit statuere, wie Palacky beidemale gibt, möchte zu lesen sein: in meis vel ubi placuerit b. i. in meinem Gebiete oder wo es sonst dir genehm ist.

[2]) Aschbach I. 164. Höfler a. a. O. 281.

[3]) Urkb. Grecz 1402 Sonnabendes nach vnser frawen tag Purifica-tionis. bei Pelzel diplomat. Beweise 2c. in Abh. einer Privatgesellsch. IV. 63—67. Pelzel Wenzel II. 456. Aschbach I. 166.

handeln und sich Wenzels versichern. Er ließ daher denselben mit Zustimmung seiner Anhänger im Adel am 6. März festnehmen und auf dem Hradschin verwahren. [1] Wenzel behielt vorerst noch dem Scheine nach seine Freiheit, denn man ließ ihn bis Mitte desselben Monats Regierungsakte und andere Urkunden unter= zeichnen. [2] Allein beim Volke und Adel erregte die Haftnahme große Erbitterung, um so mehr, da Sigmund seine Regierungs= gewalt mit der größten Rücksichtslosigkeit handhabte. Es bildete sich gegen diesen eine mächtige Parthei, welcher der ganze böhmische Adel mit Ausnahme einiger wenigen Mitglieder des Herren= bundes beitrat. Markgraf Procop stellte sich an die Spitze und trat gegen Sigmund sogar mit König Ruprecht in Unter= handlung. Sigmund aber warf schnell allen Widerstand nieder. Seinen Vetter Procop nahm er hinterlistiger Weise gefangen und entführte ihn sammt Wenzel aus Böhmen. Dieser wurde den Herzogen von Oesterreich zur Verwahrung übergeben, jener nach Presburg gebracht, wo er bis zum folgenden Frühjahr in Haft blieb. Zur Verstärkung seiner Stellung erneuerte Sigmund die alten seit Karl dem Vierten zwischen den Häusern Habsburg und Luxemburg bestehenden Verträge. Herzog Albrecht den Vierten erklärte er mit Zustimmung der Stände zu seinem Nachfolger in Ungarn und für die Dauer seiner Abwesenheit zu seinem Stell= vertreter in Böhmen. [3] Die Regierung Böhmens lag indeß in den Händen einer aus Mitgliedern des Herrenbundes gebildeten Regentschaft.

Die königliche Parthei war durch den Feldzug im Anfang des Sommers keineswegs vernichtet worden. Sie rüstete sich unter Markgraf Jodoks Führung von Neuem zum Widerstande. Allein Sigmund rückte mit einem in Ungarn geworbenen, 12,000 Mann starken Heere in Böhmen ein, nachdem er Wenzeln genöthigt hatte am 20. November zu Wien eine Urkunde auszustellen,

---

[1] Chron. Univ. Prag. bei Höfler Geschichtschr. I. 16. Palacky a. a. O. 142.

[2] Dies bestimmt Pelzeln diplomat. Beweise a a. O. 46 den Anfang der Gefangenschaft auf den 29. April zu setzen.

[3] Pelzel Wenzel Urk. 183. Palacky a. a. O. 146.

durch welche derselbe ihm die Herrschaft über Böhmen nochmals
förmlich zusicherte. ¹) Er führte den Krieg mit allem Nachdruck,
berannte und eroberte Kuttenberg; das offene Land wurde von
seinen wilden Schaaren furchtbar mitgenommen. Im April 1403
schloß er mit Jodok einen Waffenstillstand, der bei Sigmunds
Abreise nach Ungarn noch gedauert zu haben scheint.

In Ungarn hatte inzwischen die angiovinische Parthei bedeutende Fortschritte gemacht und auf allen Punkten siegreich gegen
Sigmunds Anhänger gekämpft. Des Königs Rückkunft nach
Ungarn brachte Zusammenhang in den Widerstand seiner Parthei.
Sieg folgte auf Sieg, und im Oktober mußte Ladislaus, der sich
am 5. August in Zara zum König von Ungarn hatte krönen ²) lassen,
mit Preisgebung seiner Anhänger nach Neapel zurückkehren. Die
Freude an diesen Erfolgen wurde Sigmund wesentlich beeinträchtigt
durch Wenzels Flucht aus Wien. Am 11. November 1403 gelang
es dem nur nachlässig bewachten König am hellen Tage aus der
Stadt zu entkommen. In Böhmen wurde er mit lautem Jubel
aufgenommen und nahm sofort die Regierung wieder in die Hand.
Die Vollmachten Sigmunds wurden unverzüglich widerrufen und
ganz Böhmen von Neuem für Wenzel in Eid und Pflicht genommen. ³)

Für Sigmund war Wenzels Entkommen gleichbedeutend mit
dem Verluste Alles dessen, was er seit zehn Jahren mit so großem
Aufwand an Mühe, Gewalt, Hinterlist und Treulosigkeit diesseits
der Waag und Leitha erreicht hatte. Nicht nur schienen seine
Absichten auf Böhmen für immer vereitelt, sondern Wenzel mußte
auch die Verbindung mit den österreichischen Herzogen zu lockern,
indem er Herzog Wilhelm auf seine Seite zog. Sigmund beschloß
seinen Einfluß in Böhmen mit gewaffneter Hand wieder herzustellen. Er mochte erwarten, daß der Herrenbund sich zu seinen

---

¹) Pelzel a. a. O. Urk. 184.

²) Aschbach I. 219. Ladislaus wurde jedoch nicht mit der Stephans-
krone gekrönt, sondern cum quadam falsa et inepta corona. Fejér,
Cod. diplom. Hung. X. Suppl. 8. 469.

³) Chron. Univ. Prag. bei Höfler a. a. O. 16. Pelzel
a. a. O. Urkb. 191.

Gunsten erheben werde. Allein als er mit Herzog Albrecht dem
Vierten im Sommer 1404 gegen Wenzel zu Felde zog, rührte
sich in Böhmen keine Hand für ihn. Er fand im Gegentheil
schon in Mähren einen so nachdrücklichen Widerstand, daß er nach
mehrwöchentlicher vergeblicher Belagerung Znayms einen flucht-
ähnlichen Rückzug nach Ungarn antreten mußte. Wenzel hatte
sich inzwischen auch mit den mährischen Vettern ausgeglichen und
an dem Könige Wladislaw von Polen einen Bundesgenossen gefunden. Unter solchen Umständen mußte es Sigmund, dem überdies
die Ausschließung von der Erbfolge Böhmens nicht unzweideutig
angedroht wurde, räthlich finden, von weiteren Unternehmungen
gegen seinen Bruder vorerst abzustehen. [1])

Die traurige Zerrüttung, in welcher Böhmen sich bei Wenzels
Wiederkehr befand, konnte diesem Gelegenheit geben durch erprieß-
liches Walten die Erinnerung an die frühere Zeit auszulöschen.
Die Erlebnisse der letzten Jahre, besonders die Gefangenschaft,
mögen immerhin Einiges dazu beigetragen haben ihn ruhiger
und besonnener zu machen. Im Uebrigen regierte Wenzel, die
jähen Ausbrüche seines Zornes ausgenommen, in der frühern
Weise. Die Günstlinge erhielten bald wieder den ehemaligen
Einfluß. Wenn indeß zunächst keine Klagen laut wurden, so
möchte dies seinen Grund kaum in einer bessern Regierungsweise gehabt haben. Wenzel brauchte sich kaum zu ändern, da Böhmen anders
geworden war. Zunächst hatten die Unzufriedenen Gelegenheit
gehabt auch Sigmunds Weise kennen zu lernen; sie mögen oft
genug an Rehabeams Wort gedacht haben. Die Mehrzahl derselben hatte ihren Frieden mit Wenzel und der neuen Ordnung
der Dinge geschlossen. Die Wenigen, die noch an Sigmund hielten,
waren durch die Macht der Verhältnisse zum Schweigen gebracht.
Die Herrenparthei war zersprengt, denn ihr Bund war gegen-
standslos geworden. Die meisten Forderungen der Barone waren,
wenn auch nicht der Form nach, erfüllt durch die Einbuße, welche
die königliche Macht trotz ihres endlichen Sieges im Grunde doch
erlitten hatte. Mehrere eifrige Glieder des Bundes hatten Ge-

---

[1]) Palacky a. a. O. 203. 204. Pelzel Urkb. 198.

legenheit zur Befriedigung ihres persönlichen Ehrgeizes gefunden.
Alle hatten während der kurzen Dauer von Sigmunds Regent=
schaft die Ueberzeugung gewinnen können, daß ihre Ansprüche
auf Geltung im Staate unter dem trägen Wenzel sich doch besser
befanden als unter seinem klugen und energischen Bruder. Nach
zehnjährigem Kampfe konnten die Herren die Verhältnisse mit
ruhigerm Blicke ansehen, und Mancher mochte — eine im Parthei=
leben gerade nicht seltene Erscheinung — dem Mitbesitze der
Macht persönliche und principielle Abneigungen zum Opfer
bringen. Noch ein Weiteres kam hinzu, das patriotische Ge=
wissen. Der Herrenbund hatte nur durch Bündnisse mit aus=
wärtigen Fürsten eine nachhaltige Bedeutung zu erlangen vermocht.
Und gerade hierdurch war gegen das Vaterland mehr gefrevelt
worden als sich durch Wenzels Mißregierung entschuldigen ließ.
Zu wiederholten Malen hatten Bayern, Sachsen, Oesterreicher,
Ungarn die Grenzen Böhmens überschritten und das Andenken an
erbarmungsloses Morden und Sengen zurückgelassen. Wer nicht
jedem patriotischen Gefühle fremd war, konnte an jene Zeiten
nur mit Erröthen zurückdenken. Mit doppelter Wärme umfaßte
man die Interessen des Vaterlandes und der Nationalität. Da=
durch gewann für das nächste Menschenalter gerade diejenige
Richtung die Oberhand, deren Vertreter man ein Jahrzehnt mit
der größten Erbitterung bekämpft hatte.

III.

Unter den Wirren des Bürgerkrieges waren zwei Bewegungen großgewachsen, welche bald in ein inniges Bündniß mit den nationalen Bestrebungen traten. Die eine dieser Bewegungen ist eine wissenschaftliche, der Kampf für die Zuläßigkeit der Lehren Wykliffes im Kreise der theologischen und philosophischen Studien. Die andere ist eine religiöse, verwandt mit der durch Milicz von Kremsier und Mathias von Janow angebahnten mystischen Richtung. Beide Bewegungen waren unter sich verwandt, beide enthielten Elemente der Reaction gegen Kaiser Karls Kirchenpolitik. Der Wykliffismus trieb allerdings zunächst eine Consequenz der karolinischen Politik, die Nationalkirche, auf die Spitze, aber nur, um mit desto größerer Entschiedenheit sich gegen die Stellung zu kehren, welche Karl in seinem Staate dem Klerus zugedacht hatte. Der Mysticismus bekämpfte vor Allem die Veräußerlichung und Verflachung des religiösen Lebens, welche seit der karolinischen Zeit eine so große Ausdehnung gewonnen hatte, und schritt allmählig bis zur völligen Verneinung jeder äußern Gestaltung der Kirche fort. Die Leichtigkeit, mit welcher Wykliffes Prädestinationslehre und die damit zusammenhängenden Anschauungen über Kirche, Priesterthum und Mönchthum sich für eine mystische Auffassung mundgerecht machen ließen, hätte beide Strömungen in ein gemeinsames Bette lenken müssen, wenn auch nicht beide denselben Führer und dieselben praktischen Ziele gehabt hätten. Zunächst galt es den Kampf gegen den verweltlichten Klerus und die von Karl so sehr geförderte Anhäufung von materiellen Gütern in seinen Händen. Der Mysticismus betrat den Kampfplatz aus sittlichen, der Wykliffismus aus wissenschaftlichen, politischen, ökonomischen Gründen.

Mit diesen beiden Bewegungen trat die national=czechische in ein enges Bündniß. Mit dem Mysticismus hatte diese letztere wenig gemein, desto mehr aber mit dem Wykliffismus. Wie zahl= reich die Berührungspunkte zwischen den Lehren und Forderungen Wykliffes und den Bestrebungen der national=czechischen Parthei waren, ist noch bei weitem nicht hinlänglich gewürdiget worden. Wykliffes Schriften, und zwar zunächst seine philosophischen, wurden in Böhmen seit den neunziger Jahren gelesen. Das lebhafte Interesse, welches sie erweckten, die große Verbreitung, die sie in kurzer Zeit fanden, mußte von selbst dazu führen, daß man nach des Verfassers sonstigen Anschauungen fragte, sich um sein Verhältniß zur herrschenden Lehre der Schule, zur Kirche, sowie überhaupt um seine Lebensschicksale kümmerte. Da mußte in erster Linie seine nationale Gesinnung Beifall finden. Weiterhin bot die Verweigerung der Geldsendungen nach Avignon aus Rück= sicht auf den materiellen Wohlstand der Nation, der Widerwille gegen einen Papst, der des feindlichen Königs von Frankreich Partheigänger und Werkzeug war, die Forderung eines natio= nalen Kirchenthums, die Angriffe auf den Besitz und die politische Stellung des Klerus, die dem Adel zugestandene Einziehung der Kirchengüter ¹) eine Reihe von Anknüpfungspunkten in den böh= mischen Verhältnissen. Es bedurfte daher kaum der doctrinellen Erörterungen, um den böhmischen Vertretern dieser Lehren die= selbe Gunst des Adels zu erwerben, welche dem Urheber Lord

---

¹) Wykliffe sagte damit (Doc. 329. Domini temporales possunt ad arbitrium suum auferre bona temporalia ab ecclesiasticis habitualiter delinquentibus) keineswegs etwas so ganz Unerhörtes. Karl der Vierte schreibt, Mainz 16. März 1359, an Bischof und Domcapitel von Konstanz, wenn sie nicht für Reform des Klerus Sorge tragen wollten, so werde er dem Papste Anzeige machen, et interim principibus nostris saecularibus in Episcopum (wohl zu lesen episcopi) et vestrum defectum dare se= riosis in mandatis, ut de universis fructibus et praebendis praela= torum et ecclesiasticarum personarum hujusmodi se protinus intro= mittant ac praecipiant et conservent eosdem, donec per ipsum D. Papam responsio nobis exititerit, quid cum talium persouarum occu= patis per eas et male detentis seu invasis ecclesiasticis redditibus sit agendum. Heinr. v. Diessenhoven. S. 24. Bei allen wesentlichen Unterschieden zwischen dem wykliffeschen Satz und Karls Drohung hatte diese letztere immerhin kaum minder bedenkliche Consequenzen.

Percy und der Herzog von Lancaster entgegengebracht hatten. Daß das Interesse an Wykliffes Schriften nicht ausschließlich oder nur vorherrschend ein wissenschaftliches war, beweist Nichts besser als ihre Verbreitung unter dem böhmischen Abel und ihre frühe Uebertragung in die böhmische Sprache. Denn wozu hätte man in einer Zeit, da das Schullatein jedem einigermaßen Gebildeten geläufig war, philosophische Tractate in eine Sprache übersetzt, die eben damit den ersten Versuch im wissenschaftlichen Ausdruck machte. Es möchte kaum einem Zweifel unterliegen, daß weder die wissenschaftliche noch die religiös-reformatorische, sondern die politisch-praktische Seite des Wykliffismus es war, welche demselben die Gunst der mährischen Markgrafen, der Umgebung Wenzels und des böhmischen hohen Abels erwarb. Erheblich gefördert wurde die Verbreitung wykliffescher Anschauungen durch die inneren kirchlichen Streitigkeiten und durch das Schisma der Päpste, nicht am wenigsten durch die zeitweilige Obedienzentziehung gegenüber Bonifacius dem Neunten. Derselbe hatte schon bei Wenzels Absetzung eine höchst zweideutige Rolle gespielt. Bei der angiovinischen Erhebung in Ungarn galt er als der vorzüglichste Anstifter, wie überhaupt als ein erbitterter Gegner des luxemburgischen Hauses. Jedenfalls hatte er, wenn auch nicht König Ladislaus zum Einfalle in Ungarn aufgefordert, doch demselben Nichts in den Weg gelegt, und nachträglich das Unternehmen gebilligt durch Absendung eines Legaten zur Krönung des Prätendenten. Hierdurch wurde Sigmund veranlaßt am 9. August 1403 für Ungarn und Böhmen allen und jeden Verkehr mit dem Papste aufs Strengste zu untersagen. [1] Böhmen entbehrte hierdurch für geraume Zeit jeder ordentlichen Kirchenregierung, denn gleichzeitig war auch der Prager Metropolitanstuhl erledigt. Der Nachfolger des im Frühjahr 1402 verstorbenen Erzbischofes Wolfram, Nikolaus Puchnik, war aus dem Leben geschieden, bevor er die Bestätigung des Papstes erlangte. Sigmund bestimmte dann, wie es scheint, im Einverständnisse mit dem Domcapitel, nicht aber mit seinem Bruder, den Bischof

---

[1] Pelzel Urk. 188. Palacky III. 1. 151. Formelbücher II. 78.

Johann von Leitomyschl zum Erzbischof, aber Hindernisse, die nicht
mit Sicherheit zu ermitteln sind, unter denen jedoch die Obedienzent=
ziehung obenan gestanden sein dürfte, waren der Einsetzung dessel=
ben im Wege. Wenzel beeilte sich nach seiner Befreiung natürlich
nicht sein Reich wieder einem Papste zu unterwerfen, der ihm so wenig
Anlaß zu besonderen Rücksichten gegeben hatte. Bonifacius er=
lebte Böhmens Rückkehr zum Gehorsame nicht mehr. Sein Nach=
folger Innocenz der Siebente wurde von Wenzel ohne Schwie=
rigkeit anerkannt. In Böhmen war auf diese Weise über ein
Jahr thatsächlich der von Wykliffe ausgesprochene Satz zur Gel=
tung gekommen, daß nach Urban dem Sechsten keiner der Prä=
tendenten als Papst anerkannt werden, sondern daß man wie
die Griechen nach eigenen d. h. doch wohl nach nationalen Ge=
setzen leben solle [1]

Der bedeutendste und eifrigste Vertreter der wykliffeschen
Richtung war Magister Johannes von Hussynecz. [2] Geboren um

---

[1] Der neunte der auf dem Konstanzer Concil verworfenen Sätze.
Hefele Conciliengesch. VII. 1. 117. Doc. M. Joh. Hus ed. Palacky 328.

[2] So schreibt er selbst seinen Namen in das Decanatsbuch der Arti=
stenfacultät zum Jahre 1401 Okt. 15. Monumenta hist. Univ.
Prag. I. 1. 368. vgl. das Facsimile am Schlusse des zweiten Theiles. Ich
muß es den der altböhmischen Verhältnisse Kundigen überlassen, ob Magister
Johannes wirklich den Familiennamen Hus getragen, oder ob Hus nur eine
der Kürze wegen aus Husinec gebildete Form ist, was um so leichter mög=
lich sein möchte, als Hus der Name der Burg war, zu welcher der Flecken
Husinec gehörte. Palacky III. 1. 191. Note 240. Ein Mal erscheint im
Decanatsbuche die Form Magister Jo. Hussenicz, I. 344. und ein Mal
Mag. Hussynecz, ebend. 343. geschrieben vom Decan Nicolaus Stoer von
Schweidnitz von der polnischen Nation, und ein Mal Joh. Hussinecz von
einem Unbekannten, ebend. 132. sechs Mal Joh. Huss, I. 348 von dem
Böhmen Stephan Palecz geschrieben, welcher S. 347 die Form Joannes de
Hussynecz, anwendet. Es könnte wohl mit dem Namen dieselbe Bewandt=
niß haben, wie bei Andreas Broda, Stephan Palecz, Johannes Münsterberg,
Helmold Gledenstede von Zoltwedel, bei welchen der Name der Heimath bald
als solcher, bald an der Stelle des Familiennamens erscheint. Die Form
Hus tritt zuerst 1398 auf a. a. O. 336. Vorher und nachher kommt aber
der Name weitaus am häufigsten in der Form vor, wie ihn der Magister
1401 selbst geschrieben hat. Die Form Johannes Hus de Hussinecz, welche
der Herausgeber der Monumenta hist Univ. Prag. in das Register auf=
genommen hat, ist im Decanatsbuch ohne Beispiel. Ebenso die Form Johannes
de Hus, während doch bei Höfler Geschichtschr. I. 340. Nicolaus de Hus
erscheint, über welchen Palacky III. 1. 416. Note 525.

1370 [1]) zu Husinez, einem Marktflecken im Prachiner Kreise, als
der Sohn niederer aber nicht unbemittelter Leute, [2]) erhielt er
seine Jugendbildung wahrscheinlich in der Pfarrschule seines Ge-
burtsortes. Gegen Ende der achziger Jahre mag er die Universität
Prag bezogen haben. Die akademischen Grade erhielt er in der
herkömmlichen Weise und begann 1398 als Magister der Künste
und Baccalar der Theologie seine akademische Lehrthätigkeit. [3])
Während seiner Studienzeit, deren Anfang mit dem letzten Streite
über die Collegiaturen zusammenfiel, bethätigte er keine hervor-
ragende Begabung, wohl aber in ungewöhnlichem Maße Leidenschaftlichkeit und Anmaßung. [4]) Schon in den ersten Jahren
seines Aufenthaltes in Prag wurde er mit den philosophischen
Schriften Wykliffes bekannt, welche ihn, dem kleinliche Spitzfindig-
keit [5]) das speculative Talent ersetzte, für die Zeit seines Lebens

---

Daß Magister Johannes selbst den Namen Hus gebraucht hat, ist
aus seinen Schriften, besonders den Briefen, unzweifelhaft. Ob die E p.
28. O pp. I. 84. Docum. Ep. 73, 120. erwähnte Katharina Hus eine
Verwandte oder gar Schwester des Magisters gewesen, steht dahin. Darum
möchte aus dem Gebrauche des Ausdruckes Catharina dicta Hus kein sicherer
Schluß gemacht werden können. Beachtenswerthes für die Frage hat in
Betreff der Familiennamen in Böhmen Tomek Gesch. der Stadt Prag I.
352. 353. Ich bediene mich, Palacky als der besten Autorität folgend, im
Nachstehenden der Form Johannes Hus.

[1]) Höfler krit. Wanderungen rc. in Mitth. des Vereins für Gesch.
der Deutschen VII. 96. bringt erhebliche Einwände gegen das als Geburts-
jahr angenommene Jahr 1369.

[2]) Wie schon Pelzel Wenzel II. 480. hervorhebt nach dem Umstande,
daß Hus keine Erlassung akademischer Taxen nachgesucht hat.

[3]) Monum. histor. univ. Prag. I. 1. 336.

[4]) So schildert er zum Theile sich selbst. Ep. 38. Doc. 74. 75.
Höfler Geschichtschr. I. 121. Heftiges Aufsahren, Steigerung der Stimme bis
zum Schreien, Schlagen mit der Faust auf den Tisch bestätigen die Stellen
Höfler a. a. O. I. 184. Doc. 166. Daß er unter seinen Collegen in
der Schule als ein nicht besonders ausgezeichneter Kopf angesehen wurde,
schließt Palacky III. 1. 191 aus dem Platze, den Hus in den Reihen der
Examinirten einnahm.

[5]) Statt vieler Beispiele nur eines. Gegen den Vorwurf, er habe am
16. Juli 1407 in der Bethlehemskapelle coram omni multitudine populi
utriusque sexus gewisse Schmähungen gegen den Klerus ausgestoßen, vertheidigt er sich u. A. durch den Einwand, die Beschuldigung sei vor Allem
deßwegen unwahr, weil er es nicht vor aller Welt gesagt habe, (non coram
omni multitudine populi dixi), da nicht alle Welt damals in Prag und

gefangen nahmen. Seine Studien gingen wenig über den Kreis
der Schultheologie hinaus. Auf einige Kirchenväter und das
Decret Gratians möchte er, nach seinen Schriften zu schließen,
besonderen Fleiß verwendet haben. ¹) Im Ganzen erhob sich
seine Bildung nicht über das für jene Zeit Gewöhnliche. ²)

Nachdem er 1401 die Decanatswürde der Artistenfacultät
bekleidet hatte, wurde er auf Präsentation des Ritters von Mil=
heim als Rector der ausschließlich für die Predigt in böhmischer
Sprache gestifteten Bethlehemskapelle eingesetzt. Diese Auszeich=
nung dankte er dem hohen sittlichen Ernste, mit welchem er das

in seiner Predigt gewesen sei; denn er, Hus, habe weder vor den Bewohnern
Roms noch Jerusalems Etwas gesagt. (Non enim coram omni multitudine
quae fuit Romae aliquid dixi, nec coram multitudine quae fuit in Je-
rusalem aliquid dixi. Ergo etc. Höfler a. a. O. II. 144. 146. Und
das schrieb der Mann nicht etwa im Scherze. Aus der Anwendung, die er
an verschiedenen Orten von Bibelstellen macht, ließen sich solcher Ungeheuer=
lichkeiten noch mehrere anführen. Freilich haben viele seiner theologischen
Zeitgenossen es nicht viel besser gemacht. Aber auch nicht wenige, wenn auch
durch die mystisch=allegorische Exegese auf manche Absurditäten geführt, haben
sich doch von solcher Mißhandlung des gesunden Menschenverstandes fern
gehalten.

¹) Schwab Gerson 550.

²) In jüngster Zeit hat L. Krummel (Gesch. der böhmischen Reforma=
tion 107 ff. und Sybel'sche histor. Zeitschrift IX. 1. S. 17 ff.) sich
angestrengt, die geistige Bedeutung des Magisters als eine außerordentlich
hohe darzustellen. Ihn mit Gerson auf eine Linie zu stellen, möchte nur dem
möglich sein, dem die Schriften dieses Theologen gänzlich unbekannt sind.
Die classische Durchbildung Hussens ist auch nach dem Maßstabe seiner Zeit
eine höchst zweifelhafte. Denn die Stellen, die er in seinen Universitäts=
reden — wenn sie ja von ihm herrühren — citirt, hat er schwerlich aus
den Autoren selbst geschöpft, sondern etwa aus einer Sammlung wie des
Augustiners Jaques Le Grant (Jacobi Magni Sophilogium, ge=
schrieben zwischen 1390 und 1409. vgl. die Vorrede des Sophilogiums mit
Gallia Christiana XII. 324. 325. der Pariser Ausg. v. 1770 und Ossin-
ger Biblioth. Augustin. 532. 533. Histoire lit. de la France
XXIV. 379). Sonst hätte Hus den Vers quaere quid sit virtus nicht
nach Virgil, sondern nach Lucan (Pharsal. IX. 563) citiren müssen. Daß
er Aristoteles, Plato, Boëthius und die Scholastiker kennt, ist so wenig zu
verwundern, daß einen das Gegentheil in Erstaunen setzen müßte, denn
Hus hat doch wohl seine Collegien mit einigem Nutzen gehört. Das
„Wort Catos" hat er in der Trivialschule auswendig lernen müssen, (cf. quod
adhuc sedeutes in pulvere terrae didicistis. Doc. 322) da die Disticha
fast durch das ganze Mittelalter ein Schulbuch waren, dessen Glosa cum
moralisatioue nebenbei eine wohlfeile Fundgrube für allerlei Citate war.

Leben auffaßte, seinem fleckenlosen Wandel, seiner Redegewandt-
heit und wohl zum guten Theile auch seiner nationalen Gesinnung.
Seine Predigten erfreuten sich bald einer seltenen Beliebtheit und
brachten ihm Ruhm und Ansehen nicht nur bei den niedern
Volksschichten, sondern auch selbst in den Hofkreisen bis hinauf
zur Königin, welche ihn als Beichtvater wählte oder sich empfeh-
len ließ. [1]) Von Galli 1402 bis Georgi 1403 bekleidete er die
höchste Universitätswürde, das Rectorat. [2])

Die Verwaltung des wichtigsten Universitätsamtes durch einen
Anhänger wykliffescher Lehre, die gleichzeitige Vacatur des Prager
Erzbisthums, die der Obedienzentziehung vorangehende Mißstimmung gegen Papst Bonifacius den Neunten, dies Alles scheint die
Freunde Wykliffes zu kühnerem Auftreten bei Disputationen
und sonstigen akademischen Acten ermuthigt zu haben. Das Domcapitel fand sich veranlaßt, Maßregeln gegen das Umsichgreifen
der durch die Londoner Synode von 1382 für häretisch erklärten
Lehren in Anregung zu bringen. Kaum hatte Hus sein Rectorat
niedergelegt, so wurde an seinen Nachfolger, Walter Haraffer,
bayerischer Nation, vom erzbischöflichen Generalvikar Johann Kbel
und dem Archibiaconus Wenzel von Bechin das Ansinnen gestellt,
die Vorlesungen über wykliffesche Schriften zu verbieten. [3]) Der
Rector berief auf den Nachmittag des 28. Mai eine Plenarver-
sammlung ins Karolingebäude. Dieselbe nahm einen äußerst
stürmischen Verlauf. Ein Magister Hübner hatte zu den vierund-

---

Nicht anders verhält es sich mit den naturwissenschaftlichen und medicinischen
Kenntnissen, die er in den obligaten Vorlesungen über Aristoteles sammelte.
Auch sein Hebräisch wird von Krummel der Erwähnung werth geachtet;
allein dieses, wie einen guten Theil seiner exegetischen Kenntnisse, hat er
aus dem Theologen des Mittelalters geläufigen Glosse geschöpft. Für
den Bildungsgang Hussens ist von Belang der Lesecatalog in Abhandl.
einer Privatges. II. 382. 383. und Mon. hist. I. 76. 91. 108.

[1]) Wenn Johann Rothe buringische Chronik, Thüringische Geschichtsquellen III. 654, von dieser Königin gesagt wird: „die war unfrucht-
bar und eyne große unküscherynne, die sie mit den stolzen Behemen trieb 2c.,"
so möchte dies wohl nur böse Nachrede sein.

[2]) Palacky III. 1. 192. Tomek Gesch. der Univ. Prag 355.

[3]) Docum. 328. Höfler Geschichtschr. I. 17. Palacky III. 1.
195. ff. Tomek a. a. O. 60. Höfler Hus und der Auszug 156. ff.

zwanzig von der Londoner Synode verworfenen Sätzen noch
weitere einundzwanzig aus Wykliffes Schriften ausgezogen und
beantragte deren Verwerfung. Die Anhänger Wykliffes kamen
dadurch nicht wenig ins Gedränge. Ein offenes Auftreten für
Wykliffe troß der Londoner Synode gefährdete ihre eigene Stellung,
Stillschweigen bedrohte ihre wissenschaftliche Richtung mit einem
Universitätsverbote. Sie bestritten daher die Zuverlässigkeit des
Wortlautes der ausgezogenen Sätze, und Johannes Huß ging
soweit, den Magister Hübner unzweideutig der wissentlichen Fäl=
schung derselben zu beschuldigen ¹) Magister Stanislaus von Znaym
allein hatte den Muth für die angeklagten Sätze in die Schran=
ken zu treten. Er führte aber seine Vertheidigung in so anstößiger
Weise durch, daß mehrere Magister die Versammlung verließen. ²)
Es wurde indeß mit Stimmenmehrheit der Beschluß gefaßt, daß
kein Mitglied der Universität unter Strafe des Meineides einen
der fünfundvierzig Sätze lehren oder vertheidigen dürfe. ³)

Verurtheilung und Verbot der fünfundvierzig Sätze waren
für die wykliffitischen Magister an der Universität ein harter
Schlag, dessen Rückwirkungen sich auf die ganze nationale Parthei
erstrecken mußten. Die Durchführung des Verbotes ließ sich indeß
ganz oder theilweise hintertreiben, je nachdem die Besetzung des
Prager Metropolitanstuhles ausfiel. Das Domcapitel wünschte
die Erhebung des energischen Bischofs Johann von Leitomyschl,
welcher nicht minder ein Gegner der Günstlingsregierung als des
Wykliffismus war. Die Vermuthung wird kaum zu gewagt sein,
daß die Nationalparthei die Bestätigung Johanns zu hinter=
treiben und die Erhebung einer minder gefährlichen Persönlichkeit
zu bewirken gewußt hat. Es fehlt jede nähere Nachricht über
den Sommer 1403. ⁴) Im September wurde Sbinco von

---

¹) Höfler Geschichtschr. I. 197. Doc. 170.
²) Palacky a. a. O. 196.
³) Docum. 331.
⁴) Noch am 9. Aug. 1403 schreibt sich Johann episcopus Luto-
myschleusis postulatus archiepiscopus Pragensis. Am 3. Sept. dauerte
die Sedisvacanz noch fort, am 7. Oct. 1403 wird aber schon D. Sbinco
archiepiscopus electus genannt. Palacky a. a. O. 195. Note 250.

Hasenburg zum Erzbischof erwählt. Derselbe hatte gegen seinen Mitwerber einen bis zum October 1405 dauerden Streit, der möglicherweise mit der Wiederbesetzung des Erzbisthums im Zusammenhang stand.[1]) Auffallend ist und dient zur Bekräftigung der oben ausgesprochenen Vermuthung, daß der Erzbischof sofort nach seiner Erhebung dem Magister Hus eine Stellung gab, welche ohne eigentliches Amt demselben einen außerordentlichen Einfluß auf die Angelegenheiten der Erzdiöcese sicherte. Für die nächstfolgenden Zeiten gebricht es an Nachrichten über die kirchlichen Angelegenheiten Böhmens. Der gänzliche Bruch Sigmunds mit Rom mußte dem Wykliffismus namhaften Vorschub leisten. Erzbischof Sbinco, an dem sich vollständig die Geschichte seines Vorgängers Johann von Jenstein wiederholen sollte, war von Staatsgeschäften und insbesondere von Kriegsangelegenheiten so sehr in Anspruch genommen, daß er für die Ueberwachung seines Sprengels keine Zeit fand. Ueberdies mag den ritterlichen Herrn, dessen starke Seite die Theologie nicht war, sein bevorzugter Rathgeber Johannes Hus über die Bedeutung der wykliffeschen Lehren ausreichend beruhigt haben. Um so wachsamer war das Domcapitel. Sobald der Wykliffismus wieder begann das Haupt höher zu tragen, bewirkte es durch eine Denunciation in Rom, daß Papst Innocenz der Siebente den Erzbischof 1405 aufforderte, gegen die Ausbreitung wykliffitischer Lehre einzuschreiten.[2])

Der Erzbischof kam dadurch in eine widerwärtige Lage. Beeinflußt von einem rührigen Anhänger der angefochtenen Richtung, durch ein gerades Vorgehen in Gefahr seine Stellung zum

---

[1]) Höfler Concilia Pragensia. 49. Item mandatur omnibus decanis et plebanis et aliis curatis civitatis et dioeceseos pragensis, ut R. i. Ch. P. dominum Johannem Episcopum Lythomischlensem mencionent absolutum, quia cum domino nostro Archiepiscopo in toto concordavit et omnia, quae erga dominum Archiepiscopum facere debuit, fecit cum effectu. Demnach scheint der Streit erheblich genug gewesen zu sein, um den Erzbischof zur Verhängung kirchlicher Censuren zu veranlassen. Wahrscheinlich weigerte Johann der Eiserne den Gehorsam.

[2]) Höfler Geschichtschr. I. 17. Item anno Domini MCCCCV Innocentius Papa VII. instigavit et monuit Sbinkonem Archiepiscopum Pragensem ut sit diligens et sollicitus ad errores Wicleff et haereses extirpandas. hanc monitionem praelati procuraverunt.

Hofe zu verderben, sah er die Nothwendigkeit an sich herantreten, sich mit dogmatischen Streitigkeiten abzugeben, über deren eigentlichen Kern ihm das Verständniß fehlte. Und doch mußte Etwas geschehen, denn es drängte das Domcapitel, die theologische Facultät, der Klerus des Landes und ein ausdrückliches päpstliches Mandat. Auf der Sommersynode 1406 wurde daher der Beschluß gefaßt und verkündet, daß die Pfarrer unter Strafe der Excommunication die kirchliche Abendmahlslehre in genauester Fassung auf den Kanzeln verkünden und darüber predigen sollten. [1]) Dieser Beschluß beweist, daß die wykliffeschen Lehren bereits die Grenzen der academischen Hörsäle überschritten hatten. Wykliffes Namen wurde in dem Synodalbeschlusse so wenig genannt als in dem zu dessen Verkündung erlassenen Hirtenbriefe. Wahrscheinlich hatte Hus diese schonende Form angerathen. Die Maßregel hatte entweder keinen rechten Erfolg oder wurde vom Domcapitel für ungenügend erachtet. Daher erging im folgenden Jahre von dem nach Innocenz des Siebenten Tod im November 1406 erwählten Gregor dem Zwölften eine Aufforderung zum Einschreiten. Die Bulle nennt ausdrücklich die Wykliffisten als die Verbreiter irriger Lehren. Der Erzbischof erneuerte in Folge hievon seine Mandate vom vorigen Jahre. Während der Jahre 1406 und

---

[1]) Höfler Concilia Pragensia 51. 53. vgl. Geschichtschr. I. 17. — Die Datirung der Synoden bei Höfler ist offenbar unrichtig. Nr. 23 gehört sicher nicht unter Erzbischof Wolfram, denn die Wilsnaker Angelegenheit fällt in die Zeit Sbincos, welcher Hus in derselben als Commissär verwendete. Palacky a. a. O. 216. Das Datum 15. Juni dürfte richtig sein. Nr. 24 scheint richtig auf den 15. October datirt. Dagegen kann Nr. 25 nicht in das Jahr 1405 gehören, dessen beide Synoden in Nr. 23 und 24 vertreten sind, und noch weniger auf den 15. October fallen, da am Schluße in Betreff der Predigten über das Altarsakrament verfügt wird: tribus diebus dominicis immediate (so ist zu lesen für intimare) post festum S. Johannis Baptistae se sequentibus praemissa publicetis. Dies weist mit aller Sicherheit auf den Sommer hin. Nr. 26 kann nicht auf den 15. Juni 1406 fallen, da Gregor XII. erwähnt wird, der erst am 30. Nov. 1406 den Stuhl Petri bestieg. Nr. 29 gehört nicht ins Jahr 1407, eher ins folgende, da die Artikel 2 und 8 sich mit einer Schärfe gegen Wykliffe aussprechen, welche dem Jahre 1407 noch fremd ist, recht wohl aber zu dem Einschreiten gegen den Wykliffismus 1408 passen. Ebensowenig kann das Datum 15. Juni richtig sein, wegen der Anordnung von Processionen auf die Freitage nach Allerheiligen.

1407 wurden verschiedene Personen geistlichen und weltlichen
Standes in Folge von Denunciationen vor das erzbischöfliche
Gericht geladen und über wykliffesche Lehren inquirirt. Da sie
sich entweder befriedigend ausweisen konnten oder widerriefen, ent-
ließ man sie ohne weitere Beläftigung. Hus mußte hievon aufs
Peinlichfte berührt werden. Seine Stellung zum Erzbischofe ge-
ftattete ihm kein offenes Auftreten gegen deffen Anordnungen.
Die gerichtlichen Unterfuchungen gegen Leute wykliffescher Richtung, unter welchen sich möglicherweise sogar Besucher seiner
Predigten befanden, konnten ihm nicht gleichgiltig sein. Es ist
darum nicht unwahrscheinlich, daß seinem Einfluffe die minder
ftrenge Behandlung der Angeklagten zugeschrieben werden muß.
Unschwer war vorauszusehen, daß der Magister über kurz oder
lang in den Fall kommen konnte, entweder seine Stellung zum
Erzbischofe oder seine wiffenschaftliche Ueberzeugung aufgeben zu
müffen. Innere und äußere Ereigniffe sollten in nicht ferner Frift
eine Klärung seiner Lage herbeiführen.

Wenzel hatte dem Wunsche die deutsche Königskrone wieder-
zugewinnen nie ganz entsagt. Die seit dem Marbacher Bunde
mehr und mehr erschütterte Stellung seines Gegners gab neue
Ausficht auf Erfüllung desselben. Schon 1407 hatte Wenzel mit
Gregor dem Zwölften Unterhandlungen darüber anzuknüpfen ge-
sucht,[1] allein der Papst hatte sich nicht bewegen laffen von der
Politik seiner Vorgänger abzugehen. Der König erzürnte sich
hierüber höchlich und unterfagte dem Erzbischofe jegliche Rücksicht-
nahme auf päpftliche Provifionen bei Pfründenverleihungen.[2]
Indeß scheint sich doch ein ziemlich gutes Einvernehmen wenigftens
zwischen dem Erzbischof und dem Papst erhalten zu haben,
denn Gregor beftätigte im Laufe des Jahres 1408 die Privilegien der Bethlehemskapelle, für welche auf Anregung Huffens
der Erzbischof sich verwendet haben dürfte.[3] Wenzel hatte bisher,

---

[1] Palacky Formelbücher II. 66. vgl. Gesch. v. Böhmen III. 1. 211.
Note 272.

[2] Ebend. 212. Formelb. II. 68.

[3] Helfert Hus und Hieronymus. 273. Abh. einer Privatgesellsch. II. 342. Note 109. Doc. 340.

sei es aus angeborener Trägheit, oder nach dem Rathe seiner wykliffesch gesinnten Günstlinge, oder auch, wie Palacky[1]) will, aus Abneigung gegen die seinem Hause abgünstigen Päpste, der Aus= breitung des Wykliffismus Nichts in den Weg gelegt.

Allein auf die Dauer konnte er sich doch nicht der Erwä= gung verschließen, daß durch das Umsichgreifen einer kirchlich beanstandeten Lehre sein Reich und er selbst in der öffentlichen Meinung Schaden leiden müsse, und daß er dadurch seinen Fein= den in Deutschland eine gefährliche Waffe in die Hand gebe. Böhmen hatte ohnehin nicht den besten Ruf bezüglich seiner Rechtgläubigkeit. Wie dies in Grenzlanden nur zu leicht geschieht, hatten sich verschiedene Sectirer aus West und Ost im Laufe des letzten Jahrhunderts nach Böhmen geflüchtet und dort einen günstigen Boden für ihr Treiben gefunden, so Waldenser, Dulci= nianer, Fraticellen und die bis zur Ruchlosigkeit unsittlichen Grubenheimer. Gegen die letztern war von Ulrich von Neuhaus 1340 ein förmlicher Kreuzzug veranstaltet, und das 1315 von König Johann errichtete aber wieder eingegangene Inquisitions= tribunal 1343 durch Karl den Vierten wieder hergestellt worden. [2])

Woher immer die unmittelbare Anregung gekommen sein mag, Wenzel hielt es 1408 für gerathen, den erzbischöflichen Verordnungen gegen die wykliffeschen Lehren durch eigenes Ein= schreiten Nachdruck zu geben. Es geschah sicher nicht ohne seine

---

[1]) Gesch. v. Böhmen a. a. O. 213. Was Palacky Note 275 über die Bulle vom 24. Juni 1405. Raynald a. 1405. 18 anmerkt, dürfte auf einem Irrthum beruhen. Von Wykliffe ist in derselben weder direct noch indirect die Rede, wohl aber in sehr starken Ausdrücken von Robert von Genf, dem Gegenpapste Clemens VII., so daß die Vermuthung Raynalds, als ob Wenzel sich zur Obedienz Benedikts XIII. hingeneigt habe, höchstens dahin zu modificiren sein dürfte, daß eine vollständige Ausgleichung des Bruches mit Bonifacius IX. noch nicht Statt gefunden hatte. Allerdings behauptet Wenzel in seinem Schreiben an Gregor XII. (Formelb. II. 66. 67.), daß er der römischen Obedienz immer treu geblieben sei, und bestreitet, an der Obedienzentziehung Sigmunds Antheil gehabt zu haben.

[2]) Frind Kirchengesch Böhmens II. 80 86. In dem Schreiben Benedikts XII. an Ulrich von Neuhaus bei Balbin, Miscell. lib. VI. Nr. 25 S. 29 ist ausdrücklich gesagt, daß die Sectirer aus Deutschland gekommen seien: infiniti haeretici communiter Theutonici et advenae. Hieraus erklärt sich Hussens so oft wiederholte Aeußerung, kein wahrer Böhme sei ein Ketzer.

Genehmigung, [1] daß am 20. Mai sich die böhmische Nation in ihrem Hause zur schwarzen Rose versammelte, um die wykliffeschen Sätze neuerdings in Berathung zu ziehen. [2] Die übrigen Nationen blieben dieser Versammlung ferne, da sie keine Anhänger Wykliffes unter sich zählten. Das vor fünf Jahren gegen die fünfundvierzig Sätze ergangene Verbot wurde erneuert, jedoch auf Andringen des Johannes Hus und seiner Genossen dahin eingeschränkt, daß Niemand die Artikel in ihrem häretischen Sinne lehren solle. Gleichzeitig wurde verordnet, daß nur noch den Doctoren und Magistern gestattet sein sollte über Wykliffes Dialogus, Trialogus und de Eucharistia Vorlesungen zu halten. Auf diese Beschlüsse der Universität gestützt durfte der Erzbischof einen Schritt weiter gehen. Er ließ auf der Sommersynode den Beschluß fassen, daß die wykliffeschen Bücher der erzbischöflichen Kanzlei zur Prüfung und Correctur abgeliefert werden sollten. Hus und seine Freunde unterzogen sich dieser Maßregel. Nur fünf Studenten legten Verwahrung ein und appellierten an den Papst, indem sie überdies verschiedene Aeußerungen des Erzbischofs über die Eucharistie als ketzerisch beanstandeten. Außerdem wurden mehrere Geistliche eingezogen und verhört, von welchen indeß nur einer, weil er den Widerruf weigerte, eingekerkert und nach einigen Tagen aus der Diöcese verwiesen wurde. Hus, der sich vergebens für die Loslassung des Mannes bemüht hatte, nahm keinen Anstand gegen dies Verfahren des Erzbischofs herben Tadel auszusprechen. [3]

Am 17. Juli konnte der Erzbischof auf einer außerordentlichen Synode die Erklärung abgeben, daß nach sorgfältiger und genauer Untersuchung sich keine Ketzer in Böhmen befänden. [4]

---

[1] Opp. Hussi I. 114. de consensu et voluntate expressis Serenissimi Principis et Domini Domini Wenceslai facta et habita diligenti etiam et exacta inquisitione.

[2] Palacky a. a. O 221. Tomek a. a. O. 63.

[3] Palacky a. a. O. 223. Höfler Hus und der Abzug 167. Geschichtschr. I. 18. Doc. 2.

[4] Palacky a. a. O. 224. Die von Höfler Concilia Pragensia 61 in das Jahr 1408 gesetzte Erklärung Wenzels kann nicht in dieses Jahr gehören, einmal wegen ihres Inhaltes und ganz besonders wegen der Fassung

Für die Anhänger Wikliffes war mit dieser Erklärung wenig genug gewonnen. Bei den Vorlesungen über wyklieffesche Tractate oder bei der Vertheidigung der fünfundvierzig Sätze in ihrem nicht anstößigen Sinne konnten nur allzuleicht Dinge gesagt werden, welche neuerdings dem eifrigen Generalvicar Anlaß zum Einschreiten zu geben geeignet waren. Sollte Wykliffes System der beständig drohenden Gefahr erledigt werden, so mußte um jeden Preis seine Rechtgläubigkeit in auffallender Weise sicher gestellt werden. Man bediente sich zu diesem Zwecke eines höchst gewagten Mittels. [1]) Zwei fahrende Schüler brachten nach Prag ein angeblich von der Universität Oxford ausgehendes Schreiben vom 5. Oktober 1406, in welchem Wykliffe nicht nur gegen jeden Vorwurf einer Abweichung von der kirchlichen Lehre in Schutz genommen wurde, sondern auch noch das Lob eines gewaltigen Vorkämpfers der katholischen Wahrheit erhielt. Das Schreiben war mit dem richtigen Siegel der Oxforder Hochschule versehen. Einer der Träger war ein Böhme, Nikolaus Faulfisch. Dieser ging in der Schwärmerei für den englischen Theologen so weit, daß er ein Stück vom Grabsteine desselben mitbrachte, welches die Gesinnungsgenossen in Prag als eine heilige Reliquie verehrten. Das Zeugniß für Wykliffe war nun eine arge Fälschung. Man hatte aus einer ächten Urkunde der Universität die Schrift ausgekratzt und das leere Pergament mit dem Falsificate beschrieben. Der eine der Fälscher bekannte das Verbrechen auf dem Todtenbett mit lebhafter Reue. Ob nun Hus um die Fälschung wußte, oder ob sie fein genug war, um ihm jeden Verdacht zu benehmen, er las das Zeugniß auf der

des Kirchenbegriffes, an welcher 1413 die Sühnversuche scheiterten. (Geschichtschr. I. 29 bis 33.) sodann wegen Erwähnung der Rathhaussynode in den Zusätzen ad No. 3. Freilich könnten diese Zusätze später eingefügt worden sein; allein die Erklärung des Erzbischofs vom 17. Juli 1408 schließt doch eine so scharfe Verurtheilung von Seiten des Königs und der Barone aus. Dagegen stimmt die von den böhmischen Gesandten den Pisaner Cardinälen gegebene Erklärung, daß Wenzel, wenn je Einer gefunden würde, welcher Irrthümer lehrte, denselben mit der Strafe des Scheiterhaufens züchtigen wolle (Geschichtschr. II. 137.), vollkommen zur Aeußerung des Erzbischofs.

[1]) Höfler Geschichtschr. I. 278. Doc. 313.

Kanzel zu Bethlehem vor, und machte sicher auch den geeigneten Gebrauch davon in den Universitätskreisen. [1])

Durch diese offene Partheinahme für Wykliffe mußte Hussens Stellung zum Erzbischof völlig unhaltbar werden. Möglicherweise war schon seit 1407 eine Erkaltung eingetreten, und der Erzbischof nur durch die Rücksicht auf den Hof vom offenen Bruche abgehalten worden. Seit mehreren Jahren hatte Sbinco den eifrigen und geachteten Prediger von Bethlehem mit der Abhaltung der Synodalreden beauftragt. Hierdurch war demselben Gelegenheit geboten segensreich für die sittliche Hebung des Klerus zu wirken, [2]) zugleich aber auch sich durch rücksichtslosen Tadel seiner Standesgenossen Feinde zu machen. Es war nicht klug vom Erzbischof, denselben Prediger in kurzen Zwischenräumen wiederholt zu ver-

---

[1]) Höfler Geschichtschr. I. 68. 278. 279. Hus und der Auszug 177 ff. Opp. Hussi I. 32. Docum. 313. Das gefälschte Schreiben Höfler Concilia Prag. 53. Was mich bestimmt den Vorfall in diese Zeit zu setzen, ist der Umstand, daß Hussens Verhältniß zu Palecz noch ungetrübt war, als das fragliche Schreiben nach Prag kam. In der Antwort, die er auf die Frage der Engländer (Geschichtschr. I. 278. Doc. 313.) gibt: Ille meus amicus novit bonae memoriae Nicolaum Faulfiss, könnte recht leicht die boshafte Andeutung enthalten, daß auch Palecz der Sache nicht fremd war. In diesem Falle wären die Worte horum omnium iste Hus conscius fuit von gefährlicher Tragweite. Das Verhalten Peters von Mladenowicz wäre geeignet gegen Hus Verdacht zu erwecken. Während er gegen obige schwere Anschuldigung Hussens kein Wort der Abwehr hat, bezweifelt er die Authentie des antiwykliffeschen Schreibens des Kanzlers der Universität Orford. Postea Anglici aliam literam illi litere (dem gefälschten) oppositam cum appresso sigillo ut dicebant cancellarii Oxoniensis legi procurarunt. Geschichtschr. I. 274. Doc. a. a. O. Mladenowicz war sicher nicht so sehr beschränkt, noch so sehr vom Glauben an Hus eingenommen, daß er im Ernste an der Aechtheit des Schreibens des Orforder Kanzlers gezweifelt hätte. Ein Schreiben des Erzbischofs von Canterbury 7. Mai 1411, offenbar durch die Fälschung hervorgerufen Geschichtsschr. II. 193. Früher als 1408 ist das gefälschte Zeugniß nicht nach Prag gekommen, denn in diesem Falle hätte Hus in der Versammlung vom 20 Mai sich gewiß darauf berufen. Gegen eine spätere Zeit, da der Haber über Wykliffes Doctrin bereits in hellen Flammen stand, spricht, wenn auch nicht zwingend, das Datum des Briefes und ganz besonders der Umstand, daß das Zeugniß in einem gewissen Sinne zu der von Hus beantragten Form des Verbotes der 45 Artikel stimmte. Wie weit Hus betheiligt war, ist nach dem vorliegenden Material nicht mit Sicherheit zu bestimmen.

[2]) Wie eifrig Sbinco hierin, aber auch wie groß die Verkommenheit des Klerus war, zeigen die Concilia Pragensia an vielen Stellen.

wenden, ebensowenig von Hus, eines Amtes mehrmals nach ein=
ander zu walten, das ihn in die Nothwendigkeit verſetzte, öfter
daſſelbe, nur in andern Wendungen, zu ſagen. Eine wiederholte
Bußpredigt über dieſelben Sünden verfehlt den Eindruck der Unbe=
fangenheit. Man ertrug den freimüthigen Redner ungern, um
ſo willkommener war die Gelegenheit ſeiner los zu werden. Hus
führte ſie ſelber herbei, indem er die Gebrechen der Geiſtlichen
auch auf der Kanzel von Bethlehem beſprach. Was man im
Kreiſe der Amtsbrüder von dem Vertreter des Erzbiſchofs hin=
genommen hatte, gewann ein anderes Ausſehen in der Bethlehems=
kapelle oder der Gallikirche vor einer Zuhörerſchaft von Laien, und
zwar von Laien aus den untern Volksklaſſen. Es wurde daher
eine Beſchwerdeſchrift [1]) gegen den unlieben Redner eingereicht.
Wahrſcheinlich in Folge davon hatte er nach der Spätjahrsynode
1407 keine Synodalrede mehr zu halten. Noch größer wurde die
Kluft, als Hus im Sommer 1408 ſich der vor Gericht geladenen
Kleriker in etwas heftiger Weiſe annahm, die Erlaſſe des Erzbi=
ſchofs bekrittelte und demſelben über ſein Vorgehen gegen den
Pfarrer Abraham geradezu einen Rügebrief ſchrieb. [2]) Auch
gegen Sbinco muß die Verſtimmung in weitern Kreiſen Boden ge=
wonnen haben, denn ungeachtet ſeines günſtigen Urtheils vom
17. Juli, vielleicht auch gerade wegen deſſelben, wurde er kurz
nachher durch angeſchlagene Schmähſchriften verhöhnt. [3]) Die
wykliffeſche Frage blieb übrigens zunächſt auf ſich beruhen, denn
die Vorgänge zu Lucca, Piſa und Livorno im Hochſommer 1408
brachten ganz Europa in Aufregung, und für Böhmen ſowohl

· [1]) Höfler Geſchichtſchr. II. 143; Huſſens Antwort darauf ebend. 145.
Doc. 153. 155 ff.

[2]) Palacky a. a. O. 223. Doc. 3. 4.

[3]) Geſchichtſchr. I. 9. Literae diffamatorie nimis grosse contra
dominum Sbinconem pragensem archiepiscopum et canonicos et quos-
dam Bohemos magistros. Von wem ſie ausgegangen, läßt ſich hieraus
nicht entnehmen. Die Pamphlete waren am 4. Auguſt angeſchlagen. Durch
die Erklärung vom 17. Juli hatte ſicher Sbinco die Orthodoxen gerade ſo
vor den Kopf geſtoßen, wie achtzehn Monate ſpäter die Wykliffiten. In
Schmähungen wurde von beiden Seiten eine anerkennenswerthe Virtuoſität
an den Tag gelegt.

die nationale Frage als auch demnächst die wykliffesche zur ent=
scheidenden Krise.

Die Hoffnungen, welche man für die Einigung der Kirche
auf Gregor den Zwölften gesetzt hatte, erwiesen sich als trüglich.[1]
Gregor hatte vor seiner Wahl gleich den übrigen Cardinälen eine
Capitulation unterschrieben, welche die zur Aufhebung des Schis=
mas einzuschlagenden Wege genau vorzeichnete. Auch nach seiner
Erhebung hatte er mehrere gewichtige Schritte gethan, um seinen
Gegner Benedikt den Dreizehnten zur Theilnahme am Einigungs=
werke beizuziehen. Allein die fast zweijährigen Unterhandlungen
führten zu keinem Ziele. Verstimmung hierüber und gewiß auch
persönliche Gründe bewogen das gregorianische Cardinalscollegium,
nach heftigen Streitigkeiten mit dem Papste aus Lucca, wo die
Curie damals residirte, am 1. Mai 1408 sich nach Pisa zu ent=
fernen. Von hier aus erließen die Cardinäle am 13. desselben
Monats ein Manifest an die ganze Christenheit. Sie suchten in
demselben ihre Entfernung zu rechtfertigen, appellirten an den
besser zu unterrichtenden Papst, an ein allgemeines Concil, an
den künftigen Papst und schließlich an Jesum Christum selber.[2]
Vergebens suchte Gregor die Cardinäle zum Gehorsam zurückzu=
führen. Diese forderten im Gegentheil durch ein Rundschreiben
vom 1. Juli 1408 die gesammte Christenheit auf, Gregor den
Gehorsam aufzusagen.

Fast gleichzeitig mit dem Abfall der gregorianischen Cardinäle
setzte die Pariser Universität es durch, daß auch Benedikt dem
Dreizehnten in Frankreich der Gehorsam gekündigt wurde. Benedikt,
in seiner persönlichen Sicherheit bedroht, entwich aus Avignon
und suchte in Perpignan eine Zuflucht, wohin er dann auf Aller=

---

[1] Ich verweise der Kürze wegen auf Christophe, Geschichte des
Papstthums während des vierzehnten Jahrhunderts, übers. von Ritter III.
175 ff. Schwab Gerson 190 ff. Hefele Conciliengesch. VI. 767 ff.
Gregorovius Gesch. der Stadt Rom VI. 571 ff. von Reumont
Gesch. der Stadt Rom III. 1130 ff. Auch nach diesen trefflichen Arbeiten
möchten die Acten über Gregor XII. noch nicht geschlossen sein, da die bis jetzt
erschlossenen Quellen gerade über die wichtigsten ihn betreffenden Punkte keine
rechte Klarheit ermöglichen.

[2] Martène Thesaurus II. 1398.

heiligen ein allgemeines Concil ausschrieb. Auch Gregor der
Zwölfte schrieb ein solches für seine Obedienz aus. Allein seine
Carbinäle bestritten ihm hierzu das Recht; seine Obedienz existierte
nicht mehr. Auch Benedikts Cardinäle fielen von diesem, welcher
das gregorianische Collegium auf seine Seite zu ziehen versucht
hatte, ab. Sie vereinigten sich mit den gregorianischen dahin,
beide Prätendenten zum Rücktritte zu zwingen, ein allgemeines Concil
zu berufen und durch dasselbe einen unbezweifelten Papst zu
wählen. Dieses Concil sollte am 25. März 1409 zu Pisa eröffnet
werden.

Für diese Pläne der Cardinäle mußten vor Allem die euro-
päischen Höfe gewonnen werden. Der Beitritt des Königs von
Frankreich war durch die Stimmung der Pariser Universität und
der Mehrzahl des französischen Klerus nicht zweifelhaft. König
Heinrich von England würde durch den Cardinal Uguccio gewonnen. Bezüglich Ungarns hatte man nicht zu besorgen, daß
Sigmund zu Gunsten Gregors Schwierigkeiten machen werde.
Mit Ladislaus von Neapel war es nicht schwer ins Reine zu
kommen, da seine ganze Politik nur auf Vergrößerung seines
Gebietes gerichtet war. In Deutschland lag die Sache nicht so
gar sicher. Doch waren die Aussichten, daß sich für das Concil
eine mächtige Partei bilden würde. Die Kirchenangelegenheit
mußte auf dem nach Frankfurt auf Epiphanie 1409 ausgeschrie-
benen Reichstage zur Sprache kommen. [1]) Zu diesem entsandten
die vereinigten Collegien aus ihrer Mitte den Cardinal Landulf
von Bari. Gleichzeitig bewogen sie den König von Frankreich,
die Bemühungen desselben durch eine eigene Abordnung an den
Reichstag zu unterstützen. Der Erzbischof von Mainz Johann von
Nassau, welcher sofort die Parthei der Cardinäle ergriffen hatte,
fand noch vor Eröffnung des Reichstages Gelegenheit eine große
Zahl von Reichsfürsten auf seine Seite zu ziehen. Deßhalb vermochte König Ruprecht, welchem Gründe der Ehre und der
Politik bei Gregor auszuharren geboten, es nicht den Beschluß
der vorläufigen Neutralität zu hintertreiben. Vergebens hatte

---

[1]) Höfler Ruprecht 414 ff.

Gregor Anerbietungen gemacht, die ebensosehr der Ehre des Reiches als den Interessen der Kirche entsprachen.

Das Ergebniß des Frankfurter Reichstages blieb zwar hinter den Wünschen der Cardinäle zurück, war aber immerhin günstig genug. Die deutsche Kirche war thatsächlich von Gregor dem Zwölften abgefallen. Ruprechts Widerstand war nur noch so lange von Bedeutung, als die ihm abgeneigten Reichsfürsten sich nicht entschließen konnten, wieder auf die Seite Wenzels zu treten. Wenzel war einem Anschlusse an die Gegner Gregor des Zwölf-ten nicht abgeneigt. Gelang es, ihn zu thatkräftigem Auftreten zu vermögen und ihm wieder eine Parthei zu schaffen, so war der Sache der Cardinäle auch in Deutschland der Erfolg gesichert. Daher begab sich der Cardinal Landulf von Frankfurt unver-züglich nach Prag.

Hier war seinen Absichten in jeder Weise vorgearbeitet wor-den. Der Cardinal-Erzbischof von Mailand Peter Filargi, von den Viscontischen Angelegenheiten her mit Wenzel bekannt und von demselben hochgeachtet, hatte kurz nach der Einigung der beiden Collegien geschrieben, um ihn zum Rücktritt von Gregor zu bewegen.[1]) Mündliche Unterhandlungen durch Wenzels Agen-ten bei der Curie, Hieronymus Seidenberg, und seinen Gesandten, den Minoriten Mauritius, der Einfluß verschiedener Personen, welche mit den Cardinälen brieflichen Verkehr unterhielten,[2]) neben der Erbitterung über Gregors sprödes Benehmen die Aus-sicht auf Wiedergewinnung der römischen Königskrone hatten Wenzel schon in den letzten Tagen des Jahres 1408 zu der vertraulichen Erklärung an die Cardinäle veranlaßt, daß er bereit sei sich ihren Schritten zur Hebung des Schismas anzuschließen und im Einverständnisse mit dem Adel und den Prälaten seines Reiches das Concil zu beschicken. Dem Magister Johann Car-

---

[1]) Martène Coll. ampl. VII. 813. Daß dies Schreiben an Wenzel gerichtet ist, (trotz der Ueberschrift Regi Romanorum, die auch auf Ruprecht bezogen werden könnte) beweist die Erwähnung des Lectors Mauritius, der auch im folgenden Brief ad consiliarium Regis Bohemiae erscheint. Der-selbe bekleidete in Prag wichtige Kirchenämter und war als Minorit mit seinem Ordensgenossen Peter Filargi wohl schon früher bekannt.

[2]) Ebend. 814.

binalis von Reinstein, einem Freunde Huffens,[1]) wurde die
Ueberbringung des Schreibens anvertraut und die Vollmacht er=
theilt die Unterhandlungen weiter zu führen. Als Preis für
seinen Beitritt verlangte Wenzel, daß er als einziger und recht=
mäßiger römischer König anerkannt, und daß seinen Gesandten
eine dem entsprechende Behandlung auf dem Concil zu Theil
werde.[2])

Am 22. Januar 1409 ergieng von Kuttenberg aus ein königs=
liches Schreiben, durch welches unter besonderer Betonung der
Pflicht des römischen Königs, der Kirche in ihren Nöthen und
Wirrsalen zu Hilfe zu kommen, Gregor dem Zwölften der Ge=
horsam gekündet und alle des Reiches Getreue zu entsprechendem
Verhalten aufgefordert wurden. Von einer Verbindung mit den
Cardinälen war in diesem Schreiben nicht die Rede, ebensowenig
von der Beschickung des Concils.[3]) Wenzel wollte offenbar nur
seinen guten Willen zeigen, die förmliche Beitrittserklärung aber
noch verschieben, bis ihm der Bevollmächtigte der Cardinäle für
den Kaufpreis seines Beitrittes urkundliche Sicherheit geben
würde.

Landulf von Bari scheint in den ersten Tagen des Februar
nach Prag gekommen zu sein. Die Verhandlungen gediehen so
schnell zum Ziele, daß am 16. und 17. Februar die Ratificationen
des Schutz= und Trutzbündnisses zwischen Wenzel und den Car=
dinälen ausgewechselt werden konnten. Wenzel verpflichtete sich
zum vollständigen und rückhaltlosen Beitritte, zur Anerkennung
des Concils und zur Durchführung aller Beschlüsse desselben.
Dagegen versicherte der Cardinal, daß die vereinigten Collegien
den König von Böhmen als römischen König anerkennen und
seine Krönung zum Kaiser betreiben würden. Dem künftigen
Papste werde es vor seiner Wahl zur Pflicht gemacht werden,
nicht nur die Versprechungen der Cardinäle zu erfüllen, sondern
auch den Herzog Ruprecht von Bayern „mit seiner ganzen Macht

---

[1]) Höfler Geschichtschr. I. 131. Doc. 79.
[2]) Martène Coll. ampl. VII. 891. Doc. 343.
[3]) Martène a. a. O. 923. Doc. 348.

und Kraft, und auch durch kirchliche Cenſuren zu ſtürzen, zu ver=
nichten und zu zertreten." [1]

An dieſer Geſtaltung der Dinge hatte in Böhmen außer
Wenzels Günſtlingen, ohne deren Gutheißen er Nichts unternahm,
den vornehmſten Antheil die wykliffitiſch geſinnte Nationalparthei.
Es verſtand ſich von vornherein, daß eine Parthei, nach deren
Sinn ein Abfall vom Papſte unter allen Umſtänden war, die
Obedienzentziehung mit Freuden begrüßte. Ueberdies war der
Wykliffismus in den zwei letzten Jahren mehrmals von Gregor
ernſtlich bedroht worden, und ſeine Vertreter wurden ſo eines
Feindes ´lebig und gewannen ſich auf der andern Seite die Freund=
ſchaft und den Schutz des Hofes. Schon aus dieſen Gründen
iſt es höchſt wahrſcheinlich, daß von Anbeginn die wykliffitiſche
Parthei die Hände im Spiele hatte. Aber noch mehr, Magiſter
Cardinalis, ein treuer Freund Huſſens, erhielt eine wichtige
Sendung, Hus ſelbſt und ſeine Freunde beſaßen Einfluß genug,
um zwei böhmiſchen Magiſtern, welche der Legat von Bologna
hatte einkerkern laſſen, die Freiheit wieder zu verſchaffen. [2] End=
lich hat Hus ſelbſt zwei Jahre ſpäter in einem Briefe an das
Cardinalcollegium behauptet, alle Ungunſt des Erzbiſchofs von

---

[1] Pelzel Urkundenb. 218.

[2] Chron. Univ. Prag. Geſchichtſchr. I. 18. Item anno Domini
1408 post Galli Stanislaus de Znoyma .. et Stefanus Palecz . . .
fuerunt in Boemia a Balthasar Cardinali capti et carceribus manci-
pati quos Johannes Hus, Jessenicz et Christannus magistri per inter-
positas personas liberarunt. Allerdings hat auch die ganze Univerſität,
ſowie die böhmiſche Nation für ſich, Schritte gethan. Docum. 345. 346.
(Gerade der Brief der letztern beweiſt, wie ſehr die wykliffitiſche Parthei für
die Obedienzentziehung gearbeitet hat: cur totus coetus magistrorum regni
Bohemiae in praestantioribus membris laeditur? Qui coetus una cum
eisdem magistris coram ser^{mo} principe Rom. et B. rege sanctae Ro-
manae ecclesiae continue promovet collegium et ceteris nationibus
oppugnantibus jam periculis instantibus se exponit Ich bemerke hierzu
und insbeſondere wegen des Folgenden, daß die Univerſität ſich in vier
Nationen die bayeriſche (Südbeutſchland umfaſſend), die ſächſiſche
(Nordbeutſchland), die polniſche (Polen und Nordoſtbeutſchland, Rußland),
die böhmiſche (Böhmen, Mähren, Ungarn, Siebenbürgen) eintheilte. Man
muß immer ſtreng darauf achten, die Nationalität und die akademiſche Nation
auseinander zu halten. Wie allgemein bekannt die Sache iſt, hier ſcheint
es nicht überflüſſig, ſie ins Gedächtniß zurückzurufen.

Prag, alle seine Verfolgungen rührten daher, daß er zur Zeit
des Rücktrittes von Gregor dem Zwölften „den Anschluß an das
heilige Collegium der Cardinäle zur Einigung der heiligen Mutter,
der Kirche, den Baronen, Fürsten und Herrn, dem Klerus und
dem Volke mit Eifer und Erfolg angerathen habe." [1])

Diese Thätigkeit der wyklifsitischen Parthei war es wohl
vorzugsweise, welche den Erzbischof, das Domcapitel und die
Universität bestimmte, der Obedienzentziehung entgegen zu arbeiten.
Das Verhalten des Erzbischofs war am Ende von untergeordne=
ter Bedeutung; der Hof hatte die Mittel in der Hand seiner Herr
zu werden. Von größerem Gewichte war es, welche Stellung die
Universität zu der schwebenden Frage einnahm. Dieselbe hatte
allerdings auf das öffentliche Leben nicht den weitgreifenden Ein=
fluß, wie die Pariser Hochschule. Immerhin aber war ihr An=
sehen in Böhmen und ganz Deutschland zu groß, als daß Wenzel
für die vollständige Durchführung seiner Plane hätte ihre Unter=
stützung entbehren oder ihren Widerstand gering anschlagen können.
Der nationalen Parthei an der Universität konnte die Haltung
der deutschen Mehrheit nur erwünscht kommen. Denn je größeren
Werth der König auf die Stimme der Universität legte, desto
leichter mußte es fallen ihn zu Anordnungen zu bestimmen, welche
den Schwerpunkt derselben in die böhmische Nation verlegten.
Gelang dieses, so war zugleich auch der Sieg des Wykliffismus
entschieden, denn der Widerstand der einheimischen Gegner war
gebrochen, und von der römischen Curie war kein Einschreiten zu
besorgen, so lange das Oberhaupt fehlte und die Cardinäle da=
rauf bedacht sein mußten, des böhmischen Königs Gunst nicht zu
verscherzen.

Kaum war Wenzel von der Fahrt zurückgekehrt, welche er
in den letzten Wochen des Jahres 1408 nach Schlesien gemacht
hatte, so wurde er bestürmt, das bisherige Stimmenverhältniß der
Universität abzuändern. Die Nationen sollten nicht mehr gleich
berechtigt sein, sondern in allen Universitätsangelegenheiten die
böhmische Nation drei Stimmen, die drei andern Nationen mit=

---

[1]) Opp. I. 117. Doc. 20. 21.

einander nur eine Stimme haben. [1]) Man berief sich hierfür auf
die Statuten der Pariser Universität. Dort hätte die französische
Nation drei Stimmen, die fremden nur eine einzige. Die Prager
Schule solle nach ihrem Stiftungsbriefe die nämlichen Einrichtun=
gen haben wie die Pariser. Deshalb müsse das Stimmenver=
hältniß zu Gunsten der böhmischen Nation abgeändert werden.
Diese Begründung der böhmischen Ansprüche geht von so ent=
schieden falschen Voraussetzungen aus, daß Hus und seine Freunde
unmöglich in gutem Glauben sich auf den Stiftungsbrief können
berufen haben. Derselbe setzte nämlich fest, daß die Lehrer und
Studierenden der Prager Hochschule dieselben Privilegien, Immu=
nitäten und Freiheiten genießen sollten, deren sich die Doctoren
und Scholaren der Hochschulen von Paris und Bologna erfreuten.
Damit sollte aber keineswegs gesagt werden, daß die Verfassung

---

[1]) Die ältern, von Böhmen herrührenden Darstellungen des Stimmen=
streites sind so discret, daß sie die ungerechtfertigten Forderungen der czechisch=
wykliffitischen Parthei für einer Entschuldigung bedürftig halten. Der deutsche
Pfarrherr L. Krummel hat die Entdeckung gemacht, daß den Deutschen eigent=
lich nur Recht geschehen sei. Gesch. der böhm. Reform. 25. Historische
Zeitschrift XVII. 25. 26. H. Krummel, dem es offenbar nur darum
zu thun ist, daß Hus des schweren Vorwurfes, am Ruin der Prager Uni=
versität mitgearbeitet zu haben, entledigt werde, nimmt in seiner „unpar=
theiischen Geschichtsbetrachtung" die Aeußerung eines spätern Chronisten für
den Wortlaut des Stiftungsbriefes. (Hist. Zeitschr. a. a. O. 26 Anm.
21.) Und doch citirt Palacky, dem er die Stelle entlehnt, ausdrücklich (Gesch.
v. Böhmen II. 2. 300. Note 397) den Benes von Weitmil (cf. Script.
rer. Boh. II. 350). Die Stiftungsurkunde (bei Berghauer Proto=
martyr poenitentiae I. 76) sagt: Omnes et singulos Doctores, Magistros
et Scholares in professione et qualibet facultate ac undecunque vene-
rint, veniendo et morando et redeundo sub nostrae Majestatis speciali
protectione et salvaguardia retinentes, firmam singulis fiduciam ob-
laturi, quod privilegia immunitates et libertates omnes,
quibus tam in Parisiensi quam in Bononiensi studiis
Doctores et Scholares authoritate regia uti et gaudere
sunt soliti, omnibus et singulis accedere volentibus liberaliter im-
pertimur et faciemus ab omnibus et singulis inviolabiliter observari.
Wie man hieraus Bestimmungen für das Verhältniß der akademischen
Nationen ableiten konnte, ist allerdings schwer zu begreifen. Daß die Chro=
nisten die von Hus und seinen Genossen aufgebrachte Behauptung, es müsse
das Prager Generalstudium mit dem Pariser übereinstimmen, nachgeschrieben
haben, ist nicht zu verwundern. Ungerne aber begegnet man in einer mit
Recht so geachteten Zeitschrift, wie die Sybel'sche, einem so groben Verstoße
gegen die Kritik.

der Prager Universität dieselbe sein sollte, wie die der beiden genannten Schulen   Denn gerade bezüglich des Stimmenverhält= nisses. galten zu Paris ganz andere Bestimmungen als zu Bologna. Während zu Paris sämmtliche akademische Nationen gleiche Rechte hatten, waren in Bologna die Einheimischen nicht nur von allen akademischen Würden, sondern sogar vom Stimmrechte ausge= schlossen. [1]) Karl der Vierte wollte offenbar nichts anderes sagen, als daß die Prager Universität gleich ihren älteren Schwestern für ihre innern Einrichtungen sich der vollen Autonomie erfreuen und nach außen hin jeden ihrem Gedeihen förderlichen Schutz genießen solle. Hätte er seinen Stiftungsbrief anders gemeint, hätte er insbesondere das Stimmenverhältniß von Paris einführen wollen, so wäre während der vollen dreißig Jahre zwischen der Eröffnung der Universität und seinem Abscheiden oft genug die Gelegenheit gewesen einem so gröblichen Mißverständnisse seiner Worte ent= gegen zu treten. [2])

Aber auch angenommen, das Stimmenverhältniß der Prager Universität hätte stiftungsgemäß dasselbe wie zu Paris sein müssen, so wären die Forderungen der böhmischen Nation dennoch unge= rechtfertigt gewesen. Die Pariser Universität hatte vier Nationen, die französische, englische, pikardische und normanische, deren jede wieder in mehrere Provinzen zerfiel. Jede dieser Nationen

---

[1]) Savigny Gesch. des röm. Rechts im Mittelalter. 2 A. III. 182. 183. 187. Hönn Iter juridicum. Witteb. 1688. 117. 133. seqq.

[2]) Aehnlich faßt Tomek. Gesch. der Univ. Prag. 7 den Sinn der Stif= tungsurkunde auf. Daß Karl die Eintheilung in Nationen angeordnet, läßt sich nicht urkundlich erweisen. Dieselbe wird sich wohl nach dem Vorgang anderer Universitäten von selbst gemacht haben. Das älteste Document, in welchem die Nationen erwähnt werden, setzt sie als bereits bestehend voraus: in Universitate sint quatuor Nationes ut de facto sunt. Statuta officii Rectoratus Acad. Prag. bei Voigt Verf. einer Geschichte der Univ. Prag in Abh. einer Privatgesellschaft II. 314. Note 49. Ebenso das Statut des Erzbischofs Arnest vom 10. April 1360. Ebend. 327. Daß die Nationen noch bei Lebzeiten Karls gleichberechtigt waren, beweist das Statutenbuch der Artistenfacultät durch die Satzung vom 21. April 1378 (Karl starb 29. November desselben Jahres): quod decanus facere deberet congregatiouem magistrorum ad eligendum quatuor magistros de quatuor nationibus pro examinatoribus bacalariandorum. Mon. hist. Univ. Prag I. 1. 42. Nicht minder der Wahlmodus des Rectors Tomek a. a. O. 9.

hatte eine Stimme. Die französische, pikardische und normanische Nation bestanden fast ausschließlich aus Franzosen. So hatten allerdings die Unterthanen der französischen Krone drei Stimmen, aber nicht weil sie Franzosen waren, sondern weil sie drei aka= demische Nationen bildeten. ¹) Für die böhmische Nation unter Berufung auf Paris drei Stimmen zu beanspruchen hätte nur dann einen Sinn gehabt, wenn die böhmische Nationalität in solcher Stärke vertreten gewesen wäre, daß sie drei akademische Nationen gebildet hätte. Dies war aber bei weitem nicht der Fall. Die böhmische Nation der Universität begriff in sich nie mehr als ein Fünftel sämmtlicher Studierenden. ²) Da zu ihr aber auch die Ungarn, Croaten, Siebenbürger und Dalmatiner gehörten, so war die böhmische Nationalität nur in einem sehr niederen Zahlenverhältnisse vertreten.

Die Angelegenheit kam mehrfach in den Versammlungen der ganzen Universität und der böhmischen Nation zur Sprache. Auch unter den böhmischen Magistern fehlte es nicht an solchen, welche sich durch ihren auf die Universitätsstatuten geschworenen Eid für gebunden hielten und sich gegen die Plane der Nationalparthei erklärten. Hus und die Seinen wußten sie aber dadurch zum Schweigen zu bringen, daß sie die Männer mit dem ängstlichen

---

¹) Auch die Pariser Universität hatte ihren Stimmenstreit gehabt. Die französische (akademische) Nation stellte 1262 die Forderung, sie müsse, weil sie allein ebensoviele Mitglieder zähle, als die drei andern Nationen zusammen, auch drei Examinatoren zu den Prüfungen stellen und gegen eine Majori= sierung durch die Normanen, Pikarden und Engländer gesichert werden. Allein der mit Austrag des nicht unerheblichen Zwistes betraute Cardinal Simon de Brie entschied gegen die französische Nation: super hoc etiam, quod petit, quod sola tres examinatores habere valeat, minime annuentes. Bulaeus hist. Univ. Paris. III. 381. Ueber die ganze Angelegenheit ebend. 375. 377 ff. Crévier. hist. de l'université de Paris III. 11. ff. Die französische Nation fügte sich dieser Entscheidung. Ueber die Verfassung der Pariser Universität Schwab Gerson. 60. 61. nach Thurot de l'organisation de l'enseignement dans l'université de Paris au moyen-âge. Paris 1850.

²) Tomek a. a. O. 47. Ob Tomek bei diesen Zahlverhältnissen nur von der Juristen=Universität redet, ist nicht recht klar. Allein die Verhält= nisse werden an der Dreifacultäten=Universität kaum anders gewesen sein. Drobisch Ber. der k. sächs. Gesellschaft, phil. histor. Klasse 1849. 66 ff. berechnet die Zahl der Ausgewanderten auf 2000 gegen 500 Zurückbleibende.

59

Gewiſſen Verräther des Reiches und des Königs nannten.[1]) Die
drei Nationen ſuchten durch eine Geſandtſchaft an Wenzel, der
damals in Kuttenberg war, die Abſichten der Böhmen zu vereiteln.
Sie erſuchten den König um Aufrechthaltung ihrer von Karl
verliehenen Rechte. Wahrſcheinlich wieſen ſie nebenbei auf die
Gefahren hin, welchen durch Hus und ſeine Genoſſen der Ruf
der Rechtgläubigkeit Böhmens ausgeſetzt ſei. Wenzel gab beruhi=
gende Zuſicherungen.[2]) Kurz darauf kam die Geſandtſchaft der
böhmiſchen Nation, Hus und Hieronymus an der Spitze. Hus
bot ſeine ganze Beredtſamkeit auf, um den König ſeinen Abſichten
günſtig zu ſtimmen. Da fuhr ihn Wenzel mit den harten Worten
an: du mit deinem Genoſſen Hieronymus machſt mir fortwährend
Wirrniſſe; wenn diejenigen, deren Amt es iſt, nicht vorkehren, ſo
werde ich euch für den Scheiterhaufen ſorgen.[3]
    Auf eine ſolche Antwort war Hus nicht gefaßt. Aus Aerger
darüber fiel er in eine mehrwöchentliche Krankheit.[4]) Allein auch
dadurch wurde er nicht abgehalten für ſeine Beſtrebungen thätig
zu ſein. Während die Partheigenoſſen am günſtigen Erfolg ver=
zweifelnd die Hände in den Schooß legten, betrieb Hus von ſeinem

---

[1]) Nach den beſchworenen Ausſagen des Andreas Broda auf dem Kon=
ſtanzer Concil Höfler Geſchichtſchr. I. 199. Doc. 181. Et in consiliis
universitatis publicis hoc ipsum fecit et induxit ad tantum quod se-
niores magistri propter minas et terrores sua vota dicere non prae-
sumserunt: quia si quis magistrorum dixit, quod ordinationes firmatae
juramento tenerentur, statim Hus cum suis complicibus appellavit eum
proditorem regis et regni. Auf Huſſens Einſprüche gegen die Sache wird
man nicht zu großes Gewicht legen dürfen.
[2]) Geſchichtſchr. I. 217. Doc. 282. ipse consensit eis.
[3]) Ausſage des M. Johann Naſ auf dem Concil ebenda. Wenn die
drei Nationen hier ſagen: jura quae ab antiquo ex dotatione imperatoris
tenuerunt, ſo bezieht ſich dies auf die vom Kaiſer gewährte Autonomie,
deren Ausfluß die Statuten der Univerſität waren. Der Kanzler Erzbiſchof
Arneſt hatte 10. April 1360 Statuten erlaſſen, welche das zwölfjährige Her=
kommen ſanctionirten und die Grundlage für die weitere Ausbildung der
Univerſitäts=Verfaſſung wurden. Selbſtverſtändlich erhielten dieſelben die
Beſtätigung des Kaiſers. Abh. einer Privatgeſellſchaft II, 316.
317. Tomek a. a. O. 8.
[4]) Wahrſcheinlich war es dieſelbe Gallenkrankheit, die ihn nachmals
auch in Konſtanz befiel. Geſch. I. 199. Doc. 181.

Schmerzenslager aus die Sache mit allem Eifer. [1] Als eines Tages die Magister Andreas von Broda und Johann Eliä vor seinem Bette erschienen, konnte er sie mit dem königlichen Briefe überraschen, welcher die Wünsche der böhmischen Nation erfüllte. Durch den Obernotar des Bergwesens Nikolaus von Lobkowiz [2] war der launische Wenzel umgestimmt worden. Am 19. Januar 1409 hatte er ein Decret unterzeichnet, durch welches nicht allein der böhmischen Nation die geforderten drei Stimmen verliehen, sondern auch den drei auswärtigen Nationen jedes Einwohnerrecht in Böhmen abgesprochen wurde. Wer aus Deutschland fortan zu Prag studieren wollte, hatte den Aufenthalt daselbst als eine Gnade, nicht als ein Recht anzusehen. [3] Wenzel war offenbar durch die Hinweisung auf die Schwierigkeiten, welche die Deutschen gegen die Obedienzentziehung erhoben, gegen dieselben eingenommen worden. Außerdem soll die gerade anwesende französische Gesandtschaft ihm bestätigt haben, [4] daß die französische Nation an der Pariser Universität drei Stimmen habe. Ist dies wirklich geschehen, so haben die Franzosen, um den König sicher auf die

---

[1] Ego enim libenter procuravi juxta fundationem universitatis literas a rege. Höfler Geschichtschr. I. 199. Doc. 181. Daß Hus trotz seiner Krankheit die Intrigue geleitet hat, schließe ich aus obigen Worten und aus der schnellen Zufertigung einer Abschrift des königlichen Erlasses vom 18. Januar: ecce nuntius primo venit a Rege cum literis ad universitatem ecce habetis copiam, legite eam. ebenda. Daß von dem Ereigniß noch Nichts in's Publicum gedrungen war, beweist die Muthlosigkeit der beiden Magister; vielleicht hatte noch nicht einmal der Rector das königliche Schreiben erhalten.

[2] Geschichtschr. I. 201. Docum. 184. Palacky III. 1. 230.

[3] Pelzel Wenzel. Urk. 218. Docum. 347. Höfler Joh. Hus 225.

[4] Palacky ebend. 231. Es scheint die Einwirkung der Franzosen nur eine Vermuthung Palacky's zu sein. Die von ihm a. a. O. Note 304 angegebene Stelle aus dem Chron. univ. Prag. Geschichtschr. I. 18. 19. Doc. 732. spricht nicht direct dafür. Dagegen möchte man vermuthen, daß Wenzel vor der endlichen Entscheidung den drei Nationen noch einmal die Alternative gestellt habe, ob sie von Gregor XII. zurücktreten oder aber ihr Stimmrecht verlieren wollten. Die Verworrenheit des Berichtes gestattet jedoch keinen sichern Schluß. Daß Hus, der doch krank war, als anwesend erwähnt wird, macht es wahrscheinlich, daß der Chronist jene von Nas erwähnte Verhandlung über die Stimmfrage hier in ungehörigen Zusammenhang bringt. Höfler Joh. Hus 225 folgt ihm hierin.

Seite der Pisaner Cardinäle zu ziehen, dazu geholfen, ihn durch ein schnödes Spiel mit den Worten Nation und Nationalität zu betrügen.

Die drei Nationen waren indeß nicht gesonnen, sich das Joch der Czechen so ohne Weiteres auflegen zu lassen. Sie beschlossen, bei Wenzel gegen Verkürzung ihrer Rechte eine Verwahrung einzureichen. Für den Fall, daß dieselbe erfolglos bleiben sollte, verpflichteten sie sich eidlich, eher Prag zu verlassen, als sich einer Maßregel zu fügen, welche sie mit Schande, die Universität mit dem Untergange bedrohte.[1] Am 6. Februar wurde die Vorstellung an den König unterschrieben.[2] Die drei Nationen bestritten es, daß an der Universität zu Paris oder an irgend einer deutschen Universität das von den Böhmen geforderte Stimmenverhältniß gelte. Sie wiesen auf das Abkommen im Collegiaturenstreit hin,[3] welches die Rechte der Nationen auf Kosten der Deutschen festgestellt habe und von allen vier Nationen beschworen worden sei. Schließlich machten sie den Vorschlag, daß die drei Nationen eine eigene Universität bilden wollten, und daß ebenso die böhmische unter einem eigenen Rector für sich bestehen sollte. Aehnliches war der Juristenfacultät 1372 zugestanden worden.[4] Auch in Paris war es zu wiederholten Malen vorgekommen, daß eine der vier Nationen wegen Streitigkeiten verschiedener Art sich zeitweilig von den andern getrennt und unter eigenen Rectoren als be-

---

[1] Doc. 352. Höfler Joh. Hus 230 ff.

[2] Doc. 350. 351. 352.

[3] Ueber diesen Streit, mit welchem der Hader der Nationalitäten an der Universität seinen Anfang nahm (1384) vergl. Chron. univ. Prag. Geschichtschr. I. 13. 14. Palacky III. 1. 228. 229. 230. Tomek 48. 49. Das Karlscollegium und das Wenzelscollegium waren Bursen mit je zwölf Freiplätzen für graduirte Studierende und Magister. Diese Plätze wurden von der Universität vergeben und kamen, da die Deutschen die Oberhand hatten, meistens nur Deutschen zu Gute. Die Böhmen wußten zu erwirken, daß unter fünfunddreißig Vacaturen nur viermal Deutsche an die Reihe kamen. Dies war für die letztern ein um so größerer Nachtheil, als die Stiftlinge des Karlscollegs in die frei werdenden Pfründen des Allerheiligenstiftes einrückten.

[4] Tomek 26.

sondere Universität bestanden hatte. Die Aussöhnung war ge=
wöhnlich nach kurzer Zeit erfolgt, wenn die Leidenschaft des
Augenblicks einer ruhigern Betrachtung der Dinge gewichen war.
Mit einem derartigen Austrage war jedoch dem König nicht
gedient. Er hatte sich bereits zu tief mit den Pisaner Cardinälen
eingelassen, um zurückzutreten. Ueberdies war das Aufgeben der
Obedienz Gregors für ihn ein Schritt von großer politischer Be=
deutung. Gestattete er den drei Nationen, eine eigene Universität
zu bilden, und verharrte diese, wie vorauszusehen, in ihrem Wider=
stande gegen die Obedienzentziehung, so konnte hiergegen die
Beistimmung der Czechenuniversität nur sehr gering angeschlagen
werden. Das moralische Gewicht wäre auf der Seite der drei
Nationen gewesen, und Wenzel hätte gerade dem Widerstand,
welchen er durch die Aenderung hatte brechen wollen, von Neuem
einen festen Halt gegeben. Noch weniger konnte sich die böhmische
Nation mit der Trennung befreunden. Was hätte sie für eine
Rolle spielen können sowohl nach Zahl als nach geistiger Bedeu=
tung gegenüber den drei andern Nationen. Statt dieselben zu
beherrschen, wäre sie neben ihnen übersehen und mißachtet worden.
Außerdem handelte es sich nicht nur um die wenigen Vorrechte in den
Universitätsangelegenheiten. Man ging vielmehr immer offener
darauf aus, dem deutschen Element in ganz Böhmen den Krieg
zu machen. In der Universitätsfrage wurden nur die Kräfte
gemessen. Die zur Rechtfertigung des königlichen Erlasses ver=
faßten Schriften sind das Kriegsmanifest gegen die deutsche
Nationalität[1] Dieselben sagen deutlich genug, welches die letzten
Ziele der Nationalparthei waren. Dieselbe wollte keine Aussöhnung
und konnte keine wollen; die Universität zunächst mußte um jeden
Preis czechisch gemacht werden.

Die Vorstellung der drei Nationen blieb ohne Wirkung. Doch
konnten die Folgen des Erlasses vom 18. Januar nicht sogleich
hervortreten, denn die Würdenträger der Universität waren erst
im Frühling zu wählen. Doch machte sich auf beiden Seiten
eine steigende Gereiztheit, bei der Nationalparthei ein übermüthi=

---

[1] Docum 355. Höfler Joh. Hus 235. Geschichtschr. II.
156. Höfler schreibt die Abhandlung Hussen, Palacky dem M. Jessenitz zu.

des Höhnen gegen die Unterlegenen bemerklich. Hus kannte seiner
Freude keine Grenzen. Sogar auf der Kanzel von Bethlehem
mußte er den Kürschnern und Schustern sein volles Herz ausschütten.
Er forderte auf zum Lobe Gottes und zum Danke gegen den
Herrn Nicolaus, weil man mit den Deutschen endlich fertig ge=
worden. [1] Nicht minder begierig ergriff man bei der Ende
Januar oder Anfangs Februar abgehaltenen herkömmlichen großen
Disputation die Gelegenheit, der Siegesfreunde unter schneidendem
Höhnen auf die Deutschen Ausdruck zu geben. [2]

Am 23. Februar wurden noch einmal nach der alten Weise
die Examinatoren aus allen vier Nationen gewählt. Allein die
Nationalparthei mußte mit Berufung auf den Erlaß vom 18. Ja=
nuar die Prüfungen zu hintertreiben. [3] Der nächste Wahltag
brachte die Entscheidung. Die drei Nationen verhinderten das
Zustandekommen der Wahl eines Rectors und eines Decans der
Artistenfacultät. Der alte Rector Henning Baltenhagen von der
sächsischen Nation behielt daher sein Amt über die herkömmliche
Zeit hinaus, ebenso der Decan der Artistenfacultät Magister
Barrentrappe von der bayerischen Nation. [4] Wenn je, war jetzt
der Zeitpunkt den Widerstand der drei Nationen zu brechen.
Wenzel ernannte seinen Sekretär Magister Sdenco von Labaun
zum Rector und den Magister Simon von Tisnow zum Decan
der Artistenfacultät. Am 9. Mai wurde auf Befehl des Königs
eine Versammlung sämmtlicher Magister ins Karlscollegium be=
rufen. Hier erschien, von den Schöffen der Altstadt und einer
Schaar Bewaffneter begleitet, Nicolaus von Lobkowiz. Er zwang
den Rector zur Ausfolgung des Siegels, der Matrikel, der Schlüssel
zur Bibliothek und zu den Kassen. Hierauf setzte er die beiden
vom König ernannten Würdenträger in ihre Aemter ein. [5] Der

[1] Geschichtschr. I. 201. Doc. 183. Dieser Vorgang möchte be=
weisen, daß man in der Stimmenfrage auch noch andere Hebel bereit hatte,
als den guten Willen des Hofes.

[2] Höfler Joh. Hus 255 ff.

[3] Mon. hist. univ. Prag. I. 1. 402. Tomek 68.

[4] Tomek ebenda.

[5] Chron. univ. Prag. Geschichtschr. I. 9. 19. Der neue Rektor
hatte sich nicht lange zuvor, an Weihnachten 1408 durch eine Handlung

Rechtsverwahrung der drei Nationen wurde nicht geachtet. Denselben blieb nichts übrig, als ihrem Uebereinkommen gemäß die Universität zu verlassen, an welcher sie mit Ehren nicht mehr bleiben konnten. [1]) Die Abziehenden, welche zum guten Ende noch an Leben und Eigenthum bedroht wurden, wandten sich der Mehrheit nach gen Leipzig. Hier gründeten sie unter dem Schutze des Herzogs von Sachsen eine neue Universität. Andere begaben sich nach Krakau, Erfurt, Heidelberg. Diesen Ausgang hatten die Führer der Nationalparthei doch nicht erwartet. Sie hatten vielmehr gehofft, als Herren der Universität die stolzen Deutschen zu demüthigen. Man stellte darum den Auszug als das Werk einer teuflischen Verschwörung hin und tröstete sich mit dem Aufschwunge, den nun die böhmische Nation nehmen werde. [2])

Blicken wir zurück, so finden wir, daß die Deutschen Alles gethan, um ein Auskommen in Ehren und Frieden zu ermöglichen. Allein daß ihr Einfluß auf die Universität gebrochen wurde, verlangten die Interessen des Wykliffismus, die Bestrebungen der nationalen Parthei, die damalige Politik König Wenzels. Dieser dreifachen Gegnerschaft mußte das verbriefte und beschworene Recht erliegen. Die schwere Verantwortung,

studentischer Ungezogenheit bemerklich gemacht: magister Sdinico de labun dedit alapam cuidam studenti in janua ecclesiae Sancti Galli. ebenda. 9.

[1]) Die Zahl der Abziehenden wird verschieden angegeben, zwischen 2000 und 44000. Nimmt man die niederste Ziffer 2000 als Magister und Studenten an, und zieht in Betracht, daß vornehmere Studenten einiges Gefolge bei sich hatten, daß ferner die große Anzahl der Pergamenter, Bücherschreiber, Rubricatoren, Buchbinder, Bücherverleiher, welche als zur Universität gehörig angesehen wurden, ihres Erwerbes wegen darauf angewiesen waren, der Hauptmasse nach Leipzig zu folgen, so möchte die Zahl sämmtlicher Ausziehenden nicht unter 5000 geblieben sein.

[2]) Wie unangenehm die Nationalparthei durch den Auszug berührt wurde, beweisen die sonderbaren Auslassungen Hussens zu Konstanz und der im Chron. Univ. Prag. gebrauchte Ausdruck facta diabolica conspiratione Geschichtschr. I. 19. Ueberdies konnte die Einbuße, welche Prag an Glanz, die Stadtbevölkerung an ihrem Verdienste erlitt, die Führer um ihre Popularität besorgt machen. Eine bemerkenswerthe Erklärung für den ganzen Stimmenstreit und den endlichen Abzug der Deutschen gibt Hieronymus von Prag: Die Böhmen stammten von den Griechen ab, und zwischen Griechen und Deutschen sei von jeher Feindschaft gewesen. Von der Hardt Conc. Const. IV. 758.

die Universität, die nach dem Abzug der Deutschen rasch dem Verfalle entgegen gieng, zerstört zu haben, fällt nicht auf König Wenzel. Dieser hatte als Oberhaupt des böhmischen Staates unbestreitbar das Recht die Privilegien der Universität zu beschränken, zu ändern, aufzuheben. Wenn auch die Verordnung vom 18. Januar und ihre gewaltsame Durchführung sich formell beanstanden läßt, so hat Wenzel immerhin nur von seiner königlichen Machtvollkommenheit Gebrauch gemacht und sicher die Ueberzeugung gehabt, dem Stiftungsbriefe gemäß zu handeln. Die ganze Verantwortung fällt auf diejenigen, welche zur Erreichung ihrer Partheizwecke dem König die Maßregel durch Mittel des Truges abgewonnen haben.

Das Concil von Pisa hatte am 25. März seinen Anfang genommen. Wenzel war als römischer König durch eine Gesandtschaft vertreten. Ruprechts Abordnung wurde spröde empfangen, und entfernte sich wieder, nachdem sie gegen die Zuständigkeit der Versammlung Verwahrung eingelegt und an ein künftiges Concil appelliert hatte. Gregor der Zwölfte und Benedikt der Dreizehnte wurden, weil sie der an sie ergangenen Ladung sich nicht gestellt hatten, am 5. Juni als Häretiker und Schismatiker für abgesetzt erklärt. Drei Wochen darauf erhielt die Christenheit einen dritten Papst in Peter Filargi, der sich Alexander den Fünften nannte. Vor der Wahl hatten sich sämmtliche Cardinäle eidlich verpflichtet, daß das Concil nicht aufgelöst werden sollte, bevor die Reformation der Kirche an Haupt und Gliedern durchgeführt wäre. Gleichwohl erfolgte am 4. August die Auflösung, indem für das Jahr 1412 ein neues Concil in Aussicht gestellt wurde.

Auch nach dem Abzuge der Deutschen harrte Erzbischof Sbinco noch bei Gregor dem Zwölften aus und weigerte dem neuen Papste die Anerkennung. Der deßhalb vom Könige drohenden Gefahr entzog er sich durch die Flucht, wogegen Wenzel seine Güter einziehen ließ. Am 2. September gab der Erzbischof seinen Widerstand auf und trat zu Alexander dem Fünften über. [1]

---

[1] Höfler Geschichtschr. I, 10. Concilia Prag. 62.

Seit dem Sommer 1408 war in Hussens Stellung eine wesentliche Veränderung eingetreten. Sein Eifer für die Obedienzentziehung hatte ihm die Gunst des Hofes erworben. Durch den Sieg über die Deutschen war er die bedeutendste Persönlichkeit an der Universität geworden. Die czechische Bevölkerung Prags verehrte in ihm den muthigen und ausdauernden Vorkämpfer der nationalen Interessen. Die Capelle von Bethlehem verdunkelte die Cathedrale des Erzbischofs. Daß mit seiner Popularität auch die Abgunst des Erzbischofs und der Geistlichkeit wuchs, konnte ihm keine Sorge machen, so lange er bei der Curie eifriger und einflußreicher Freunde sicher war. Die im Juli 1408 von einigen Studenten gegen das Vorgehen des Erzbischofs in der wykliffeschen Angelegenheit eingelegte Berufung hatte bisher keinen Erfolg gehabt. Der Widerstand Sbincos gegen die Anerkennung Alexander des Fünften ließ den Anhängern Wykliffes im Sommer 1409 die Umstände günstig erscheinen, gegen die Feinde ihrer Richtung einen entscheidenden Schlag zu führen. Auch für Hus war nunmehr die Zeit gekommen, die frühere Zurückhaltung aufzugeben und sich offen an die Spitze der wykliffitischen Parthei zu stellen. Mit den Appellanten des vorigen Jahres, die wohl schon damals nicht ohne seine Billigung gehandelt hatten, unterzeichnete er eine Beschwerdeschrift gegen den Erzbischof. [1] In seinen Predigten zu Bethlehem trat er offener mit wykliffeschen Sätzen hervor, oder drückte sich wenigstens so aus, daß die Gegner dieselben. in seinen Worten finden konnten. Er hat zwar bezüglich dieses Punktes später alle Zeugen für Lügner erklärt. Allein dieselben verdienen in ihren beschworenen Aussagen an sich so vielen Glauben als er. Wahrscheinlich hat er in seiner Begeisterung für Wykliffe auch der Gemeinde von Bethlehem, welche ja schon so Viel von Wykliffe gehört hatte, Einsicht in die Lehren desselben geben wollen. Und dies nur in der Absicht, die Uebereinstimmung desselben mit der Kirchenlehre darzuthun. Nun können Wykliffes Sätze selbst im scholastischen Latein leicht falsch verstanden werden. Dies mußte in noch höherem Grade der Fall sein beim Versuche sie für ungebildete

---

[1] Doc. 189. 389.

Laienzuhörer ins Böhmische zu übersetzen. [1] Rechnet man dazu
noch, daß die Gegner nicht ungerne wykliffesche Lehren aus seinem
Munde werden vernommen haben, so begreift sich ihr Angriff, wie
seine Abwehr. Auch die unverfänglichen Sätze und Meinungen
konnten so zu Mißverständnissen führen. Daß überdies Hus sich
tiefer in die Anschauungen Wykliffes hineingelebt hatte, als er
selber wußte, zeigte sich nachmals in Konstanz. Seine Gereiztheit
gegen die Deutschen, seine Verstimmung gegen den Erzbischof und
die Geistlichkeit erhielten auf der Kanzel schärferen Ausdruck. Je
weniger die Standesgenossen seine Rügen ihres unerbaulichen
Wandels als unberechtigt erklären durften, desto mehr steigerte
sich ihr Haß und ihre Erbitterung gegen den Tadler. Es wurde
daher eine neue Anklageschrift [2] beim Erzbischof eingereicht.

Nachdem Sbinco sich Alexander dem Fünften unterworfen
hatte, sandte er ganz in der Stille zwei Geistliche an denselben
mit dem Berichte, daß in Böhmen und Mähren durch die Lesung
wykliffescher Bücher und durch das Predigen in gewissen Capellen
sich Irrthümer ausbreiteten. [3] Die erwähnte Appellation und
Anklage Huffens und seiner Genossen hatte indeß bewirkt, daß
am 8. December 1409 dem Erzbischof aufgegeben wurde, die
Procedur gegen die Wykliffisten einzustellen und sich vor dem
apostolischen Stuhle zu verantworten. Aber nach wenigen Tagen
wurde die Vorladung cassiert, und unterm 19. December dem Erzbischof durch eine eigene Bulle der Auftrag gegeben, die Untersuchung gegen die wyklisieschen Lehren wieder aufzunehmen, gegen
ihre Verbreiter einzuschreiten, die wykliffeschen Bücher zu beseitigen
und das Predigen außer den Pfarr- und Collegiatkirchen zu ver-

---

[1] Höfler Geschichtschr. I. 197. Doc. 119. nec scio dicere Boemice
materialis quod sonaret, und Gesch. I. 200. Docum. 182. quia
nescio dicere proprie eucharistia in Boemico pertinenter, et si dicerem
„in eucharistia, w dobré milosti neb w dobrém daru ostáwá chléb,“
quid hoc esset dictum ad propositum vel ad intelligentiam populi.
(Gesch. I. 186. Doc. 167. Catholicus in Boemico nescio bene dicere
nisi dicatur „obecny“ si autem dicatur „Krestansky“ tunc dico et
dixi, quod Wikleff, ut spero, fuit bonus Christianus.

[2] Geschichtschr. I. 182 ff. Doc. 164 ff.

[3] Geschichtschr. I. 290. Doc. 189.

bieten. Auch die mit besonderen Privilegien ausgestatteten Per=
sonen und Orte sollten von dem Verbote nicht ausgenommen
sein. [1] Der Sachwalter der Appellanten, Magister Markus von
Königgrätz, hatte sich ausdrücklich damit einverstanden erklärt,
daß zur Weiterführung des Processes der Erzbischof delegiert werde. [2]
Um den 9. März kam die Bulle nach Prag. Für Hus und seine
Freunde war sie ein Blitz aus heiterem Himmel. Sie hielten es
nicht für möglich, daß sie ächt sei. Zum mindesten mußte sie
auf unrechtem Wege, durch Bestechung, erlangt worden sein. [3]
Sbinco setzte unverweilt die durch die Bulle geforderte Commission
nieder, ließ die Untersuchung einleiten uud fällte am 16. Juni
das Urtheil, daß die Bücher Wykliffes verbrannt werden und das
Predigen in der durch die Bulle bestimmten Weise beschränkt
sein sollte. Dawiderhandelnde wurden mit dem Kirchenbanne
bedroht. Die fünf Studenten, welche ihre Bücher nicht abgeliefert
hatten, wurden aufgefordert, dieses binnen sechs Tagen zu thun.
Alles Predigen, Lehren und Disputieren über wykliffesche Sätze
wurde untersagt, die Widerspänstigen mit Gefängnißstrafe bedroht,
und das Einschreiten der weltlichen Gewalt in Aussicht gestellt,
zu welchem Wenzel durch besondere apostolische Briefe bereits
aufgefordert sei. [4] Die Universität, welche in einer Versammlung
am 15. Juni über die einzunehmende Haltung schlüssig geworden
war, erklärte unterm 21., daß sie mit dem Urtheil des Erzbischofs
sich nicht in Uebereinstimmung befinde, [5] und rief den Schutz
des Königs an. Dieser suchte zu vermitteln und forderte den
Erzbischof auf, die Vollziehung des Urtheils noch zu verschieben,
bis Markgraf Procop, ein Gelehrter und Bücherkenner, nach Prag
komme. Sbinco entsprach diesem Ansinnen. Am 25. Juni legte
Hus mit noch sieben Angehörigen der Universität gegen das erz=

---

[1] Raynald a. 1409. 89. Doc. 370.

[2] Concil. Prag. 65. Hus bestreitet dies Doc. 392.

[3] Doc. 390. Nach Alexander V. Tod wurde sogar behauptet, ein
Olivetanermönch, der am 16. Mai 1410 zu Rom wegen Fälschung gehängt
worden sei, habe die Bulle fabriciert. Ebenda.

[4] Concilia Prag. 64.

[5] Doc. 386.

bischöfliche Urtheil Berufung ein, hauptsächlich darauf sich stützend, daß durch den vor Beginn des Processes am 14. Mai erfolgten Tod Alexander des Fünften die Vollmacht Sbincos für diesen Proceß erloschen, also jedes Vorgehen desselben nichtig sei. [1] Durch diesen Schritt Hussens und wohl noch durch andere Vorgänge, die sein Ansehen zu beeinträchtigen schienen, hielt sich Sbinco jeder weiteren Rücksicht überhoben und ließ die Bücher am 16. Juli verbrennen. Am 18. wurde über Hus und die sieben Appellanten der Kirchenbann verhängt. Dieser Schritt rief in Prag ungeheure Aufregung hervor. Beängstigende Gerüchte durchliefen die Stadt; an mehreren Orten kam es zu tumultuarischen Auftritten. Die Geistlichen wurden durch Drohungen und Thätlichkeiten so sehr eingeschüchtert, daß ihrer Viele nicht wagten den Kirchenbann zu verkündigen. Hus verlor in diesen Tagen seine gewohnte Vorsicht und Besonnenheit. In stürmischer Weise besprach er auf der Kanzel zu Bethlehem die Excommunication, nannte die Päpste Lügner, forderte die Zuhörer auf, trotz dem Banne zu ihm zu stehen: es sei wahrlich die Zeit, daß man sich, wie es im Gesetz Mosis stehe, zur Vertheidigung des Wortes Gottes mit dem Schwert gürte. [2]

In den letzten Tagen des Juli kündigte er mit einigen Gesinnungsgenossen öffentliche Disputationen an zur Vertheidigung der Lehre Wykliffes. Der königliche Hof suchte durch kräftige Maßregeln die Ruhe wieder herzustellen, gab jedoch auch dem Erzbischof auf, mit der Excommunication einzuhalten und die Eigenthümer der verbrannten Bücher zu entschädigen. Als der Erzbischof sich dessen weigerte, ließ Wenzel seine Einkünfte in Beschlag nehmen. [3]

Die an Alexanders Nachfolger, Johannes den Dreiundzwanzigsten, eingelegte Berufung hatte nicht den gewünschten Erfolg. Johannes legte den Proceß in die Hände des Cardinals Colonna. Dieser erneuerte die Vollmacht des Erzbischofs und trug ihm

---

[1]) Doc. 392.
[2]) Doc. 405.
[3]) Palacky III. 1. 253.

unter Androhung von Bann und Interdict für den Fall der
Läffigkeit auf, mit aller Strenge gegen die Neuerer vorzugehen. [1]

. Nun beschloß der Hof, bei der römischen Curie Schritte zur
Niederschlagung des Proceffes zu thun. Den Gesandten Johanns,
welche deffen Erhebung dem König und der Univerfität ver-
kündigt hatten, wurden daher Schreiben des Königs, der Königin
und verschiedener Vornehmen mitgegeben. Papft und Carbinäle
wurden erfucht, die Bücherverbrennung nicht zu billigen und die
Predigt zu Bethlehem frei zu geben. [2]

Kurz nach Abgang dieser Briefe wurde Hus am 20. September von Cardinal Colonna zur perfönlichen Verantwortung
vor die römische Curie geladen. [3] In diesem Augenblicke Prag
verlaffen hieß, auch abgesehen von dem ungewiffen Ausgang des
Proceffes, alles Gewonnene aufs Spiel setzen. Hus sandte daher
drei Sachwalter, darunter Magifter Jeffenicz, nach Bologna, [4] wo
der römische Hof damals seinen Sitz hatte. Dieselben sollten vor
Allem die Erlaffung des perfönlichen Erscheinens bewirken. Der
König und die Königin kamen diesen Bemühungen zu Hilfe durch
eindringliche Schreiben an den Papft, den Cardinal Colonna und
das ganze Carbinalscollegium. [5] Wenzel versprach, daß Hus
bereit sein werde in Böhmen sich jedem Richter und der ganzen
Univerfität Prag zur Verantwortung zu stellen. Der Cardinal

---

[1] 1410. Aug. 25. Doc. 407.

[2] Doc. 404.

[3] Doc. 190. 202. Das Datum der Vorladung, d. h. ihrer Ankunft
in Prag nach dem Chronicon Bohemiae Geschichtschr. I. 12. Anno
domini eodem in vigilia S. Matthei electus est dominus Sigismundus
Rex Ungarie in Regem Romanorum ... postmodum vero in die Sancti
Remigii electus est dominus Jodocus Marchio .. Eodem die citatus est
Magister Johannes Hus personaliter ad Curiam Romanam Daß die
Hus betreffende Stelle nicht zum Remigiustag, 1. October gehört, sondern
ein Nachtrag zur ersten Notiz vom 20. September ist, beweist das Datum
der gleich zu erwähnenden Briefe. Dieselben wurden am 30. September und
1. October geschrieben und setzen die Ladung als erfolgt voraus. Der
Chronist kann auch nicht etwa den 1. October als Erscheinungstermin bezeichnen wollen, da Hus ausdrücklich sagt, pendente termino citationis
hätten Wenzel und Königin Sophie sich für ihn verwendet. Doc. 190.

[4] Doc. 190.

[5] Doc. 422. 423. 424.

Colonna wurde eingeladen, selbst nach Böhmen zu kommen und
durch eigene Anschauung die Lage kennen zu lernen. ¹) Außer=
dem erhielten die Ueberbringer der Schreiben, die Magister Johannes
Naz und Johannes Cardinalis den Auftrag, durch mündliche
Verhandlungen die Niederschlagung des Processes oder wenigstens
das zu bewirken, daß auf Kosten des Königs und des Landes
der Papst Richter nach Böhmen sende. ²)

Wenzel that diese Schritte zunächst zu Gunsten Hussens, für
welchen die Königin und angesehene Hofleute sich verwendeten.
Sodann aber noch vielmehr, weil es ihm widerwärtig war, sein
Land neuerdings wegen Ketzerei verschrieen zu wissen. ³) Wie
wenig richtig man aber in den höchsten Kreisen die Sachlage
würdigte, beweist die Forderung, daß Hus sich an der Universität
verantworten, daß sein Proceß in Böhmen geführt werden sollte.
Der oberste Richter Böhmens in geistlichen Dingen hatte sein
Urtheil gesprochen, und dabei allerdings mehr Thatkraft als
Klugheit an den Tag gelegt. Hus hatte gegen dieses Urtheil
Berufung eingelegt, hielt aber nicht für nothwendig, auch nur
äußerlich der gesetzlichen Autorität gegenüber den Anstand zu
wahren. An der Universität war er, gestützt auf die ultraczechische
Parthei, die einflußreichste Persönlichkeit, und hätte um deren
Urtheil sich damals just so wenig als zwei Jahre später gekümmert.
Hussens Verhalten war darnach angethan, die römische Curie
jede andere Rücksicht als ihren Vortheil vergessen zu lassen. Daß
bei ihr Phrasen wie die Befreiung des Wortes Gottes eine
Wirkung haben würden, konnten nur diejenigen erwarten, welchen
Hus eben als der einzige Verkünder des göttlichen Wortes
galt. ⁴)

¹) Doc. 423. 424.
²) Doc 190.
³) Quod possemus potestate nostra bene rumores et aemulos regni
nostri compescere, sed sustinemus sedi apostolicae humiliter deferen-
tes, läßt er dem Papst durch Joh. Naz sagen. Ebend. 426.
⁴) Auch die Verkündigung des Wortes Gottes in böhmischer Sprache
war keineswegs so gefährdet, wie man gerne behauptete. Seit 6. October
1400 bestand an der Domkirche eine Stiftung für einen Prediger in vulgari Bohemico durch Catharina, die Wittwe eines gewissen Conrad Cuplicz.
Balbini Miscell. II. 2. 209. Erectt. vol. VI. M.

Die Gründe, welche Hus für seine Entbindung vom persön=
lichen Erscheinen geltend machte, wurden von Colonna für unzu=
reichend erklärt.[1] Die Sachwalter legten nun auch dagegen
Berufung ein. Allein bevor noch der mit dieser neuen Unter=
suchung betraute Auditor Johann de Thomariis sein Urtheil
gesprochen hatte, that Colonna im Februar 1411 den Magister
Johannes Hus wegen Ungehorsams und hartnäckiger
Mißachtung der Vorladung in den Bann.[2]

Die religiösen Wirren hatten auf die politische Stellung Wen=
zels einen höchst nachtheiligen Einfluß. Nach König Ruprechts
am 18. Mai 1410 erfolgten Hintritte dachten die Kurfürsten
daran, die Krone einem Mitgliede des Hauses Luxemburg zu
übergeben. Der Vertrag vom 16. Februar 1409 hätte nun seine
Früchte tragen können. Allein die andauernden Unruhen Böhmens,
die enge Verbindung des Hofes mit einer als ketzerisch ver=
schrieenen und den Deutschen aufsäßigen Parthei mußte die Reichs=
fürsten und die römische Curie abhalten, an Wenzel zu denken.

---

[1] Doc. 190. Wir erfahren nicht, welches die Gründe waren. Denn
die hier angeführten, daß Hus ungerechter Weise durch Feinde angeklagt sei,
daß er nicht nach Bologna reisen könne, weil ihm — er sagt an einem
andern Ort, Gesch. I, 166. von den Deutschen — auf der Reise Gefahr
drohe, hat er wohl kaum im Ernste für ausreichend gehalten. In einer
Predigt bei Nowotny sagt er, er habe sich der Sünde gefürchtet, das Geld für
die Reise aufzuwenden, und geglaubt, seine Zeit für die Predigt des Wortes
Gottes verwenden zu müssen. Auch diese Gründe möchten vor keinem Tribunal
der Welt als stichhaltig erfunden werden.

[2] Doc. 202. D. Cardinalis commissarius, servatis servandis de
mense Februarii auni domini millesimi quadringentesimi undecimi,
eundem M. Joannem Hus contumacem et non comparentem ac inobe-
dientem in scriptis excommunicavit. Das Urtheil erfolgt also nur wegen
ungehorsamen Nichterscheinens. Es war allerdings eine auf Häresie
abzielende Anklageschrift (ac certo libello contra eum dato et haeresim
concludenti) gegen ihn eingereicht worden. Aber entweder hat man derselben keine Folge geben wollen, oder es ist die ursprüngliche Beschwerdeschrift des
Erzbischofs damit gemeint. Fest steht, daß Hus jetzt und zwei Jahre darauf
in der Aggravationssentenz des Cardinals Peter Sancti Angeli nicht als
Ketzer, sondern als Ungehorsamer und Verachter der päpstlichen Vorladung
verurtheilt wird. Doc. 461. Primo D. Petrus, cardinalis tituli sancti
Angeli, processus et sententias D. Cardinalis de Columna
gravando mandat quatenus Joannes Hus denuncietur excommunicatus
juxta tenorem priorum processuum.

Jobok von Mähren und Sigmund von Ungarn traten als Bes
werber um die Krone auf. Am 20. September 1410 wurde
Sigmund durch eine Minderheit, am 1. October Jobok durch eine
Mehrheit der Kurfürsten, mit welcher auch Wenzels Gesandte
stimmten, zu römischen Königen erwählt. Allein Jobok starb, noch
nicht gekrönt, unerwartet am 17. Januar 1411. Der Erzbischof
von Mainz wandte sich nun [1] an Wenzel mit dem Anerbieten
der Krone, wenn sich derselbe einer neuen Wahl unterziehen wolle.
Wenzel ging darauf nicht ein, erklärte aber am 6. Juni, für
seinen Bruder stimmen zu wollen, wenn ihm der Titel eines
römischen Königs zugesichert würde und die Aussicht auf die
Kaiserkrone bliebe. [2] Gleichzeitig trat er mit Sigmund in Unters
handlung. Mit diesen Vorgängen stehen offenbar die Maßregeln
in Verbindung, welche im Sommer 1411 für die Herstellung des
Kirchenfriedens in Böhmen getroffen wurden. Der Frühling war
stürmisch genug verlaufen. Der im Februar von Colonna über
Hus verhängte Kirchenbann war am 15. März in den Prager
Kirchen verkündet worden. Er hatte aber nicht die Wirkung,
Hus und seine Anhänger und Gönner zur Umkehr zu bewegen.
Auch das hierauf von Sbinco verhängte Interdikt [3] hatte keinen
andern Erfolg, als daß Wenzel mit aller Energie gegen den Erzs
bischof und seinen Clerus einschritt. Als die Unterhandlungen
über Sigmunds zweite Wahl begannen, geschahen Schritte zur
Beilegung des Kirchenstreites. Wahrscheinlich hatte Sigmund daran
erheblichen Antheil. Derselbe stand damals noch zu Gregor dem
Zwölften. Wenn Johannes ihm möglichst den Weg zur Krone
ebnete und das Seinige zum Ausgleich der Streitigkeiten in Böhmen

---

[1] Aschbach I. 303. Daß der Mainzer Kurfürst nun doch an Wenzel
dachte, kam daher, daß dieser zur Obedienz Johann XXIII. gehörte, während
Sigmund noch an Gregor XII. festhielt. Dies geht hervor aus dem Schreiben
des Mainzers vom 1. Oct. 1410. Gudenus Cod. diplom. IV 63.
Domini nostri Pape inobedientibus nec in eo graciam et communionem
Apostolice Sedis habentibus. vgl. Droysen Gesch. der Preuß. Polit.
I. 270. 286.

[2] Gudenus a. a. O. 85. Die Meinung Wenzels muß aus seinen
Verhandlungen mit Sigmund entnommen werden.

[3] Doc. 429. 735. 736.

beitrug, konnte er hoffen, ihn zu sich herüber zu ziehen. Es ge=
schah darum sicher nicht ohne seine Zustimmung, daß der Erz=
bischof am 3. Juli 1411 mit Hus einen Compromiß eingieng. [1]
Das Schiedsgericht, bestehend aus dem König, dem Kurfürsten
Rudolf von Sachsen, dem Wojwoden Stibor von Siebenbürgen
und einer Anzahl königlicher Räthe, fällte am 6. Juli seinen
Spruch. Diesem zufolge sollte der Erzbischof sich vor dem Könige
bemüthigen und um dessen Huld nachsuchen. Ferner sollte er an
den Papst schreiben, daß er von keiner Ketzerei in Böhmen und
Mähren wisse, daß er mit Hus ausgesöhnt sei, und daß deßhalb
diesem die persönliche Stellung bei der Curie erlassen werden
wolle. Die vom Erzbischof verhängten Excommunicationen, sowie
das Interdikt sollten aufgehoben werden. [2] Bezüglich des letztern
hatte Stephan Palecz, wahrscheinlich im Auftrage der Universität,
ein theologisches Gutachten ausgearbeitet, in welchem er nachwies,
daß der Erzbischof dasselbe ohne Anstand aufheben könne. [3] Der
Papst nahm, um auch das Seinige zu thun, den Prozeß Huffens
aus den Händen des Cardinals Colonna, und übergab ihn einer
Commission von vier Cardinälen, von Aquileja, Brancas, Za=
barella und be Veneficiis. [4] Unter diesen war Zabarella ein
ausgezeichneter Jurist und billig denkender Mann. Von ihm
vorzüglich ließ sich nach den vom Erzbischof zu gebenden Er=
klärungen ein für Hus günstiger Ausgang erwarten.

Am 9. Juli erfolgte endlich Wenzels und Sigmunds voll=

---

[1] Doc. 434.

[2] Doc. 439. Geschichtschr. I 296.

[3] Doc. 432.

[4] Daß um diese Zeit die Commission niedergesetzt wurde, schließe ich
daraus, daß Zabarella und Brancas erst am 6. Juni 1411 Cardinäle wurden.
Ciacconii Vitae et res gestae Pontificum Romanorum II. 810. C. Der
Cardinal von Aquileja hieß mit seinem vollen Titel Antonius Cajetanus
Cardinalis Praenestinus dictus Aquilegiensis. Er starb 10. Januar 1412.
Oldoin zu Ciacconius II. 781. C. Brancas Thomas be Brancaciis, der
Schwestersohn Johannes XXIII. schändete den Purpur durch schlechten Lebens=
wandel. Ebenda. 803. B. Vielleicht handelt es sich hier um den von
Urban VI. 1384 oder 1385 promovierten, durch glänzende Eigenschaften des
Geistes und Körpers ausgezeichneten Raynald be Brancaciis, ebenda. 662.
Wer der Cardinal be Veneficiis ist, vermag ich nicht zu finden.

ſtändige Ausſöhnung. Wenzel ſollte das Seine thun für des
Bruders Wahl. Sigmund machte ſich dagegen verbindlich, bei
Wenzels Lebzeiten nicht nach der Kaiſerwürde und eben ſo wenig
nach der Herrſchaft über Böhmen zu ſtreben. Dieſer letzte Punkt
beweiſt, daß Wenzel Sigmunds zweideutige Rolle in den Zeiten
des Herrenbundes nicht vergeſſen hatte. ¹) Am 21. Juli wurde
Sigmund nochmals zum römiſchen König erwählt. ²) In ſeiner
Wahlcapitulation verpflichtete er ſich, zur Obedienz Johannes des
Dreiundzwanzigſten überzugehen. ³)

In Prag ſchien die Ausſöhnung der kirchlichen Partheien auf
dem beſten Wege zu ſein. Am 1. September gab Hus vor einer
Generalverſammlung der Univerſität im Karolingebäude eine
öffentliche Erklärung über ſeine Lehre und ſeine Stellung zum
apoſtoliſchen Stuhle. ⁴) Er las nämlich einen an den Papſt ge=
richteten Brief vor, in welchem er ſeine vollſtändige Unterwerfung
ausſprach und um Erlaſſung des perſönlichen Erſcheinens bei der
Curie bat. Niemals habe er die Irrlehren vorgetragen, welche
man ihm zur Laſt lege. Er ſei bereit Rede zu ſtehen, und, werde
ihm eine Irrlehre nachgewieſen, zu widerrufen oder andernfalls
den Feuertod zu erleiden. Das in dem Schreiben enthaltene
Glaubensbekenntniß, wenn auch geſchraubt und in verneinenden
Sätzen ausgedrückt, zeigt vollſtändige Uebereinſtimmung mit der
Kirchenlehre. Ueber den ganzen Vorgang wurde eine Notariats=
acte aufgenommen und mit einem beſonderen Schreiben an das
Cardinalscollegium geſchickt. Hus erklärte demſelben unter Ver=
ſicherung ſeiner Rechtgläubigkeit, er verdanke alle ſeine Verfolgun=
gen nur ſeinem Eifer für den Rücktritt Böhmens von Gregor
dem Zwölften. Er ruft den Cardinälen die Verſprechungen ins
Gedächtniß, welche ſie damals den Uebertretenden gemacht, und
bittet kniefällig, ſie möchten mit barmherzigem Auge auf ihn, den
Armen, herabſchauen, und in gnädiger Hilfeleiſtung ihm Befreiung

---

¹) Pelzel Urk. 229. S. 140.
²) Aſchbach I. 301.
³) Ebenda 308.
⁴) Doc. 271.

von der perſönlichen Vorladung verſchaffen und von Allem, was mit derſelben zuſammenhänge. [1])

Ruhe und Frieden kehrten indeß immer noch nicht zurück. Die einmal entfeſſelten Leidenſchaften ließen ſich nicht ſo ſchnell beſänftigen. Fortwährend wurde der Erzbiſchof geſchmäht, Kleriker mißhandelt und geplündert, das geiſtliche Gericht in ſeiner Amts=waltung gehemmt. Um den König und das Land gegen den Erzbiſchof aufzubringen, wurden gefälſchte päpſtliche Interdikts=briefe verbreitet. [2]) Hus hatte an dieſem Unfug wohl keinen Antheil; das aber hatte er verſchuldet, daß über Fragen, welche den Gelehrten ſchwere Mühe bereiteten, nunmehr der Pöbel ſich die Entſcheidung anmaßte. Sbinco, welcher die Abſendung ſeines Schreibens an den Papſt bis nach Erfüllung der ihm vom Schieds=gerichte gemachten Zuſagen verſchieben wollte, verließ Prag, um die Verwendung König Sigmunds anzurufen. Von Leitompyſchl aus ſchrieb er am 5. September an Wenzel einen Brief, in welchem er die Gründe ſeiner Abreiſe darlegte. [3]) Er konnte das Ziel ſeiner Reiſe nicht mehr erreichen, ſondern ſtarb am 22. September zu Presburg. Sein Nachfolger wurde Albik von Uniczow, ein bejahrter und friedliebender Mann, übrigens ſo wenig Theologe als Sbinco.

Die Hoffnungen, welche ſich an den Ausgleich vom 6. Juli geknüpft hatten, ſollten nicht in Erfüllung gehen. Es erhoben ſich im Gegentheil vor Abfluß des Jahres neue Stürme. Papſt Johannes wurde von König Ladislaus von Neapel, welcher nach der Herrſchaft über ganz Italien ſtrebte, hart bedrängt. Des=halb forderte er durch zwei Bullen vom 7. September und 2. De=cember 1411 zu einem Kreuzzug auf, und verhieß Allen denjeni=gen, welche an demſelben Theil nehmen oder ihn ſonſt fördern würden, vollkommenen Ablaß. Im Mai 1412 wurden die Bullen nach Prag gebracht. Weder Wenzel noch Erzbiſchof Albik legten

---

[1]) Doc. 21.
[2]) Palacky III. 1. 271. Helfert 277.
[3]) Helfert 275 ff.

ihrer Verkündigung Etwas in den Weg.[1]) Hus war kein prin=
cipieller Gegner des Ablasses, wenigstens wurde ihm solches in
keiner Anklage vorgeworfen. Gegen die Kreuzbulle aber und die da=
rauf gegründeten Erpressungen erhob er mit aller Entschiedenheit
seine Stimme. Sofern ihn theologische Gründe dazu nöthigten,
so entsprangen dieselben seiner vorwiegend innerlichen und mora=
lischen Auffassung des Kirchenbegriffes. Wahrscheinlich hatte aber
auch die Erbitterung über das endlose Hinschleppen seines Pro=
cesses[2]) nicht geringen Antheil an seinem Auftreten. Am 7. Juni
wurde trotz dem Widerstreben der theologischen Facultät und dem
Verbote des Erzbischof=Kanzlers im Carolingebäude eine öffent=
liche Disputation über die Kreuzbulle abgehalten. Hus unter=
warf die Bulle einer einschneidenden Kritik. Sein Vortrag, unter
den uns erhaltenen und sicher ächten Schriften Hussens wohl die
vorzüglichste Arbeit, war in ihrer Art ein Muster scharfsinniger
und schlagender Beweisführung.[3]) Vergebens opponierten ihm
Mitglieder der theologischen Facultät mit wissenschaftlichen Grün=
den.[4]) Nach Hus betrat Hieronymus von Prag die Bühne und
brachte durch seinen zündenden Vortrag eine gewaltige Aufregung
unter den Zuhörern hervor.[5]) Am folgenden Tag[6]) wurde zur

---

[1]) Palacky III. 1. 274.

[2]) Hus behauptet, der Cardinal Brancas habe den Proceß gegen andert=
halb Jahre liegen lassen: coram quo fere uno anno cum medio fuit de
singulis in dicto registro contentis disputatum et litigatum, nec tamen
ipse D. Cardinalis volebat ad ulteriora procedere etc. Doc. 191. Dies
kann sich unmöglich so verhalten haben, denn Zabarella übernahm den
Proceß erst nach 10. Januar 1412, dem Todestage des Cardinals Anton
Gajetan: Demum D. Aquilegiensi mortuo D. Cardinalis Florentinus
(Zabarella) causam resumsit; ebenda. Im Juli desselben Jahres 1412
erfolgt die Schlußsentenz durch den Cardinal Peter Sancti Angeli, von dem
Hus gar Nichts erwähnt. Auch die Mißhandlung der Sachwalter wird wohl
nicht so gefährlich und nicht ohne guten Grund gewesen sein, denn
Johann XXIII. hatte fortwährend alle Ursache, es mit dem böhmischen Hofe
nicht zu verderben; vgl. Pelzel Urk. 233.

[3]) Opp. Hussi I. 215—235. Quaestio de Indulgentiis. Minder
ausgezeichnet ist die Replica contra bullam. ib. 235—237.

[4]) Palacky III. 1. 275. 276. Note 370.

[5]) Ebenda 277. Dobner Mon. IV. 146.

[6]) Helfert 119.

Verhöhnung des Papstes ein satirischer Umzug durch die Stadt veranstaltet und schließlich die päpstlichen Bullen verbrannt. Volks= aufläufe und Ausschreitungen verschiedener Art nahmen in be= denklicher Weise überhand. Wenzel suchte durch scharfe Maß= regeln dem Unwesen zu steuern. Die eigentlichen Urheber jedoch blieben unbehelligt.[1] Auf Grund der königlichen Erlasse wurden am 11. Juni drei junge Leute aus dem Handwerkerstande, welche Tags zuvor in verschiedenen Kirchen Skandal angerichtet hatten, enthauptet[2] Hus und seine Anhänger veranstalteten ihnen ein feierliches Begräbniß in der Bethlehemscapelle.[3]

Diese Vorgänge führten endlich dazu, daß auch die wykli= fistische Parthei sich spaltete. Schon längst hatten die geistig be= deutendsten Partheigänger Hussens seinem Treiben mit Mißbilli= gung zugesehen. Sie hatten für die nationalen Interessen an seiner Seite gekämpft, sie waren für die Freiheit der Wissenschaft in die Schranken getreten: ein förmlicher Bruch mit der Kirche und ihrer Lehre lag nicht in ihrem Sinne. Es ergieng daher von der theologischen Facultät ein neues Verbot der fünfundvierzig wykliffeschen Sätze, denen in Folge des Ablaßstreites weitere sechs Artikel beigefügt wurden. Der König verbot am 10. Juli das Lehren und Vertheidigen dieser Artikel unter Strafe der Landes= verweisung.[4] Eine am 18. Juli von den Stadtverordneten und Lehrern der Theologie auf dem altstädter Rathhause gehaltene Versammlung, von den Gegnern spottweise die Rathhaussynode ge= nannt, beschloß gleichfalls, das Lehren der genannten Artikel nach Kräften zu verhindern.[5] Hus kehrte sich hieran nicht, son= dern fuhr fort Wykliffe in öffentlichen Vorlesungen zu verthei= digen. Ein Versuch des Königs, eine Verständigung zwischen Hus und der theologischen Facultät herbeizuführen, blieb erfolg= los.[6] Der böhmische Clerus richtete eine Beschwerde gegen Hus

---

[1] Palacky III. 1. 278.
[2] Dobner Mon. IV. 147 Doc. 312. 313. 736. Helfert 114.
[3] Palacky III. 1. 280. Helfert 120.
[4] Palacky ebenda 281.
[5] Doc. 453.
[6] Doc. 456.

und seine Beschützer an den päpstlichen Stuhl mit nicht undeut=
licher Anschuldigung der Ketzerei.[1]) Dies Alles konnte nicht anders
als auf Huffens Proceß den nachtheiligsten Einfluß ausüben.
Der Angelpunkt, die persönliche Vorladung, gestattete an sich schon
dem Belieben des Richters einen sehr weiten Spielraum, da Hus
eigentlich zwingende Gründe für sein Ausbleiben nicht vorzubrin=
gen hatte. In Zabarellas Händen hatte die Sache indeß einen
guten Anlauf genommen.[2]) Die Zögerung Brancas war sicher
nicht zufällig, sondern im Zusammenhang mit den aus Böhmen
einlaufenden Nachrichten. Als nun Hus dem Papste direct den
Krieg ankündigte, hörte bei der Curie jede Rücksicht auf. Der
Cardinal Peter Stefaneschi[3]) erhielt den Auftrag, ein Ende zu
machen. Im Juli bestätigte er das Urtheil Colonnas in seinem
ganzen Umfange. Hus wurde in den großen Kirchenbann gethan,
und jeder Ort, an dem er verweilen würde, mit dem Interdikte
belegt.[4]) Gegen dieses Urtheil legte Hus Berufung an ein künf=
tiges allgemeines Concil ein.[5]) Seine Appellation an Jesus
Christus hat er wohl selbst nur als eine für seine Freunde be=
stimmte Herzensergießung betrachtet.[6]) Durch besondere Erlasse
wurde aufgefordert, daß Hus festgenommen und dem Erzbischof
von Prag oder dem Bischof von Leitomyschl zum Gerichte übergeben
und daß die Bethlehemcapelle dem Erdboden gleich gemacht wer=
den solle.[7]) In Folge hievon machten am 3. Oktober mehrere
deutsche Bürger, jedoch unter Anführung eines Böhmen, den Ver=
such Hus festzunehmen und die Kapelle zu zerstören. Allein sie

---

[1]) Doc. 457.

[2]) Doc. 191.

[3]) Petrus Stephanescus de Annibaldis Diaconus Cardinalis Sancti
Angeli — genannt Sancti Angeli junior, weil Benedikt XIII. den Cardinals=
titel Sancti Angeli in foro piscium gleichfalls einem Petrus de Annibaldis
verliehen hatte. Ciacc. II. 723. 775.

[4]) Doc. 461.

[5]) Ebend. 192.

[6]) Ebend. 464.

[7]) Höfler Geschichtschr. I. 26.

konnten bei der entschlossenen Haltung der Hussiten Nichts aus-
richten.[1])

Das Interdikt, welches diesmal mit großer Strenge einge-
halten wurde, bewirkte eine bedenkliche Gährung im Volke.[2]) Der
König drang darum in Hus, sich aus Prag zu entfernen.[3]) Hus
begab sich auf die Burg Kozihradek, wo ihm die Herren von
Austie Schutz gewährten. Die verschiedenen von Wenzel und
seinem Hofe im folgenden Jahre 1413 gemachten Versuche zur
Ausgleichung führten zu keinem Ziele. Mehrere Vorschläge wurden gemacht. Allein diejenigen Maßregeln, welche Hus und seine
Parthei schonten, konnten zu Nichts führen. Diejenigen, welche
dem Streit ein Ende zu machen geeignet waren, liefen auf gewaltsame Unterdrückung des Wykliffismus hinaus. Wenzel konnte
zu keinem Entschlusse kommen. Er meinte immer, den guten Ruf
seines Landes schonen zu müssen Eine am 6. Februar zu Prag
gehaltene Synode blieb erfolglos. Auch ein letzter Versuch, durch
wissenschaftliche Erörterungen einen Ausweg zu finden, mißlang.
Denn die wykliffistischen Theologen hatten sich im Verlaufe der letzten
Streitigkeiten so weit vom Boden der kirchlichen Lehre entfernt,
daß für die Verständigung mit den orthodoxen Stephan Palecz,
Stanislaus und Peter von Znaym und Johann Eliä jede gemeinsame Grundlage fehlte. Die letzteren brachen daher die Verhandlungen ab, und wurden dafür vom König ihrer Stellen entsetzt und aus dem Lande verwiesen.

Der Wykliffismus, die inzwischen von der römischen Synode
als häretisch verworfene Lehre, trug damit den endlichen Sieg
davon. Als der Widerstand der katholischen Parthei auf dem
wissenschaftlichen Gebiete gebrochen war, trat der Hussitismus in
seiner eigentlichen Gestalt auf, nämlich als der national-czechische
Gegensatz gegen die allgemeine Kirche und gegen das Deutsch-

---

[1]) Palacky III. 1. 286. 287.

[2]) Auch an der Universität gab es eine Spaltung. Höfler Geschichtschr.
I. 27.

[3]) Ebend. 29 ff.

thum.[1]) Die nationale und die religiöse Bewegung waren nun voll=
ständig zu einer einzigen gewaltigen Strömung geworden, welche
Alles niederriß, was sich ihr in den Weg stellte. Katholicismus
und Deutschthum, durch die Abwehr des gemeinsamen Feindes
verbunden, giengen gemeinsam unter. Hus hatte niemals ein Hehl,
daß er die Deutschen bekämpfte, um seiner Nationalität die ge=
bührende Geltung im Lande Böhmen zu verschaffen. Er mochte
dies von seinem Standpunkte aus für eine heilige Pflicht halten.
Jetzt, nachdem der kirchliche Widerstand gegen die Neuerung
gebrochen war, gingen seine Wünsche erst vollständig in Erfüllung.
Die durch Karl des Vierten Politik genährte kurzsichtige Be=
geisterung für die heilige böhmische Zunge trug nun ihre Früchte,
freilich ganz andere als der Kaiser gewollt und geahnt hatte.
Wenn Hus in seinen patriotischen Bestrebungen unbesonnen und
kurzsichtig war, und so vielmehr zum Schaden als zum Frommen
seines Vaterlandes gewirkt hat, so ist dies kaum zu verwundern,
denn er war ein Mann der Schule und nicht des Lebens. Merk=
würdig aber und schwer zu begreifen ist, daß der Theologe nach Allem,
was vorgegangen, sich fortwährend mit dem größten Eifer dagegen
verwahrte, mit der Kirchenlehre in Widerspruch zu stehen. Es
läßt sich dies nur daraus einigermaßen erklären, daß er nach
seiner ganzen Persönlichkeit nicht im Stande war, die äußere Er=
scheinung der Kirche, ihren moralischen Inhalt und ihre Stellung
zu Dogma und Wissenschaft am gehörigen Orte zu verbinden und
am gehörigen Orte zu trennen.

---

[1]) Wohl auch schon für jene Tage gilt, was Palacky III. 2. 45 vom
böhmischen Adel berichtet. Derselbe sprach: „werde mir kein Niemez!"
wenn er sagen wollte: „werde mir nicht Feind." Mit Niemez bezeichnen
die Czechen einen Deutschen.

IV.

Sigmund übernahm mit der römischen Königskrone die Pflicht, das von Wenzel so leichtfertig preisgegebene Recht eines Schutzherrn der Kirche wieder zu gewinnen. Die Kirche bedurfte mehr als je der Hilfe der weltlichen Fürsten, sollte sie nicht gänzlicher Auflösung anheim fallen. Das Concil von Pisa hatte gezeigt, daß sie aus sich selbst die Einheit und die Reform nicht zu schaffen vermochte. Das Nämliche wurde neuerdings auf der von Johannes dem Dreiundzwanzigsten 1412 nach Rom berufenen Synode offenbar.

In dem ersten Jahre seines römischen Königthums konnte Sigmund nicht an die Lösung der gewaltigen Aufgabe denken. Es fehlten ihm vor Allem die Mittel den Papst auch gegen seinen Willen zur Berufung und Abhaltung des Concils zu zwingen. Erst 1413 boten hierzu die politischen Verhältnisse Italiens die Möglichkeit. [1]

Den Krieg mit König Ladislaus, gegen welchen 1411 die ganze Christenheit hatte aufgeboten werden sollen, hatte Johannes 1412 durch den Frieden von Neapel unerwartet schnell beendet. Er mußte für diesen Frieden Opfer bringen; allein was er durch denselben gewann, war nicht gering anzuschlagen. Er gelangte wieder zum ungefährdeten Besitze Rom's und des Kirchenstaates. Ueberdies wurde er von Ladislaus, der bisher sich zu Gregor dem Zwölften bekannt hatte, um einen Vorwand zum Kriege gegen den Kirchenstaat zu haben, als rechtmäßiger Papst anerkannt. Dadurch verlor Gregor seine letzte Stütze; mit Mühe und Noth entkam er nach Rimini, wo ihm Carlo Malatesta eine sichere Zufluchtsstätte gewährte. Dorthin sandte Johannes seine Unter-

---

[1] Außer den Quellen bei **Muratori** Script. rer. Ital. III. XVII. XIX. **Aschbach** I. 367 ff. **Christophe** III. 271 ff. **Schwab** Gerson 467 ff. **Hefele** Conciliengesch. VII. I. 7 ff. **Gregorovius** Gesch. der Stadt Rom im Mittelalter VII. 601 ff. v. **Reumont** Gesch. der Stadt Rom II. 1152 ff. **Niem** Vita Johannis XXIII. bei von der **Hardt** II. 336 ff.

händler, um den von aller Welt Verlassenen zur Abbankung zu bewegen.[1] Allein die Unterhandlungen, welche bis in den Früh=ling 1413 dauerten, führten zu keinem Ziele. Im März desselben Jahres brach Ladislaus den eben geschlossenen Frieden wieder. Er rückte gegen Rom, welches er am 8. Juni ohne Kampf ein=nahm. Johannes floh gen Florenz, allein die Florentiner wehr=ten ihm den Eintritt in ihre Stadt; er mußte in einer Vorstadt bleiben.[2] Mittlerweile hatte Sigmund den seit 1411 dauernden Krieg mit der Republik Venedig durch den Waffenstillstand von Triest 17. April 1413 beendet.[3] Den Sommer über beschäftigten ihn verschiedene Angelegenheiten des Reiches. Im Spätherbst gieng er wieder nach Oberitalien, wohin ihn die Angelegenheiten des Herzogthums Mailand riefen. Johannes sandte an ihn den Cardinal von Chalant, um seine Hilfe gegen König Ladislaus anzurufen. Längst war durch Briefe und durch Gesandte die Berufung des Concils zwischen König und Papst verhandelt wor=den. Johannes hatte schon am 3. März durch ein Rundschreiben an die ganze Christenheit das Concil für das kommende Spät=jahr in Aussicht gestellt.[4] Weitere Schritte aber waren nicht geschehen. Nunmehr, da Johannes von Ladislaus bedrängt, nirgends mehr einen Rückhalt hatte, drängte Sigmund mit allem Nachdruck auf die endliche Berufung der Kirchenversammlung. Johannes ver=mochte nicht mehr zu entschlüpfen; wollte er nicht den letzten Helfer von sich stoßen, so mußte er der Forderung Sigmunds nachgeben. Er entsandte daher die Cardinäle Zabarella und von Chalant nebst dem gelehrten Griechen Manuel Chrysoloras an den König. Durch eine eigene Bulle[5] hatte er bereits im Mai vorgekehrt, daß alle von seinen Bevollmächtigten vorgenommenen Handlungen ungiltig sein sollten, wenn sie nicht seinen geheimen Weisungen gemäß wären. Besonderes Gewicht legte er auf den Ort der

---

[1] Commissioni di Rinaldo degli Albizzi I. 230 ff. Niem a. a. O. 361.

[2] Leonard. Aret. Comment. Muratori XIX. 927. e.

[3] Aschbach I. 349.

[4] Raynald a. 1413. 22. Vgl. Bzovius a. 1413. 6.

[5] Raynald a. 1413. 21.

Kirchenversammlung. Er hatte deßhalb mehrere Städte auf einen Zettel geschrieben, welchen er den Gesandten bei ihrer Abreise mitgeben wollte. Allein im Augenblick des Scheidens änderte er seinen Sinn. Er zerriß den Zettel und erklärte den Gesandten, diesen Punkt ihrer Klugheit anheimstellen zu wollen. [1]

Sigmund bestand darauf, daß das Concil in einer deutschen Stadt gehalten werde, und entschied sich nach achtzehntägiger Verhandlung auf den Vorschlag des Grafen Eberhard von Nellenburg für Konstanz. [2] Vergebens suchte Johannes gegen diese Stadt allerlei Einwände zu machen, sie sei zu klein, ihre Lage sei ungeeignet. Sigmund blieb fest und nöthigte den Papst, Gesandte nach Konstanz zu schicken, die ihn von der Grundlosigkeit seiner Einwendungen überzeugten.

Im November kamen Sigmund und Johannes zu Lodi zusammen, um die letzten Vorfragen durch persönliche Verhandlung zu erledigen. Schon am 30. October hatte Sigmund von Viglub aus ein Rundschreiben erlassen, in welchem er unter Zusicherung seines vollen Schutzes zum Besuche des Conciliums aufforderte. [3] Die diplomatischen Verhandlungen mit den Höfen behielt der König in seiner Hand. Es war lange nicht mehr geschehen, daß Kaiser und Papst über das Wohl der Christenheit gemeinsam Rathes gepflogen. In Sigmunds Thätigkeit für das Concil strahlt zum letzten Male der Glanz des niedergehenden alten Reiches wieder, dessen ideale Grundlage die Christenheit war. Sigmund war auf die Markscheide der alten und der neuen Zeit gestellt. Seine Würde hatte nur noch eine Vergangenheit, denn die Christenheit im alten Sinne gab es nimmer. War ja doch das Papstthum von seiner Himmelshöhe herabgestiegen in den Kerker von Avignon und hatte im großen Schisma Zeugniß dafür abgelegt, daß die Nationen nunmehr eine jede ihren eigenen Weg zu gehen hatten. Die Zukunft gehörte denjenigen Reichen,

---

[1] Leonard. Aret. a. a. O. 928 d. Die Vollmacht der Gesandten Doc. 513.

[2] Richental Konstanzer Hschr. fol 3. Notariatsinstrument über die Verhandlungen vom 31. Oct. 1413. Doc. 515.

[3] Raynald a. 1413. 22.

die ihr Dasein auf den Gedanken des nationalen Staates grün=
deten. England und Frankreich schritten rüstig auf der neuen
Bahn vorwärts, denn hier hatten die Könige, dort Clerus, Adel
und Gemeine dem Staate die nationale Seele eingehaucht. Auch
in Böhmen rührte der neue Geist seine Schwingen; aber durch
die Unreife der Zustände, durch blinde Leidenschaft und Selbst=
sucht sollte er zum Würgeengel der böhmischen Cultur werden.
Nur unser Vaterland allein unter den Culturvölkern zehrte selbst=
vergessen an den Erinnerungen der Vergangenheit. Noch mehr
als hundert Geschlechter mußten kommen und gehen, bis auch in
Deutschland der nationale Gedanke zur vollen Klarheit erwachte.

Sigmund war kein Mann der alten Zeit. Sein ganzes
Denken und Handeln war in Nichts von der Weise der übrigen
gekrönten Häupter verschieden. An geistiger Fähigkeit einer der
Ersten seines Zeitalters, vermochte er gleichwohl nicht umgestaltend
in das politische Leben Deutschlands einzugreifen. Dafür ge=
brach es ihm an jener sittlichen Kraft, welche große Männer in
einem Menschenleben die Arbeit von Generationen vollbringen
läßt. Seine Jugendjahre verlebte er in einer bösen Schule, als
Schattenkönig unter der Botmäßigkeit der ränkevollen Elisabeth
von Ungarn. Im Ringen gegen weibliche List und Herrschsucht
gewöhnte er sich, bei allem persönlichen Muthe mehr die Waffen
des Schwachen als des Starken zu gebrauchen. Er handelte
selten nach lange vorbedachtem Plane, mehr nach der Eingebung
des Augenblickes. Wo er nicht durch einen kecken Wurf gewann,
verschmähte er Hinterlist und Treubruch nicht. Nie verlegen um
ein schönes Wort, um einen guten Einfall, war er leichtsinnig im
Versprechen, wie er verschwenderisch mit dem Gelde war. Eine
vorwiegend sinnliche Natur, gefiel er sich im Äußerlichen. Zu
prunkhaftem Auftreten befähigte ihn gewandte Rede und stattliche
Leibesgestalt.[1] Ihm stand in Baltassarre Cossa ein Mann gegen=

---

[1] Ueber Sigmunds Charakter neben andern zeitgenössischen Berichten
Klingenberger Chronik herausg. v. Henne v. Sargans 208. 209.
Johannes de Monsterolio Ep. 71. in Martène et Durand Am-
plissima collectio. II. 1443 ff. Beide sind allerdings dem König aus
persönlichen Gründen abgeneigt, allein ihre Schilderung wird durch die

über, der durch eigene Kraft aus unscheinbaren Anfängen sich
zur höchsten Würde der Christenheit emporgeschwungen hatte.
Cossa war dem römischen Könige an Einsicht und an Willens-
kraft überlegen. Was er sich zum Ziele gesetzt, wußte er zu erreichen, unbekümmert, ob Verbrechen seinen Weg bezeichneten, ob
Flüche ihm folgten. Seine Politik seit seiner Erhebung auf den
Stuhl Petri war die einzige den Umständen angemessene. Er
strebte darnach, das Papstthum aus der Dienstbarkeit der Fürsten-
höfe zu befreien. Allein weil er nur die politische, nicht auch
die sittliche Würde seines Amtes im Auge hatte, weil ihm Religion und Sittlichkeit nur leere Worte waren, fing er sich zuletzt
in der eigenen Schlinge. Er hatte sich mit der Hoffnung auf
den Weg gemacht, wenn nicht das Concil zu hintertreiben, so
doch dessen Verlegung in eine italienische Stadt zu bewirken.
Sigmund jedoch blieb unerbittlich. Johannes mußte von Lodi
aus am 9. December die Convocationsbulle erlassen. Auf Allerheiligen 1414 wurde die Eröffnung festgesetzt. Bis nach den
Weihnachtsfeiertagen blieben König und Papst zusammen. In
dieser Zeit kamen neben andern Dingen wohl auch die böhmischen
Angelegenheiten zur Sprache.

Im Februar kam Johannes wieder nach Bologna zurück,
indeß Sigmund durch das Genuesische und Piemont den Weg
nach Deutschland zur Königskrönung antrat. Wenn Johannes

Thatsachen besser belegt, als die Enea Silvios, Cuspinians und der Panegy-
riker des Konstanzer Concils. Zu den vielen charakteristischen Zügen, die
Windeck u. A. bieten, Gaudry histoire du Barreau de Paris I. 168.
169. L' empereur Sigismond avait fait un voyage en France sous
le prétexte de calmer l'agitation causée par la guerre entre la
France et l'Angleterre. Il fut reçu avec de grands honneurs et désira
assister á une audience du parlement. Les avocats, dit Joly, étaient
bien vêtus et en beaux manteaux et chaperons fourrés. Le prince
voulait entendre plaider. Il se permit d'abord l'inconvenance d'aller
occuper le fauteuil déstiné ordinairement au roi. On argumentait
contre l'un des plaidants de ce qu'il n'était pas noble; l'empereur
l'arma chevalier. C'était un acte inouï d' usurpation du pouvoir
royal; mais le monarque français était Charles VI, son armée
venait d'être battue à Aziucourt, et l'empereur allait faire un
voyage á Londres, où il devait prendre des engagements contre la
France. La cour et le barreau furent indignés; il fallut tout supporter
dans ces temps de malheurs.

je noch hoffte, sich dem Concil zu entziehen, so war das kühne
Vordringen des Königs von Neapel geeignet ihn auf andere
Gedanken zu bringen. Er traf seine Vorbereitungen zur Reise
nach Konstanz. Durch eine eigene Gesandtschaft an den Rath
dieser Stadt verschaffte er sich dessen Zusage, daß man in Allem ihn
als rechtmäßigen Papst anerkennen und halten, seinem Kommen
und Gehen keinerlei Schwierigkeiten machen, die Ausübung seiner
Gerichtsbarkeit nicht verhindern wolle. Dem Versprechen des
Rathes fügte der königliche Commissär Andreas Bischof von Ko=
locza seine Bestätigung und Bürgschaft bei.[1] Im Laufe des
Sommers bedrohte Ladislaus sogar Bologna, wurde jedoch durch
die Florentiner von weitern Schritten abgehalten. Sein unerwarteter Tod am 6. August schien dem Papst die volle Freiheit
des Handelns zurückzugeben Die Freunde in Florenz wider=
riethen ihm nun ernstlich die Fahrt nach Konstanz. Allein durch
die Ereignisse des letzten Jahres hatte er den Glauben an seinen
Glücksstern verloren: er beschloß die Reise in dem Bewußtsein,
einem unabänderlichen Geschicke zu gehorchen.[2]

Daß das Zusammentreten des Concils endlich als vollständig
gesichert gelten konnte, war für Sigmund ein über alle Rechnung
günstiger Erfolg. Alles schien wieder gewonnen, was seit Karl
des Vierten Tod dem deutschen Königthume an Einfluß auf die
kirchlichen Verhältnisse verloren gegangen war. Des römischen

---

[1] Bzovius a. 1413. p. 346. 347.

[2] Luca di Simone della Robbia Vita di Bartolommeo
Valori im Archivio storico italiano IV. 262. Dicono che Giovanni
se ritirasse (mit Bartolommeo Valori) nell' anticamera per ragionare
a dilungo; e dopo molti discorsi si cascò nel Concilio, e domandan-
dogli quello che a lui ne paresse, lo sconfortò vivamente da questa
gita, soggiungendo che non era punto tempo di compromettere la
dignità pontificia in luogo dove convenivano cervelli da lui speriment-
tati turbulenti e da mettere sotto sopra il mondo volontieri; senza
che il grado è di sua natura invidiato per diverse ragioni: e ridu-
cendo le molte in una lo esortò non passare innanzi, con proporgli
qualche pretesto di ritirata. Imperò non cavò ultra risposta dal
Papa che questa: „Io confesso qui gli è poco senno rimettersi in per-
sonnaggi ignoti, e che il Concilio non è per me. Ma che debbo fare
se haggio un fato che mi ci tira?" E dopo questo trattando d'altre
cose il giorno seguente seguitò il suo cammino per Costanza.

Königs Name erscheint neben dem des Papstes bei der Aus-
schreibung des Concils. Noch mehr, es war zum ersten Male,
seitdem in Deutschland das Christenthum verkündet worden, eine
deutsche Stadt der Sitz der Kirchenversammlung. Das Streben
der französischen Könige, mit der Schutzherrlichkeit der Kirche
den Primat Europas an sich zu reißen, schien auf immer vereitelt. Dem deutschen Kaiserthum eröffnete sich die Aussicht, wieder Centrum und Schwerpunkt der europäischen Politik zu
werden.

Noch Bedeutungsvolleres versprach das Concil für Sigmunds
Beziehungen zum böhmischen Königreiche. Hier waren die Zustände nachgerade allen Partheien unerträglich geworden. Die
Geistlichkeit sah sich durch die Partheinahme des Hofes für die
religiöse Neuerung mehr und mehr ins Gedränge gebracht. Die
hussitische Parthei gewann täglich mehr Boden; sie empfand es
jedoch sehr bitter, daß mit ihren Erfolgen auch der böse Ruf
ihres Vaterlandes, ein Schlupfwinkel der Ketzerei zu sein, sich verbreitete. Wenzel hatte der steigenden Verwirrung nur Halb-
heiten entgegenzusetzen. Er meinte, sich über den Partheien zu
halten, und war in der That das Werkzeug seiner hussitisch gesinnten Umgebung.

Daß die böhmischen Wirren auf dem Concil zur Sprache
kommen würden, war unzweifelhaft, denn die Vorgänge in Prag
hatten die Aufmerksamkeit der gelehrten Welt, insbesondere der
Pariser Universität, auf sich gezogen. In einem Schreiben vom
27. Mai 1414 wendete sich Johannes Gerson an den Erzbischof
von Prag mit der Aufforderung, den König zu energischem Einschreiten anzutreiben. Der Erzbischof Konrad von Vechta — Albik
hatte 1413 seine Würde niedergelegt — sandte ihm durch den
Magister Peter von Prag mehrere Schriften Hussens. [1] Gerson
veranlaßte eine sorgfältige Prüfung derselben und wiederholte
am 24. September seine Ermahnung. Die größte Gefährlichkeit
der neuen Lehre sieht er in dem Satze, „daß ein im Stande der
Todsünde Befindlicher keine Herrschaft oder Jurisdiction oder Ge-

---

[1] Doc. 523. 526.

walt über das christliche Volk habe."¹) Gegen diesen Irrthum
sollte sich die geistliche und die weltliche Gewalt erheben, nicht
mit subtilen Erörterungen sondern mit Feuer und Schwert.
Denn wer in anmaßender und aufrührerischer Tollheit so das
apostolische und philosophische Wort: „Gehorchet euren Herrn,
auch den bösen," vergessen könne, entbehre nicht nur jeder höhern
Einsicht, sondern selbst des gemeinen Menschenverstandes. Der
Erzbischof, schließt Gerson seinen Brief, solle darum den König
aufmerksam machen, welche Gefahren seiner Herrschaft aus solchen
Lehren erwüchsen. In gleichem Sinne schrieb auch der Erzbischof
von Rheims an seinen Prager Collegen.²)

Wenn es nun Sigmund gelang, auf dem Concil durch seinen
Einfluß dem böhmischen Königreiche den Frieden nach innen,
den guten Ruf nach außen wiederherzustellen, durfte er sicher
sein, alle böhmischen Partheien für sich zu gewinnen. Als Erbe
der Wenzelskrone mußte er hierauf das größte Gewicht legen.
Ja noch mehr, es konnte ihm gelingen schon bei Lebzeiten seines
unfähigen Bruders an dessen Stelle zu treten. Alles drehte sich
um die Aussöhnung Hussens mit dem römischen Hofe. Diese
schien keine unüberwindlichen Schwierigkeiten zu bieten. Hus war
allerdings in Bann und Interdikt, aber nicht wegen einer er=
wiesenen Irrlehre sondern wegen Ungehorsams gegen die päpst=
liche Vorladung. Soferne von Glaubenssachen die Rede war,
wurde immer noch vorwiegend Wykliffes Namen genannt. Die
freilich oft genug erhobene Anklage, es wimmle in Böhmen und
Mähren von Ketzereien, hatte noch Niemand in gehöriger Form
oder gegen eine bestimmte Person begründet. Ja in den bischöf=
lichen Berichten und päpstlichen Erlassen hatte man sogar mit
einer gewissen Absichtlichkeit vermieden denjenigen zu nennen, den
man eigentlich meinte. Selbst in dem Verdammungsurtheile,

---

¹) Ebenda 528. quod praescitus aut malus existens in peccato
mortali nullam habet dominationem vel jurisdictionem vel potestatem
super alios de populo christiano. Ein praescitus ist derjenige, von welchem
Gott im Voraus weiß, daß er nicht bis an sein Ende im Stande der Gnade
verharren wird.

²) Ebenda 529.

welches das römische Concil am 10. Februar 1413 über Wykliffes
Schriften und zwar mit unzweideutiger Beziehung auf Hus und
seine Genossen aussprach, wurde des Magisters Namen nicht
genannt. [1] Die Gegner schalten Hus allerdings einen Ketzer,
ja einen Erzketzer," aber nur deswegen, weil er über Jahr und
Tag im Banne verharrte, ohne den Versuch zur Lösung zu
zu machen. [2] Die öffentliche Meinung hält sich stets leichter an
einen Namen als an die Sache. Darum gewöhnte man sich all=
mählig, wenn vom übeln Rufe der böhmischen Krone und der
slavischen Zunge die Rede war, zuerst an Hus, den Vertheidiger
Wykliffes, den in Bann und Interdikt Verharrenden zu denken. [3]
Darum schien vor Allem von seiner Rechtfertigung und Aussöh=
nung mit der Kirche die Wiederherstellung der Ruhe und des
rechtgläubigen Rufes abzuhängen. Auf die theologischen Streitig=
keiten hatte politische und nationale Leidenschaft mehr als billig
eingewirkt. Man konnte sich daher um so leichter der Hoffnung
hingeben, daß Hus außerhalb Böhmens bei einem unpartheiischen
Gerichte ohne Mühe sich und sein Vaterland rehabilitieren werde.

Konnte Sigmund dies Verdienst für sich in Anspruch nehmen,
so durfte er des Dankes von ganz Böhmen sicher sein. Die
Geistlichkeit insbesondere mußte die Wiederkehr des Friedens und
der Sicherheit ihres Besitzes mit Freuden begrüßen. Sie hatte
an dem Rufe der Rechtgläubigkeit ihres Landes ein wo möglich

---

[1] Raynald a. 1413. 2. Mansi XVII. 505 ff. dialogum, trialogum
et omnes alios huiusmodi libellos et alia quae eiusdem Joannis Wikleff nomine inscribuntur et intitulantur, cuiuscunque artis et
facultatis existant, attento maxime quod in eis licet
aliqua vera scripta sint, falsa tamen illis velut lepra in humano
corpore permixta sunt . . . damnamus et reprobamus. Die Dar=
stellung bei Bzovius a. 1413. 1. wonach auch Hus namentlich verurtheilt
worden wäre, dürfte um so eher auf einem Mißverständnisse beruhen, als
in dem ebenda 37. angeführten Schreiben Johannes XXIII. an König
Wenzel kein Name genannt wird.

[2] Kober Kirchenbann 325.

[3] „Durch dieses Mannes ehrlose Anschuldigung die gesammte böhmische
Krone und die slavische Sprache geschmäht wurde," schreiben die mährischen
Herren an Sigmund Geschichtschr. I. 176. Ueber die Bedeutung der
„böhmischen Krone" Palacky III. 2. 7.

noch größeres Interesse als die Gegner.[1]) Ungleich wichtiger aber war es für Sigmund, Huſſens Anhang auf ſeine Seite zu bringen. Die Verbindungen des Magiſters beſchränkten ſich nicht auf die Kreiſe der Gelehrten und Geiſtlichen. Er war ein Mann des Volkes geworden, und noch mehr, hinter ihm ſtand eine be= deutende Anzahl vom Adel, mächtig genug, vorkommenden Falles beiden königlichen Brüdern die Spitze zu bieten.[2])

Ob Sigmund nach eigener Erwägung, ob vom Papſte oder von Böhmen aus dazu aufgefordert, die Ausſöhnung Huſſens zu fördern beſchloſſen, läßt ſich nicht beſtimmen. Wahrſcheinlicher iſt das erſte, denn die ihm daraus erwachſenden Vortheile waren zu augenfällig, als daß er fremder Aufforderung ſollte bedurft haben. Indeſſen fehlte eine Anregung von Seiten der Freunde Huſſens nicht gänzlich. In Sigmunds Umgebung befanden ſich zur Zeit der Verhandlungen über das Concil mehrere böhmiſche Edelleute, darunter Herr Johannes Chlum genannt Kepka und Wenzel von Duba. Beide waren Verehrer Huſſens, Chlum ſein treuer Freund bis zum Scheiterhaufen. Von dieſen beiden erhielt ohne Zweifel Sigmund eingehende Mittheilungen über die Zuſtände Böhmens. Was ſie ihm vom Magiſter Hus berichteten, zeigte dieſen ſicher in keinem nachtheiligen Lichte.[3])

---

[1]) Geſchichtſchr. I. 148. Mit verbeſſerter Lesart (vgl. Palacky Geſch. des Huſſitenthums u. Prof. Höfler 96) Doc. 259. non in dedecus ipsius regni, cum et ego Bohemus sim, sed potius ad ipsius regni honorem will der Biſchof von Leitomyſchl gegen den Wykliffismus geeifert haben.

[2]) Geſchichtſchr. I. 218. Doc. 283. Et dominus Johannes (Chlum) ad circumstantes dixit: et verum est, et ego sum pauper miles in regno nostro et ego vellem eum ad unum annum fovere, placeat cui vel displiceat, quod ipsum habere non posset. Et sunt multi et magni domini qui eum diligunt, qui habent fortissima castra, qui eum foverent quamdiu vellent etiam contra istos ambos reges. Eine Vor= ſtellung an Sigmund vom 12. Mai 1415 zu Gunſten Huſſens wurde von 250 Adeligen unterſiegelt.

[3]) Geſchichtſchr. I. 146. vgl. 114. 136. Doc. 256. vgl. 237. 248. Rex fama audita de dissensione in Regno Bohemiae et ipsius honori tanquam haeres et dominus successor volens succurrere misit nobiles dominos Wenceslaum de Duba et Johannem Chlum, ut magistrum Johannem Hus inducere velint et assecurare regio salvo conductu et

Diesen beiden Herren gab Sigmund in Italien den Auftrag, den Magister Johannes Hus unter Zusicherung des königlichen Schutzes aufzufordern, daß er vor dem Concil zu Konstanz öffentlich Rechenschaft über seine Lehre ablege, und sich und das böhmische Königreich von dem üblen Rufe reinige.

Hus befand sich, als diese Botschaft ihm zukam, bei dem Herrn Heinrich Lefl von Laczan auf der Burg Krakovez. Der Zeitpunkt läßt sich nicht einmal annähernd bestimmen, und eben so wenig, wie weit damals Sigmunds Versprechungen sich erstreckten. Nach einer spätern Aeußerung Hussens hätte ihm der König durch Herrn Heinrich Lefl die Zusicherung gemacht, ihm für ausreichendes Gehör zu sorgen; wolle er sich dann dem Urtheile des Concils nicht fügen, so würde er ihn ungefährdet wieder nach Böhmen zurückbringen.[1] Ueber den ersten Theil dieser Zusage ist kein Zweifel möglich, und der König hat sich nachmals in Konstanz ausdrücklich dazu bekannt.[2] Sigmund konnte füglich versprechen, für ausreichendes und öffentliches Gehör Sorge zu tragen, keineswegs aber, daß er dem Angeklagten unter allen Umständen seinen weitern Schutz gewähren wolle, wenn dieser sich dem Urtheile des Concils nicht unterwerfen würde. Dies war nicht einmal möglich, wenn Sigmund auch von der Eigenschaft des Concils als eines Gerichtes in Glaubenssachen absah. Denn auch

nomine, quatenus pro expurganda regni Bohemiae et sua infamia sinistra sub salvo conductu ipsius domini regis et protectione sacrosancti imperii patenter ipsi M. Hus datis et exhibitis venire vult ad sacrum generale concilium et ibidem cuilibet partem se ponenti de fide sua publicam reddere rationem. Wenn Chlum Doc. 248 sagt: cum fuimus in Friolia, so könnte dies auf das Jahr 1412 zurückweisen. Allein Mladenowicz sagt ebend. 237 : postquam Sigismundus una cum papa Joanne XXIII. indixisset et publicari mandasset generale Concilium in Constantia celebrandum, misit de Lombardia certos nobiles dominos de Bohemia. Dies weist uns auf November oder December 1413. Auffallend ist. daß die böhmischen Herren nicht unter den Zeugen erscheinen, welche am 31 Oct. 1413 das Notariatsinstrument über die mit Zabarella, Chalant und Chrysoloras gepflogenen Unterhandlungen unterzeichnet haben. Doc. 518.

[1] Quia sic mihi intimavit per Henricum Lefl et per alios, quod vellet mihi ordinare sufficientem audientiam. Et si me non submitterem judicio, quod vellet me salvum dirigere vice versa. Opp. I. 87. 88. Ep. 34. Doc. 114. Ep. 70.

[2] Doc. 284.

in diesem Falle mußte er wissen und an dem Beispiele seines
Bruders abnehmen, daß die Beschützung eines auch nur wissen=
schaftlich der Häresie überwiesenen Mannes ihm die unangenehmsten
Verwickelungen bereiten würde. Hus hat Obiges behauptet zu
einer Zeit, da der ungünstige Verlauf seines Processes und das
zurückhaltende Benehmen des Königs ihn trüb und bitter zu
stimmen geeignet war, [1] und er bereits glaubte, Grund zum Zweifel
an dem aufrichtigen Willen des Königs zu haben. Er habe
sich von demselben versehen, schreibt er, daß er Gefallen an dem
Gesetze Gottes und der Wahrheit habe, nun aber begreife er, daß
jenem daran nicht Viel liege. „Wenn er nur wenigstens die
Weise des Heiden Pilatus befolgt hätte, der nach Anhörung der
Ankläger gesprochen: Ich finde keine Schuld an diesem Menschen,
oder wenn er wenigstens gesagt hätte: Seht ich habe ihm ein
freies Geleit gegeben; wenn er nun die Entscheidung des Concils
nicht annehmen will, so werde ich ihn mit euren Urtheilen und
euren Zeugnissen dem Könige von Böhmen schicken, damit dieser
mit seiner Geistlichkeit über ihn richte. Denn so hat er (Sigmund)
es mir durch Heinrich Lefl sagen lassen, und durch Andere, daß
er mir genügendes Gehör verschaffen und, wenn ich mich dem
Gerichte nicht unterwerfe, mich wohlbehalten zurückbringen wolle.“
In dem nämlichen Briefe erinnert er sich, daß Herr Mikesch
Divoky ihn gewarnt: „Magister nehmt es als sicher an, daß ihr
verurtheilt werdet.“ Divoky, meinte Hus, müsse schon damals die Ab=
sicht des Königs gekannt haben. Es ist nun denkbar, daß im Kreise der
Freunde die verschiedenen Möglichkeiten erörtert wurden, und daß
Divoky hierbei geringes Vertrauen in die Zusicherungen des
Königs äußerte. Lefl dagegen mochte dem königlichen Geleite
durch eine so oft vorgekommene Verwechselung eine weitergehende
Wirkung, als ihm zukam, beilegen. Aber eben so leicht mag Hus,
als er den erwähnten Brief schrieb, sich in seinen Erinnerungen
getäuscht haben. Und dieses letztere ist am wahrscheinlichsten.
Denn noch während der Unterhandlungen über seine Fahrt zum
Concil hat er einen Brief an Sigmund gerichtet, in welchem er sich

---

[1] D o c. 90. Ep. 50.

ganz anders über deſſen Zuſicherungen ausſpricht, und zwar unter ausdrücklicher Hinweiſung auf Leſl's und Divoky's Mittheilungen. Er ſei
bereit, heißt es hier, nach dem durch Leſl ihm kund gewordenen Wunſche
des Königs bemüthig den Nacken zu beugen. Er verlange nur, im Frieden zum Concil zu kommen und ſeinen Glauben öffentlich zu bekennen. Er wolle nicht ein geheimes, ſondern öffentliches Gehör,
wie ja ſeine ganze Lehrthätigkeit öffentlich geweſen ſei, und wenn
es ſein müſſe, ſo ſei er auch bereit, für Chriſti wahrhaftiges Ge-
ſetz den Tod zu leiden. Die Warnungsſtimme Divoky's hat er
damals nicht vernommen, ſondern er freut ſich vielmehr, daß
dieſer ihm mittheilt, wie der König ſeiner gedenke und ſeine Angelegenheit zu einem guten Ende führen wolle. [1]

Sigmund kann demnach Nichts zugeſagt haben als Sicherheit und Schutz für die Reiſe und ſeine Verwendung für ein
öffentliches Verhör. Er gieng ſchon damit weiter als mit dem
ſtrengen Rechte verträglich war. Da Hus über Jahr und Tag
im Bann und Interdikt ſich befand, und da der weltliche Arm
wider ihn angerufen war, hätte er den Reichsgeſetzen gemäß in
die Acht erklärt werden müſſen. [2] Nur das Außerordentliche
des Falles und die geringe Achtung, in welcher die Kirchenſtrafen
damals ſtanden, konnte Sigmund darüber hinwegſehen laſſen.
Auch das öffentliche Gehör war wider die Regel; Sigmund mußte
ſich eines großen Einfluſſes beim Concil für ſicher halten, um
eine derartige Zuſage zu machen.

Es war im Allgemeinen Sigmunds Art, nicht ängſtlich viele
Möglichkeiten zu erwägen, ſondern friſchweg zu handeln. Schwierigkeiten rechtlicher Natur machten ihm wenig Kopfbrechen; konnte
er ſie weder hinwegräumen noch umgehen, ſo nahm er keinen
Anſtand ſich darüber hinweg zu ſetzen. Dieſe Weiſe konnte er in
ſeinem Verhältniſſe zu Hus nicht einhalten. Derſelbe war mit
den ſchwerſten kirchlichen Strafen belegt, und den Gläubigen unter
Androhung des Bannes jeder Verkehr mit ihm unterſagt. Sig-

---

[1] Brief Huſſens an Sigmund 1. Sept. 1414. Geſchichtſchr.
II. 262. Doc. 69.

[2] Kober Kirchenbann 444 ff. Franklin das Reichshofgericht
II. 380.

mund konnte unmöglich in dem Augenblicke, in welchem er sich
anschickte als oberster Schutzherr der Kirche aufzutreten, so ohne
alle Rücksicht auf die Kirchengesetze einen Gebannten und Inter-
dicierten öffentlich in seinen und des Reiches Schutz nehmen, und
ihn trotz der römischen Curie in die Stadt des Concils führen.
Es muß daher angenommen werden, daß er die Verpflichtungen
gegen Hus nicht ohne vorhergegangene Einwilligung des Kirchen-
oberhauptes eingegangen hat. Dies war schon aus dem Grunde
nothwendig, weil Johannes die urkundliche Zusicherung vom
König und dem Rathe von Konstanz hatte, daß er in der Conciliumsstadt seine Jurisdiction voll und ungeschmälert ausüben
dürfe. Hus war wegen eines kirchlichen Vergehens verurtheilt.
Wagte er sich in den Rechtsbereich seines Richters, so konnte ihn
kein königlicher Schutzbrief vor der Vollziehung des rechtskräftig
erflossenen Urtheils schützen. Seine dem formellen Rechte nach
unbegründete Appellation an ein allgemeines Concil vermochte
hieran Nichts zu ändern. Ueberdies brachte er, wohin er kam,
das kirchliche Interdict. Auch das konnte ein Königsbrief nicht
aufheben. Mit seinem öffentlichen Erscheinen in Konstanz mußten
alle gottesdienstlichen Handlungen eingestellt werden. Wer möchte
glauben, daß Sigmund dies nicht bedacht hätte? Er war zu
Lodi wohl in der Lage, von Johannes dem Dreiundzwanzigsten
die entsprechenden Zugeständnisse zu fordern. Derselbe mußte
sich noch ärgere Dinge gefallen lassen als die Zumuthung, ein
Urtheil seiner Curie zu suspendieren. Und Sigmund konnte dies
im guten Glauben thun, daß Hussens Behauptung, unschuldig
gebannt zu sein, der Wahrheit entspreche, daß er nur eines ordentlichen Gehöres bedürfe, um den böhmischen Wirren ein Ende zu
machen. [1] Johannes war der Mann, mit sich reden zu lassen.

---

[1] Daß Sigmund gerne glaubte, Hus sei von unbeanstandeter Rechtgläubigkeit, tritt wiederholt hervor, besonders auch darin, daß er dem Magister
über die directe Reise nach Konstanz seine Zufriedenheit ausdrücken ließ.
Er mochte darin einen neuen Beweis dafür finden, daß Hus vor einer gerichtlichen Verhandlung sich nicht zu fürchten habe. Ep. 41. Doc. 79. de
quo (rege) mihi nuntiavit D. Wenceslaus de Lestna, quod valde fuit
gavisus, quando ipse nobilis D. Wenceslaus dixit sibi, quod equito
directe ad Constantiam sine salvo conductu; vgl. ebend. 533.

Er hatte durch sein mehrfaches Eingreifen in den Proceß Huſſens gezeigt, daß er auch in Rechtsfragen den politiſchen Geſichtspunkt nicht aus dem Auge verlor. Sigmund war Herr der Lage; ihn verpflichten war ein Gebot der Klugheit. Huſſens Angelegenheit war aber geeignet nicht nur den König zu verpflichten, ſondern unter Umſtänden auch ihn zu compromittieren, wenn Johannes die leitenden Fäden in der Hand behielt. Kam Hus freiwillig auf das Concil, ſo anerkannte er damit die kirchliche Auctorität, wegen deren Mißachtung er gebannt worden war. Er konnte dann auch genügende Beweiſe beibringen, daß er nicht aus Ungehorſam der Ladung die Folge verweigert hatte. Sein Glaubensſtandpunkt mußte ſich erſt noch zeigen. War er unanfechtbar, ſo ſtand die Sache gut; war er es nicht, ſo ſtand ſie für Johannes faſt noch beſſer. Derſelbe konnte darum ohne Anſtand die Hand dazu bieten, daß dem Prager Magiſter der Aufenthalt in Konſtanz möglich wurde. Und ſoviel an ihm lag, hat er hierfür Alles gethan, was in ſeiner Macht ſtand. Aber eben daraus wird man den faſt unabweisbaren Schluß ziehen müſſen, daß über die Angelegenheit Huſſens zwiſchen Papſt und König ein förmliches Abkommen beſtanden hat. [1]

Welch' große Vortheile eine glückliche Beilegung der Sache dem König in Ausſicht ſtellte, wie wenig er im Falle des Mißlingens aufs Spiel zu ſetzen ſchien, ſo befliß er ſich doch einer ihm ſonſt nicht eigenen Behutſamkeit und Zurückhaltung. Bevor er ſich förmlich darauf einließ, Hus in ſeinen Schutz zu nehmen, ſcheint er ernſtlich erwogen zu haben, ob er ſich dadurch nicht blos ſtellen werde. Die Verſicherung Huſſens und ſeiner Anhänger, daß derſelbe keine Irrlehre vertrete, konnte ihm nach dem Vorgegangenen nicht genügen. Er mußte Bürgſchaften haben, daß er von ſeinem Eingreifen in die Angelegenheit des Magiſters auch die erwartete Frucht gewinnen werde. Einen Ketzer vor Allem wollte er nicht beſchützen. [2] Hus that ſein Möglichſtes, um ihn über dieſen Punkt völlig zu beruhigen.

---

[1] Belege ſpäter.
[2] Doc. 284.

Sobald er sich entschlossen hatte, das Concil zu besuchen, forderte er durch öffentliche Anschläge in lateinischer, deutscher und böhmischer Sprache einen Jeden, der glaube, ihn einer Irrlehre beschuldigen zu können, auf, sich bei der demnächst zu Prag stattfindenden Provinzial-Synode einzufinden und seine Klage anzubringen. Er, Hus sei bereit einem Jeden über seinen Glauben Rede zu stehen, und werde er einer Irrlehre oder einer Ketzerei für schuldig befunden, so weigere er sich nicht, als Irrlehrer und Ketzer Strafe zu leiden. Sollte sich aber bei der Provinzial-Synode Niemand einfinden, der eine solche Beweisführung übernehmen wollte, dann verkündige er wiederholt dem ganzen Königreiche, daß er Willens sei, zur Rechtfertigung und Untersuchung der Wahrheit sich zu Constanz vor das berufene allgemeine Concil zu stellen, wenn der Papst dort anwesend sein werde. Wer von ihm daher etwas Irrthümliches oder Ketzerisches wisse, möge sich dorthin begeben, um seine Klage anzubringen. Dieser Aufruf trägt das Datum Sonntag nach Bartholomäi, 26. August. [1]

Am folgenden Tag wurde die Provinzial-Synode eröffnet. Als die böhmischen Prälaten im erzbischöflichen Palaste versammelt waren, erschien Hus und sein Advokat Doctor Johannes Jesseniz von einem Notar und neun Zeugen begleitet. Jesseniz verlangte, im Namen seines Clienten eingelassen zu werden, um vor der Versammlung eine Erklärung im Sinne des Tags zuvor angeschlagenen Aufrufes abzugeben. Allein des Erzbischofs Marschall versagte ihnen für den Augenblick den Eintritt. Sie sollten außerhalb des Palastes warten, bis die Versammlung den gerade in Behandlung befindlichen Gegenstand erledigt hätte. Sie warteten, und Jesseniz wiederholte seine Forderung abermals, ohne Erfolg. Nun ließ er durch den Notar über den ganzen Vorgang eine Urkunde aufsetzen. Dieselbe enthielt die Erklärung, daß ihm sowohl als seinem Clienten Hus der Zutritt in den erzbischöflichen

---

[1] Intimationes ante recessum Gesch. I. 116 ff. Opp. I. 2. Wir folgen im Obigen der deutschen Uebersetzung des böhmischen Textes. Der lateinische Aufruf lautet in Einigem verschieden.

Palast, zum Erzbischof und den versammelten Prälaten nicht ge=
stattet, sondern ganz und gar verweigert worden sei. [1])

Durch einen böhmischen Anschlag am Thore der königlichen
Burg forderte Hus vom König und seinen Räthen das Zeugniß,
daß er „um nicht an der königlichen Majestät Verläumbung und
des Landes Schmach" schuldig zu sein, sich bereit erklärt habe,
sich zu einer Untersuchung zu stellen, daß aber Niemand in Böh=
men Etwas gegen ihn vorgebracht habe. Ueberdies habe er vor
einer hinreichend langen Zeit in Böhmen und auch in andern
Ländern kundgegeben, daß er sich dem Concil zu Konstanz stellen
werde, daß dorthin komme, wer ihn einer Ketzerei beschuldigen
wolle. Und werde ich, schließt er, einer Ketzerei für schuldig be=
funden, weigere ich mich nicht, als Ketzer Strafe zu leiden; ich
vertraue jedoch dem lieben Gott, er werde nicht zulassen, daß
Ehrabschneider und Feinde der Wahrheit den Sieg davon tragen. [2])

Am 30. August begab sich Jessenitz mit einer großen Anzahl
von Zeugen, darunter Herrn vom höchsten Adel, zu dem Inqui=
sitor Nicolaus Titularbischof von Nazareth. Er richtete an den=
selben die Anfrage, ob ihm ein Irrthum oder eine Ketzerei des
Magisters Johannes Hus bekannt sei, oder ob Jemand den Ma=
gister bei ihm, dem Inquisitor, einer Ketzerei bezüchtigt oder über=
führt habe. Der Inquisitor gab auf beide Fragen eine vernei=
nende Antwort, und wies zur Bekräftigung der Rechtgläubigkeit
Hussens auf die Schritte vom vergangenen Sonntag und Montag
hin. Auch über diesen Vorgang ließ Jessenitz ein Notariats=Instrument
aufsetzen. Damit noch nicht zufrieden, veranlaßte er den Inquisitor

---

[1]) Notariatsinstrument vom 27. Aug 1414. Gesch. I. 162. Opp. I. 4.
Doc. 241. Palacky Gesch. v. Böhmen III. 1. 310 berichtet diesen Vor=
gang nicht ganz genau. Der erzbischöfl. Marschall hat die Petenten nicht
einfach abgewiesen, sondern warten und wiederkommen heißen: petens dominum
doctorem prescriptum in aliquo loco extra eandem curiam praestolari
et consummato .. tractatu Regio viceversa reverti, ut sibi pateat
ingressus curiae praescriptae. Doc. 241. Allerdings mag Hus dem
Erzbischof durch seine schnelle Entfernung keinen geringen Gefallen erwiesen
haben.

[2]) Geschichtschr. I. 118. Da der Inquisitor in seinem Zeugnisse
(ebend. 169) diese Kundgebung erwähnt, so muß sie zwischen den 27. und
30. August fallen.

zur Ausstellung eines förmlichen Zeugnisses der Rechtgläubigkeit für Magister Johannes Hus. Derselbe wird in diesem letztern Actenstücke auf Grund mehrfachen Verkehrs und häufiger theologischen Gespräche für „einen in allem seinem Reden, Handeln und Thun rechtgläubigen und katholischen Mann" erklärt, an welchem man nichts Schlimmes, Verkehrtes oder irgendwie Irriges finden könne. Trotz den öffentlichen Anschlägen habe Niemand sich gefunden, welcher gegen ihn eine förmliche Anklage wegen Ketzerei hätte erheben wollen. [1]

Daß in Folge der Maueranschläge sich kein Ankläger stellte, darf nicht befremden. Hus hatte in der lateinischen Intimation gefordert, daß seine Ankläger sich zur poena talionis verpflichteten. Dies bedeutete, daß sie im Falle der Nichtbegründung ihrer Anklage die Strafe auf sich zu nehmen hätten, von welcher der überführte Angeklagte getroffen worden wäre. Nun war die dialektische Schlagfertigkeit des Magisters bekannt genug, um einem Jeden die größte Vorsicht räthlich zu machen. Die drei Tage zwischen dem 26. und 30. August waren keinesfalls hinreichend, um die nöthigen Zeugen und sonstiges Beweismaterial aufzutreiben. Und wenn auch, wer sollte ihn anklagen? Seine tapfersten und fähigsten Gegner waren seit einem Jahre des Landes verwiesen, und zwar aus keinem andern Grunde, als weil sie ihn und seine Parthei indirect der Häresie beschuldigten. Wer wollte es wagen, durch ihr Schicksal ungewarnt den Günstling der Königin und des Hofes der Ketzerei zu überführen und damit gerade das zu beweisen, was man seit Jahren aus allen Kräften bestritten hatte.

Schwerer fällt es, die Handlungsweise des Inquisitors zu begreifen. Wenn irgend Jemand in Prag, so mußte er es wissen, ob Hus häretische Lehren vorgetragen hatte oder nicht. Sein Zeugniß mußte daher auch mehr als jedes andere ins Gewicht fallen. Wie konnte er dazu kommen, nach allen Vorgängen der letzten drei Jahre den Magister als einen durch Rede und That

---

[1] Geschichtschr. I. 120. 160; das Zeugniß des Inquisitors 168. Opp. I. 3. 4. Doc 242 ff.

bewährten rechtgläubigen und katholischen Mann zu bezeichnen?
Sollte er Huffens Anschauungen getheilt, sein Auftreten gegen
den Erzbischof und den Papst gebilligt haben? Sicher nicht: ein
solcher Mann wäre auch von einem Coffa nicht zum Inquisitor
bestellt worden. ¹) Es ist nur eine Erklärung möglich. Der Inquisitor hat aus Rücksicht für den Hof und aus Furcht vor un-
angenehmen Folgen, vielleicht auch aus Zuneigung für Hus wissentlich falsches Zeugniß gegeben. Dies stellte sich nachher zu Konstanz
heraus, und zwar in einem für Hus keineswegs günstigen Augenblicke. ³)

Diese Documente seiner Unschuld konnte Hus schwerlich für
das Concilium bestimmen. Er mußte wissen, daß dieses ihn vor
Allem nach seinen eigenen Reden und Antworten beurtheilen würde.
Ueberdies hegte er die Erwartung, daß er nicht sowohl vor einem
Gerichte sich verantworten, sondern vielmehr mit den Theologen
disputieren werde. Die Schriftstücke waren in erster Linie für
Sigmund bestimmt, unter dessen Schutze Hus nicht nur seines
Processes ledig zu werden, sondern auch eine besondere Rolle auf
dem Concil zu spielen hoffte. Sie wurden daher dem Könige zu-
gesendet, um ihm jeden Zweifel an der Rechtgläubigkeit des Magisters zu benehmen. ⁴)

----

¹) Inquisitor pravitatis haereticae civitatis et dioecesis Pragensis
per sedem Apostolicam specialiter deputatus. Geschichtschr. I. 168.

²) Was Helfert 173 über diesen Punkt sagt, reicht nicht zur Erklärung aus: „es läßt sich vermuthen, daß Hus in Gegenwart des päpstlichen
Ketzerrichters nicht gerade das Gefährlichste und Anstößigste seiner Ansichten
herausgekehrt, vielmehr seine Reden so gestellt habe, daß der gute Herr, der
mit Hus, wie er selbst erklärt, meistens nur secum comedendo et bibendo
zusammen war, nicht im mindesten Tadelnswerthes an ihm finden konnte.“
Der Inquisitor beruft sich aber gerade auf sehr häufigen Verkehr und Gespräche über theologische Materien. Die Wohnung des Inquisitors beim
königlichen Münzmeister Peter Zmrzlik, welcher wie seine Gattin ein eifriger
Verehrer Hussens war, dürfte einiges Licht geben; vgl. Doc. 103 mit 242.

³) Belege später.

⁴) „Ueber alle diese Vorgänge“ (Intimationen, Provinzialsynode u. s. w.)
„ließ sich Hus urkundliche Zeugnisse ausstellen und berichtete darüber in
einem am 1. September an K. Sigmund geschriebenen Briefe.“ Palacky
III. 1. 312. Daß dem König von den Intimationen Nachricht gegeben
worden ist, ersehen wir aus Ep. 36. Doc. 70. Die Nachricht über die übrig

In einem Schreiben vom 1. September 1414 erklärte Hus
dem König seine Bereitwilligkeit das Concil zu besuchen. Ob
dieses Schreiben längere Zeit gebraucht, um zu Sigmund zu
gelangen, der um jene Zeit in den Gegenden am Neckar und
Main verweilte, [1] oder ob Sigmund absichtlich zögerte, Anfang
Oktobers war die Angelegenheit noch keinen Schritt vorangerückt.
Hus hielt für nöthig, den König zu erinnern. Auf seine Veranlassung richteten daher die Barone Zdenek von Wartenberg, Boczek
von Kunstat und Wilhelm von Wartenberg bei einer Notabeln-
versammlung im St. Jakobskloster zu Prag an den Erzbischof
die Anfrage, „ob er den Magister Johannes Hus einer Ketzerei oder
eines Irrthums beschuldigen könne." Sie erhielten die Antwort, der
Erzbischof wisse von keiner Ketzerei und beschuldige Hus in Nichts;
dieser solle sich vor dem Papste, der ihn anklage, rechtfertigen.
Ueber diesen Vorgang berichteten die Herren, ohne allen Zweifel
mit Wissen und Willen Hussens, an den König, und empfahlen ihm die
Angelegenheit aufs Wärmste. Wohl noch bevor dieser Brief
ankam, war Sigmund zu dem festen Entschlusse gekommen, den
Magister in seinen Schutz zu nehmen [3] Er gedachte dies so
einzurichten, daß Hus in seinem Gefolge die Reise machen sollte. [4]

gen Vorgänge war wohl in den Schriftstücken enthalten, deren der königl.
Secretär Michael de Priest in seinem Schreiben an Hus vom 8. Oktober
Erwähnung thut. Doc. 533. Es ist auffallend, daß in Hussens Schreiben
vom 1. September des Inquisitors keine Erwähnung geschieht. Vielleicht
waren die bezüglichen Actenstücke noch nicht völlig ausgefertigt, als am
1. September sich die Gelegenheit bot einen Brief an den König zu befördern.
Daß für Hus günstig lautende Zeugnisse dem König zugemittelt wurden,
geht mit aller Sicherheit aus den Worten des Secretärs Michael hervor:
unde etiam dominus noster rex praedictus gaudium magnum sumpsit,
eo quod speramus nationem nostram de his, quae ascribuntur, per
vestram interpositionem expurgari. Doc. 533.

[1] Aschbach Sigmund II. 462. Sept. 4. von Coblenz ab, 10 — 20.
Heidelberg, 23 — 30. Nürnberg, — Oct. 8. Rothenburg. Doc. 533. Oct.
14. Heilbronn, 18. Speier.

[2] Gesch. I. 169. 170. Doc. 531. Schreiben vom 7. Oktober.

[3] Gesch. II 263. Doc. 533.

[4] Gesch. II. 272. besser Doc. 612: si prius nos convenisset, et nobis-
cum Constantiam esset profectus, aliter fortasse res ejus erat cessura.
Vgl. Ep. 39. Doc. 76. Gesch. I. 137, ferner die Aeußerung des Licentiaten
Adam. Gesch. I. 140.

Die Herren Johann von Chlum und Wenzel von Duba erhielten den Auftrag, den Magister an das königliche Hoflager zu geleiten.

Hus hatte seine Reisevorbereitungen gemacht. Für die nöthigen Geldmittel und sonstige Reisebedürfnisse war von den Freunden Sorge getragen worden. Herr Hyncik Pflug von Rabstein hatte ein treffliches Roß verehrt, ein anderer Adeliger ein zweites. Die Beschützer des Reisenden oder besser seine Geleitsmänner im eigentlichen Sinne des Wortes waren die Herrn von Chlum und von Duba nebst Heinrich Lacembok. [1] Am 1. Oktober wurde von Prag aus mit nicht unbeträchtlichem Gefolge die Reise angetreten.

Sogleich bei seinem Eintritte auf deutsches Gebiet hatte Hus Gelegenheit sich zu überzeugen, wie wenig seine Furcht vor Nachstellungen der Deutschen begründet war. In Bernau empfing ihn der Pfarrer aufs Freundlichste, trank ihm eine Kanne Wein zu und erklärte, er sei immer sein Freund gewesen. Nicht minder gut war die Aufnahme in Neustadt. Bis man Sulzbach erreichte, waren des Magisters Besorgnisse so gänzlich geschwunden, daß er dem Bürgermeister und den Rathsherren, welche zu einer Gerichts=verhandlung versammelt waren, sich zu erkennen gab und Aus=

---

[1] Diese Geleitsmänner meint Sigmund, wenn er in Konstanz Hussen ins Gesicht behauptet, ihm ein Geleite gegeben zu haben vor der Abreise aus Prag (ego dedi tibi salvum conductum etiam prius quam de Praga exivisti. Doc. 284). Dieselben bildeten den sogenannten salvus conductus vivus und hatten ihre besondern Legitimationspapiere. Ueber die Form dieser letztern gibt Pelzel Wenzel Urk. II. 120 Aufschluß; vgl. Beil. I. Hus in seinem Abschiedsbriefe Ep. 38. Doc. 72. 73 behauptet, er trete ohne Geleite (bez kleitu) die Reise an; ich weiß nicht, wie er gegen den Vorwurf, damit eine Unwahrheit gesagt zu haben, gerechtfertigt werden könnte. Die oben angeführten Worte des Königs lassen um so weniger einen Zweifel zu, als Hus Ep. 49. Doc. 89 sich nicht anders aus der Verlegenheit zu ziehen weiß, als durch die Weisung an Chlum, er solle sagen, Hus habe gemeint, kein Geleite vom Papst zu haben, und es sei ihm unbekannt gewesen, daß die Herren die Reise mit ihm machen würden. Die einzige Annahme, die zu seinen Gunsten sprechen könnte, wäre die, daß er seine Abreise schon Anfang October hätte antreten wollen, bevor er von Sigmund die endlichen Weisungen erhalten hatte. Hiefür spräche das Datum der Ep. 38. post festum S. Wenceslai, bei welchem der Wochentag ausgefallen sein möchte. Die Herren von Wartemberg und von Kunstat datieren ihr Schreiben vom 7. October Dom. post Franciscum; da das Wenzelfest auf den 28. Sept.

kunft über seine Lehre anbot. Auch hier fand er freundliches
Entgegenkommen. Die Reise gieng weiter über Hersbruck nach
Lauf, wo Hus den Besuch des Pfarrers und seiner Hilfspriester
empfieng, und von dem mit diesen gepflogenen Gespräche den
angenehmsten Eindruck mitnahm. Zu Nürnberg war man durch
schneller reisende Kaufleute von der Ankunft des viel genannten
Magisters unterrichtet worden. Es wurde demselben ein höchst
schmeichelhafter Empfang; die Leute drängten sich, ihn zu sehen,
und fragten, welcher von den Einziehenden der Magister Hus sei.
Der Pfarrer von St. Lorenz erbat sich sofort nach der Ankunft
die Erlaubniß eines Besuches, welche gern gewährt wurde. In
Folge der durch Herrn Wenzel von Duba in Hussens Namen ange=
brachten Maueranschläge fand sich eine Anzahl Bürger in dem
Gasthaus ein, um Hus zu sehen und zu hören. Die geistlichen
Herren hätten eine weniger öffentliche Besprechung gewünscht,
allein Hus bestand darauf, daß Jedermann ihn hören könne,
und so dauerte das Gespräch in Gegenwart der Bürger und
Herren vom Rath bis zur sinkenden Nacht. Ein Doctor der
Theologie aus dem Karthäuserorden nahm lebhaften Antheil an
der Disputation, allein zum großen Mißfallen des Pfarrers von
St. Sebald standen die Bürger zu dem Reformator. Uebrigens
schied man im besten Frieden. Hus gewann hier, in der deutschen
Reichsstadt, noch mehr als auf der ganzen Herreise die Ueber=
zeugung, daß er von den Deutschen Nichts zu besorgen habe,
und sah sich zum Geständnisse gezwungen, daß er seine ärgsten
Feinde unter den eigenen Landsleuten habe. [1]

Schon unterwegs war ihm der Gedanke gekommen, nicht
dem königlichen Hoflager an den Rhein nachzureisen. Dieser
Gedanke wurde in Nürnberg zum Entschlusse. Es schien ihm

fällt, so könnte der Abschiedsbrief vor dem 4. Oct. geschrieben sein, und Hus
hätte unmittelbar vor der wirklichen Abreise es vergessen, die entsprechende
Correctur vorzunehmen. Immerhin bleibt die Auslegung in E p. 49. Doc. 89.
ad hoc vos dicetis, quia ego non habui, cum exivi, salvum conductum
papae eine kaum zu beseitigende Schwierigkeit.

[1] Die ganze Reise nach dem Briefe an die Prager Freunde. Gesch.
l. 126. 127. Doc. 75.

überflüssig, mit dem Könige einen Umweg von sechzig Meilen zu
machen, und er schlug, ohne den wohl durch einen schon früher
abgesandten Boten[1]) von Sigmund erbetenen Geleitsbrief nach
Konstanz abzuwarten, am 20., 21. oder 22. October den Weg
nach Schwaben ein. Herr Wenzel von Duba begab sich zum
König, um ihn von dem veränderten Reiseplan in Kenntniß zu
setzen.[2])

Die Fahrt ließ sich nicht minder günstig an, als von Prag
nach Nürnberg. In allen Städten wurden die Intimationen
deutsch und lateinisch angeschlagen, und das Volk, besonders der
Reichsstädte, strömte herzu, um Hus zu sehen und zu hören.
Vergebens suchte der Bischof von Lübeck, welcher eine Tagreise
voraus hatte, durch ein schlecht ersonnenes Märchen die Leute
abzuschrecken;[3]) schaarenweise liefen sie dem Zuge der Böhmen
entgegen und lauschten begierig den Worten des Magisters.
Diesem schwindet dabei jede Furcht und jeder Zweifel. „Gewiß,"
so schließt er seinen Bericht, „ist Christus Jesus mit mir wie
ein starker Kämpfer und darum fürchte ich nicht, daß der Feind
Etwas wider mich vermag. Lebet heilig und betet andächtig, daß
der allbarmherzige Gott mir beistehe und in mir schließlich sein
Gesetz vertheidige."[4]) Und so zog er am 3 November ohne
Geleitsbrief wohlbehalten und voll Zuversicht mit seinem stattlichen
Gefolge in die Conciliumsstadt ein. Erst mehrere Tage nachher
kam Wenzel von Duba mit Nachrichten vom Könige an.[5]) Derselbe
war wohl auch der Ueberbringer des königlichen Schutzbriefes.

Es ist hier der Ort auf den vielbesprochenen Geleitsbrief
einen Blick zu werfen. Wie viele lebhafte Erörterungen über

---

[1]) Anders läßt sich das Datum des Geleitsbriefes, als welches einstim=
mig der 18. Oct. 1414 überliefert ist, nicht mit dem Datum des Schreibens
aus Nürnberg Ep. 39. Doc. 76. Gesch. 1. 127. Sabb. ante XI. millia
Virginum, 20. October, in Uebereinstimmung bringen.

[2]) Ep. 39 Doc. 76. Gesch. 1. 127.

[3]) Hus komme gefesselt auf einem Wagen; er könne den Menschen in die
Herzen sehen, ebend. 132.

[4]) Gesch. I. 132 Doc. 79.

[5]) Hussens Schreiben vom 6. Nov. Ep. 41. Doc. 79.

denselben gepflogen worden sind, die Frage ist zur Stunde noch
eine offene. Ich verzichte auf eine Kritik der verschiedenen An=
sichten, und will versuchen meine eigene zu begründen. [1]

Das Geleite [2]) ist zweierlei, politisch oder gerichtlich. Beide
Arten haben ihre gemeinsame Grundlage im Frieden, d. h. im
Rechte eines jeden Unbescholtenen, sich der vollen Sicherheit seiner
Person und seines Eigenthums zu erfreuen. Beide sind aber in
ihrer Anwendung wesentlich zu unterscheiden. Das politische
Geleite ist die Erhöhung [3]) des gemeinen Friedens durch einen
besonderen Schutz gegen unbefugte Beeinträchtigungen. Das gericht=
liche Geleite dagegen, wahrscheinlich im Zusammenhange mit dem
Asylrecht [4]) und wohl auch mit dem Dingfrieden, ist die zeitweilige
Wiederherstellung des durch ein Verbrechen oder den bringenden
Verdacht eines solchen verwirkten oder gefährdeten Friedens. Das
politische Geleite gewährt nur Schutz vor jeder unrechtmäßigen
Gewalt, das gerichtliche beschränkt außerdem die Ausübung der
rechtmäßigen Gewalt. Dieses wird dem Vergeleiteten um der
Handhabung der Gerechtigkeit willen, jenes zur Aufrechthaltung
und Steigerung der öffentlichen Sicherheit ertheilt. Das politische
Geleite gewährt der Landesherr auf seinem Gebiete und übernimmt
damit die Haftbarkeit für Person und Eigenthum des Geleiteten,
vorausgesetzt daß dieser sich im gemeinen Frieden befindet und
sich Nichts zu Schulden kommen läßt, was ihn aus demselben zu
bringen geeignet ist. Oberster Schutzherr und Geleitsherr des
Reichsgebietes ist der König, der den Landesherrn das Geleitsrecht
für ihr Gebiet mit den übrigen Regalien verleiht. [5]

---

[1]) Die Literatur s. Beil. I

[2]) Ueber das Geleite im Allg. die einschläg. Abschnitte in den rechtsge=
schichtlichen Werken von Eichhorn, Walter, Zöpfl, über das poli=
tische insbes. Orth Tractatus juridico-politicus de regali conducendi
jure. Norimb. 1672.

[3]) Ueber die besondern Befriedungen neben dem gemeinen Frieden Wo=
ringen Beitr. zur Gesch. des deutschen Strafrechtes I. 53 ff. Osenbrüg=
gen Alaman. Strafrecht 47 ff. Strafrecht der Longobarden 9 ff.

[4]) Osenbrüggen Alam. Strafr. 122.

[5]) Zöpfl Deutsche Rechtsalterth. II. 315. 398. Orth a. a. O. 9 ff.

Das gerichtliche Geleite [1]) hat zur nothwendigen Voraussetzung die Vorladung vor Gericht und kann darum nur einem
Angeklagten oder Zeugen ertheilt werden. Das Recht es zu
ertheilen kommt dem obersten oder dem ordentlichen Richter zu,
und wird zugleich mit der Gerichtsbarkeit implicite verliehen. [2])
Dieses Geleite gewährte zum Zwecke einer gerichtlichen Verhandlung dem Vergeleiteten die volle Sicherheit seiner Person und
seiner Habe gegen unrechtmäßige und ursprünglich auch gegen
rechtmäßige Gewalt, [3]) und war so zu sagen eine Beweglich-
machung des Asyls.

Beide Arten, die man übrigens im gemeinen Leben bei der
Gleichheit der Bezeichnung, bei der häufigen Vereinigung der politischen und richterlichen Gewalt in der Hand einer und derselben
Person, bei der großen Häufigkeit des politischen und der verhältnißmäßigen Seltenheit des gerichtlichen Geleites nicht streng
auseinander zu halten pflegte, wurden in zweifacher Weise
ertheilt, entweder durch Geleitsmänner, die ihrer Persönlichkeit
nach bekannt, durch ihr Amt und durch besondere Urkunden legi-
timiert waren, oder aber durch Ausstellung eines Geleitsbriefes
zu Handen des Vergeleiteten. Man nannte dieses das tobte,
jenes das lebendige Geleite. [4])

Das Geleitswesen erfuhr im Verlaufe der Zeit durch örtliche
Verhältnisse, durch die gerichtliche Praxis und den Einfluß der
gelehrten Jurisprudenz, überhaupt durch die Umgestaltung des
gesammten Rechtslebens zwischen dem vierzehnten und siebenzehnten

---

[1]) A b e g g Versuch einer geschichtlichen Begründung der Lehre von dem
sogenannten sichern Geleite in historisch-prakt. Erört. I. 152 — 203. A r u -
m a e u s Discurs. acad. de jure publico II. 34 — 83.

[2]) Arumaeus, l. l. 54.

[3]) Zöpfl das alte Bamberger Recht 151. 154 ff. Gesch. des deutschen
Reichs und Rechts II. 2. 411. 412.

[4]) Ein Geleitsmann für gerichtliches Geleite erscheint bei G r i m m Weis-
thümer I. 317, ebenso für Luther neben dem Geleitsbriefe G o l d a s t Con-
stitutt. Imp. II. 146. caduceatorem rursus adiunximus. Für Geleitsmänner zum politischen Geleite vgl. A n n a l e n d e s h i s t o r. V e r e i n s
für den N i e d e r r h e i n XVII. 115. W a c h t e r in Ersch und Gruber
allg. Encyclopädie I. 56. 424 ff. hält die beiden Arten des Geleites nicht
gehörig auseinander.

Jahrhundert mannichfache Veränderungen. Das politische Geleite ist noch im Gebrauche in unserm modernen Paßwesen, das gerichtliche dürfte für die Gegenwart nur mehr geschichtliche Bedeutung haben.

Für die richtige Würdigung des von Sigmund für Hus ausgestellten Geleitsbriefes liegt ein ziemlich ausgedehntes Material vor, welches uns gestattet, dem Geiste und der Praxis des fünfzehnten Jahrhunderts Rechnung zu tragen, ohne die Gefahr, durch veränderte Zustände oder doctrinäre Auffassungen späterer Zeit irre geführt zu werden.

Dieses Material besteht zunächst in dem Geleitsbriefe König Sigmunds, den zwischen Sigmund und Hus gewechselten Briefen und den von beiden über die Geleitsangelegenheit gethanen mündlichen Aeußerungen. Dazu kommen eine Reihe von Urkunden, die keinen Zusammenhang mit dem Processe Huffens haben, nämlich anderweitige Geleitsbriefe, sowie Actenstücke aus zwei gleichzeitigen und der Art nach verwandten Processen, des Hieronymus von Prag und Papst Johann des Dreiundzwanzigsten.

Der von Sigmund am 15. Oktober 1414 zu Speier ausgestellte Geleitsbrief [1]) ist gerichtet an sämmtliche geistliche und weltliche Fürsten des Reiches, sowie an alle deren und des Reiches Beamte, welche kraft Amtes in der Lage sind, dem Reisenden auf seiner Fahrt irgend Vorschub und Hilfe zu leisten oder Hemmnisse und Aufenthalt zu verursachen. Er gibt über den Inhaber die Auskunft, daß derselbe aus dem Königreiche Böhmen zu dem in Konstanz demnächst abzuhaltenden Concilium reise und in des Reiches Schutz aufgenommen worden sei. Demgemäß solle man ihm auf seiner Reise jegliche Förderung angedeihen lassen, ihn mit seinem Gefolge und Gepäcke durch keinerlei Zölle und Abgaben belästigen, sondern ohne jegliches Hinderniß frei durchreisen, bleiben, verweilen und zurückkehren lassen, ihm und den Seinen, falls es nöthig würde, für sicheres und starkes Geleite Sorge tragen.

Der Wortlaut dieser Urkunde, sowie jede, auch die subtilste

---

[1]) Beilage I.

Erklärung, sichert dem Magister nichts Anderes zu als vollen
Schutz und Sicherheit zum Zwecke der Reise zwischen Prag und
Konstanz. Ebenso gut wie ihm hätte dieselbe auch jedem belie=
bigen andern Menschen ausgestellt werden können, der eine Reise
an jeden beliebigen der Macht des Königs unterstehenden oder
dem Einfluß desselben zugänglichen Ort gemacht hätte. Man darf
nur Namen der Personen und Orte entsprechend verändern, um
diesen Geleitsbrief in völlige, fast buchstäbliche Uebereinstimmung
zu bringen mit andern zu den verschiedensten Reisezwecken ausge=
stellten Geleitsbriefen. Die gerichtlichen Geleitsbriefe sind in der
Form wesentlich verschieden: sie versprechen dem Inhaber für
eine bestimmte Zeit der Zureise, des Aufenthalts und der Rückreise
an seinen sichern Ort volle Sicherheit seiner Person mit dem aus=
drücklichen Anfügen, daß dies geschehe, um ihm die Verantwor=
tung, die Ausführung seiner Unschuld zu ermöglichen. [1] Die Ueber=
einstimmung mit anderen Reiseurkunden nun in Verbindung mit dem
Umstande, daß bei der Angabe des Reisezweckes auch nicht die
entfernteste Anspielung auf einen Proceß oder eine gerichtliche
Handlung irgend welcher Art gemacht ist, berechtigt an sich schon
zu der unbedingten Annahme, daß der von Sigmund ausgestellte
Geleitsbrief kein gerichtlicher war, sondern nicht mehr und nicht
weniger als ein gewöhnlicher Reisepaß.

Man hat, um den gerichtlichen Charakter des von Sigmund
ertheilten Geleites zu erhärten, sich an die Worte „frei durchreisen,
bleiben, verweilen und zurückkehren" anklammern wollen; allein
diese Worte kehren mit solcher Regelmäßigkeit in den nicht gericht=
lichen Geleitsbriefen wieder, daß man gerade sie für das Wesent=
liche in der Formel derselben halten muß.

Wird durch Form und Inhalt des von Sigmund ausgestellten
Geleitsbriefes jeder Gedanke an ein processualisches Geleite aus=
geschlossen, so fällt noch entscheidend in's Gewicht, daß nach der
Lage der Sache ein solches weder Hus erhalten, noch Sigmund
verleihen konnte. Gerichtliches Geleite kann nur ein vor Gericht
Geladener erhalten. Hus war aber nicht nach Konstanz geladen,

[1] Beilage I.

sondern gieng aus eigenem Antriebe dahin. [1]) Ja er betrachtete sich so wenig als einen Angeklagten, daß er auf der ganzen Reise nach Konstanz in allen Orten, welche er berührte, durch Maueranschläge förmlich einen Jeden, der ihn einer Häresie anklagen wollte, aufforderte, vor dem Concil die Klage in aller Form Rechtens anzubringen. Aber wäre auch Hus als Angeklagter und Vorgeladener nach Konstanz gegangen, so hätte dennoch nicht Sigmund ihm ein gerichtliches Geleite geben können, sondern nur der Papst oder das Concil. Denn diese, nicht der König, waren die Richter in einem den Glauben betreffenden Procesce. Dieses ist nicht nur an sich evident, es wird auch durch die bereits erwähnten Ausreden, welche Hus seinen Freunden an die Hand gab, bestätigt. [2])

War nun Sigmunds Geleitsbrief wesentlich nichts Anderes als ein Reisepaß, so frägt es sich, wie weit seine Wirkung sich erstreckte. Offenbar nicht weiter als der strengste Wortlaut desselben fordert. Hus sollte volle Sicherheit seiner Person und seines Eigenthums genießen für die Reise nach Konstanz, für den Aufenthalt daselbst und für die Rückreise, jedoch nur Sicherheit gegen unrechte Gewalt, nicht auch gegen die rechtmäßige. Ließ er sich während der Dauer des Geleites ein Vergehen zu Schulden kommen, wurde er wegen eines früheren Vergehens in rechtmäßiger Weise angeklagt, so konnte ihn der königliche Schutzbrief in keiner Weise vor gerichtlicher Verfolgung schützen. Dieses ist an sich im Wesen des politischen Geleites begründet, [3]) und erhält überdies seine volle Bestätigung durch das Verfahren gegen Johannes den Dreiundzwanzigsten. [4])

---

[1]) Concilium nec me vocavit, nec me citavit. Ep. 49. Opp. I. 92. Doc. 88. Ep. 49.

[2]) Vgl. S. 102 Anm. 1.

[3]) So enthält der Salvus conductus der Florentiner für die Cardinäle Benedikt XIII., im Uebrigen mit dem Geleitsbrief Hussens übereinstimmend, die ausdrückliche Beschränkung: in tantum quod praesens securitas ad aliquos cives vel subditos nostros qui in eorum (sc. Cardinalium) comitiva essent, pro aliquibus condemnationibus aut bannis pecuniariis aut personalibus nullatenus extendatur. Mansi Coll. Conc. XXVII. 166; 161; vgl. Bibl. des lit. Ver. VII. 42.

[4]) Von der Hardt IV. 140 ff. Christophe III. 317 ff. Tosti 290 ff. Hefele Concilien-Gesch. VII. I. 84. ff.

König Sigmund hatte sämmtliche zum Concil Berufene des vollen königlichen Schutzes und ungeschmälerter Freiheit versichert, und zwar mit denselben Worten „im Kommen, Verweilen und Abreisen" welche in dem für Hus ausgestellten Geleitsbriefe angewendet sind. [1]) Ueberdies hatte Johannes der Dreiundzwanzigste für seine Person von dem Konstanzer Rathe noch eine besondere Sicherstellung verlangt und mit ausdrücklicher Genehmigung des Königs auch erhalten. [2]) Auch hier gibt die Urkunde feierlich und förmlich die Versicherung, daß der Papst „immer, zu jeder Zeit in Konstanz verweilen und von da sich entfernen könne ohne alles und jedes Hinderniß." Trotz dieser doppelten Zusicherung wurde Johannes nach seiner Entweichung aus Konstanz zuerst am 9 Mai 1415 zu Freiburg im Breisgau unter Aufsicht gestellt, und nachdem er am 13. beim Concil in Anklagestand versetzt worden war, nach Ratolfzell abgeführt, und hier, später im Schloß Gottlieben in engster Haft gehalten. Sein Proceß endigte mit Entsetzung von der päpstlichen Würde, und obgleich er sich dem Concil willig und ohne Widerspruch unterwarf, wurde er größerer Sicherheit wegen noch vier volle Jahre in Haft gehalten. Es ist dieses für die hier in Frage kommenden Punkte ganz derselbe Fall wie bei Hus, nur mit dem Unterschiede, daß dieser nach Konstanz kam bereits belastet mit einer rechtskräftigen Verurtheilung, während Johannes dem Concil gegenüberstand als das anerkannte Haupt der Christenheit. Aber gerade dieses beweist um so mehr, daß das königliche Geleite keinen Schutz gegen die rechtmäßige Gewalt des Richters gewähren konnte. [3])

---

[1]) Raynald a. 1413. 22. Mansi XXVIII. 2. C. plena securitate atque libertate tam in accessu, quam statu et recessu potiatur. Wir bemerken, daß diese Zusicherung nicht etwa auch auf Hus ausgedehnt werden könnte, der keine officielle Stellung beim Concil hatte, (ut illi ex vobis, ad quos pertinet ad Concilium venire, deposito omni timore curetis ad locum praemissum tempore praescripto vos conferre. ib B.)

[2]) Bzovius. a. 1413 p. 346. 347. Mansi XXVIII. 6 ff. ita quod semper et omni tempore licebit ei stare in dicta civitate et ab ea recedere non obstante quocunque impedimento.

[3]) Sigmund hat freilich 8. April 1415 seine sämmtlichen Geleitsbriefe unter Billigung des Concils für ungiltig erklärt. Doc. 543. Gesch. II. 264. Wollte man dies — allerdings unstatthafter Weise — zur Rechtfertigung der Ge=

Wenn Hus mit großem Vertrauen auf einen guten Ausgang seiner Angelegenheit sich nach Konstanz begab, so war dafür Sigmunds Geleitsbrief sicher weder der einzige noch auch der gewichtigste Grund. Seine Hoffnungen beruhten vielmehr auf seinem festen Glauben an sein gutes Recht und auf der Voraussetzung, daß der Einfluß des Königs hinreichen werde, ihm trotz allen Ränken der Feinde ein öffentliches und ausreichendes Gehör vor dem Concil zu verschaffen. [1]) Auch Sigmund theilte wohl diese Hoffnungen. Sprach doch aus dem Schreiben des Magisters die freudigste Zuversicht, und vereinigten sich die gewichtigsten Stimmen, darunter selbst die des päpstlichen Inquisitors, um Huffens Rechtgläubigkeit zu verbürgen. Es erfüllt ihn daher mit Freude, zu vernehmen, daß sein Schützling ohne Geleitsbrief nach Konstanz gegangen ist, [2]) und im Vertrauen auf die Abmachungen mit dem Papste verbietet er demselben, sich vor seiner Ankunft auf irgend welche Erörterungen einzulassen. [3])

fangennahme des Papstes anführen, so würde auch in der Angelegenheit Huffens jeder Streit aufhören.

[1]) Ex eis cognosco, quod timent meam publicam reponsionem et praedicationem, quam spero de dei gratia consequar dum rex Sigismundus adfuerit. E p. 41. D o c. 79.

[2]) De quo (rege) mihi nuntiavit D. Wenceslaus de Lestna, quod valde fuit gavisus quando ipse nobilis D. Wenceslaus dixit sibi, quod equito directe ad Constantiam sine salvo conductu. Ebend.

[3]) Et magister cum concilio regis resedit, quod in factis veritatis et suis usque adventum regis Hungariae nihil attentet. E p. 42. D o c. 80. vgl. 248 Dominus rex ipse adhuc dixit ulterius: et si M. Hus consentiet ad meandum Constantiam vobiscum, tunc dicite sibi, quod de illa materia nihil loquatur nisi in prosentia mei, cum ego deo adjuvante Constantiam venero.

V.

Wie das Verhältniß Johannes des Dreiundzwanzigsten zu der Kirchenversammlung, deren Theilnehmer sich nur langsam und vereinzelt in Konstanz einfanden, sich gestalten würde, war in hohem Grade ungewiß und Besorgniß erregend. Johannes hatte zwar Nichts unterlassen, um mit allen zu Gebote stehenden Mitteln sich eine ergebene Parthei zu schaffen. Allein wie er nur widerwillig sich zur Berufung des Concils entschlossen hatte, so konnte weder für die eigene Haltung ein klares Wollen, noch auf die Stimmung der Versammlung ein rechtes Vertrauen in ihm aufkommen. Zum ersten Male seit dem Ausbruche der Spaltung hatte in König Sigmund die Parthei, welche die Wiederherstellung der kirchlichen Einheit nur von einem allgemeinen Concil erwartete, eine feste zuverläßige Stütze gefunden. Der Gedanke, daß das Concilium über dem Papste stehe, und gegebenen Falles dessen Richter sein könne und müsse, war nicht mehr, wie zur Zeit des Pisaner Concils, nur Eigenthum der gelehrten Kreise. Er war ins Zeitbewußtsein übergegangen, und selbst die conservativsten der cisalpinischen Prälaten konnten sich seiner Gewalt nicht erwehren. Daß dem Aergerniß der Dreitheilung der höchsten kirchlichen Gewalt endlich einmal, und selbst durch einen gewaltsamen Griff, ein Ziel gesetzt werden müsse, konnte vorweg als die Willensmeinung der weitaus größern Zahl der Concilsväter angenommen werden.[1]

Johannes selbst täuschte sich hierüber am wenigsten: dies beweist sein Hinauszögern wie der Berufung des Concils, so der Reise nach Konstanz. Es gab für ihn nur zwei Wege. Entweder

---

[1] Vgl. Schwab Gerson 459—497, woselbst Auszüge aus gleichzeitigen Schriften.

mußte er das Werk der Einigung und Reform ehrlich und auf=
richtig selbst mit den größten persönlichen Opfern durchführen,
oder aber die Mittel finden das Concil zu sprengen, zum min=
desten es so wirkungslos zu machen, wie die Pisaner Versammlung
gewesen war. Irgend welches Opfer zu bringen lag von vorn=
herein nicht in seinem Sinne. Die Berufung des Concils, sowie
seine persönliche Betheiligung an demselben war ihm nur durch
Ueberraschung abgezwungen worden. Seinem weiten Gewissen
konnte es als eine Handlung der Nothwehr gelten, wenn er mit
jedem Mittel den Verlust der dreifachen Krone abzuwenden trachtete,
die er nach der Meinung der Zeitgenossen auf wirklich bedenklichen
Wegen erlangt hatte.

Zunächst schien allerdings sein Verhältniß zu Sigmund so
freundlich als nur immer möglich zu sein. Allein die Verhand=
lungen zu Lodi ließen keinen Zweifel bestehen, daß Sigmund Herr
der Lage war, und daß er Alles aufbieten werde, um dem Concil
einen befriedigenden Erfolg zu sichern. Dies verlangte ebensosehr
das Interesse der Kirche und des Reiches, als des Königs eigener
Vortheil. Kam Johannes durch das Drängen des Concils in
eine bedenkliche Lage, so konnte er auf Sigmund sicherlich nicht
weiter zählen, als dessen persönlicher Nutzen seine Rechnung fand.
Es war daher für ihn eine unabweisbare Nothwendigkeit, sich bei
Zeiten eines Rückhaltes für alle Fälle zu versichern. Durch große
Opfer brachte er den seit kurzem mit Sigmund tödtlich verfeindeten[1]
Herzog Friedrich von Oesterreich dazu, ihm durch den Meraner
Vertrag Schutz und Hilfe selbst für den Fall zuzusichern, daß er
gegen Sigmunds Willen sich von Konstanz entfernen würde. [2]
Mit Herzog Friedrich[3] waren seit 5. December 1413 der Erzbischof
von Mainz Johann von Nassau, ein alter Gegner des Luxemburger
Hauses, der Herzog Karl von Lothringen und der Markgraf

---

[1] Aschbach I. 358. 359. Vgl. Lichnowsky Geschichte des Hauses
Habsburg V. 134.

[2] Aeby in Kopp Geschichtsblätter aus der Schweiz 281. Von der
Hardt II. 146. 147.

[3] Lichnowsky V. 154.

Bernhard I. von Baden zu Schutz und Trutz verbündet. Im Vertrauen auf diese Bundesgenossen und wohl nicht minder auf seine reichen Geldmittel,[1]) mit denen er während des Concils seinen Anhang zu vermehren hoffte, aber gleichwohl nicht ohne düstere Ahnungen[2]) überstieg Johannes der Dreiundzwanzigste die Alpen.

Am 28. Oktober zog er mit allen seiner Würde gebührenden Ehrenbezeugungen zu Konstanz ein. Die Eröffnung des Concils, ursprünglich auf den 1. November festgesetzt, konnte nach mehrfacher Verschiebung erst am 16. stattfinden. An eine ernste Aufnahme der Arbeiten war vorerst nicht zu denken, da die größere Anzahl der Prälaten erst im Laufe der Monate November und December ankam. Gleichwohl blieb über den Geist und die Absichten der Versammlung kein Zweifel. Schon am 14. November wurde es unverhohlen ausgesprochen, daß um der Einheit der Kirche willen auch dem Papste, welcher das Concil berufen hatte, die Niederlegung seiner Würde angesonnen werden könne. Johannes, welcher in allen Kreisen seine bezahlten Späher hatte,[3]) vermochte leicht zu erkennen, daß nur die italienischen Theologen bei ihm ausharren würden, daß dagegen die Mehrheit der Cardinäle die Wiederherstellung der Kircheneinheit um jeden Preis anstrebte, und darum bereit war sich nöthigen Falles der äußersten Reformpartei anzuschließen.

Unter diesen Umständen kam für Johannes Alles darauf an, daß er Sigmund auf seiner Seite hielt, und ein Zusammengehen desselben mit der Reformpartei, wenn auch nicht ganz verhindert, so doch möglichst erschwerte und in die Ferne rückte. Er hatte dazu ein treffliches Mittel an der Hand, die Angelegenheit des Johannes Hus. Es ist bereits darauf hingewiesen worden, welch.

---

[1]) Der Markgraf von Baden erhielt 29. Januar 1415 ein Gnadengeschenk von 16000 Goldgulden zugesichert. Von der Hardt II. 149. Sachs Gesch. von Baden II. 243. 247.

[2]) Als er von den Höhen herab das Rheinthal, den Bodensee und in der Ferne die Stadt Konstanz erblickte, rief er aus: sic capiuntur vulpes! Richental, Konstanzer Handschr. fol. 6.

[3]) Niem Vita Joh. bei von der Hardt II. 391. 392.

großen Werth Sigmund darauf legen mußte, den Proceß des Magisters zu einem guten Ende zu führen, ferner wie unwahrscheinlich es ist, daß er ohne Einverständniß mit dem Papste daran denken durfte, den Gebannten, mit dem Interdict Belegten, als Ketzer Verschrieenen nach Konstanz zu bringen. Zu den innern Gründen für die Wahrscheinlichkeit eines derartigen Einverständnisses tritt nun eine Reihe von Thatsachen, welche ohne ein solches geradezu unbegreiflich bleiben würden.

Gleich am Tage nach Hussens Ankunft, nämlich am 4. November, begaben sich seine Geleitsmänner Johannes Chlum nnd Heinrich Lacembok zum Papste, und zeigten ihm an, daß sie Hus unter dem Geleite des Königs nach Konstanz gebracht hätten; zugleich baten sie, es möge demselben aus Rücksicht für den König Nichts in den Weg gelegt werden. Der Papst gab zur Antwort, daß er weder selbst den Magister belästigen noch dies von Andern geschehen lassen werde. Hus sollte, auch wenn er des Papstes eigenen Bruder ermordet hätte, in Konstanz volle Sicherheit genießen[1] und keinerlei Gewaltthat zu fürchten haben.[2] Unter der Hand ließ Johannes den Magister ersuchen, daß er sich zu einer stillschweigenden Beilegung der Sache herbeilasse.[3] Allein Hus in der Voraussetzung, daß man aus Furcht vor seinem öffentlichen Auftreten ihm dies vorschlage, lehnte es ab.[4] Ueberdieß mußte ihm um seines Vaterlandes und um seiner selbst willen daran liegen, daß er sich und seine Lehre öffentlich vertheidigen und rechtfertigen konnte. Die Cardinäle waren mit dieser Behandlung der Sache keineswegs zufrieden, und machten dem Papste eindringliche Vorstellungen, da Hus sich an das auf ihm lastende Interdict in keiner Weise kehrte und täglich Messe las.[5] Es kam sogar

---

[1] Doc. 246. Geschichtschr. I 128.

[2] Ep. 40. Doc. 77. Geschichtschr. I. 129.

[3] Ep. 21. Doc. 78. Geschichtschr. I. 131. Locuti sunt duo episcopi et unus doctor cum D. Johanne Kepka, quod ego sub silentio concordarem.

[4] Ebenda.

[5] Ep. 42. Doc. 80. Gesch. I. 131. Magister quotidie divina peragit et in tota via peregit hucusque.

zu heftigen Erörterungen, in Folge deren der Papst von seiner Machtvollkommenheit Gebrauch machte und das vor drei Jahren gegen Hus ergangene Urtheil suspendierte. [1] Nur soviel wurde von demselben verlangt, daß er, um Anstoß zu vermeiden, den kirchlichen Feierlichkeiten ferne bleibe. Im Uebrigen blieb es ihm unbenommen, frei in Konstanz herumzugehen und sich überall, sogar in den Kirchen, zu zeigen. [2] Welche Wichtigkeit für Sigmund das Verhalten des Papstes wie die ganze Angelegenheit hatte, beweist der Umstand, daß Lacembok noch an dem nämlichen Tage, an welchem er mit Chlum beim Papste gewesen war, sich auf den Weg machte, um dem König Bericht zu erstatten. [3]

Inzwischen waren die böhmischen Gegner Hussens nicht müßig. Derselbe hatte nicht umsonst zu Prag wie auf der ganzen Reise und in Constanz selbst durch öffentliche Anschläge die förmliche Anklage auf Häresie herausgefordert. Was seiner Zeit in Prag allzu gefährlich geschienen hatte, konnte nunmehr in Konstanz ohne Bedenken unternommen werden. Fast gleichzeitig mit Hus war sein bedeutendster Gegner Stephan Palecz eingetroffen, und hatte sich mit dem bereits anwesenden Prager Pfarrer Michael von Deutschbrod genannt de Causis und dem Passauer Probst Wenzel Tiem ins Einvernehmen gesetzt, um das Nöthige für die

---

[1] Ebenda: heri auditor sacri palatii cum episcopo Constantiensi venerunt ad hospitium nostrum una cum officiali Constantiensi, et magistro locuti sunt, qualiter altricatio magna inter Papam et Cardinales versata est, de interdicto fulminato pretenso contra magistrum nostrum, et breviter concluserunt, quod accedant magistrum intimantes sibi, quia papa de plenitudine potestatis suspendit jam dictum interdictum et sententias excommunicationis contra M. Johannem latas. Die altricatio magna kann sich auf nichts Anderes beziehen, als auf Vorstellungen, welche die Cardinäle dagegen machten, daß der Gebannte und Interdicierte sich in der Stadt befand, und dadurch alle kirchlichen Handlungen rechtlich ungiltig machte. Daß Johannes, statt den Magister, den Niemand vorgeladen hatte, aus der Stadt zu entfernen, vielmehr troß anfänglicher Weigerung (Ep. 41. Doc. 79) das über ihn ergangene Urtheil suspendierte, beweist, daß er seine besonderen Gründe hatte, ihn mit allen möglichen Rücksichten zu behandeln. Den Cardinälen konnte dies nicht entgehen.

[2] Ep. 42. Doc. 80. Gesch. I. 131.

[3] Ep. 40. Doc. 77. D. Lacembok hodie equitat ad regem et iniunxit mihi, quod ante adventum regis nihil attentem quoad actus.

Anklage vorzubereiten, insbesondere die einflußreichern Cardinäle und Prälaten sowie die Dominicanermönche und anwesenden Theologen für ihr Unternehmen zu interessieren. [1]) Sogleich am Tage nach Hussens Eintreffen verkündigte Michael durch Anschlag an den Kirchenthüren, [2]) daß er gegen „den excommunicierten und hartnäckigen, der Ketzerei verdächtigen Johannes Hus, sowie seine namentlich aufgeführten Anhänger als Kläger auftreten werde. [3]) Hus täuschte sich über die Tragweite dieser Schritte. Er wähnte immer, seine Vernehmung vor dem Concil werde den Charakter der akademischen Disputationen tragen, und war überzeugt, aus dem Kampfe, wenn auch nach harten Mühen, doch als glorreicher Sieger über seine Verfolger hervorzugehen. [4]) Daß die Gegner sich nur nach umfassenden Vorbereitungen und gerüstet mit zahl= reichen Beweisstücken auf den Kampfplatz begaben, wußte er ent= weder nicht, oder er glaubte im Vertrauen auf seine dialektische Kunst und die Trefflichkeit seiner Sache, leicht mit ihnen fertig zu werden. Denn er tröstete sich, wenn auch nicht ganz ohne Sorgen, immer mit dem öffentlichen Gehöre und der Anwesenheit des Königs, ohne welche er entschlossen war sich zu keinem Schritte herbeizulassen. Die drohende Anklage war nicht im Stande ihn zu einer Aenderung seiner Lebensweise zu veranlassen. Er machte von der Erlaubniß auszugehen keinen Gebrauch; dafür las er unter großem Zulauf aus der Nachbarschaft täglich die Messe in seiner Wohnung, und war im mündlichen Verkehre mit den Besuchern beflissen seine Lehre zu verbreiten und von dem Ver= dachte der Häresie zu reinigen. Auch hier scheint das Gewinnende seiner Persönlichkeit nicht ohne große Wirkung geblieben zu sein. Dieser Verkehr in Verbindung mit verschiedenen von seinen Fein= den ausgestreuten Märchen gab dem Bischof von Konstanz Ver=

---

[1]) Geschichtschr. I. 128. 131. Ep. 41. Doc. 78. Michael de Causis — etwa Proceßmichel — ein Mann von zweideutiger Vergangenheit, (Gesch. I. 129.) hatte seinen Namen daher, daß er sich in Rom zur Füh= rung verschiedener Processe vorgebrängt hatte.

[2]) Ep. 40. 1414 Nov. 4. Doc. 77. Gesch. I. 129.

[3]) Ep. 42. Doc. 80.

[4]) Ep. 41. 1414 Nov. 6. Doc. 78. 79.

anlaſſung zum Einſchreiten. Derſelbe ſandte nämlich ſeinen Generalvicar und ſeinen Official, um dem Magiſter das Meſſe= leſen zu unterſagen, wogegen dieſer proteſtierte, ſich — wiewohl mit Unrecht — auf die Suspenſion des Urtheils berufend. Der Biſchof verbot daher dem Volke die ferneren Beſuche. [1]

So vergiengen über drei Wochen, ohne daß ſich anſcheinend in den Verhältniſſen Huſſens Etwas änderte. Allein ſeitdem die Klage auf Häreſie anhängig geworden war, drängte Alles auf eine ungünſtige Wendung hin. Hus konnte nicht mehr länger als ein durch Ränke verfolgter und verleumdeter Mann ange= ſehen werden, denn die Kläger waren unter Einhaltung aller gerichtlichen Formen offen mit Namen aufgetreten. Jetzt mußte das Verhalten des Papſtes nothwendig den Charakter einer durch höhere Rückſichten gebotenen Milde verlieren; es mußte vielmehr im Lichte einer ſchlau berechneten Intrigue erſcheinen. Die Auf= hebung des Interdicts ließ ſich aus Gründen der Zweckmäßigkeit, die Suspenſion der Excommunication durch die dem Könige ſchuldige Rückſicht rechtfertigen. Das freiwillige Erſcheinen Huſſens in Konſtanz ſchloß immerhin eine Anerkennung der kirchlichen Gewalt, eine Art von Reue über den bisherigen Ungehorſam ein, und konnte als Beweis dafür angenommen werden, daß er nicht aus Mißachtung der richterlichen Auctorität ſondern aus wohler= wogenen Gründen der Ladung nach Bologna die Folge geweigert hatte. Unter ſolchen Umſtänden erſchien die Reviſion des Proceſſes nur als ein Act der Gerechtigkeit und lag überdies in der Machtvollkommenheit des Papſtes. Aber daß ein der Häreſie An= geklagter offen und frei ſeine Lehre ausbreiten und ungeſtraft das Verbot des Biſchofs von Konſtanz mißachten durfte, daß er ſogar dem Papſte das Anſinnen ſtellen konnte, den drohenden Proceß zu vereiteln, [2] dies mußte nothwendig bei den Carbinälen

---

[1] Richental Aulend. Handſchr. fol. 65a. Ep. 42. Doc. 80.

[2] Ep. 41. Doc. 79. Papa non vult tollere processus, et dixit: quid ego possum? tamen vestri faciunt, könnte allerdings auch auf die Suspenſion des früheren Urtheils gehen. Der Brief, in welchem Hus dies nach Prag berichtete, war in die Hände der Ankläger gekommen und durch dieſe jedenfalls den Carbinälen bekannt geworden. Doc. 224.

den Verdacht erwecken, daß hier Anderes im Spiele sei als bloße
Rücksicht der Höflichkeit und als das Bestreben einem Unschuldigen
sein Recht werden zu lassen. Hus und seine Freunde sagten es
oft genug, daß in seiner Angelegenheit Nichts geschehen dürfe vor
der Ankunft des Königs. Der Angeklagte führte eine Sprache,
als habe er gleich den Prälaten und den Vertretern der Universitäten Sitz und Stimme im Concil, als sei er berufen der
gesammten Klerisei den Spiegel ihrer Gebrechen vorzuhalten. Und
dies Alles geschah unter den Augen des Papstes, der hierfür nicht
einmal ein Wort der Rüge hatte. Viel war dem Könige schon dadurch
eingeräumt worden, daß der Papst ohne und gegen den Willen der
Cardinäle ein rechtskräftiges Urtheil umgestoßen hatte. Nun
gewann es überdies den Anschein, als sollte ein Proceß in Sachen
des Glaubens, wenn nicht gänzlich dem ordentlichen Richter entzogen, so doch ins Ungewisse verschleppt und völlig unberechtigten
Einflüssen ausgesetzt werden. Was Johannes damit bezweckte, war
unschwer zu errathen. Er wollte sich dadurch den guten Willen
des Königs erkaufen, um mit dessen Hilfe den widerstrebenden
Elementen des Concils die Spitze zu bieten. Giengen Sigmund
und Johannes einig, dann war es zugleich um die Reform der
Kirche und um die Lehre von der Superiorität des Concils
geschehen, und mit größter Wahrscheinlichkeit eine neue und
noch ärgere Spaltung im Anzuge. Wenn die Cardinäle dies
erwogen, mußten sie auch ohne das fortwährende Drängen der
Ankläger darnach streben die Intrigue zu durchkreuzen. Sie
machten dem Papste eindringliche Vorstellungen und verlangten
die Verhaftung des Angeklagten. Johannes zögerte, der Ankunft
des Königs von Tag zu Tag entgegensehend, bis in die letzte
Woche des November.

Da trat ein Ereigniß ein, welches allem Zögern und Hint-
anhalten ein Ende machte. Am 28. November um die Mittagszeit
verbreitete sich das Gerücht, Hus sei aus der Stadt entwichen.[1]

---

[1] Doc. 247. In wiefern dies Gerücht begründet war, ist eine offene
Frage. Die unrichtige Auffassung des Geleitsbriefes als eines gerichtlichen
Geleites, welches Hus durch seinen Fluchtversuch selbst gebrochen hätte, hat
bewirkt, daß man zur Entlastung Sigmunds den nur von Ulrich Richental

Ganz Konstanz gerieth in Aufruhr. Der Bürgermeister Heinrich
von Ulm rief die Bürger zu den Waffen, ließ die Stadtthore

---

berichteten Entweichungsversuch gerne als unbestrittene Thatsache annahm.
Auf der andern Seite hat man, um Hus zu entlasten, den wenigen Gründen,
welche gegen Richentals Bericht aufzubringen sind, ein allzugroßes Gewicht
beigelegt. Betrachten wir die Sache genauer. Vor Allem muß festgestellt
werden, daß die Druckausgaben Richentals ohne Ausnahme für diese Frage
außer Betracht bleiben müssen, da sie den ursprünglichen Text nur unvoll=
ständig wiedergeben.

Ulrich Richental (S. Beilage II.) erzählt, Hus habe, in einem für
die Zufuhr von Heu bestimmten Wagen verborgen, aus der Stadt zu ent=
kommen versucht, und sei von seinen böhmischen Geleitsmännern erst beim
Mittagessen vermißt worden. Diese hätten dem Bürgermeister die Anzeige
gemacht, welcher sofort die nothwendigen Maßregeln getroffen, um des Flücht=
lings wieder habhaft zu werden. Inzwischen sei Hus im Wagen gefunden
und Nachmittags dem Papste ausgeliefert worden. (Aulendorfer Hbschr.
fol. 45b — 46a.) Ein zweiter ausführlicher Bericht (ebenda fol. 65) fügt
noch bei, Hus habe auf dem Wege zur päpstlichen Wohnung noch einen
vergeblichen Versuch zu entkommen gemacht. Die Konstanzer Handschrift
gibt, wie die Aulendorfer, den Fluchtversuch zweimal, in kürzerer und in
längerer Fassung, die Wolfenbüttler und, wie es scheint, auch die Prager
(Gesch. II. 399 ff.) nur in der längern.

Gegen Richentals Bericht werden nun folgende Einwände gemacht.
1) Richental gibt ein falsches Datum an. Es ist wahr, daß
in den Handschriften der Sonntag Oculi (Aulenb. fol. 65a Konst. fol. 55.
Wolfenbüttel fol. 68a. Prager a. a. O. 400), in der Konstanzer
überdies (fol. 39b) Lätare als der Tag des Fluchtversuches angegeben wird,
und es ist unzweifelhaft, daß an diesem Tage Hus längst sich in Haft befand.
Allein beide Angaben, Oculi und Lätare, sind wohl nicht in der ursprünglichen
Fassung des Berichtes gestanden. Denn Richental will offenbar ein Ereigniß
aus dem Jahre 1414 berichten: dies beweist nicht nur der in allen Hand=
schriften gleichlautende Namen des Bürgermeisters Heinrich von Ulm, der
sein Amt am Dreikönigstag 1415 seinem Nachfolger Johann von Schwarzach
übergab, sondern auch die Worte des Mladenowiz (Doc. 247): Cum autem
dictus M. Joannes Hus Constantiae staret ad tres hebdomadas cum
media, famabatur per civitatem, quod M. Hus ductus fuisset extra civitatem iu curru, in quo foenum vehebatur.

In der Aulendorfer Handschrift fol. 45b ist der kürzere Bericht
ohne Datum der Erzählung von den Vorgängen am Sonntag Lätare, der
Weihe und Procession der goldenen Rose, und dem vom Papste gegebenen
Festmahl angeschlossen. Nachdem er die Ordnung angegeben, in welcher die
Gäste bei Tische saßen, beginnt Richental fol. 45b die Erzählung von dem
Fluchtversuche Hussens, von dessen Anwesenheit er bisher noch Nichts berichtet
hat: „Vnd also uff den tag glich umb den imbiss do hatt sich maister
hanns hus vou behem gelait in ein wagen in siner herberg etc."
Auf diesen Bericht folgt ganz ohne Zusammenhang mit Hussens Flucht, wohl
aber mit den vorher beschriebenen kirchlichen Feierlichkeiten: „Nun möcht

schließen und Huſſens Wohnung ſowie die anſtoßenden Häuſer durch Stadtwapner bewachen. Berittene ſollten dem Flüchtlinge

---

etliche wundern wie der bápst dem volk den segen gab." Ich vermuthe nun, daß dieſer Fluchtbericht urſprünglich an dem Platze ſtand, wohin er chronologiſch gehört, bei den Ereigniſſen des November, und daß er durch eine ſpätere Redaction, welche die Beſtimmung der Tageszeit glich vmb den imbiss (vgl. fol. 45b: nach imbiss, fol. 15b. 28a: vor imbiss) irrig auf einen beſtimmten imbiss, den am Sonntag Lätare vom Papſte gegebenen, bezog, an ſeine gegenwärtige Stelle gerückt worden iſt. In der Konſtanzer Handſchr. oder ihrem Original wäre dann das Datum aus dem Zuſammen= hang ergänzt worden. Das Datum Oculi in der längeren Faſſung würde ſich durch eine nahe liegende Verwechſelung erklären. Durch dieſe Annahme würden ſich noch verſchiedene Schwierigkeiten erledigen, wie die Nichterwäh= nung des Königs, deſſen Betheiligung an der kirchlichen Feier des Vormit= tags und an dem Feſtmahle ſo ausführlich beſchrieben wird, und der wohl, als Hus in die Wohnung des Papſtes gebracht wurde „glich nach imbiss do es ains ſchlug" (Aulenb. fol. 65a) noch an der Feſttafel hätte ſitzen müſſen. Aehnliche Verſchiebungen ſind beſonders im erſten Theile der Richental'ſchen Concilsbeſchreibung nicht ſelten; vgl. Aulenb. fol. 22a mit fol. 28a.

2) Das Concil hat dem Hus nirgends den Fluchtverſuch vorgehalten. Wenigſtens nicht, ſo viel wir wiſſen. Bekanntlich haben wir aber nur einen ausführlichen Bericht über Huſſens Proceß und zwar von Peter von Mladenowiz, deſſen Tendenz Alles ausſchließt, was zu ſeines Meiſters Nachtheil ausgelegt werden konnte. Für das Concil konnte übrigens ein Entweichungsverſuch nur dann ins Gewicht fallen, wenn Hus dadurch einen Geleitsbruch beging, was nicht der Fall war.

3) Johannes Chlum hat ausdrücklich verſichert, Hus habe vom Tag ſeiner Ankunft an das Haus nicht verlaſſen. Dies konnte er ganz wohl verſichern, auch wenn der Entweichungsverſuch ſo gemacht worden iſt, wie Richental behauptet, indem Hus ſich in einem Wagen verbarg, der um Heu aufs Land fahren ſollte, in welchem Wagen er die Herberge noch nicht verlaſſen hatte — er dann gefunden wurde. Uebrigens beſtreitet Chlum nur, daß Hus öffentlich geprebigt und zu dieſem Zwecke das Haus verlaſſen habe (Doc. 262. Geſchichtſchr. I. 152. Von der Hardt IV. 213.) Daß er nicht zu Ungunſten ſeines Freundes die ganze Wahrheit ſagt, iſt eben ſo natürlich, als daß wir nur mit äußerſter Vorſicht Ausſagen eines Mannes hinnehmen, der dem Angeklagten zur Be= ſeitigung von beſchwerenden Beweisſtücken behilflich war (Ep. 66. Doc. 108) und ſich zu höchſt zweideutigen Ausſagen bereden ließ. Ep. 69. Doc. 89.

4) Richental verwechſelt vielfach die Perſonen und Schickſale von Hus und Hieronymus. Richental verwechſelt die Perſonen und Schickſale des Hus und Hieronymus überhaupt nicht, und am allerwenigſten hinſichtlich der Flucht aus Konſtanz. Er erzählt im Gegen= theil die Ankunft, Flucht und Gefangennahme des Hieronymus mit ſolcher Klarheit und Umſtändlichkeit, und erwähnt ſogar ſeiner eigenen Betheiligung in einer Weiſe, daß jeder Gedanke an eine Verwechſelung ausgeſchloſſen wird. Aulenb. fol. 66a. Wolfenb. fol. 69b. Prager Hſchr. a. a. O. 401.

nachsetzen. Das Gerücht erwies sich indeß bald als falsch, denn Hus wurde in seiner Wohnung gefunden. Gleichwohl wurden, offenbar auf Grund desselben die Schritte zur Haftnahme des Magisters beschleunigt.

Zu diesem verfügten sich nach dem Mittagsmahle die Bischöfe von Augsburg und Trient, begleitet vom Bürgermeister und einem Ritter Hans von Poden,[1] um ihn aufzufordern, daß er behufs einer Besprechung seiner Angelegenheiten vor dem Papst und den Cardinälen erscheine. Nach längerem Hin- und Widerreden, wobei Johannes von Chlum sich in wenig schicklicher Weise ausließ, und es besonders betonte, daß vor der Ankunft des Königs Hus in keiner Weise Rede stehen solle, entschloß sich Hus, der

K o n st. fol. 55b. do ward ich Ulrich Richental vnd ander vil gefragt war er komen war. Eher möchte man daran Anstoß nehmen, daß Richental den böhmischen Herrn, welcher Hus zum Papste führte, Latschenbock nennt, während derselbe doch Kepka hieß. Allein dies läßt sich leicht daraus erklären, daß beide Herren den Namen Chlum führten, Johannes von Chlum genannt Kepka und Heinrich von Chlum genannt Lacembok. Palacky Gesch. v. Böhmen. III. 1. 313. 314. Spätere wie Tritheim Chron. Hirsaug. II. 338 haben allerdings Hus und Hieronymus verwechselt. Einmal wirft Richental fol. 66 Hus und Hieronymus zusammen, bezüglich des Widerrufs, allein nicht ohne Grund, vgl. Doc. 282. Mansi XXVII. 768. 764.

5) Mladenowiz erwähnt das Gerücht, um es als ein falsches zu bezeichnen. Aber gerade die Art wie er es thut, ist geeignet Verdacht zu erwecken: qui si evasisset, nunquam comprehensus fuisset et vinculis mancipatus nec finaliter ab eis condemnatus (Doc. 248) d. h. wenn er entflohen wäre, hatte man ihn nicht festnehmen, in den Kerker werfen und hinrichten können. Dies stimmt recht wohl zu Richentals Bericht, daß Hus habe entfliehen wollen. Im Uebrigen fallen die Worte des Mladenowiz (Doc. 247) famabatur per civitatem quod M. Hus ductus fuisset extra civitatem in curru in quo foenum vehebatur vel ducebatur, sed falsum fuit, und die angefügte Erklärung sicher nicht zu Ungunsten Richentals ins Gewicht.

Aus diesen Gründen möchte es nicht zulässig sein, Richentals Erzählung so ohne Weiteres als Märchen zu behandeln. Hat Hus diesen, von Aulend. fol. 65a. berichteten Entweichungsversuch wirklich gemacht, so beweist dies weiter Nichts, als daß in einem entscheidenden Augenblick ihn eine menschliche Schwäche angewandelt hat. Ob Gerücht oder Wahrheit, hatte die Sache auf die rechtliche Seite seines Processes keinen andern Einfluß, als daß die Richter von ihrem Rechte einen Angeklagten in Untersuchungshaft zu nehmen früher Gebrauch machten, als dies ohnedem geschehen wäre.

1) Oder Bodman? Vielleicht der Konstanzer Hdschr. fol. 14 erwähnte Frischhans von Bodman.

Aufforderung zu entsprechen. Er sei, sagte er, nicht zu den Cardinälen hierher gekommen, auch keineswegs gewillt mit denselben
insgeheim zu verhandeln. Zum ganzen Concil sei er vielmehr
gekommen, und vor diesem werde er reden, was Gott ihm ein=
geben würde. Indeß wolle er sogleich zu den Carbinälen kommen,
und hoffe, eher den Tod zu erwählen, als die ihm aus der Schrift
oder sonst wie kund gewordene Wahrheit zu verläugnen. Von
Johannes Chlum begleitet ritt er sofort in die bischöfliche Pfalz,
wo der Papst seine Wohnung hatte. [1]

Der Empfang, welchen er fand, war nicht unfreundlich. Er
gab die Erklärung ab, er wolle lieber sterben als einen Irrthum
festhalten; er sei freiwillig zum Concil gekommen, und so man
ihn überzeugen würde, daß er irgendwie geirret habe, so wolle
er sich in Demuth belehren lassen. Die Carbinäle nannten dies
eine gute Rede und begaben sich hinweg, Hus mit Chlum unter
Aufsicht mehrerer Bewaffneten zurücklassend.

Man war offenbar in einiger Verlegenheit. Dem Concil stand
unstreitig das Recht zu, den Angeklagten in Untersuchungshaft zu
nehmen. Allein diese Maßregel, welche dem klar ausgesprochenen
Willen des Königs zuwiderlief, [2] bedurfte, zumal bei dem fort=
währenden Widerstande des Papstes, einer ganz besondern Be=
gründung. Die in der Anklageschrift enthaltenen Anschuldigungen
bezogen sich durchweg auf Aeußerungen oder Handlungen, die
zwei, drei, ja zehn und mehr Jahre zurücklagen. Ob das Ver=
halten Hussens seit seiner Ankunft in Konstanz dem König in
dem nämlichen ungünstigen Lichte erscheinen würde wie den Cardi=
nälen, war mehr als zweifelhaft. Die Verhaftung konnte aller=
dings und sollte dadurch gerechtfertigt werden, daß Hus als Ge=
bannter Messe gelesen hatte. [3] Allein dies hatte er ja seit der

---

[1] Mladenowiz Doc. 248.

[2] Nicht wie Krummel will (Gesch. der böhm. Reform. 464) wegen
des Geleitsbriefes, sondern wegen der von Hus, Chlum u. A. mehrfach be=
tonten mündlichen Weisungen des Königs.

[3] Jam non amplius missabis vel officiabis, sagten die Bischöfe, als
sie Hussens Wohnung verließen. Doc. 249. Gesch. I. 137. Ueber das
Gesetzwidrige im Verhalten Hussens vgl. Kober der Kirchenbann 210.

Fällung des Urtheils durch volle drei Jahre gethan, und Niemand
hatte ihn zur Strafe gezogen, ja nicht einmal dem Papste war
es nöthig erschienen, ihm in dieser Hinsicht eine Weisung zu ertheilen. Auch der Fluchtversuch — wenn wirklich ein solcher gemacht wurde — fiel bei Sigmund nicht ins Gewicht, vorausgesetzt,
daß Hus nur wieder sich in Konstanz einfand, wenn nach dem
Willen des Königs seine Sache zur Verhandlung kommen sollte.
Nur wenn man sich auf bestimmte zu Konstanz selbst gethane
ketzerische Aeußerungen des Angeklagten berufen konnte, durfte
man hoffen, wie den letzten Bedenken des Papstes, so etwaigen
Vorwürfen des Königs die Spitze abzubrechen.

Man veranlaßte daher den gelehrten Franziskaner Dibacus,
sich zu Hus zu begeben und ihn auf eine feine Art über seine
Meinungen in Betreff der Transsubstantiation und der Verbindung der zwei Naturen in Christo auszuholen. Ungeachtet Dibacus
die Maske des ungelehrten Mönches vornahm, merkte Hus die
List, und jener entfernte sich, ohne seinen Zweck erreicht zu haben.
Im Gegentheile, Hus betonte hier wie später immer seine vollständige Uebereinstimmung mit der kirchlichen Abendmahlslehre. [1]

Im Laufe des Nachmittags [2] versammelten sich die Cardinäle,
um gemeinsam mit dem Papste die weitern Schritte zu berathen.
Die Ankläger und Gegner Hussens versäumten nicht sich in der
bischöflichen Pfalz einzufinden und neuerdings auf die Verhaftung
des Angeklagten zu bringen. Es gelang ihnen in der That die
letzten Bedenken der Cardinäle zu besiegen, und mit unbändigen
Freudenbezeugungen riefen sie: Nun haben wir ihn; er wird
uns nicht entkommen, bis er den letzten Heller bezahlt hat. [3] Die
Berathung dauerte bis zum späten Abend, bis endlich Johannes
der Dreiundzwanzigste sich dazu verstand geschehen zu lassen,
was er nicht hindern konnte. Nach langem Harren erhielt Johannes von Chlum die Weisung, daß er sich nach Hause begeben
könne, daß dagegen Hus in der Pfalz zu bleiben habe. Aufs

---

[1] Doc. 249. Gesch. I. 137. 138.

[2] Hora quarta post meridiem; ebend.

[3] Dieses dürfte die einzig mögliche Erklärung der etwas zusammenhang-
losen Erzählung des Mladenowiz Doc. 250 sein.

Höchste entrüstet eilte Chlum zum Papste und machte ihm in
Gegenwart der Cardinäle die heftigsten Vorwürfe unter Berufung
auf den königlichen Geleitsbrief und die ihm vom Papste gemachten
Zusagen. Johannes der Dreiundzwanzigste erklärte, sich auf das
Zeugniß der anwesenden Cardinäle berufend, daß nicht von ihm
der Befehl zur Verhaftung Huffens ausgegangen sei. Der Mann,
welcher Hus aus seiner Wohnung abgeholt habe, sei nicht, wie
Chlum meine, ein päpstlicher Diener, sondern ein städtischer Büttel.[1]
Damit nicht zufrieden nahm er den Ritter auf die Seite und
sagte ihm:[2] Ihr wißt ja, welches mein Verhältniß zu den Cardinälen ist; sie haben ihn mir übergeben, und ich mußte ihn in
Haft nehmen. Chlum mußte sich damit vorerst zufrieden geben und
entfernte sich. Die Cardinäle wagten indeß noch nicht Hus in
ein Gefängniß zu verbringen. Derselbe wurde in der neunten
Nachtstunde, nachdem ihm Peter Mladenowiz noch die nöthigsten
Effecten hatte bringen können, in das Haus des Domcantors gebracht, wo er unter Obhut eines Cardinals noch volle acht Tage
verblieb.[3]

Der ganze eben geschilderte Verlauf der Verhaftung liefert
wohl den unbestreitbaren Beweis, daß Johannes der Dreiundzwanzigste es um jeden Preis vermeiden wollte, in der Angelegenheit Huffens auch nur das Geringste gegen den Willen Sigmunds
zu thun, ebenso, daß die Cardinäle Alles aufboten, um ihm
dieses unmöglich zu machen. Dahin zielt offenbar die dem Herrn
von Chlum gegebene Erklärung des Papstes. Chlum sollte in
der Lage sein den König über den wahren Sachverhalt aufzu-
klären. Später freilich, nach der Entweichung aus Konstanz, hat
Johannes von Schaffhausen aus an den König von Frankreich
in ganz anderm Sinn geschrieben; allein damals war er völlig

---

[1] Mladenowiz Doc. 251. Et papa respondit D. Joanni: Ecce
hic fratres mei audiunt, (cardinales denotans) quia ego nunquam
mandavi ipsum captivare; et Franciscus ille unus ribaldus, ille non
est meus.

[2] Ebenda: Et postea dixit ad D. Joannem solum: Tamen vos
scitis quomodo stant facta mea cum ipsis; ipsi mihi eum dederunt et
oportebat me eum recipere ad captivitatem.

[3] Doc. 252. Richental Aulenb. fol. 46a.

mit Sigmund zerfallen, und hatte die Absicht, in Frankreich eine
Zuflucht und vielleicht am französischen Hofe eine Stütze gegen
Sigmund und das Concil finden. Und gerade daß er behauptet,
Sigmund habe den Ketzer Hus beschützen wollen, beweist, wie sehr
auch bei ihm Sigmund sich zu Gunsten Huffens bemüht hatte,
und wie sehr sein Handeln durch die Rücksicht auf den König beeinflußt war. [1])

Johannes von Chlum bot Alles auf, um seinen Schutzbe-
fohlenen der Haft zu entreißen. Sofort wurde der bereits auf
der Herreise befindliche König von der Lage der Dinge in Kenntniß
gesetzt. Prälaten und Adeligen sowie dem Konstanzer Rathe
wurde unter bitterer Klage über den Papst und die Cardinäle
der königliche Schutzbrief gezeigt und vorgelesen. Zweimal, am
15. und 24. Dezember legte Chlum unter drohender Hinweisung
auf den Unwillen des Königs durch öffentliche Anschläge feierliche
Verwahrung ein. [2]) Allein weder diese Schritte, noch des Königs
durch Gesandte ausdrücklich kund gegebener Wille, daß der Gefangene in Freiheit gesetzt werden sollte, hatte auch nur den ge-
ringsten Erfolg. Die Cardinäle waren entschlossen durch Nie-
manden die Rechte des Concils schmälern zu lassen, und trafen
ungeachtet aller Proteste die Einleitungen zur Aufnahme des Processes. Der Patriarch Johann von Constantinopel und die Bischöfe
Johann von Lebus und Bernhard von Citta di Castello erhielten
den Auftrag, die Untersuchung einzuleiten. Das Endurtheil blieb
dem Concil, beziehungsweise einer neuen Commission vorbehalten.
Das zur Unterstützung der Anklage vorgelegte Material bestand
hauptsächlich aus der noch vor der Verhaftung Huffens von
Michael de Caufis eingereichten Denunciation, welcher aller Wahr-

---

[1]) Droysen Gesch. der preuß. Politik I. 337 nimmt an, Johannes XXIII.
habe die Verhaftung Huffens betrieben, und sich nur gestellt, als geschehe
sie gegen seinen Willen, hoffend, dadurch zwischen dem König und den Vätern des Concils unheilbares Zerwürfniß zu schaffen. Allein mit dieser Auffassung steht Johannes ganzes Verhalten in Widerspruch. Ueberdies konnte
er damals noch von einem Zusammengehen mit dem Könige größern Vortheil für seine Stellung hoffen, als von einer Sprengung des Concils, welche
ihn in dieselbe unklare Lage bringen mußte, in welcher seine beiden Gegner
bereits waren.

[2]) Doc. 523. 524.

scheinlichkeit nach die schon 1409 sowie später über die Zeugen= verhöre abgefaßten Protokolle beigefügt wurden. Ueberdies hatten die Ankläger Sorge getragen, daß eine nicht unbedeutende Anzahl von Belastungszeugen mit dem Angeklagten confrontiert und zur eidlichen Aussage aufgeführt werden konnte. [1]

Am 6. December wurde Hus in förmliche Haft gebracht, und zwar in dem Gefängnisse des Dominicanerklosters. Damit begann der zweite Proceß, welcher mit dem ersten, durch die Excommunicationssentenz vom Februar 1411 und Juli 1412 beendigten, nur in so ferne Zusammenhang hatte, als aus diesem erschwerende Momente für die Verhandlungen in Konstanz ge= zogen werden konnten. Im Uebrigen war der vom Concil ein= geleitete Proceß eine Rechtshandlung für sich, begonnen in Folge der durch Michael von Deutschbrod eingebrachten Denunciation.

Es ist hier der Ort zu fragen, welche Stellung das Concil durch sein Verfahren gegenüber dem königlichen Schutzbriefe ein= nahm. Ich glaube, im Vorhergehenden hinreichend dargethan zu haben, daß Sigmunds Geleitsbrief kein gerichtliches Geleite ver= bürgen konnte noch sollte. Papst und Concil konnten daher durch denselben nicht weiter verpflichtet werden, als daß sie, so viel an ihnen lag, dem Inhaber Schutz gegen unrechte Gewalt angedeihen ließen. Hierzu waren sie vertragsmäßig verpflichtet. [2] Eine Ein= flußnahme auf die Handhabung der dem Concil rechtmäßig zu= stehenden Gewalten konnte der in dem Geleitsbriefe enthaltene königliche Befehl an sich nicht beabsichtigen, auch wenn Sigmund

---

[1] Die Proceßacten bilden den zweiten Theil der Documenta S. 153 bis 237. Für den Verlauf des ganzen Processes Hefele Conciliengesch. S. 747—763. VII. 1. 28—227, wo auch die theologischen Fragen mit vorzüglicher Klarheit und Objectivität erörtert sind.

[2] Der Vertrag mit dem Rathe von Konstanz versichert, Mansi XXVIII. 8. C. dicti Magistratus observabunt et observari facient omnem salvum conductum quem ipse Dominus noster Papa aut ejus Camerarius seu Apostolicam Cameram regens faciet cuicunque personae, aliqua causa vel occasione, seu quovis quaesito colore, dummodo non sit re= bellis aut hostis dictae Civitatis. Die Gegenseitigkeit verstand sich von selbst.

nicht feierlich und förmlich dem Papst und dem Concil die volle
Ausübung ihrer sämmtlichen Befugnisse zugesichert hätte. [1])

Hus als Kleriker unterstand dem geistlichen Gerichte auch in
einem Rechthandel über weltliche Dinge, um so mehr in einer
Anklage auf Häresie, welche auch die Laien bis hinauf zum König
und Kaiser dem geistlichen Gerichte unterwarf. Beim Concilium,
dem höchsten, inappellabeln Gerichte, wurde Hus der Häresie angeklagt. Dasselbe fand für gut, den Angeklagten in Untersuchungshaft zu nehmen, ganz wie es sechs Monate später den angeklagten Papst Johannes in Untersuchungshaft nahm. In beiden
Fällen machte es von einem Rechte Gebrauch, welches jedem Gerichte im Kreise seiner Competenz zukommt.

Der König hatte allerdings versprochen, den Handel des
Magisters zu einem guten Ende zu führen. Dabei hat aber wohl
weder dieser noch jener einen förmlichen Proceß im Auge gehabt.
Sigmund besonders mußte nach allen durch Hus und seine Freunde
ihm gewordenen Mittheilungen die Ueberzeugung haben, daß Hus
bezüglich seiner Rechtgläubigkeit unbeanstandet und nur durch die
Ränke seiner Feinde außer Stande sei, sich und das Land Böhmen vom bösen Geruche der Ketzerei zu befreien. Ihm dazu durch
ein ordentliches Gehör, welches sich Hus selbst im Kerker noch in
der Form einer akademischen Disputation dachte, zu verhelfen,
war die nächste Absicht des Königs. [2]) Obgleich durch die Rück-

---

[1]) Mansi XXVIII. 2. C. D. Sigmund versichert: Et quod idem
Dominus noster Papa cum Dominis Cardinalibus et sua curia ac cum
omnibus Praelatis et Clericis in Concilio existentibus gaudeant plena
ecclesiastica immunitate, ita etiam quod ipse Dominus noster Papa
ibi libere possit omnem suam Apostolicam auctoritatem, jurisdictionem
et potestatem exercere.

[2]) Man muß immer im Auge behalten, daß Hus nur wegen Ungehorsams,
nicht wegen Häresie gebannt war. Er wünscht in dem Schreiben vom
1. Sept. 1414 Doc. 70: ut in pace veniens in ipso generali concilio
valeam fidem quam teneo publice profiteri. Michael von Priest schreibt
-- ohne einen Gedanken an einen Proceß — am 8. Oct. 1414 an Hus:
rex gaudium magnum sumpsit eo quod speramus nationem nostram de
his quae ascribuntur per vestram interpositionem expurgari. — Aus
dem Gefängnisse schreibt Hus an die Freunde Ep. 51. Doc. 91: Scripsi
supplicationem toti concilio, in qua peto, ut respondeam ad quemlibet
articulum, sicuti respondi in privato, et manu mea scripsi. Vel si
dabitur audientia, ut respondeam more scholastico. Vel forte dabit

ſprache mit dem Papſte hierzu der Weg offen zu ſein ſchien, ſollte Huß
die Reiſe nach Konſtanz im Gefolge Sigmunds machen und ſich zu
dieſem Behufe am Rheine dem königlichen Hofe anſchließen.[1]
Hätte er dieſes gethan, ſo wäre Sigmund aller Wahrſcheinlichkeit
nach in der Lage geweſen, ihn vor perſönlicher Haft während des
ganzen Proceſſes zu ſchützen. Huß jedoch zog es im Vertrauen
auf ſeine Sache vor, für ſich nach Konſtanz zu gehen. Der König
freute ſich darüber, warnte jedoch den Magiſter, ſich vor ſeiner
Ankunft auf Etwas einzulaſſen — ein weiterer Beweis, wie wenig
er an die Möglichkeit dachte, daß gegen ſeinen Schützling ein
förmlicher Proceß eingeleitet und derſelbe zum Redeſtehen gezwungen
werden könnte. In allen Fällen mochte er auf den Papſt rechnen,
der auch, wie wir geſehen haben, Nichts unterließ, um die Wünſche
des Königs zu fördern.

Alles jedoch, was Sigmund zu Gunſten Huſſens thun konnte,
beruhte nicht auf einem Rechte des Königs in den Gang des
Concils einzugreifen,[2] ſondern hieng weſentlich von dem guten
Willen der maßgebenden Perſönlichkeiten ab. So lange dieſe ein
Intereſſe daran hatten, ſich durch Entgegenkommen den König zu
verpflichten, ſtand die Sache Huſſens immerhin gut. Die In=

___

deus audientiam, ut faciam sermonem. Für die Meinung, welche
Sigmund über den Handel des Magiſters hatte, vgl. ſeine eigenen Aeuße=
rungen Doc. 284, ſowie das Schreiben der böhm. Herren vom 7. Oct. 1414
und das Zeugniß des Inquiſitors ib. 531 und 242. 243.

[1] In dieſem Falle hätte er keines Geleitsbriefes bedurft. Daß dies die
Abſicht Sigmunds war, beweiſt die Stelle in ſeinem Schreiben vom
21. März 1416. Doc. 612: ille vero, ut Constantiam venit, in judicium
vocatus est . . . sed si prius nos convenisset et nobiscum Constantiam
esset profectus, aliter fortasse res ejus erat cessura. Für das urſprüng=
liche Einverſtändniß Huſſens mit dieſem Plane Ep. 39. Doc. 76: nos directe pergimus Constantiam . . . judicamus enim quod esset inutile
sequi regem forte per 60 milliaria et reverti ad Constantiam. Daß
ein milliare ungefähr eine deutſche Meile betrug, beweiſt die Angabe der
Entfernung Ravensburgs von Konſtanz Ep. 40. Doc. 77: per quatuor
milliaria. Die 60 Meilen ſind ungefähr die Entfernung zwiſchen Nürn=
berg und Aachen, wohin der König zur Krönung reiſte. Huß würdigte
ſpäter im Gefängniſſe recht wohl den Schutz, den ihm die Reiſe mit dem
König hätte gewähren können. Adhaereat curiae regis M. Cardinalis, ne
ipsum sicut et me comprehendant. Ep. 50. Doc. 90.

[2] Wie Krummel will a. a. O 453. 454. 464.

haber der Gewalt konnten je nach Umständen ab= und zugeben und die Rücksicht auf den Schutzherrn des Concils bis zur äußersten Grenze des Möglichen walten laſſen. Johannes der Dreiund= zwanzigſte that dies, indem er, ſein Recht im weiteſten Umfange ausübend, den wegen Ungehorſams Gebannten und wegen ſeines Verharrens im Banne der Häreſie Verdächtigen, ja durch eine förmliche Anklageacte der Häreſie Beſchuldigten durch volle drei Wochen unbehelligt in Konſtanz ließ. Er that dies, nicht als ob ihm der König durch ſeinen Schutzbrief eine rechtliche Verpflichtung hätte auflegen können, ſondern deßwegen, weil ſein perſönliches Intereſſe forderte, daß der König ihm günſtig geſtimmt blieb. Die Carbinäle hatten dies Intereſſe nicht; ſie mußten im Gegen= theil ihre und des Concils Zwecke gefährdet ſehen durch das Bündniß des Königs mit dem reformfeindlichen Papſte, der in einem hoch= wichtigen Falle ſich ohne Scheu über beſtimmte kirchliche Rechts= formen hinwegſetzte, die am erſten er berufen war aufs Strengſte zu wahren. Sie beſtanden daher auf dem Rechte des Concils, daß dem Angeklagten der Proceß gemacht werde, nicht unter dem Ein= fluſſe des Königs, der ja dem Concil in allen ſeinen Handlungen die volle Freiheit zugeſichert hatte, ſondern nach Maßgabe der herkömmlichen Rechtsformen. Wenn ſie dies durchſetzten, ſo ge= wannen ſie einen Sieg zu Gunſten der Superiorität des Concils über den Papſt, und es wuchs ihnen an Einfluß auf die Ent= ſchließungen des Königs zu, was dem Papſte durch die Vereitelung ſeiner Plane entgieng. Rechtsgründe ſtanden der Verhaftung Huſſens nicht im Weg; über die Schicklichkeitsrückſichten [1]) hatte das heilige Collegium ſich mit dem Könige auseinanderzuſetzen.

Am 6. December wurde, wie bereits bemerkt, Hus aus dem Hauſe des Domcantors in das Gefängniß der Dominicaner ver= bracht. Dieſes Gefängniß war nicht beſſer und nicht ſchlechter

---

[1]) Schicklichkeitsrückſichten vertreten auch in den Actenſtücken, burch welche die böhmiſchen und mähriſchen Herren gegen Huſſens Haftnahme Verwah= rung einlegten, die Rechtsgründe. Und es iſt bezeichnend genug, daß ſie dem Könige gegenüber nicht eine für Hus übernommene Verpflichtung her= vorheben, ſondern nur die Einbuße, die er an ſeinem Anſehen erleiden müßte, wenn das Concil ungeſtraft ſeine Geleitsbriefe mißachten dürfte. Doc. 547 ff.

als damals die Gefängnisse im Allgemeinen waren, [1]) allerdings der
verhältnißmäßigen Behaglichkeit entbehrend, mit welcher unsere
Zeit derartige Orte auszustatten pflegt, aber doch nicht so entsetz=
lich, wie gemeinhin behauptet und geglaubt wird. Hus hatte in
demselben immerhin die Möglichkeit sich mit Abfassung verschiede=
ner Tractate abzugeben, und seit seinen Freunden die Bestechung
der Wächter geglückt war, [2]) einen ziemlich ausgedehnten Brief=
wechsel nach außen zu unterhalten. Geistige Aufregung, verbun=
den mit Mangel an Körperbewegung machte ihn nicht unbedeu=
tend erkranken. Dies gab dem Papste neue Gelegenheit, seine
nicht unfreundliche Gesinnung durch Sendung seiner Leibärzte zu
bethätigen, welche dann auch den Kranken durch die geeigneten
Mittel wieder herstellten. [3]) Minder freundlich zeigten sich die
mit Instruction des Processes betrauten Commissäre, welche mit
solcher Eile ihres Amtes walteten, daß Hus mitten in den Schmer=
zen seiner Krankheit auch noch die Pein der Verhöre und Con=
frontationen erdulden mußte.

In der Christnacht endlich traf der so lange und aus so
verschiedenen Gründen sehnlich erwartete König von Ueberlingen
her zu Schiffe ein. Trotz der bitteren Kälte war ganz Konstanz
in Bewegung. Nach kurzer Rast begab sich Sigmund ins Münster,
um der Mitternachtsmesse anzuwohnen, in welcher er, mit der
Dalmatik bekleidet, das Evangelium sang und im Vollgefühle
seiner Würde des Schutzherrn der Kirche prangte. Mit welchen
Gefühlen mag der Gefangene auf der Dominicanerinsel den Lärm
vernommen haben, der bei des Königs Ankommen aus dem Hafen
und den benachbarten Straßen zu ihm hinübertönte? Er hatte

---

[1]) Eiselein Gesch. und Beschr. der Stadt Konstanz 49. 77.
[2]) Geschichtschr. I. 327. 328.
[3]) Doc. 252. Die Zuthat des interpolirten Mladenowiz Opp. I. 7.
ac ne forte in ipso carcere vulgari genere mortis periret, attribuit ei
Pontifex Romanus aliquot ex suis medicis etc. sucht Johannes XXIII.
in einen falschen Verdacht zu bringen. Ihm am meisten mußte damals noch
daran liegen, daß Hus nicht im Gefängniß starb; vgl. Ep. 45. Doc. 85.
und Ep. 47. Doc. 87: Omnes clerici camerae D. Papae et omnes custodes valde pie me tractant.

einmal die ſtolze Hoffnung gehabt, er werde hoch zu Roß in des
Königs Gefolge in die Stadt einziehen:[1] nun lag er im Ge=
fängniß, von Sorge und Schmerz gemartert, und nur noch hoffend,
daß die Ankunft des Königs, der ihn aus dem fernen Vaterlande
hierher beredet, ſeinen Kerker öffnen werde.

---

[1] Hus hatte zu dieſem Zweck ſein beſtes Pferd bei ſich behalten, wäh=
rend die übrigen Pferde in Ravensburg untergebracht wurden. E p. 40.
D o c. 78: equus vero Rabstyn omnibus in labore et laetitia praevalet;
et solum illum apud me habeo, si contingeret me aliquando ad regem
extra civitatem exire.

VI.

Ungeachtet aller gegenseitigen Höflichkeiten waren die ersten Berührungen zwischen König Sigmund und den Vätern des Concils keineswegs freundlicher Natur. Der König empfand die Mißachtung seines Willens, die Blosstellung seiner Interessen durch die Gefangennahme Hussens aufs Bitterste. Gleich nach den Weihnachtsfeiertagen kam es zu mehrfachen heftigen Erörterungen. Der König sprach geradezu die Drohung aus, Konstanz zu verlassen und der Kirchenversammlung seinen weitern Schutz zu versagen, wenn diese nicht in die Freilassung seines Schützlings willigen würde.

Es muß hier auffallen, daß bei diesen Verhandlungen mit keinem Worte des Papstes gedacht wurde. Man könnte dies daraus erklären, daß Johannes der Dreiundzwanzigste, wie am 28. November dem Herrn von Chlum, so jetzt dem Könige seinen guten Willen versichert und die Cardinäle als diejenigen bezeichnet hätte, welchen die Verhaftung zur Last fiele. Allein der Grund war wohl ein anderer. Der König mußte gleich bei den ersten Verhandlungen mit den Vätern des Concils die Ueberzeugung gewinnen, daß die Stellung Johannes des Dreiundzwanzigsten unhaltbar geworden war.

Am 29. December nämlich erstattete Sigmund dem Concil Bericht über den Erfolg seiner Unterhandlungen mit den Päpsten Gregor und Benedikt. Hieran schloß sich naturgemäß die Wiederaufnahme einer Frage, welche einige Wochen zuvor ihre thatsächliche Erledigung gefunden hatte. Am 19. November war nämlich der Cardinal von Ragusa als Gesandter Gregor des Zwölften zu Konstanz angekommen. Wie herkömmlich, hatte er am Augustiner-

Kloſter, wo er herbergte, das Wappen ſeines Herrn angeſchlagen.
Johannes der Dreiundzwanzigſte hatte dies als eine Beeinträchtigung
ſeiner Stellung angeſehen und Gregors Wappen herabreißen laſſen.
Die Sache war überdies wichtig genug erſchienen, um folgenden
Tages einer Generalcongregation vorgelegt zu werden. Dieſelbe
hatte, jedoch nicht ohne Widerſpruch, das Vorgehen des Papſtes
gebilligt. [1]

Nachdem nunmehr eine Betheiligung Gregors und Benedikts
dem Concil in nahe Ausſicht geſtellt worden war, mußte man
ſich darüber einigen, in welcher Eigenſchaft ihre Geſandten empfangen werden ſollten. Geſtattete man denſelben den Gebrauch
des rothen Hutes und der übrigen Auszeichnungen der Cardinals-
würde, ſo lag darin eine mittelbare Anerkennung ihrer Auftrag-
geber als wirklicher Päpſte. Damit wurde aber auch die Johannes
dem Dreiundzwanzigſten gemachte Zuſage, das Concil werde ihn
allein als wirklichen und rechtmäßigen Papſt anſehen, zurückge-
nommen. Es erhob ſich darüber ein heftiger Streit, in welchem
durch den Einfluß des Cardinals Peter d' Ailly die Sache Johannes des Dreiundzwanzigſten unterlag. Der Cardinal hatte
ſchon in der erſten allgemeinen Sitzung angedeutet, daß man
Benedikt und Gregor das Entgegenkommen möglichſt erleichtern,
und nöthigenfalls die Abbankung aller drei Päpſte als letzten
Weg zur Einigung im Auge behalten müſſe. [2] Dieſem hielten die
Anhänger Johannes entgegen, daß derſelbe unzweifelhaft rechtmäßiger Papſt ſei, und daß die Forderung ſeines Rücktrittes die
Auctorität des Concils von Piſa in Frage ſtelle. [3] Dieſe Ein-
würfe ſuchte Peter d'Ailly durch die Ausführung zu entkräften,
daß die Beſchlüſſe der Piſaner Verſammlung von den Anhängern
Gregors und Benedikts nicht angenommen würden, daß, wie man
in Piſa zwiſchen zwei ſtreitenden Partheien die Einheit durch
Forderung der Abbankung habe herſtellen müſſen, ſo jetzt zu Konſtanz dieſelbe Forderung an die drei Prätendenten geſtellt werden

---

[1] Von der Harbt IV. Prolegg. 18. Pars I. 20. II 204 ff.
[2] Von der Harbt II. 8, 208 ff.
[3] Ib. 214 ff.

dürfe. Im Uebrigen gebe man Johannes dem Dreiundzwanzigsten blos den Rath abzubanken, ohne ihn seinen für Häretiker und Schismatiker erklärten Gegnern gleichzustellen. Das Ansehen des Concils von Pisa werde dadurch in keiner Weise angegriffen. Dies geschehe vielmehr von denjenigen, welche die Cession für unzuläßig erklärten, denn damit eben werde den Pisaner Be=schlüssen der Boden untergraben. Wie die Kirche es nie für Un=recht gehalten, die Vorschläge zur Aussöhnung von Häretikern und Schismatikern nicht zurückzuweisen, so könne auch im vor=liegenden Falle das Concil zur Wiederherstelluug der Einheit mit den Gegenpäpsten unterhandeln und Johann den Dreiundzwan=zigsten zur Abbankung verhalten. [1])

Es konnte Sigmund nicht entgehen, daß Johannes bereits nicht mehr Herr der Lage war, daß vielmehr in ganz kurzer Zeit die Cardinäle mit Beseitigung des Papstes die Leitung des Con=cils in die Hand nehmen würden. Er mochte es darum für überflüssig halten, mit Johannes noch weitere Erörterungen über die Angelegenheit Huffens zu pflegen. Was zu deffen Gunsten zu erreichen war, konnten nur die Leiter des Concils gewähren. Er versuchte nun zuerst mit jener ihm eigenen Rücksichtslosigkeit durchzubringen, welche ihm schon mehr als ein Mal zum schnellen Siege geholfen hatte. Allein er stieß auf einen nicht erwarteten Widerstand. Die Väter des Concils, die sich eben anschickten dem Oberhaupt der Kirche sich unabhängig gegenüber zu stellen, waren nicht gesonnen sich auch nur das geringste ihrer Rechte verkümmern zu lassen. Seiner Forderung, daß man sein Geleite achte, konnte mit Fug entgegengehalten werden, daß dasselbe in keinem Falle einen rechtmäßig Angeklagten seinem Richter entziehen könne, ja noch mehr, daß ein Geleitsbrief, der einem über Jahr und Tag im Kirchenbanne Befindlichen und der Häresie Ver=dächtigen ausgestellt sei, von vornherein auf rechtliche Giltigkeit

---

[1]) Ib. 220 ff. Wenn auch, wie möglich, die obigen Ausführungen b'Aillys nicht in die letzten Tage des December 1414 gehören sollten, so drücken sie gewiß doch seine damalige Anschauung aus, wie einzelne Gedanken in der That theils von ihm, theils von Andern schon im December geäußert wur=ben; vgl. **Mansi**. XXVII. 540 ff.

keinen Anspruch habe. [1]) Als er Miene machte, das Concil, wie
er gedroht, zu verlassen, und sich von Konstanz entfernte, stellte
man ihm die Frage, was denn das Concil zu thun hätte, wenn
er nicht zulassen wollte, daß dasselbe von seiner rechtmäßigen
Gewalt Gebrauch mache. [2]) Nun blieb ihm nur die Wahl, ent=
weder durch sein Einstehen für Hus sich selbst zu compromittieren,
dem Concil den Anlaß zur Auflösung zu geben, und dadurch
seiner Stellung eines Schutzherrn der Kirche zu entsagen, oder
seinen Schützling für den Augenblick preiszugeben, mit der Aus=
sicht, von dem Concil möglichst günstige Bedingungen für denselben
zu erlangen. Er wählte das letztere, und wohl um so unbedenk=
licher, als er sich gleichzeitig von Johannes dem Dreiundzwanzigsten
lossagte und sich auf's Engste der Reformparthei anschloß.

Am Neujahrstage 1415 gab er beide Erklärungen ab, dem
Processe des Hus Nichts mehr in den Weg legen, und Geleits=
briefe für die Gesandten Gregors und Benedikts ausstellen zu
wollen. Drei Tage darauf wurde in der Generalcongregation
der Antrag d'Aillys, dem selbstverständlich der König zustimmte,
angenommen, daß nämlich Johannes Dominici Carbinal von Ra=
gusa, der Gesandte Gregors, mit allen Abzeichen der Carbinals=
würde unter vollem sichern Geleite in Konstanz einziehen dürfe. [3])
Damit war Johannes dem Dreiundzwanzigsten das Urtheil ge=
sprochen, bevor noch sein Proceß begonnen hatte.

Daß Sigmunds Einfluß nicht hinreichte, um Hus seiner

---

[1]) Friderici II. Constit. 22. Nov. 1220. Huillard-Bré-
holles II. 3 ff. (cf. IV. 1, 298. 300) §. 5. porro Chataros . . et
omnes haereticos, quocunque nomine censeantur, perpetua dampnamus
infamia, diffidamus atque bannimus . . . Qui autem inventi fuerint
sola suspicione notabiles . . . tanquam infames et banniti ab omnibus
habeantur. Ita quod si sic per annum permanserint, eos sicut haereticos dampnamus. Vgl. Schwabenspiegel hg. von Laßberg §. 246.
Daß Sigmund Aehnliches entgegen gehalten wurde, beweist Doc. 284: licet
dicant alii quod ego non possum dare salvum conductum haeretico
vel de haeresi suspecto. Richental Aulend. fol. 56. do entworten im
die gelerten Es könd vnd möcht in kainen rechten sin daz ain kätzer
gelait haben solt.

[2]) Docum. 612. Helfert 316. Geschichtschr. II. 272. vgl. Palacky
III, 1. 329.

[3]) Von der Hardt IV. 1. 34. Hefele Conciliengesch. VII 77.

Bande zu erledigen, scheint den in Konstanz anwesenden Böhmen
Veranlassung zu derben Ausfällen gegen ihn und das Concil ge=
geben zu haben. Durch königliches Mandat wurde dergleichen
untersagt und mit strengem Einschreiten bedroht.[1]) Im Grunde
konnte Sigmund in dem Augenblicke, da dem Concil die Gefahr
der Auflösung so nahe stand, nicht anders handeln, als er ge=
handelt hat. Wollte er Hus frei machen, so war dies nur durch
Anwendung von Gewalt möglich. Wenn dadurch die Väter des
Concils veranlaßt wurden auseinander zu gehen, wie sie gedroht
hatten, so gewann dabei Niemand als Johannes der Dreiund=
zwanzigste. Derselbe hätte des verzweifelten Schrittes vom 20. März
dann nicht bedurft, und konnte seine Abneigung gegen die Reform
nur allzuleicht durch die Vorwürfe gegen den deutschen König
decken, daß derselbe die Freiheit der Versammlung um eines Häre=
tikers willen beeinträchtigt habe. Ob Sigmund, wenn dadurch
sein Name in eine bedenkliche Verbindung mit Hus und dessen
Handel gebracht war, je wieder an die Aufnahme der Reformfrage
denken durfte, war mehr als zweifelhaft. Zeigten sich doch die
Männer der Reform Hus gegenüber noch weit schwieriger als
Johannes der Dreiundzwanzigste. Aber auch die Angelegenheit
Hussens konnte durch Auflösung des Concils nicht gewinnen. Er
war mit der Ueberzeugung nach Konstanz gekommen, daß es ihm
vor dem Concil gelingen würde, sich und sein Vaterland von
dem Verdachte der Häresie zu reinigen. Wurde um seinetwillen
das Concil unmöglich, so kam dies einem Verdammungsurtheile
gleich, wie es die strengsten Richter nicht würden gefällt haben.
Indem Sigmund dem augenblicklichen Drängen des Concils nach=
gab, erhielt er sich die Möglichkeit seinem Schützlinge das öffent=
liche Gehör und die Gelegenheit zur Rechtfertigung zu verschaffen,
und zu geeigneter Zeit immer noch durch entschiedenes Auftreten
dem Schicksale desselben eine günstige Wendung zu geben.

Das Concil scheint auch nicht abgeneigt gewesen zu sein, ihm hierin
so weit als möglich entgegen zu kommen. Man hätte es offen=
bar vorgezogen, auch jetzt noch den ganzen Handel auf dem Weg

---

[1]) Von der Hardt IV. 1. 34.

des Compromisses beizulegen. Durch mehrere Tage boten die Untersuchungsrichter Alles auf, um den Magister zu bewegen, daß er seine Angelegenheit einem Schiedsgerichte von zwölf oder dreizehn gelehrten Theologen übergebe. Allein Hus wollte und konnte dies nicht, nachdem die Sache einmal so weit getrieben worden war.[1] Er bestand auf einem öffentlichen Gehöre, welches ihm dann auch durch Sigmunds Bemühungen von den Vertretern der vier Nationen des Concils zugesichert wurde.[2] Dieses Zugeständniß war im Grunde gegen die gesetzlichen Formen des canonischen Processes, allein es war doch das Geringste, was man dem fortwährend von den Böhmen gedrängten Könige als Ersatz dafür bieten mußte, daß er eine moralische Niederlage auf sich genommen und wichtige Interessen aufs Spiel gesetzt hatte.[3]

[1] Ep. 47. Doc. 86. Voluerunt illi commissarii, instantes per plures dies, ut factum meum committeretur 12 vel 13 magistris. Et ego nolui me submittere. Sed postquam manu mea scripsi responsiones ad articulos Wicleff 45 et ad alios, qui mihi objiciuntur, statim coram notariis et commissariis illis scripsi protestationem, quod volo stare coram toto concilio et rationem de fide quam teneo reddere. Aus dem weitern Texte des Briefes geht unzweifelhaft hervor, daß Hus die feste Ueberzeugung hatte, vor dem Concil seine Rechtfertigung zu bewirken.

[2] Ep. 46. Doc. 85. Sciatis quia rex fuit hodie cum deputatis omnium nationum totius concilii, loquens de factis vestris et praesertim pro audientia publica. Cui omnes illi finaliter et conclusive responderunt, quod utique audientiam publicam habebitis.

[3] Schreiben der Abgeordneten der Wiener Universität Ende Januar 1415. Archiv für Kunde österreich. Geschichtsq. XV. 13. 14. Bohemi importunissime instant apud regem pro ejus relaxatione, allegantes salvum conductum regis esse violatum, cum tamen ipse in scripto fassus sit, se sine salvo conductu venisse; et contra nationes instant, ut annuat illum servari in carcere ne evadat, sicque rex ad illam nunc partem, (nunc) ad aliam se inflectit; vgl. das Schreiben der böhm. und mähr. Barone 1415 ante carnisprivium Doc. 536. Ac si (Hus) jure et ordine deprehendatur, fiat quod justum erit; Tuae Majestatis literis autem semper locus erit. Nam ceteroquin Tua Majestas et totum regnum Bohemiae damni aliquid contrahere posset, si justo homini, talibus literis instructo, aliquid accideret. Die Berufung auf den Geleitsbrief geht hier deutlicher als sonst von der Unterstellung aus, daß Hus ein durchaus unbeanstandeter Mann sei, eine Anschauung, welche das Concil nicht theilte. Auch Hus läßt gelegentlich durchscheinen, was durch eine schlimme Wendung seiner Sache für den König auf dem Spiele stand Ep. 50. Doc. 90. Si ego essem liber, loquerer sibi solus: Videte rex, ne fiat translatio rei vestrae, quam diligitis, occulta, ut non possitis eam amplius videre.

Hus, der sich inzwischen von seiner Krankheit wieder erholt hatte,[1] unterhielt fortwährend mit seinen Freunden einen lebhaften Briefwechsel, welcher durch die bestochenen Wächter und deren Frauen vermittelt wurde. Er wurde auf diese Weise von Allem, was beim Concil vorgieng, und für seinen Proceß von Bedeutung war, unterrichtet, und gab seinerseits den Freunden Weisungen, welche Schritte sie zu seinen Gunsten beim Könige thun, welche Hilfsmittel zur Vertheidigung herbeigeschafft, welche blosstellenden Schriften beseitigt werden sollten.[2] Besondere Sorge machte ihm der vor seiner Abreise aus Böhmen geschriebene Brief, in welchem er sich geäußert hatte, er reise ohne Geleite nach Konstanz. Derselbe war in unrechte Hände gekommen, und eine Abschrift als belastendes Zeugniß der Untersuchungscommission vorgelegt worden. Hus gibt daher dem Herrn von Chlum Winke, wie dieser ihm helfen solle sich hinauszureden. Im Uebrigen ist er gutes Muthes und voll Vertrauen in seine Sache. Er meint, daß außer dem erwähnten Briefe nur drei beschwerende Momente gegen ihn aufzubringen seien, nämlich sein Auftreten gegen die Kreuzbulle, seine Mißachtung der Excommunication und die Appellation vom Papste an Christus. Dies Alles scheint ihm so unbedeutend, daß er meldet, er habe lachenden Mundes die Appellation als von ihm verfaßt anerkannt, als die Commissäre sie ihm vorgelesen. Sein Vertrauen auf den König ist unerschüttert; er bittet Chlum, dahin zu wirken, daß ihm bei dem öffentlichen Gehöre der Platz in der Nähe des Königs angewiesen werde.[3]

---

[1] Wie es scheint, wurde ihm am 8. Januar ein besseres Gemach im Dominicanerkloster angewiesen; Ep. 57. vom 4. März: cras octo hebdomadae erunt, quod Hus posita est ad refectorium und Ep. 46, in welcher p. 85. 86 Chlum mit der Nachricht, daß das öffentliche Gehör bewilligt sei, das Versprechen verbindet, man werde sich alle Mühe geben, ihm ein lustiges Gemach zu verschaffen; vgl. Eiselein a. a. O. 49, der jedoch hier wie S. 77 irrt, wenn er gegen des Mladenowiz (Doc. 255) und des Richental (Aurob. fol. 46a) ausdrückliches Zeugniß Hus erst am 3. Januar zu den Dominicanern gebracht werden läßt.

[2] Ep. 66. Doc. 108 109.

[3] Ep. 49. Doc. 88. 89.

Neben dem Troſte, welchen der Gefangene aus dem ſchrift=
lichen Verkehr mit den Freunden ſchöpfte, wurde ihm zuweilen
auch die Freude eines Beſuches zu Theil. Seine Wächter und
die Leute des Papſtes, welche mit ihm in Berührung kamen, be=
handelten ihn mit größter Rückſicht;[1]) auch die Unterſuchungs=
richter vermieden Alles, was ihn verletzen konnte, und hielten
ſich ſtreng an die Sache. Nur ſein unverſöhnlicher Gegner
Michael von Deutſchbrod ſuchte auf jede mögliche Weiſe ihn zu
kränken und die Richter gegen ihn einzunehmen. So vergiengen
die beiden erſten Monate der Gefangenſchaft ohne beſonderes Er=
eigniß. Ausarbeitung von Vertheidigungsſchriften, Widerlegung
der ſchriftlich mitgetheilten Anklagepunkte, Abfaſſung kleiner theo=
logiſchen Tractate, die Correſpondenz mit den Freunden füllte die
Zeit, welche nicht von den Verhören in Anſpruch genommen
wurde.

Der König unterhielt mit Hus keinerlei Verkehr. Es iſt
dieſem befremdlich, daß ſein Beſchützer ihm niemals auch nur ein
Wort entbieten läßt.[2]) Er hatte ſich das Verhältniß anders ge=
dacht, und ſich ſelbſt mit dem Gedanken geſchmeichelt, daß er dem
König nahe genug ſein werde, um bei der Berathung des Wohles
der Chriſtenheit ein Wort mitſprechen zu können.[3]) Nun ſchien
derſelbe ihn völlig vergeſſen zu haben. Gleichwohl kam ihm über
ſeinen guten Willen vorerſt noch kaum ein leiſer Zweifel.[4])

Sigmund mochte ſeine Gründe haben, dem Magiſter ferne
zu bleiben. Zunächſt nahmen ihn wohl die Angelegenheiten des

---

[1]) Ep. 47. Doc. 87. Omnes clerici camerae D. Papae et omnes
custodes valde pie me tractant.

[2]) Ep. 50. Doc. 90. Miror quod D. Rex oblitus est mei, et quod
nec verbum intimat.

[3]) Ep. 49. ib. 89. Item si dabitur audientia, ut post ipsam D. Rex
non permittat me retrudi in carcerem, et possim consiliis vestris et
amicorum uti, et si deo placeret, aliquid domino regi dicere pro
bono Christianitatis et suo.

[4]) Ep 50. ib. 90. Et forte antequam sibi verbum loquar, senten-
tiabor. Si erit suus honor, ipse videat. Und am Schluſſe des nämlichen
Briefes: Ita quod saltem semel possem loqui regi, antequam con-
demner, cum ad suam voluntatem huc venerim et sub sua promissione,

Concils unabläßig in Anspruch; mehr noch galt es den Schein der Unbefangenheit zu wahren, sowie bei Zeiten den Weg zum völligen Rückzuge von der Sache des Angeklagten offen zu halten.

Gegen Ende Februar trat ein Ereigniß ein, welches mehr als alles Andere dazu dienen mußte, den Geschicken Huffens eine Wendung zum Schlimmen zu geben. Der Prager Inquisitor Nicolaus Bischof von Nazareth kam mit Aufträgen König Wenzels nach Konstanz. Dort wurde er, wohl auf Veranlassung der An= kläger Huffens, ungeachtet seiner Eigenschaft eines Gesandten gezwungen ein Verhör zu bestehen. Daffelbe kann sich um nichts Anderes gedreht haben, als um das Zeugniß der - Recht= gläubigkeit, welches er Huffen ausgestellt hatte. Er suchte sich damit hinauszureden, daß Hus nach König Wenzels Willen habe nach Konstanz gehen müssen, um sich und Böhmen von dem Ver= rufe der Ketzerei zu reinigen. Seine Aussagen dienten wesentlich dazu, Hus zu belasten; daher waren die in Konstanz anwesenden Böhmen so erbittert, daß Nicolaus, wollte er nicht thätlich miß= handelt werden, in Verkleidung aus Konstanz entweichen mußte.[1])

---

ut salvus ad Bohemiam redirem. Hier gibt Hus dem Verfprechen des Königs zum ersten Mal eine weitergehende Deutung, welche später (Ep. 70.) noch bestimmter auftritt. Der ganze Brief zeugt im Allgemeinen von einer gedrückten, ängstlichen Stimmung. Hus wundert sich auch, daß die Böhmen ihn nicht mehr besuchen; er will, daß der Brief sofort vernichtet werde. Daß aber sein Vertrauen auf den König noch nicht erschüttert ist, beweist der dem M. Johann Reinstein gegebene Rath, sich zum königlichen Hofe zu halten, oben S. 129. Anm. 1.

[1]) D o c. 542. Ceterum scitote, quod episcopus Cumdaemone ante M. Christannum una quindena venerat et fuit arrestatus (ad) adhi- bendum testimonium veritati. Qui nomine D. Regis (Wenceslai) et ejus legationis subterfugere laboravit; sed postea pro honore regis et ejus excusatione se deponere submisit coram D. Cardinali Cameracensi, cui causa fidei est commissa, et coram doctoribus sacrae theologiae ibidem congregatis. Quod et fecit et D. Regem (Wenceslaum) excu- sando rationabiliter contra Hus realiter deposuit, inter cetera asse- rendo, quomodo Hus per ipsum regem fuerit destinatus ad hoc con- cilium, ut se de infamia et regnum Bohemiae expurgaret. Et sic deo inspirante angelus Satanae fuit in angelum lucis commutatus. Post quam depositionem oportebat eum furtive recedere, habitu immu- tato, quia Wiclefistae eum offendere nitebantur. Denselben Vorfall berichtet Peter von Pulka nach Wien. Arch. für Kunde österreich.

Die Flucht Johannes des Dreiunbzwanzigsten am 20. März
erweckte in Hus und seinen Freunden die Hoffnung, der König
werde sich nunmehr seiner annehmen und ihn aus der Haft befreien. In der That schien Niemand mehr um den Gefangenen sich zu
kümmern. Seine Wächter entfernten sich; er fürchtete, selbst Mangel
an Speise leiden zu müssen, und war in der peinlichsten Ungewißheit über seine Lage. Seine Besorgniß, der Papst möchte ihn
von Konstanz wegführen, war ungegründet, denn die Leute
desselben übergaben die Schlüssel des Gefängnisses dem König

Gesch.-Quellen. XV. 15. — Der Episcopus cum daemone ist kein Anderer
als der Inquisitor. Darauf weisen uns die Worte cum daemone — offenbar zur Erklärung beigesetzt — über dem Namen des Inquisitors am Anfange
des Zeugnisses vom 30. Aug. 1414 in der von Höfler edierten Prager Hschr.
des Mladenowiz. Gesch. I. 168. vgl. Doc. 542 Anm. Daß ein aus Prag
gekommener Bischof Nicolaus in Konstanz war, verbürgt uns Richental, welcher
denselben jedoch für den Erzbischof von Prag nimmt, in der Ueberschrift des
119 Wappens. In der Bezeichnung cum daemone haben wir wohl eines
jener Wortspiele vor uns, wie sie das 15. Jahrh. liebte — so auca für
Hus, Errorius für Corrarius, u. a. m. Aller Wahrscheinlichkeit
nach hatte man in Nazaretensis einen Anklang an Czert, böhm. Teufel,
gefunden, (naczertugj Teufelei treiben, fluchen) und so den Spitznamen gebildet,
zu welchem überdies das Wappen des Bischofs, welches zwei schwarze, Teufeln
nicht unähnliche Steinböcke enthält, auffordern konnte. Von der Harbt gibt
im fünften Bande auf der 20. Tafel das Wappen mit dem Namen Johann
Patriarch von Konstantinopel und auf der 21. den Namen Nicolaus Pragensis mit einem andern Wappen. Höfler Gesch. II. 274 erklärt cum
daemone durch Moraviensis; Palacky hielt Gesch. des Hussitenthums
u. Prof. Höfler S. 58 die Sache für unerklärbar, Doc. 542 Anm. nimmt er den
Episcopus cum daemone, wie ich, für den Inquisitor, dessen Familienname
Condemone gewesen sei. Auch nach dieser Erklärung glaube ich die meinige,
welche ich bereits im März 1867 in der historischen Gesellschaft zu Freiburg
vorgetragen habe, festhalten zu sollen. Für die Bestimmung der Zeit dient
die Angabe, daß Nicolaus una quindena d. h. zwei Wochen vor Magister
Christann von Prachatiz nach Konstanz gekommen sei. Aus Ep. 57. Doc. 99
vom 4. März geht hervor, daß Christann Anfang März in Konstanz war;
vgl. Ep. 55. Doc. 96. Omnes vestri praesertim vero Christannus sunt
circa bonam viduam. Auch dieser Brief weist durch die Worte: Sciatis,
quia nunquam vestra facta et veritates tam vivaciter sunt intercepta,
sicut nunc, sed alia his extranea et impertinentia intervenerunt, propter quae vestra facta differuntur, auf den Anfang März hin, als die Verhandlungen wegen der Cession Johannes XXIII. die allgemeine Aufmerksamkeit in Anspruch nahmen. Auch Christann wurde festgenommen, aber durch
Einschreiten des Königs wieder freigegeben, nachdem er versprochen hatte,
sich jederzeit dem Glaubensgerichte zu stellen. Doc. 541.

und dem Concil. [1]) Daß nun Sigmund nicht, wie Hus und seine Freunde erwarteten, der Gefangenschaft ein Ende machte, gestattet einen Schluß auf die Stellung, die er schon damals gegenüber dem Magister und seinem Processe einzunehmen entschlossen war. Konnte er sich längst kein Hehl mehr daraus machen, daß sich die Schwierigkeiten für ihn sicherer vermehren als vermindern würden, so war durch die Aussagen des Inquisitors die Aussicht auf ein gutes Ende wesentlich in Frage gestellt. Sigmund mußte voraussehen, daß er durch weiteres Einstehen für Hus sich in nachtheiligster Weise blos stellen würde. Er entschloß sich daher wohl schon damals, dem Proceß vollständig seinen Lauf zu lassen und seinen Einfluß nur so weit geltend zu machen, daß Hus ordentliches und öffentliches Gehör erlangte. Dies dürfte auch der Grund gewesen sein, warum er nicht die günstige Gelegenheit benützte, um Hus in der allgemeinen Verwirrung, welche die Flucht des Papstes bewirkte, aus dem Gefängnisse entweichen zu lassen. Er wäre dadurch am ersten aller Verlegenheiten ledig geworden. Allein die neue gegenüber dem Concil übernommene Verpflichtung war dringender und stellte größere Vortheile in Aussicht, als die gegen Hus eingegangene, deren erste bittere Frucht bereits verschmerzt war. Wenn ihn je beim Gedanken an Hus ein peinliches Gefühl beschlich, so mochte er dasselbe durch die Erwägung beschwichtigen, daß er bei seinen Zusagen unverschuldeter Weise von der falschen Voraussetzung geleitet worden war, Hus sei in Bezug auf seine Rechtgläubigkeit unbeanstandet.

Hus wurde zur weitern Verwahrung dem Bischof von Konstanz übergeben. Dieser ließ ihn auf Betreiben der Ankläger, weil der Kerker im Predigerkloster nicht hinreichende Sicherheit zu bieten schien, in der Nacht des Palmsonntags zu Schiffe nach seinem Schlosse Gottlieben, eine halbe Meile unter Konstanz auf dem linken Rheinufer, verbringen. Dort wurde Hus in einem luftigen Gemache und viel schärfer bewacht als zuvor, insbesondere auch von jedem Verkehre mit seinen Freunden abgeschlossen. Die Verhöre und Disputationen dauerten auch in Gottlieben fort. Die von Konstanz herüberkommenden Theologen und Commissäre des Concils

[1]) Doc. 100.

fanden den Magister über Erwarten nachgiebig, und trugen sich mit der Hoffnung, er werde sich zu einem Widerrufe verstehen.[1]

Am 6. April wurde in allgemeiner Sitzung der Beschluß gefaßt, die vom Concil zu Rom 1413 ausgesprochene Verdammung der Lehren Wykliffes zu bestätigen, und für den Proceß Hussens neue Commissäre aufzustellen, da die Vollmacht der frühern durch die Trennung des Papstes vom Concil als erloschen angesehen wurde. In der folgenden sechsten allgemeinen Sitzung wurde der Proceß Hussens einer neuen Commission übertragen, welche das Verfahren bis einschließlich zur Schlußsentenz fortsetzen sollte. Am 4. Mai erfolgte in der achten allgemeinen Sitzung die Verurtheilung Wykliffes und seiner Schriften.[2] Dieselbe erfüllte die Freunde Hussens mit banger Sorge. Es mußte zu seinen Gunsten ein Schritt beim Concil geschehen.

Da Sigmund fortwährend mit dem Handel Johannes des Dreiundzwanzigsten und mit der Fehde gegen dessen Beschützer Herzog Friedrich von Oesterreich, beschäftigt war, und es überdies den Anschein hatte, als sollte die Angelegenheit Hussens verschleppt werden, so hielten es die in Konstanz anwesenden böhmischen und polnischen Herren für ihre Pflicht, durch eine an das Concil gerichtete Denkschrift auf Beschleunigung des Processes zu bringen. Es ist nicht unmöglich, daß Sigmund selbst, theils um die unabläßig drängenden Herrn zu beschwichtigen, theils um auf die Väter des Concils einen Druck auszuüben, zu diesem Schritte gerathen hat.[3] Je länger die Voruntersuchung sich hinzog, je mehr die ganze Angelegenheit besprochen und die Böhmen in Konstanz der Gegenstand besonderer Aufmerksamkeit wurden, desto unerträglicher mußte es den Herren werden, ihren Freund Hus, sich selbst, ihr Vaterland und ihre Sprache mit dem Schimpfe der Ketzerei

---

[1] Mansi XXVII. 763. 764. Doc. 282. Nuper in turri patientius loquebaris; vgl. Ep. 85. Doc. 139.

[2] Von der Hardt. IV. 149 ff. Mansi XXVII. 630 ff. Hefele a. a. O. 116 ff.

[3] Doc. 541. Rex suae gratiae magnificae maculam indubie, ut creditur, non imponet, licet aliquando pro eo (Hus) se interponat, simulate, ut aestimatur, ipsorum Wiclefistarum importunitate impulsatus.

belastet zu sehen.¹) Dies galt noch in erhöhtem Maße, seit die
Lehre Wykliffes, für dessen Rechtgläubigkeit Hus so eifrig ge=
stritten hatte, feierlich als Ketzerei verdammt worden war.

Die Denkschrift verlangte nicht mehr die Freilassung, obwohl
sie wiederholt und entschieden mißbilligte, daß Hus ohne Verhör
entgegen dem königlichen Schutzbriefe in Haft genommen worden.
Aber öffentliches Gehör müsse der Angeklagte erhalten und öffent=
lich über seinen Glauben Rechenschaft ablegen dürfen. Werde er
überführt, Etwas hartnäckig gegen die heilige Schrift und die
Wahrheit zu behaupten, so solle er nach Entscheidung des Concils
dafür büßen. Obgleich das Vorgehen des Concils eine Verachtung
der böhmischen Krone und Zunge enthalte, welche seit Annahme
des katholischen Glaubens niemals vom Gehorsam gegen die heilige
römische Kirche abgewichen sei, so hätte man doch nicht den König
drängen und dadurch Störung des Concils bewirken wollen.
Aber eben deßwegen versehe man sich von Seiten des Concils
einer schnellen und gerechten Erledigung des Processes. ²)

Diese Denkschrift wurde am 13. Mai den Deputierten der
Nationen vorgelegt und vorgelesen. Am 16. erfolgte die Antwort.
Die Berufung auf das königliche Geleite sei unstatthaft, denn
man habe von glaubwürdigen Leuten erfahren, daß die Freunde
Hussens den Geleitsbrief erst am fünfzehnten Tage nach der Ge=
fangennahme erwirkt hätten. Die Verhaftung sei dadurch gerecht=
fertigt, daß Hus durch ein rechtskräftiges Urtheil excommuniciert
worden sei, und fast fünf Jahre in der Excommunication verharrt
habe, weßhalb er nicht nur als einfacher Ketzer, sondern als
Häresiarch, d. i. Erfinder und Verbreiter neuer Irrlehren ange=
sehen werden müsse. Ueberdies habe er in Konstanz öffentlich
geprebigt. ³)

¹) Mladenowiz Doc. 256. Interea nobiles domini, milites ac mili-
tares Bohemicae et Polonicae nationis, tum moti veritatis amore ac
honoris et famae praeclari regni Bohemiae, pro tunc ab ipsius aemulis
et hominibus levis conditionis exterorum risui, proverbio et infamiae
expositi cedulam infra scriptam ipsi concilio et alias subsequentes
statuerunt offerendas.

²) Doc. 256. 257.

³) Die Antwort des Concils ist aus der barauf gegebenen Erwiederung
der Böhmen Doc. 260 ff. zu entnehmen. Die von Mansi XXVIII. 34

Am 18. Mai wurde durch Peter von Mladenowiz vor der
gesammten deutschen und den Deputierten der übrigen Nationen
die Gegenschrift der Böhmen vorgelesen. Es sei unwahr, wird
hier gesagt, daß der Geleitsbrief erst am fünfzehnten Tag nach
der Verhaftung erwirkt worden sei. Johann von Chlum habe gleich
am Tage der Haftnahme auf Befragen dem Papst vor allen
Cardinälen erklärt, daß Hus ein königliches Geleite habe,
aber Niemand habe den Geleitsbrief zu sehen verlangt. Am fol=
genden Tage sei derselbe einer großen Anzahl von Herren und
angesehenen Bürgern von Konstanz gezeigt und vorgelesen worden.
Die Behauptung, er sei erst später erwirkt worden, lasse sich durch
das Zeugniß mehrerer Reichsfürsten widerlegen, welche zur Zeit
der Ausfertigung in der Umgebung des Königs gewesen seien.
Uebrigens sei es eine Beleidigung des Königs und seiner Kanzlei,
anzunehmen, sie hätten das Actenstück um fast zehn Wochen zu=
rückdatiert. Die Excommunication betreffend sei ihnen nur bekannt,
daß Hus nicht aus Hartnäckigkeit, sondern in Folge seiner Appella=
tion Nichts gethan habe, um sich von derselben zu lösen. Die
öffentliche Predigt stellt Chlum mit aller Entschiedenheit in Abrede:
Hus habe vom Tage seiner Ankunft an bis zur Gefangennahme
seine Wohnung nicht verlassen. Schließlich wird für Hus das
gleiche Recht verlangt, welches man den als Häretiker und Schis=
matiker erklärten Gegenpäpsten und ihren Anhängern zugestanden,
und den Vätern die Beschleunigung des Processes bringend ans

---

nach Zacharias Theobald mitgetheilte Antwort ist kein Document sondern von
Theobald zusammengestellt. Man könnte versucht sein zu glauben, daß die
Väter des Concils hier sowohl dem Geleitsbrief eine weiter gehende Wirkung
zuschreiben, als auch die Verhaftung durch die Excommunicationssentenz
rechtfertigen, und den Proceß als die Fortsetzung des bis 1412 in Rom
geführten angesehen wissen wollen. Allein die Worte Doc. 262: per suos
procuratores auditus, et quia contumaciter comparere non curavit,
excommunicatus est, et in illa excommunicatione ad quinquennium
perstitit, ubi nedum simplex haereticus sed haeresiarcha censendus
est, dienen nur zur Widerlegung des Vorwurfes Hus, . . nec convictus,
nec condemnatus sed nec tunc auditus, captus est. Ohne das gravie=
rende Verhalten Hussens seit 1411 hätte man wohl aus Rücksicht für den
König die übrigens dem Gutfinden des Richters anheimgestellte Untersuchungs=
haft trotz der Anklage Michaels von Deutschbrod nicht verfügt. In Betreff
des Geleitsbriefes scheint man gerne eine Ausflucht zu Hilfe genommen zu
haben; wir werden später auf diesen Punkt zurückkommen.

Herz gelegt. Dieser Erklärung wurden mehrere Actenstücke bei=
gelegt, welche die Rechtgläubigkeit Hussens ins Licht stellen sollten. [1)]
Schreiben mit denselben Forderungen, daß Hus auf freien Fuß
gesetzt und öffentlich gerichtet werde, erließen am 8. Mai auf
einem Tage zu Brünn elf mährische Barone, an ihrer Spitze Laczko
von Krawar, [2)] und unterm 12. Mai zu Prag zweihundertfünfzig
böhmische und mährische Adelige. [3)] Ueberdies wurden an die
Umgebung des Königs schriftliche Aufforderungen gesendet, ihren
Einfluß zu Gunsten Hussens geltend zu machen.

Da die Vorstellung vom 18. Mai ohne Wirkung blieb, ja
nicht einmal einer Antwort von den Vertretern der Nationen
gewürdigt wurde, so reichten die Freunde Hussens am 31. Mai
eine neue Denkschrift ein. [4)] Dieselbe ist wesentlich eine Wieder=
holung der Eingabe vom 16. Mai, nur wird den übrigen Entla=
stungszeugnissen eine feierliche Erklärung Hussens beigelegt, daß
er stets bereit sei sich der kirchlichen Auctorität zu unterwerfen und
zu widerrufen, sobald er überführt werde, Etwas gegen den rechten
Glauben und die Wahrheit gelehrt zu haben. Aus dieser Erklä=
rung ziehn die Herren den Schluß, daß Hus niemals die Absicht
gehabt habe, wissentlich „irrige, anstößige, aufrührerische, fromme
Ohren beleidigende oder ketzerische Lehren" vorzutragen, noch irgend
eine Lehre gegen die heilige römische Kirche und den katholischen
Glauben in irgend welcher Weise hartnäckig zu vertheidigen oder
zu verfechten. Die gegen ihn vorgebrachten Anklagen beruhten
auf falschen Deutungen und böswilliger Auslegung dessen, was
er gelehrt habe, und auf Verleumdungen durch persönliche Gegner
und Feinde. Wiederholt wird sodann die Forderung gestellt, daß
Hus vor einer Commission von Sachkundigen seine Lehre erklären

---

[1)] Doc. 263 ff. Es darf nicht befremden, daß auch jetzt noch das
Zeugniß des Inquisitors unter diesen Actenstücken erscheint. Da man un=
zweifelhaft schon früher von demselben Gebrauch gemacht hatte, hätte die Be=
seitigung desselben zu nachtheiligen Schlüssen Veranlassung gegeben.

[2)] Doc. 266 ff. Die Protestatio Hussens datierte aus früherer Zeit und
war wohl eines jener Anhängsel, durch welche man gewagten Behauptungen
die Spitze abzubrechen pflegte.

[3)] Doc. 547. 548. 549.

[4)] Doc. 550. ff.

und vertheidigen dürfe und zu diesem Zwecke der engen Haft er=
ledigt werde. Für diesen letzten Fall werden Bürgen angeboten,
welche jede Sicherheit gegen Entweichung des Angeklagten zu
leisten bereit seien.

Die Antwort, welche darauf der Patriarch von Antiochien
im Namen der Deputierten der Nationen gab, war keineswegs
befriedigend oder Hoffnung erweckend. Ob Hussens Erklärung, sich
dem Urtheile der Kirche zu unterwerfen, von Gewicht sei, werde
sich eben durch seinen Proceß zeigen, desgleichen, ob die Anklage=
artikel begründet seien oder nicht: werde durch das Endurtheil
Hus gerechtfertigt, so würden seine Gegner und Feinde schon be=
schämt werden. Was die angebotene Bürgschaft betreffe, so laufe
es wider das Gewissen der Deputierten, einen Menschen, der in
keiner Weise Glauben und Vertrauen verdiene, darauf hin frei=
zulassen, auch wenn tausend Bürgen für ihn einträten. Im
Uebrigen werde man demselben am nächsten Mittwoch 5. Juni
öffentliches und günstiges Gehör geben und ihn rücksichtsvoll
behandeln. [1]

Ebenso erfolglos blieb der Versuch den König, welchem man
eine Abschrift der Eingabe überreichte, zu einem vermittelnden
Schritte zu bewegen. Derselbe war seit der Absetzung des Papstes
(29. Mai) mehr als je darauf angewiesen, Alles zu vermeiden,
was zu Mißhelligkeiten mit dem Concil führen oder den Anschein
geben konnte, als wären die Väter nicht in allen ihren Entschlüssen
und Handlungen durchaus unabhängig.

Da die Voruntersuchung zu Ende geführt war, konnte dem
Drängen der Böhmen auf öffentliche Verhandlung Folge gegeben
werden. Hus wurde von Gottlieben nach Konstanz zurückgebracht,
wo er im Minoritenkloster in Verwahrung gegeben wurde. Seine
Bewachung scheint den früheren Wächtern wieder übertragen
worden zu sein, denn alsobald wurde der während des Aufent=
halts in Gottlieben unterbrochene Briefwechsel mit Johann von
Chlum wieder aufgenommen.

Zur ersten Vernehmung am 5. Juni fand sich im Refecto=
rium der Minoriten eine große Anzahl höherer und niederer

[1] Doc. 270. Gesch. I. 160.

Geiſtlichen ein. ¹) Zunächſt ſollten die Ausſagen der Zeugen zur Verhandlung kommen. Aus dem Berichte des Peter von Mla= benowiz geht nicht deutlich hervor, ob man die Abſicht hatte, die Verhandlung zwar öffentlich, aber mit Ausſchluß des Angeklagten vorzunehmen, oder ob man vor deſſen Einführung der Verſamm= lung eine Ueberſicht des Proceſſes geben wollte. Mlabenowiz, das erſtere vorausſetzend, eilte die Herren von Chlum und von Duba zu unterrichten, welche unverzüglich dem Könige Mittheilung machten. Dieſer ſendete ſofort den Pfalzgrafen Ludwig und den Burggrafen von Nürnberg in das Minoritenkloſter mit dem Auf= trag, daß man dem Magiſter Gehör gebe, und ihm, dem Könige, das Protocoll der Verhandlung mittheile, damit er es einigen Theologen zur Begutachtung vorlegen könne. Huſſens Freunde übergaben den beiden Fürſten für die Väter des Concils authen= tiſche Abſchriften von Huſſens wichtigſten Werken. ²) Als die Anklageartikel vorgeleſen wurden, und Hus ſich über dieſelben äußern wollte, gebot man ihm, nur mit Ja oder Nein zu ant= worten, im Uebrigen habe er zu ſchweigen. Auf ſeine Weigerung, ſich dem zu fügen, entſtand ein wüſtes Durcheinanderſchreien, ſo daß man ſich genöthigt ſah, die Sitzung zu ſchließen und eine weitere auf den 7. Juni anzuberaumen. Ueber Huſſens Stim= mung nach dieſem Verhöre gibt ein Schreiben an die Freunde Auf= ſchluß. ³) Daſſelbe zeigt, daß er ſeine Faſſung wieder gefunden hatte, welche ihm einige Tage zuvor ſoweit abhanden gekommen war, daß er es vorgezogen hätte lieber den Feuertod zu erleiden, als länger in der Ungewißheit und Sorge zu verbleiben. ⁴) Zwei Artikel,

---

¹) Doc. 274. 275.

²) Doc. 275: libros M. Joannis de manu ejus ipsi concilio esse offerendos. Huſſens Wunſch Ep. 62. Doc. 104, daß der König zugegen ſein möchte, gieng nicht in Erfüllung.

³) Ep. 63. Doc. 104. 105.

⁴) Ep. 60. Doc. 101. Affecto potius igne consumi in corpore quam sic nequiter per eos occultari. — O utinam conspiceretis me duci ad ignem potius quam sic dolose suffocari. Seine Hauptſorge war, er werde ſich nicht öffentlich — ut sciat totus Christianismus, quid dixerim finaliter — über ſeine Lehre ausſprechen dürfen. Der ganze Brief zeigt eine zwiſchen Furcht, Hoffnung und Verzweiflung hin= und herſchwankende

schreibt er, habe er entkräftet, mit Gottes Hilfe werde es ihm
mit noch mehreren gelingen. Er tadelt es, daß die Freunde mit
der Schrift über die Kirche auch den Tractat „wider den verkappten
Gegner" hergegeben hatten. Sie sollten nur die Tractate gegen
Palecz und gegen Stanislaus von Znaym vorlegen. „O wenn
mir Gehör würde," schließt er den Brief, „daß ich auf ihre Beweise, mit welchen sie meine Sätze angreifen, antworten könnte!
Ich schätze, daß Viele, die jetzt schreien, verstummen würden!" Chlum
trug Sorge dafür, daß der gefährliche Tractat beseitigt wurde. [1])

Das zweite öffentliche Verhör fand am 7. Juni in Gegen-
wart des Königs statt. Es kam die Sprache auf das Verhältniß
Huffens zu Wykliffe, den Nationenstreit der Universität, die
Appellation an Christus und auf verschiedene dogmatische Punkte.
Bei diesen letztern bewährte Hus seinen Ruf als tüchtiger Dia-
lektiker; dagegen bei den Fragen nach thatsächlichen Vorgängen
führte seine subjective und innerliche Auffassung des Lebens zu
Mißverständnissen und Verwirrungen. Einem Gerichte gegenüber
mußte seine Berufung auf das Zeugniß seines Gewissens zur
Entkräftung von Zeugenaussagen ohne Wirkung bleiben. Die
Heftigkeit, mit welcher er beschworene Zeugnisse ohne Weiteres
für Lügen erklärte, veranlaßte den Vorsitzenden Peter d'Ailly, ihm
ernsthafte Vorstellungen zu machen, und ihn daran zu erinnern,
wie ganz verschieden sein Benehmen bei den Verhören und Besprechungen zu Gottlieben gewesen sei.

Die ganze Sitzung blieb im Grunde ohne Resultat. So lange
der Angeklagte seinen einseitig moralischen, die Mitglieder des
Concils ihren einseitig juristischen Standpunkt festhielten, mußte jede
Erörterung sofort auf ein Streiten, und zwar auf ein höchst
unfruchtbares Streiten hinauslaufen. Hätten die Väter des Con-

---

Stimmung, die sich übrigens bei einem Manne begreifen läßt, der seine
und seines Vaterlandes Ehre in dem noch immer ungewissen öffentlichen
Verhöre zu vertheidigen wünscht.

[1]) Ep. 66. Doc. 108. 109. Valde gratus sum quod Occultus est
occultus. Diese Beseitigung von gravirenden Schriften wird man dem von
allen Seiten bedrängten Manne nicht verargen, wenn sie auch als ein sehr
menschliches Mittel nicht recht zu dem Gottvertrauen eines Martyrers
stimmen will.

cils ihre richterliche Eigenschaft auf einen Augenblick vergessen und, wie Hus erwartete und wünschte, die schwebenden Fragen in der Form der akademischen Disputationen behandeln lassen, so wäre man vielleicht weiter gekommen. Es wäre alsdann ein gemeinsamer Boden vorhanden gewesen, auf welchem die Schulfertigkeit sich hätte tummeln können, und möglicherweise hätte sich Einer gefunden, der den Magister nicht etwa von der Irrigkeit seiner Ansichten, aber doch von ihrem Widerstreit gegen die officielle Kirchenlehre überzeugt hätte. Und Hus, welcher bis zum letzten Augenblick behauptete und in wissenschaftlicher Form zu beweisen bereit war, daß er mit der Lehre der Kirche in voller Uebereinstimmung sei, hätte wohl nach einer Niederlage in öffentlicher Disputation das aufgegeben, was die Richter ketzerische Hartnäckigkeit nannten, was aber in der That nichts Anderes war, als Verranntheit in seine scholastischen Formeln.

Vor dem Schlusse der Sitzung gab d'Ailly dem Angeklagten den freundlichen Rath, sich so, wie er zu Gottlieben in Aussicht gestellt, dem Urtheile des Concils zu unterwerfen; dasselbe werde alsdann gnädig mit ihm verfahren. Auch der König gab sich Mühe, Hus zum Nachgeben zu bewegen. „Höre, Johannes Hus, sagte er, „es haben Einige behauptet, ich hätte erst am fünfzehnten „Tage deiner Gefangenschaft dir ein Geleite gegeben: ich sage, „daß dies nicht wahr ist; denn ich will durch das Zeugniß von „Fürsten und vielen Andern beweisen, daß ich dir Geleite gegeben, „sogar bevor du von Prag abgereist bist,[1] und daß ich auch zu „gleicher Zeit den Herrn Wenzel und Johann aufgetragen habe, „dich hierherzuführen und zu schützen, auf daß du frei nach Kon- „stanz kommend nicht unterdrückt werdest, sondern öffentliches „Gehör erhieltest, um über deinen Glauben Rede zu stehen. Dies „haben die Väter des Concils auch gethan, und dir hier ein „öffentliches, friedliches und geziemendes Gehör gegeben, und ich „danke ihnen dafür, obwohl Andere behaupten, ich könne einem Ketzer „oder der Ketzerei Verdächtigen ein Geleite nicht geben. Und

---

[1] Wenn dieser angeblich am 15. Tage der Gefangenschaft ausgestellte Geleitsbrief um zehn Wochen (vgl. S. 145) zurückdatiert worden wäre, so

„deßwegen rathe auch ich dir, wie eben der Cardinal dir es gera=
„then, daß du Nichts mit Verstocktheit festhaltest, sondern in Allem,
„was hier gegen dich bewiesen worden und was du selbst zuge=
„standen hast, dich gänzlich der Gnade des heiligen Concils an=
„heimgebest, und sie werden dir um meinetwillen und um meiner
„und meines Bruders Ehre und um des böhmischen Königreichs
„willen einige Gnade erweisen; mögest du dann die Buße für deine
„Irrthümer auf dich nehmen. Willst du dagegen dieselben hart=
„näckig festhalten, dann wahrhaftig wissen die Väter selbst, was
„sie mit dir zu thun haben. Ich habe ihnen gesagt, daß ich keinen
„Ketzer in Schutz nehmen will: im Gegentheil, wenn Einer in
„seiner Ketzerei hartnäckig verharren wollte, so wollte ich allein
„ihm den Scheiterhaufen anzünden und ihn verbrennen. Aber dir
„möchte ich rathen, daß du dich gänzlich der Gnade des Concils
„anheimgebest, und zwar je schneller desto besser, damit du dich
„nicht tiefer in deine Irrthümer verwickelst." Und Hus gab auf
den ersten Theil der Rede des Königs die Antwort: „Ich danke
„Eurer Gnade für das sichere Geleite, weil Eure Gnade gnädig
„geruht hat, mir solches zu gewähren." Hier wurde er von An=
dern unterbrochen und vergaß, sich gegen den Vorwurf der Hart=
näckigkeit zu verwahren. Da trat Herr Johannes von Chlum zu
ihm und sprach: „Magister Johannes, antwortet dem König auf
den zweiten Punkt." Und Hus sprach: „Gnädigster Fürst,
„möge Eure Gnade wissen, daß ich freiwillig hierher gekommen
„bin, nicht um Etwas hartnäckig zu vertheidigen, sondern um be=

---

ergäbe dies das Datum 4. October oder 12. October, je nachdem man bis
Gefangenschaft Hussens mit dem Stubenarrest 28. Nov. oder mit der Ker=
kerhaft 6. Dec. beginnen läßt. Allein weder vom 4. noch vom 12. besitzen
wir ein entsprechendes Document. Chlum muß doch wohl den einstimmig
mit Datum 18. Oktober überlieferten Geleitsbrief vorgezeigt haben. Wir
werden daher in den fünfzehn Tagen und den zehn Wochen nichts Anderes
zu suchen haben, als eine Beziehung auf Chlums ersten oder zweiten öffentlichen
Protest (15. und 24. Dec.), wobei die Zeitangaben als annähernd zu neh=
men sind. Möglich wäre indeß immerhin, daß Chlum ein Document von
entsprechendem Datum vorgezeigt hätte, etwa seine Legitimation zum Con=
ductus vivus. Auf diesen — ob nun der Auftrag mündlich oder schrift=
lich gegeben wurde — bezieht sich Sigmunds Behauptung.

„müthig zu verbessern, wo immer man mich überführt, geirrt zu
„haben."[1]) Nach diesem wurde die Sitzung geschlossen und Hus
dem Erzbischof von Riga zur Verwahrung übergeben.

Nach Sigmunds hier gegebener Erklärung mußte für Hus jede
Hoffnung schwinden, daß derselbe ihm über den strengsten Wort=
laut seiner Zusage hinaus zu Hilfe kommen würde. Hatte der
König doch mittelbar eingestanden, daß er Unrecht gehabt habe,
Ende December auf Grund seines Schutzbriefes die Freilassung
zu begehren. Ja noch mehr, er hatte sogar das öffentliche Gehör
als ein Zugeständniß anerkannt, für welches er dem Concil zu
Danke verpflichtet sei, und deutlich ausgesprochen, daß er weitere
Zugeständnisse nicht verlange.

Hus bereute es nunmehr bitter, sich mit dem Könige jemals
eingelassen zu haben; er geht in seinem Verdrusse so weit, daß
er den Zusagen des Königs einen Sinn unterlegt, die sie, welches
auch immer ihr Wortlaut gewesen sein mag, unbedingt nicht ha=
ben konnten.[2])

Am 8. Juni wurde das dritte öffentliche Verhör gleichfalls
in Gegenwart des Königs vorgenommen. Gegenstand desselben
waren einunddreißig Artikel, welche aus den Schriften des Ma=
gisters ausgezogen und als ketzerisch beanstandet worden waren.
Diejenigen, welche wörtlich ausgezogen waren, anerkannte Hus;
für die nur dem Sinne nach wiedergegebenen las ein Theologe
aus England die betreffenden Abschnitte aus Hussens Schriften
vor. Manche dieser Artikel waren auf falsche Auffassung

---

[1]) Das Ganze getreu nach dem ächten Mladenowiz D o c. 284. Ge s ch.
I. 218. Der interpolirte Mladenowiz O p p. I. 29. bricht den Aeußerungen
Hussens und Sigmunds die Spitze ab.

[2]) Ep. 70. D o c. 114. Der Brief, über dessen einzelne Punkte bereits
S. 92 ff. das Nöthige bemerkt worden ist, fällt wohl auf den 7. Juni. Daß
er gemeint, dem Könige „schmecke das Gesetz Gottes und die Wahrheit"
d. h. offenbar, er wolle ihn beschützen, weil er seine Lehre billige, ferner
daß er verlangt, der König solle ihn mit einem Urtheil und Zeugnissen des
Concils nach Böhmen schicken, und gar, daß er dem Schutz des Königs den
Sinn gibt, derselbe habe ihm unbehelligte Rückkehr nach Böhmen zugesichert,
auch wenn er sich dem Urtheile des Concils nicht unterwerfen wolle, Alles
dieses ist so unlogisch, daß man es nothwendig auf eine augenblickliche
Trübung der Denkkraft durch Gemüthsbewegung zurückführen muß.

154

der Worte und des Zusammenhangs im Texte gegründet. Es
wurde dem Angeklagten nicht schwer, dies nachzuweisen und
durch Erklärungen und Einschränkungen die Spitze abzubrechen.
Bei andern aber war dies nicht so leicht; sie ließen sich nur durch
gewagte oder spitzfindige Anwendung von Stellen aus der Bibel
und den Kirchenvätern vertheidigen. Der König, welchen die
theologischen Erörterungen langweilen mochten, stand während
derselben auf und lehnte sich aus dem Fenster, um mit dem Pfalzgrafen und dem Nürnberger Burggrafen zu sprechen. Als der
erste aus dem Tractate gegen Palecz gezogene Artikel: [1] „Wenn
ein Papst, Erzbischof oder Prälat im Stande der Todsünde ist,
so ist er nicht Papst, Erzbischof oder Prälat“ an die Reihe kam,
vertheidigte Hus denselben, und fügte bei, auch ein in der Todsünde befindlicher König sei nicht würdig vor Gott König. Er
berief sich hierfür auf Samuels Wort an Saul, welcher die Ama-
lekiter nicht geschlachtet: [2] „Du hast des Herren Wort verworfen,
und der Herr hat auch Dich verworfen, daß Du nicht König
seiest über Israel.“ Da riefen die Prälaten nach dem Könige
und ließen Hus denselben Satz wiederholen. Sigmund gab nur
zur Antwort: „Niemand, Hus, lebt ohne Sünde.“ Der Cardinal
d'Ailly dagegen, welcher wie Gerson und die Pariser Theologen
vorwiegend die praktische Seite der Lehren Hussens im Auge hatte,
hielt dem Magister vor, es sei demselben nicht genug, den geistlichen Stand herabzusetzen, er wolle auch die Könige und das
Königthum untergraben. Als Palecz den Satz widerlegte, und
Hus auf die Falschheit seines Standpunktes aufmerksam machte,
welcher ihn fortwährend Juristisches und Moralisches durch einander werfen ließ, berief sich dieser auf die Absetzung des Papstes,
warum man denselben abgesetzt habe, wenn er doch wahrer Papst
gewesen sei. Da gab Sigmund die Antwort, man habe Cossa
für den wahren Papst erkannt, jedoch um seiner Frevel willen der
Papstwürde entsetzt. Auch bei den andern Artikeln erhob sich
eine lebhafte Discussion, bei welcher vorzugsweise Palecz das Wort

---

[1] Doc. 299. Opp. I. 319.

[2] 1. Sam. 15. 26. Sollte diese weitere Ausführung am Ende an die
Adresse Sigmunds bestimmt gewesen sein?

ergriff und in verständiger Weise, wenn auch nicht immer in feinster Form, die Aufstellungen Hussens bekämpfte.

Nach dem Schlusse der Discussion ermahnte b'Ailly den Angeklagten, sich dem Concil zu unterwerfen. Dasselbe werde ihn aus Rücksicht für K. Sigmund und dessen Bruder gut und milde halten Wolle er zur weitern Erklärung seiner Artikel noch ferner Gehör, so solle es ihm werden. Nur möge er nicht vergessen, daß er gelehrten Männern gegenüber stehe, welche seinen Sätzen so schlagende Gründe entgegenzustellen wüßten, daß zu fürchten sei, er werde sich bei weiterm Disputieren noch tiefer in Irrthümer verwickeln. Auch Andere mahnten und baten in gleichem Sinne. Hus erklärte, er sei nicht gekommen, um hartnäckig Etwas zu verfechten, er bitte zu seiner Vertheidigung um weiteres Gehör und um die nöthigen literarischen Hilfsmittel; würden seine Gründe nicht als stichhaltig erfunden, so werde er sich der Belehrung des Concils in Demuth fügen. Als Einige in dem Ausdrucke Belehrung einen Hinterhalt finden wollten, erklärte er, Gott zum Zeugen anrufend, er rede aufrichtig, er wolle sich auch der Richtigstellung seiner Ansichten, und der vollen Entscheidung des Concils unterwerfen. Auf diese Erklärung hin stellte ihm der Vorsitzende das Ansinnen, die beanstandeten Artikel abzuschwören, zu widerrufen, nie wieder zu lehren oder zu predigen, sondern die denselben entgegengesetzte Meinung zu verkünden und zu verfechten. [1])

Dies jedoch wollte dem Magister auf keine Weise in den Sinn. Er wolle, erklärte er, die Artikel widerrufen, welche man ihm als irrig nachweisen würde. Aber alle ihm zugeschriebenen Artikel abzuschwören, dazu könne er sich nicht verstehen, denn die Mehrzahl derselben sei ihm fälschlicher Weise zugeschrieben worden. Er würde dadurch sich eines Meineids schuldig machen; denn abschwören, habe er in seinem Lexikon gelernt, [2])

---

[1]) Ungefähr die gewöhnliche Formel des Widerrufs. Hus hatte sich drei Tage zuvor die gerade entgegengesetzte Erklärung vorgenommen. Ep. 64. Doc. 106.

[2]) Doc. 309: quia abjurare, ut in catholicon (vgl. Hain Rep. Bibl. Nr. 4905) me legisse memoror, est errori prius tento renuntiare.

bedeute einem früher behaupteten Irrthume widersagen. Es gehe daher wider sein Gewissen, Artikel abzuschwören, welche er nie gelehrt habe. Vergebens suchte man ihn auf eine andere Meinung zu bringen. Sigmund stellte ihm vor, warum er denn nicht alle irrigen Artikel, welche ihm die Zeugen fälschlich zur Last legten, abschwören wollte? Er für seine Person sei bereit alle Irrthümer abzuschwören und zu schwören, daß er keinen Irrthum verfechten wolle; daraus folge ja durchaus nicht, daß er früher einen solchen verfochten habe. Hus jedoch gab zur Antwort, das sei nicht die Bedeutung des Wortes „abschwören." Es ist begreiflich, daß Hus Alles weniger scheute als das Wort abschwören in Zusammenhang mit seinem Namen. Seine Schlußfolgerung, wenn auch theoretisch unrichtig oder wenigstens übertrieben spitzfindig, hatte ihre praktische Richtigkeit. Sobald man von ihm sagen konnte, er habe abgeschworen, so war er wie sein Vaterland bei aller Welt im Geruche der Häresie, so war Alles, was er seit fünf Jahren gethan und gelitten, umsonst gewesen, denn er selbst hatte zum Beweise die Mittel geliefert, daß denn doch wahre Böhmen in Ketzerei verfallen waren. Für wie aufrichtig wir immerhin seine Berufung auf sein Gewissen ansehen mögen, gewiß ist, daß die Rücksicht auf seinen und seines Vaterlandes Ruf an seinem Verhalten eben so großen Antheil hatte, als die Scheu vor einer Handlung, die ihm als ein Meineid erschien. Sonst hätte er nicht in einem Athem seinen Willen, die Kirchenlehre festzuhalten, versichern und doch zugleich jede dahinzielende Erklärung verweigern können. Der Cardinal Zabarella mochte den innern Zwiespalt des Magisters ahnen, und sagte ihm daher: „Man wird euch eine hinreichend eingeschränkte Formel „für jene Artikel schriftlich vorlegen, unter welcher ihr dieselben „abschwören sollt, und dann möget ihr überlegen, was ihr thun „sollt oder wollet." Auch der König redete ihm zu: „Johannes „Hus, siehe zwei Wege stehn dir offen: entweder, daß du die „hier verworfenen Irrthümer widerrufest und abschwörest und „dich der Gnade des Concils anheimgiebest, und das Concil wird „dir einige Gunst widerfahren lassen, oder daß du, wenn du „willst, jene Irrthümer vertheidigest, dann haben Concil und Ju-

„riſten ihre Rechte, nach welchen ſie ſchließlich gegen dich ver=
„fahren." Hus erwiederte, er wolle keinen Irrthum feſthalten,
ſondern ſich demüthig der Entſcheidung des Concils unterwerfen;
nur wolle er nicht Gott und ſein Gewiſſen beleidigen und ſagen,
er habe jene Irrlehren behauptet, welche er nie behauptet habe
und welche ihm nie in den Sinn gekommen ſeien. Er bitte um
Gehör nur ſo weit, daß er ſeine Meinung in gewiſſen Punkten
und Artikeln, die man ihm vorwerfe, vollſtändig darlegen könne,
insbeſondere über den Papſt und über die Häupter und Glie=
der der Kirche. Er fügte ſogleich eine einſchränkende Erklärung
des oben erwähnten Satzes bei, daß nämlich der Papſt, die
Biſchöfe, die Prälaten, wenn ſie Vorhergewußte und im Stande
der Todſünde ſeien, nicht in Wahrheit Päpſte, Biſchöfe, Prä=
laten dem Verdienſte nach und nicht würdig vor Gott für
den Augenblick ſeien, daß ſie aber Päpſte Biſchöfe, Prälaten
ſeien ihrem Amte nach. Nachdem über dieſen Punkt noch weiter
hin= und hergeredet worden, wiederholte der König ſeine Auf=
forderung, Hus ſolle ſich dem Concil unterwerfen, er ſei alt
genug, um Einſicht zu haben, er ſolle widerrufen und abſchwören,
wenn nicht, ſo werde das Concil gegen ihn vorgehen, wie es
Rechtens ſei. [1]

Hus gab wiederum zur Antwort, er ſei freiwillig nach
Konſtanz gekommen, nicht mit der Abſicht einen Irrthum oder
eine Häreſie zu verfechten, ſondern er wolle ſich demüthig der
Belehrung des Concils fügen. Das Wort Belehrung rief neuer=
dings einen Sturm hervor, welchen der Angeklagte durch die Er=
klärung beſchwichtigte, er wolle ſich demüthig der Belehrung, Rüge
und Entſcheidung des Concils unterwerfen; er habe ja in dem
Tractat gegen Stanislaus von Znaym öffentlich ausgeſprochen,
daß er demüthig ſich der Entſcheidung der heiligen Mutter Kirche
fügen wolle, wie es einem jeden gläubigen Chriſten zukomme.
Dieſe Verſicherung wurde von Palecz unfein, aber nicht unrichtig
kritiſiert, es ſei damit, wie wenn Einer verſicherte, einem Andern
keine Ohrfeige geben zu wollen, ihm aber gleichwohl welche gäbe.
Gerade ſo behaupte Hus fortwährend, keine Irrlehre, insbeſon=

---

[1] D o c. 310.

bere keine Irrlehre Wykliffes verfechten zu wollen, und doch habe er neun längst verworfene wykliffesche Sätze gegen ihn und Stanislaus von Znaym zu Prag in den Hörsälen und in öffentlicher Disputation vertheidigt und zur Vertheidigung derselben eine Schrift ausgehn lassen. Man habe dieselbe hier zur Hand; wenn Hus sie nicht vorlegte, so würden die Ankläger sie vorlegen. Hus, welcher diesem Angriffe gegenüber seine ganze Festigkeit wieder gewann, erwiederte hierauf: „Gebt sie nur her." Auch der König, der ihm rieth, die betreffende Schrift vorzulegen, erhielt dieselbe trotzige Antwort. Im weitern Verlauf der Sitzung wurde der Angeklagte, welcher durch die fortwährende Aufregung nach einer durch Kopfweh und Zahnschmerzen schlaflosen Nacht einer Ohnmacht nahe war, immer mehr in die Enge getrieben. Als sein Verhalten nach der Enthauptung der drei Tumultuanten vom 11. Juli 1412[1]) zur Sprache kam, ebenso als man ihn wegen des gefälschten Zeugnisses der Universität Oxford[2]) zur Rede stellte, war seine Vertheidigung nur schwach und unzutreffend.

Die Versammlung hatte Nichts mehr zu fragen; es trat einen Augenblick Stillschweigen ein. Dies benützten Palecz und Michael von Deutschbrod, um zu versichern, daß sie nicht aus persönlichem Hasse, sondern nur aus Pflichtgefühl die Anklage gegen Hus eingebracht und durchgefochten hätten. Hus erwiederte darauf nur: „Ich stehe dem Gerichte Gottes, welcher euch und mich gerecht nach Verdienst richten wird."

Als Hus durch den Erzbischof von Riga weggeführt war, und die Cardinäle und Prälaten sich anschickten wegzugehen, er-

---

[1]) Doc. 312. Hus stellt die Betheiligung am Begräbnisse in Abrede: er sei nicht zugegen gewesen. Damit gibt er aber den andern Theil der Beschuldigung zu, daß er Tags darauf für sie nicht die Missa Defunctorum, sondern eine Missa de Martyribus habe singen lassen. Der „cantus isti sunt sancti" ist die erste Antiphone der zweiten Vesper im Commune plurimorum Martyrum des röm. Breviers, vgl. Apocal. VII. 14 — Auf die von Palecz vorgelesene Stelle aus dem Buche de Ecclesia cap. 20. (in den Opp. I. 306 ist es cap. 21), in welcher die Hingerichteten als Martyrer gepriesen werden, gibt Hus keine Antwort; daß die Väter des Concils einander verwundert anblickten — wohl in anderm Sinne als Mladenowiz meint — ist begreiflich.

[2]) Vgl. oben S. 47 ff.

griff der König, ohne die Anwesenheit Chlums, Leſtna's und Pe=
ters von Mladenowitz zu beachten, das Wort. „Ihr habt ge=
hört, ehrwürdige Väter," ſagte er, „daß ein einziger Punkt von
„dem, was in ſeinen Büchern ſteht und was er eingeſtanden hat
„und was gegen ihn hinlänglich bewieſen worden iſt, ausreichen
„würde, um ihn zu verurtheilen. Will er daher nicht jene Irr=
„lehren widerrufen und abſchwören, und gegen dieſelben auf=
„treten, ſo mag er verbrannt werden, oder thut ſonſt mit ihm,
„was euer Recht iſt. Und wiſſet, daß ihr, wie immer er den
„Widerruf verſpräche oder wirklich widerriefe, ihm nicht trauen
„dürfet. Auch ich würde ihm nicht trauen, denn nach Böhmen
„und zu ſeinen Beſchützern zurückgekehrt würde er jene Irrlehren
„und noch mehr andere verbreiten, und der letzte Irrthum wäre
„ſchlimmer als der erſte. Darum verhindert ihn durchaus am
„Predigen und tragt Sorge, daß er nicht wieder zu ſeinen Be=
„ſchützern komme, damit er nicht noch weiterhin ſeine Irrlehren
„ausbreite. Und die hier verworfenen Artikel ſendet nach Böh=
„men an meinen Bruder und leider auch nach Polen und in
„andere Länder, wo er ſchon ſeine heimlichen Jünger und Freunde
„in großer Zahl hat, und die Biſchöfe und Prälaten ſollen in
„jenen Ländern Alle ſtrafen, die überwieſen werden, jenen Irr=
„lehren anzuhängen, damit zugleich die Aeſte mit der Wurzel
„ausgeriſſen werden. Das Concil ſchreibe an die Könige und
„Fürſten, daß dieſelben um ſo mehr ihren Prälaten Gunſt er=
„weiſen, welche auf dieſem heiligen Concil eifrig an der Ausrottung
„jener Ketzereien gearbeitet haben. Ihr wiſſet ja, daß geſchrieben
„ſteht: auf zwei oder drei Zeugen beruht alle Wahrheit; hier aber
„würde der hundertſte Theil zu ſeiner Verurtheilung hinreichen.
„Und darum macht auch ein Ende mit ſeinen andern heimlichen
„Jüngern und Freunden — denn ich werde demnächſt von hier
„wegreiſen — und beſonders mit dem, dem, dem, der hier in Haft
gehalten" — mit Hieronymus, halfen die Väter dem Erregten —
„ja mit Hieronymus." Mit Hieronymus werde man in einem
einzigen Tage ein Ende machen, wurde erwiedert: hier ſei es
leichter, da ja Hus der Meiſter, Hieronymus der Schüler ſei.
„Wahrhaftig," ſchloß der König das Geſpräch, „ich war noch jung,

„als diese Secte aufkam in Böhmen, und siehe, zu welcher Höhe
„ist sie gewachsen!"

Mit dieser Ansprache an das Concil sagt sich Sigmund end-
giltig von seinem Schützlinge los, ja noch mehr, das Patronat
verwandelt sich in offene bittere Gegnerschaft. Die Wendung ist
begreiflich, wie die Leidenschaftlichkeit, mit welcher sie kund gegeben wird. Als Hoffnungen des Königs auf einen guten Ausgang werden zu nichte an dem Starrsinne des Magisters, der
fortwährend versichert, im Einklange mit der Kirchenlehre zu sein
und bleiben zu wollen, und doch jede Garantie dafür verweigert,
der in dem einen Augenblick eine gravierende Aeußerung beabredet,
um sie gleich darauf wieder unter anderer Form zu wiederholen,
der Zeugenaussagen geradehin als Lügen erklärt, und sich gegen
die Feststellung von Thatsachen auf das Zeugniß des Gewissens
beruft, der eine volle Ueberführung unmöglich macht und gleichwohl sich und seinen Beschützer mehr und mehr blosstellt. Für
diesen Mann hatte er sich beinahe mit dem Concil überworfen,
hatte er den beschämenden Vorwurf der Schwäche und des Wortbruches hinnehmen müssen. Die Beruhigung Böhmens und alle
mit derselben zusammenhängenden Vortheile sind dahin, ob Hus
heimkehrt oder nicht. Ein weiteres Eintreten zu seinen Gunsten
kann nur den König gegenüber dem Concil und der ganzen
Christenheit aufs Bedenklichste blosstellen: die bisherige Halbheit
mußte einem energischen Entschlusse weichen, vielleicht vermag
der Schrecken noch das Gefährdete zu retten. Unzufriedenheit
mit sich selbst, Beschämung über die Rolle, die er im ganzen
Handel gespielt, Erbitterung gegen Hus, der ihm jeden günstigen
Austrag unmöglich machte, müssen dem König jene Rede einge-
geben haben, welche vielleicht ebenso Viel als Hussens Flammen-
tod dazu beigetragen hat, die böhmische Nation gegen ihn zu be-
waffnen. Nur so erklärt sich das Forcierte in derselben, jene
Steigerung des Affectes, welche ihn am Schlusse um das rechte
Wort verlegen macht.

In einer ruhigeren Stunde mag der König diese unbesonnene
Heftigkeit bereut haben. Es geschah sicher mit seinem Willen und
ihm zu Gefallen, daß in den nächsten Wochen nach dem letzten

Verhöre mehrere Versuche gemacht wurden, Hus zum Wieder=
rufe zu bewegen. Am 18. Juni wurden die Artikel formuliert,
auf welche das Endurtheil gegründet werden sollte. Die dreißig
aus den Schriften Huſſens ausgezogenen waren mit den von
ihm anerkannten Texten in Uebereinstimmung gebracht. Hus,
dem eine Abschrift mitgetheilt worden war, schrieb zu fünfund=
zwanzig derselben erklärende und einschränkende Anmerkungen,
welche zum Theile geeignet waren den verfänglichen Sinn zu be=
seitigen. Auch über die auf den Zeugenauſſagen beruhenden
Artikel schrieb er ſeine Bemerkungen, die einen erklärend und be=
richtigend, andere als unwahr beſtreitend. Diese schriftliche Ver=
antwortung wurde am 20. Juni dem Concil übergeben.[1] Daſ=
ſelbe muthete dem Angeklagten zu, die Artikel in dem Wortlaut,
wie sie in dem Texte seiner Schriften standen, zu widerrufen,
was um so leichter möglich scheinen mochte, da er selbst durch
seine Gloſſen den meiſten einen andern Sinn gegeben hatte. Ein
nicht näher bekanntes Mitglied des Concils ließ ihm schriftlich
eine Formel zur völligen Unterwerfung unter das Concil zugehen,
welche seiner Behauptung, fälschlich angeklagt zu werden, einiger=
maßen Rechnung trug. Allein Hus schrieb zurück, er könne in
dieser Form sich dem Concil nicht unterwerfen, theils, weil er
sonst viele Sätze verdammen müßte, welche er für wahr halte,
theils weil er durch Abschwören und das Bekenntniß, Irrlehren
geprebigt zu haben, sich eines Meineides schuldig machen und da=

---

[1] Doc. 225 ff. Eine Vergleichung der Artikel, wie sie in dieſem
Actenſtücke erscheinen, mit ihrer Faſſung beim Verhör vom 8. Juni, und
den von Hus in demselben gemachten Ausstellungen zeigt, daß wesentliche
Aenderungen in der Redaction vorgenommen wurden. Einzelne Punkte
ließ man ganz fallen, andere wurden mit ähnlichen zusammengezogen. Daß
Hus die Faſſung vom 18. Juni nicht beanstandet, bürgt für deren Ueber=
einſtimmung mit seinem Texte. Freilich beſtritt Hus fortwährend die Rich=
tigkeit des Sinnes, welchen das Concil in seine Worte legte; aber dieses
konnte sich als Gericht nur an die Worte halten, wie sie da standen, und
beſtand auf der Verwerfung der Artikel in ihrem Wortlaute und Wortſinne.
In der von Hus als authentisch anerkannten Form erscheinen die Artikel
in der Schlußsentenz bei Mansi XXVII. 754. 755. Auch nach Hefeles
gründlichen Unterſuchungen (a. a. O. 158—166. 200. 204.) bleibt be=
züglich dieſer Seite des Proceſſes in Ermangelung einer vollſtändigen und
kritiſchen Ausgabe der Concilsacten noch Manches dunkel.

durch dem Volke Gottes Aergerniß geben würde, welches von ihm in den Predigten das Gegentheil vernommen habe. Unter Hinweisung auf den greisen Eleazar aus der Makkabäerzeit er= klärt er, daß er lieber sterben wolle, als durch einen Widerruf untreu der Wahrheit werden, einen Meineid begehen und dem Nächsten Aergerniß geben. Christo Jesu, dem mächtigsten und gerechtesten Richter übergebe er seine Sache. Vergebens suchte der Andere durch ein zweites Schreiben ihn auf andere Gedan= ken zu bringen; Hus blieb unerschütterlich bei seinem Entschlusse. [1] Nicht bessern Erfolg hatten die zahlreichen [2] weitern Versuche, welche bis zum Ende des Monats Juni noch gemacht wurden. Auch Stephan Palecz [3] kam zweimal ins Gefängniß und beschwor seinen ehemaligen Freund, nicht das Beschämende eines Widerrufs im Auge zu haben, sondern nur das Gute, welches er damit be= wirke. Er erreichte so wenig als die Uebrigen und schied unter Thränen. Hus war entschlossen, lieber den Tod zu erleiden als sich auf irgend eine Erklärung einzulassen, welche dem Gedanken Raum gegeben hätte, als habe er jemals eine Irrlehre verkündet.

Diesen Gedanken suchte er denn auch nach Kräften zu be= kämpfen, sowohl bei den zu Konstanz anwesenden Freunden, als bei den Anhängern und Verehrern zu Prag. Die zu diesem Zwecke erlassenen Schreiben [4] sind mit großem Geschicke und an= erkennenswerther Klugheit verfaßt. Hus spricht wiederholt in denselben die feste Ueberzeugung aus, nur Wahrheit gelehrt, nur das Gute gewollt zu haben. Sollte je ein Irrthum in seinen Lehren enthalten sein, so verabscheue er denselben; wenn er wüßte, daß einer von seinen Artikeln der Wahrheit entgegen wäre, so würde er ihn verbessern, widerrufen, und das Gegentheil lehren und predigen, aber er meine, daß keiner dem Gesetze Christi und

---

[1] Epp. 74. 75. 76. 77. Doc. 121. ff. Da die Briefe keinen An= halt zur Bestimmung des Datums gewähren, muß allerdings auch die Mög= lichkeit zugegeben werden, daß sie vor den 20. Juni fallen, wie Hefele a. a. O. 184. 185. anzunehmen scheint.

[2] Ep. 84. Doc. 135. Jam multiplices fuerunt exhortatores.

[3] Ebenda vgl. Ep. 82. Doc. 129.

[4] Epp. 71. 72 73. 78. 79. 80. 82. 83. 84 85. 86. 87. 89.

den Worten der heiligen Lehrer zuwider sei. Daß nebenbei ge=
legentlich dem Concil eine sittliche Makel angehängt, dasselbe der
Wahrheit zuwider beschuldigt wird, es habe ohne gehörige Kennt=
niß der Sache geurtheilt, und durch List und Drohungen Widerruf
und Abschwörung erzwingen wollen,[1] läßt sich von Hussens Stand=
punkt aus erklärlich finden, besonders, wenn man die nothwendige
Wirkung der Verhöre und Verhandlungen auf seine Gemüthsstim=
mung in Betracht zieht. Man kann sich beim Lesen dieser Schreiben,
wie bei seinen dem Concil gegebenen Antworten, des Eindrucks nicht
erwehren, daß ebensosehr die Rücksicht auf den eigenen und des
Vaterlandes Ruf der Rechtgläubigkeit, als das Einstehen für eine als
wahr erkannte Lehre das Verhalten des Magisters bestimmt hat.[2]

Am 1. Juli übergab Hus dem Concil eine schriftliche Er=
klärung,[3] welche, wenn auch auf Schrauben gestellt, die Möglich=

[1] Ep. 85. Doc. 130. Das ganze Schreiben, an die Gemeinde von
Bethlehem (26. Juni) gerichtet, ist in einem wesentlich andern Tone gehal=
ten als die Briefe an Chlum und die Freunde in Konstanz, ohne Salbung,
mit scharfer, zum Theile selbstgefälliger Kritik des Concils. Wie grobe sitt=
liche Gebrechen des klerikalen Lebens auch in Konstanz zu Tage traten:
d'Ailly, Gerson, Zabarella, welche vorzüglich in Hussens Proceß eingriffen,
waren anerkannte Ehrenmänner. Uebrigens ist nicht zu übersehen, daß die
Schwaben, welche ihm so Schlimmes über das Concil gesagt haben, wahrschein=
lich seine Gefangenwärter gewesen sind, deren Bestechlichkeit den besten Maßstab
für ihre Wahrheitsliebe und Zuverläßigkeit abgibt. Ep. 83. Doc. 134 ist
ganz geeignet den Fanatismus der Massen zu entflammen.

[2] Hieraus mag auch sein den Freunden mitgetheilter Wunsch, seinem
Ankläger Palecz zu beichten, entsprungen sein. Ep. 84. Doc. 136. Et
dixi: Palecz est praecipuus adversarius; volo sibi confiteri.

[3] Mansi XXIII. 764. B. Ego Joannes Hus in spe sacerdos Jesu
Christi timens Deum offendere et timens incidere perjurium nolo abjurare articulos omnes et quemlibet ex illis, qui per falsos testes in
attestationibus producti sunt contra me, quia Deo timens non praedicavi, nec asserui, nec eos defendi, sicut dixerunt me eos defendisse
praedicasse et asseruisse. Item de articulis extractis de meis libellis,
saltem qui sunt debite extracti, dico quod quicunque ex illis includit
aliquem falsum sensum, illum detestor. Sed timendo Deum offendere
in veritate et contra sanctorum (doctorum) sententiam dicere, non
quemlibet coram volo abjurare. Et si possibile esset, quod toti mundo
vox mea nunc pateret, sicut omne mendacium et omne meum pecca-
tum in die judicii patebit, libentissime omnem falsitatem et omnem
errorem, quem unquam ad dicendum conceperim vel dixerim, coram
toto mundo revocarem. Ista dico et scribo libere et voluntarie.
Scriptum manu mea propria prima die Jul. Dem Sinne nach auch
Doc. 560, übersetzt Hefele a. a. O. 191. 192.

11*

keit einer Verständigung nicht ausschloß. Um diese herbeizuführen, veranlaßten die Cardinäle d'Ailly und Zabarella am 5. eine Besprechung. Sollte das Concil zufriedengestellt werden, so war eine nach Form und Inhalt bestimmte Erklärung nothwendig. Man verlangte daher, Hus solle diejenigen Artikel, welche wörtlich aus seinen Schriften ausgezogen waren, abschwören. Bezüglich der auf die Zeugenaussagen gegründeten Anklagepunkte, die er unter Berufung auf sein Gewissen nicht zugestehen wollte und als falsche Anklagen bezeichnete, war man bereit ihn schwören zu lassen, daß er die betreffenden Lehren nicht vorgetragen habe, daß er, hätte er sie vorgetragen, damit übel gethan hätte, daß er sie für Irrlehren halte und niemals vortragen wolle. [1] Hus hätte unbeschadet seines Gewissens diese Form sich gefallen lassen können. Er selbst hatte kurz zuvor angeboten, zu schwören, daß er die von den Zeugen ihm zur Last gelegten Irrlehren nicht vorgetragen habe und auch nicht vortragen, behaupten und vertheidigen wolle. Das Concil war damit nicht zufrieden gewesen, [2] offenbar weil es, wie die am 5. vorgeschlagene Formel beweist, die ausdrückliche und präcise Erklärung für unerläßlich erachtete, daß Hus die ihm von den Zeugen — ob mit Recht oder Unrecht — zur Last gelegten Lehren für Irrlehren halte. Nun bezogen sich die Zeugenaussagen hauptsächlich auf sein Verhältniß zu Wykliffe, sein Einstehen für dessen Rechtgläubigkeit, seine Ausfälle gegen dessen Gegner. [3] Das Concil hatte die 1382 durch die Londoner Synode, 1413 durch das römische Concil ausgesprochene Verwerfung der Lehren Wykliffes wiederholt und verschärft; [4]

---

[1] Doc. 560. Unde ad alleviandum conscientiam suam et tollendum perjurium, quod formidabat, sibi conscenderunt in tantum, quod articulos de libris excerptos abjurasset et revocasset, articulos vero contra eum per testes probatos, quos dixit esse falsos testes, sic debuit emendare, dicens, quod illos articulos nunquam tenui nec praedicavi, et si fecissem, male fecissem, quia ipsos assero esse erroneos, et juro quod nolo eos tenere nec praedicare.

[2] Ep. 84. Doc. 136. Quibus ego dixi: Bene, ego jurabo, quod nunquam illos errores attestatos praedicavi, tenui et asscrui, nec praedicabo, tenebo et asseram. Et statim resiliunt.

[3] Doc. 164. 171. 174. 230.

[4] Hefele a. a. O. 116 ff.

der ganze Proceß Hussens war aus den wykliffe'schen Streitig=
keiten entsprungen; es war darum eine ganz natürliche Forderung,
daß Hus sich förmlich von Wykliffe lossage. Allein eben hierin
lag die Schwierigkeit. Der Magister war bereit, seine in wissen=
schaftlicher Form ausgesprochenen Sätze so weit preis zu geben,
daß er die Möglichkeit eines anstößigen Sinnes zugestand, welchen
anstößigen Sinn er ausdrücklich verwarf. [1]) Dabei wären seine
Sätze als solche gerettet worden, ganz in derselben Weise, wie er
seiner Zeit die wykliffe'schen Sätze gegen das Universitätsverbot
hatte retten wollen durch die Forderung, daß dieselben nur in
ihrem häretischen Sinne nicht gelehrt werden sollten. [2]) Die vom
Concil geforderte Erklärung über die Zeugenaussagen berührten
ein anderes Gebiet, die Thätigkeit des volksthümlichen Predigers.
Hier war die subtile Unterscheidung von Inhalt und Form,
von rechtgläubigem und anstößigem Sinne ausgeschlossen. Nur
wenn er schwören durfte, die ihm zur Last gelegten Irrlehren
nicht vorgetragen zu haben, und wenn er dadurch die wider ihn
aussagenden Zeugen als falsche Zeugen hinstellte, [3]) konnte er

---

[1]) Mansi l. l. vgl. Ep 87. Doc. 142: Quicunque esset sensus
falsus in quocunque articulo, illum detestor et committo ipsum cor-
rectioni domini Jesu Christi, qui meam sinceram intentionem cogno-
scit .... Et vos etiam hortor in Domino, ut quemcunque sensum
falsum possetis comprehendere in illorum articulorum aliquo, quod
illum detestemini, sed veritate quae intenditur semper
salva.

[2]) Vgl. oben S. 46.

[3]) Ep. 37. Doc. 72. 73. Hus durfte von dem nicht abkommen, was
er in diesem Abschiedsbriefe der Gemeinde von Bethlehem versichert hatte:
Scitis, me vos per longum tempus fideliter instituisse, praedicantem
vobis Dei verbum sine haeresi et sine erroribus ... atque consti-
tueram vobis praedicare ante iter meum .. et inprimis enunciare
vobis falsa testimonia falsosque testes, qui contra me testati erant,
quos omnes una cum eorum testimoniis habeo literis consignatos, qui
vobis enunciabuntur idcirco, ne si infamatus vel capite damnatus ero, vos hoc scientes terreamini, quasi propter
ullam haeresim, quam teneam, damnatus sim. Derselbe
Brief (deutsch) Geschichtschr. I. 122. Mikowec Briefe des Joh. Hus
zu Konstanz 5. Dieselbe Sorge kehrt wieder Ep. 71. Doc. 117. Rogo
quoque, si quis a me audivit vel in praedicatione vel privatim, quod
veritati divinae repugnat, vel si tale quid unquam scripsi (confido
autem deo, non esse ita) ne id teneat, und am Schlusse: Scripsi

hoffen, den gegen ihn erhobenen Verdacht zu beseitigen. Gab er
dagegen im Entferntesten der Unterstellung Raum, daß er bezüglich
seiner Wirksamkeit auf der Kanzel Etwas abzuschwören gehabt, so
mußte unausbleiblich „das Volk Gottes" an ihm irre werden
und Aergerniß nehmen.[1] So blieb auch dieser Versuch das
Aergste zu vermeiden fruchtlos wie die früheren, denn Hus wollte
und konnte nicht über die Erklärung vom 1. Juli hinausgehen.
Noch am Abend des 5. Juli schickte Sigmund den Pfalzgrafen
Ludwig, die Herren Chlum, Duba und Lacembok nebst mehreren
Prälaten zu Hus, um eine letzte Anstrengung zu machen. Allein
auch diese vermochten nicht, durch ihr Zureden seinen Entschluß
zu erschüttern. Vergebens ermahnte ihn Chlum, er solle, wenn
er sich schuldig wisse, den Widerruf nicht scheuen. Er erhielt die
Antwort: „Herr Johannes, wisset, daß ich — Gott ist mein
„Zeuge — in Demuth widerrufen wollte, wenn ich mir bewußt
„wäre, Etwas wider das Gesetz und gegen die heilige Mutter Kirche
„geschrieben oder geprebigt zu haben, was irrig wäre; aber ich
„wünsche immer nur, daß man mir bessere und schlagendere Stellen
„(aus der heil. Schrift und den Vätern) zeigte, und werden mir
„solche gezeigt, so will ich bereitwilligst widerrufen." Als darauf
einer der Bischöfe entgegenhielt, ob er denn weiser sein wolle als
das ganze Concil, erneuerte Hus seine Versicherung, er wolle keineswegs weiser sein als das Concil: man möge ihm den Gering-
sten beim Concil gegenüberstellen, so ihn derselbe mit bessern und
schlagendern Beweisstellen belehre, so sei er bereit alsobald zu
widerrufen.[2] Damit waren die gütlichen Mittel erschöpft. Das
Concil, wollte es anders seinem Rechte, in Glaubenssachen oberster
Richter zu sein, Nichts vergeben, konnte sich nach den zahlreichen

vobis has literas in carcere vinculis constrictus, exspectans me cras
capitis damnatum iri, prorsus confidens deo, me a divina veritate
non defecturum neque errores, quorum me falsi testes accusaverunt,
ejuraturum esse. Ebenso in Betreff der Verbrennung seiner Bücher
Ep. 83. Doc. 134. Noch stärker Ep. 85. Doc. 139.

[1] Ep. 75. 77. Doc. 123. 124.

[2] Doc. 316. 317. Mladenowiz berichtet nur von einem einzigen
Versuche. Es ist aber kein Grund, in den Bericht des Ungenannten Doc.
559. 560. Zweifel zu setzen, der in dem Vortrage Bertholds von Wildungen
Mansi. XXVII. 764. C. D. seine Bestätigung findet.

Besprechungen, Verhören, Unterhandlungen nicht auf weitere Dis=
putationen einlassen. Es blieb Nichts mehr übrig als dem Pro=
cesse seinen Lauf zu lassen.

Am 6. Juli wurde eine Generalcongregation in das Mün=
ster berufen,[1] welcher der König im vollen Ornate, umgeben von
vielen Fürsten und Herren, anwohnte. Nach Erledigung der her=
kömmlichen Förmlichkeiten schritt man zur Verkündigung des Ur=
theils, welches auf Grund von dreißig aus Hussens Schriften ge=
zogenen Artikeln und einer großen Anzahl beschworener Zeugen=
aussagen nach gehöriger Untersuchung und reiflicher Ueberlegung
denselben als einen Ketzer erklärte, und, weil er hartnäckig den
Widerruf weigere, ihn seines Priesteramtes entsetzte, und dem
weltlichen Gerichte zur Bestrafung überlieferte. Bei der Verlesung
der einzelnen Artikel suchte Hus sich zu vertheidigen, allein man
gebot ihm Schweigen. Gleichwohl setzte er seine Einreden fort,
bittend und beschwörend, daß man ihm Gehör verleihe, damit
nicht die Anwesenden die Meinung faßten, als habe er solche
Irrthümer gelehrt; man könne ja nachher nach Gutdünken mit
ihm verfahren.[2] Seine Bitten und Klagen verhallten wirkungs=
los. Vergeblich wiederholte er alle früher schon gegebenen Erklä=
rungen und Betheuerungen, er habe nie gelehrt, daß nach der
Consecration im Altarsakrament noch wirkliches Brod vorhanden
sei, er habe an Christus appelliert, weil ihm die römische Curie
das ordentliche Gehör verweigert habe, er sei nicht hartnäckig,
sondern verlange nur Belehrung durch bessere Beweisstellen.[3]
Die unerbittliche Form behielt ihr Recht, das Urtheil wurde bis
zum Ende verlesen ohne Beachtung seiner Einreden. Da fiel
er auf die Kniee nieder und rief, seine Feinde der Barmherzigkeit

---

[1] Mansi XXVII. 748 ff. von der Hardt IV. 396 ff. Doc.
317 ff. Geschichtschr. I. 281 ff. Hefele 193 ff.

[2] Doc. 318. Rogo propter Deum, audiatis me, ne astantes
credant, me errores tenuisse, tamen mecum facietis postea, quod pla-
cebit vobis, und weiter unten: Rogo propter Deum audiatis intentionem
meam, et propter astantes, ne credant istos erroneos (Geschichtschr.
I 283. errores) me tenuisse.

[3] Doc. 319.

Gottes empfehlend, Christum als Zeugen an, daß man ihn fälsch=
lich angeklagt und falsche Zeugen wider ihn aufgeführt habe. [1]

Als er für die Ceremonie der Degradation mit den Meß=
gewändern bekleidet war, ermahnten ihn die mit der Vollziehung
beauftragten Bischöfe nochmals, zu widerrufen und abzuschwören.
Allein er erklärte zur Menge der Anwesenden gewendet unter
Thränen: „Seht, diese Bischöfe ermahnen mich dazu, zu wider=
„rufen und abzuschwören; ich scheue mich dies zu thun, um nicht
„im Angesicht des Herrn zum Lügner zu werden, und um nicht
„wider mein Gewissen und Gottes Wahrheit zu verstoßen, da ich
„niemals jene Artikel, welche fälschlich gegen mich bezeugt werden,
„festgehalten, sondern vielmehr das Gegentheil derselben gelehrt,
„geschrieben und gepredigt habe, und um nicht der so großen
„Menge Volkes, der ich gepredigt habe, und Andern, die
„treulich das Wort Gottes predigen, Aergerniß zu geben.“ [2]
Hätte er noch in jenem Augenblicke sich zum Widerrufe ent=
schließen können, so wäre sein Leben gerettet worden; denn das
Concil hatte, noch immer den Widerruf hoffend, das Urtheil noch
in einer zweiten Fassung zur Hand, dahin lautend, daß er nach
der Degradation in lebenslänglicher Gefangenschaft gehalten
werden sollte. [3]

Während der weitern Handlung der Degradation setzte er
den dabei gebräuchlichen Worten Ausrufe des Gebetes und Gott=
vertrauens, aber auch Sarkasmen entgegen. [4] Nachdem man ihn
der Priestergewänder entkleidet und die Tonsur verschnitten hatte,
wurde er, mit einer Papiermütze, [5] die mit Teufeln bemalt und

---

[1] Doc. 320.

[2] Ebend.

[3] Hefele 206. 208; vgl. Richental Aulend. fol. 66. das man
sy hie uss in swabenlanden halten sollt.

[4] Doc. 321.

[5] Man hat an dieser Mütze als einer besonderen Beschimpfung Hussens
vielfachen Anstoß genommen; dieselbe war jedoch herkömmlich, zunächst bei Fäl=
schern, Falschmünzern, aber auch bei andern Ereentionen. (Cronica di Bologna
bei Muratori XVIII. 595. D. E. tutti furono mitrati per una carta;
einer der Verbrecher wurde verbrannt in presenza degli alteri che ivi
stettero mitrati fin chè egli fù bruciato e poi eglino furono condam-
nati in danari. Vgl. Matthaei de Griffonibus memoriale historicum ebend.

mit der Inschrift hic est haeresiarcha versehen war, dem Kö=
nige zur Vollstreckung der weltlichen Strafe vorgeführt. Sig=
mund überwies ihn dem Pfalzgrafen, welcher ihn dann zum Richt=
platz ausführte.

Von Bewaffneten geleitet und von einer ungeheuern Volks=
menge umdrängt, gelangte er durch das Geltinger Thor auf den
Brühl, wo der Scheiterhaufen errichtet war. Angesichts des
Scheiterhaufens betete er laut: Christe fili Dei vivi, qui passus
es pro nobis, miserere mei. Man fragte ihn, ob er beichten
wolle.[1] Er bejahte es, und der Konstanzer Bürger Ulrich Richen=
tal rief einen in der Nähe befindlichen Priester herbei. Als aber
dieser unter Hinweisung auf die Satzungen des canonischen Rechtes
den Widerruf zur Bedingung machte, lehnte Hus beides Beicht und
Widerruf mit dem Bemerken ab, er sei sich keiner Todsünde bewußt.
An dem Versuche das umstehende Volk in deutscher Sprache anzu=
reden verhinderte ihn der Pfalzgraf.[2]

Schon war der Unglückliche an den Pfahl gebunden und
bis zur Gesichtshöhe mit Strohbündeln und Holzstücken umbaut,
da forderten ihn der Marschall Hoppe von Pappenheim und
der Pfalzgraf ein letztes Mal auf, sein Leben durch Widerruf zu
retten. Allein Hus wiederholte mit lauter Stimme die früher
gegebene Versicherung, er habe niemals die ihm von falschen
Zeugen schuld gegebenen Irrthümer gelehrt, sondern in seinen
Predigten und Schriften danach gestrebt, die Menschen von der
Sünde abzuwenden; er wolle in der evangelischen Wahrheit, welche
er nach den Worten und Beweisen der heiligen Lehrer geschrieben,

---

217. A. Fuerunt mitrati propter unam chartam falsam. Desmaze
Les pénalités anciennes, supplices, prisons et grace en France d'après
des textes inédits. (Paris 1866.) 76. Une sentence de 1391 portait:
les prisonniers seront mis en eschielle, mitrez chacun d'eux d'une mitre
de papier ou il sera escript en grosses lettres faulsaire, seront fle-
striz en la fleur de lis chaulde qui leur sera appliquée sur le front.

[1] Ulrich Richental (Anleud. fol. 67. b.) verdient für das Folgende
als betheiligter Augenzeuge mehr Glauben als Mladenowiz Doc. 322, welcher
den Geistlichen die Beicht rundweg verweigern läßt.

[2] Richental ebend.

gelehrt und geprebigt habe, freudigen Muthes sterben.[1]) Nun gaben jene den Befehl, die Hinrichtung zu vollziehen.

Wie Hus mit christlicher Ergebung und heldenmüthiger Fassung den Holzstoß betreten hatte, so tönten seine Gebetsrufe noch aus dem Qualm, bis ihm der Wind die Flamme ins Gesicht trieb. Noch die Lippen im Gebete bewegend verschied er. Als der Scheiterhaufen niedergebrannt war, gruben die Henkersknechte die Asche aus und führten sie in den nahen Rhein.

In der Standhaftigkeit und Seelengröße, mit welcher Hus für seine Ueberzeugung den Tod erlitten hat, liegt die sicherste Bürgschaft dafür, daß er Wahrheit sprach, als er Angesichts des Todes versicherte, sein Leben lang nur das Rechte und Gute gewollt zu haben. Dabei darf jedoch nicht unbemerkt bleiben, daß er bei Verkündigung des Urtheils die vom Concil verworfenen Artikel, obgleich sie wörtlich aus seinen Schriften ausgezogen waren, nicht als seine Lehre anerkennen wollte, und doch auch sich weigerte, dieselben förmlich zu verwerfen, obgleich er sie in dem vorliegenden Wortlaute selbst für irrig erklärt,[2]) und durch seine eigenhändigen Anmerkungen thatsächlich anerkannt hatte, daß sie wesentlicher Zusätze bedurften, um nicht einen anstößigen Sinn zu haben. Bezüglich der auf die Zeugenaussagen gegründeten Anklagepunkte war nur ein bedingter Widerruf gefordert. Um seine

---

[1]) Doc. 323.

[2]) Als man die dreißig aus seinen Schriften gezogenen Artikel, welche er in der Erklärung vom 20. Juni (siehe oben S. 133.) als die seinen anerkannt hatte, vorlas, jedoch ohne seine Zusätze, suchte er jeweils mit lauter Stimme diese Zusätze anzubringen; (alta voce respondit eisdem limitationibus, quas manu propria ad illos posuit et consignavit. Mladenowiz Doc. 317. 318.) Wiederholt zum Schweigen aufgefordert, bat er flehentlich mit lauter Stimme: „ich bitte um Gottes willen, höret mich, damit nicht die Umstehenden glauben, ich hätte Irrthümer festgehalten (me errores tenuisse); ihr werdet nachher doch mit mir thun, was euch gefallen wird." (ib 318.) Dies beweist, daß er die Artikel in der Form, wie sie vorlagen, wie aber er selbst sie geschrieben und als die seinen anerkannt hatte, nicht für rechtgläubig ansah. Das Actenstück vom 20. Juni (Doc. 225) enthält einen Artikel, den 21. weniger als die Schlußsentenz bei Mansi XXVII 755. Von den noch bleibenden neunundzwanzig sind nur drei (16. 24. 26) ohne Einschränkung, und von diesen wohl nur einer (16.) eigentlich bedenklich; vgl. Doc. 295. 296.

Weigerung zu begründen, berief er sich auf sein Gewissen. Dies konnte doch wohl nur den Sinn haben, daß er überzeugt sei, keine Irrlehre gewollt zu haben, und daß diese Ueberzeugung weder durch die ihm entgegen gehaltenen wissenschaftlichen Beweise, noch selbst durch die Auctorität des Concils erschüttert werden könne. Selbst wenn die Versammlung ihm dies hätte zugeben wollen, so blieben immer noch die dreißig Artikel, deren Verwerfung ihm, wenn er sie in dem vorliegenden Wortlaute wirklich für irrig hielt, von Gewissens wegen nicht nur zuläßig, sondern geradezu nothwendig erscheinen mußte. Hieran hätten die von ihm angebotenen weitern Erklärungen Nichts zu ändern vermocht; denn daß er die Artikel geschrieben hatte, war nun einmal eine Thatsache, die nicht mehr ungeschehen gemacht werden konnte, und bildete den Thatbestand des Vergehens, dessen man ihn anklagte. Nur durch Widerruf, durch unbedingte Abschwörung konnte er die äußersten Folgen abwenden. Dazu aber konnte und wollte er sich nicht verstehen. Das Concil sah darin nur ketzerische Verstocktheit, aber wohl mit Unrecht. Bei Hus spielt allerdings das Selbstgefühl keine geringe Rolle, besonders wenn seine Eigenschaft als Magister der Künste und Baccalaureus der Gottesgelehrtheit ins Spiel kommt; allein seine Abschiedsbriefe mit ihren oft zu herben Selbstanklagen zeigen auf der andern Seite wieder einen so tüchtigen sittlichen Fond, daß wir sicherlich nicht annehmen dürfen, Hus habe in jenen schweren, entscheidenden Augenblicken nur an seine persönliche Ehre gedacht und lieber den Scheiterhaufen besteigen, als dieselbe durch einen Widerruf blos stellen wollen. Wenn diese Rücksicht bei ihm gewaltet hat, so war es sicher nur in geringem Grade der Fall. Viel gewichtiger war die in ihm lebende Ueberzeugung, nicht mit der Lehre der Kirche, wie sie in Schrift und Tradition[1]) begründet war, in Widerspruch

---

[1]) Die Scripturae, welche er verlangt, sind nicht nur Bibelstellen, sondern im Allgemeinen Beweisstellen, wie sie die damalige theolog. Wissenschaft anzuwenden pflegte, und wie sie Hus selbst unzählige Mal anwendet, Stellen aus der h. Schrift, den Kirchenvätern (docui et praedicavi ex dictis et positionibus sanctorum doctorum Doc. 323. vgl. 229. 230. 288. 296. 297. 299.) und dem canonischen Rechte. In erster Linie stand ihm allerdings das Schriftwort sowohl für den Beweis als für die Kritik.

zu sein. Er hielt sich in seinem Gewissen für verpflichtet, dabei zu verharren, bis man ihn durch schlagende Beweisstellen vom Gegentheile überzeugen würde. [1]) Begegnete der Widerruf hierin schon schwer zu bewältigenden Schwierigkeiten, so wurde er völlig unmöglich durch Huffens Liebe zu seiner Nation und seinem Vaterlande. Er war nach Konstanz gekommen, um sich und sein Vaterland von dem übeln Rufe der Ketzerei zu befreien. Wenn er irgend Etwas zu widerrufen, abzuschwören hatte, so lag darin das Bekenntniß, daß die Anklagen der Feinde begründet, daß sein Vaterland der Herd der Ketzerei gewesen sei. [2]) Es war ihm nicht gelungen, den guten Ruf seiner Nation durch die Kraft seines Wortes wieder herzustellen, so gab er denn zum Zeugniß für seine und seines Vaterlandes Rechtgläubigkeit sein Leben dahin.

Das Concil als Glaubensgericht konnte sich nicht auf die innerlichen Dispositionen des Angeklagten einlassen. Sobald die Anklagepunkte durch Zeugenaussagen oder Geständniß des Angeklagten erwiesen waren, mußten die Richter die Alternative stellen, daß derselbe entweder widerrufe oder die gesetzliche Strafe erleide. Wie viele Gehässigkeiten hin und wieder in den einzelnen Verhören sich einmischten, der ganze Proceß wurde streng nach den Formen des damaligen Rechtes geführt; [3]) wo man von denselben abgieng, geschah es zu Gunsten des Angeklagten, so besonders in den zahlreichen Versuchen, ihm durch eine möglichst schonende

---

[1]) Wie schwer es war in theologischen Fragen mit ihm ins Reine zu kommen, zeigen u. A. zwei Momente des Verhörs bei Artikel 11 und 15 aus seinem Buche de ecclesia Doc. 290. 292.

[2]) Vgl. oben S. 128. 133. 134. 136. Hieher gehören die in den Briefen so oft wiederkehrenden Versicherungen, er habe Nichts abgeschworen und werde Nichts abschwören, und besonders die bei Lesung des Endurtheils zwei Mal ausgesprochene Bitte um Gehör zur weitern Erklärung, „damit nicht die Umstehenden glaubten, er halte jene Irrthümer fest."

[3]) Dies ist auch nach den unvollständigen Berichten die wir über den Gang des Prozesses haben, außer allen Zweifel gestellt. Daß keine Namen von Zeugen genannt wurden, entsprach dem Herkommen und war auch im Procesfe Johannes XXIII. der Fall. Bei Anklagen auf Häresie wurde kein Anwalt zur Vertheidigung gestattet nach einem Verbote P. Gregors IX. und der Synoden von Alby und Valences. Desmaze. a. a. O. 54.

Formel den Widerruf zu erleichtern. Es wurde von maßgebender Seite ausdrücklich hervorgehoben, daß die Häresien der Zeit die traurigen Früchte der unheilvollen Spaltung seien.[1] Um so mehr muß man bedauern, daß die eigenthümliche Lage des Concils nach der Absetzung des Papstes gewissermaßen eine Nöthigung begründete, die Glaubensfrage mit derselben Consequenz zu behandeln wie den Proceß Johannes des Dreiundzwanzigsten,[2] insbesondere aber, daß es bloße Formel blieb, als das Concil bei Uebergabe des Verurtheilten an die weltliche Gewalt in herkömmlicher Weise die Bitte aussprach, daß man denselben nicht am Leben strafen möge.

Sigmund hätte ohne Zweifel die Macht und das Recht gehabt, die Vollziehung der Strafe durch den weltlichen Arm wenigstens aufzuschieben. Die Verwerfung der Lehre Hussens ohne die Hinrichtung konnte in Böhmen eine Aenderung in den Anschauungen herbeiführen, welche möglicherweise ihre Rückwirkung auf Hus nicht verfehlt haben würde. Sigmund hatte den Magister veranlaßt, das Concil zu besuchen, hatte ihm durch seinen Einfluß ein gutes Ende seines Handels in Aussicht gestellt: wenn auch die Entwickelung der Dinge in Konstanz ihn belehren mußte, daß er zwiefach in falschen Voraussetzungen befangen war, bezüglich seines eigenen Einflusses auf das Concil und bezüglich der Rechtgläubigkeit Hussens, so wäre es doch eines Königs würdiger

[1] Dies ist der Grundton der Rede, welche bei Verkündung des Endurtheils der Bischof von Lodi hielt. Mansi XXVIII. 546. 547. 548.

[2] Gersons Oratio propemptica ante iter Caesaris Sigismundi e Concilio in Hispaniam bei Mansi XXVIII. 549 ff. Concilium generale potest et debet circa omnem personam cujuscunque praeeminentiae vel status existat, absque favore vel timore vel personarum acceptione judicium in causa haeresis exercere . . . hoc insuper practicatum est circa inquisitionem factam de Papa Joanne XXIII. et circa Joannem Huss. Qui quamvis esset status parvi, habuit tamen fautores plurimos, fortes, acres et potentes; p. 553. B. C. Concilium Generale potest damnare propositiones multas cum suis auctoribus, licet habere glossas aliquas vel expositiones vel sensus Logicales veros possint. Hoc practicatum est in Concilio de multis articulis Wicleff et Joannis Huss. Ebend. E. Vgl. Schwab Gerson 598 ff.

gewesen, sich bis zur äußersten Grenze des Möglichen für die Rettung des Mannes anzustrengen, der ihm vertraut hatte, statt denselben fallen zu lassen, sobald es entschieden war, daß die gehofften Früchte seines Verhältnisses zu ihm nicht zu erreichen waren.

Beilagen.

Beilage I.

Der Geleitsbrief.

• Ueber den Geleitsbrief Huffens vgl. N a t a l i s A l e x a n d e r hist. eccl. saec. XV. ed. Venet. 1778. IX. 407 ff. L'E n f a n t histoire du Concile de Constance. I. 39. 46. 52 ff — H i ſ t o r. p o l. B l ä t t e r IV. 402—125. Der Geleitsbrief ſei ein einfacher Reiſe= paß, der König habe ein gerichtliches Geleite vor ein geiſtliches Gericht nicht gewähren können, aber auch, wenn dies der Fall geweſen wäre, ſo hätte Hus das Geleite verwirkt durch Mißachtung der kirchlichen Cenſuren, Meſſeleſen, Predigen in Konſtanz nnd beſonders durch ſeinen Fluchtverſuch. Nach dem damals (1839) gedruckten Quellenmaterial behandelt dieſer Auffaß die Frage erſchöpfend. P e l z e l Geſch. Wenzels II 628 hält den Geleitsbrief für „nichts anteres als eine bloße Empfehlung an die Reichsfürſten, Graſen, Städte." Aehnlich A b e g g hiſtoriſch=praktiſche Erörterungen aus dem Gebiete des ſtrafrecht. Verfahrens I. 201. Anm. 48: „Der von dem Kaiſer Sigmund dem Dr. Joh. Huß im Jahre 1414 ertheilte Ge= leitsbrief verbürte die Eigenſchaften eines Paſſes, nicht des eigentlichen ſ i c h e r n G e l e i t e s." Ebenſo L i c h n o w s k y Geſch. des Hauſes Habsburg V 165. Nach P a l a c k y Geſch. von Böhmen III. 1. 328 (vgl. Geſch. des Huſſitenthums und Prof. Höfler 101 ff.) hätte nicht Sigmund ſontern das Concil den Geleitsbrief gebrochen, von welchem jedoch Palacky ſelbſt annimmt, er habe niemals den Sinn gehabt, Hus gegen Verurtheilung und Hinrichtung als Keßer zu ſchüßen (ebend. 357 Note 465) H e l f e r t Hus und Hieronymus 176 ff. ſchreibt dem Geleits= brief gerichtliche Bedeutung zu, meint aber, derſelbe habe nicht gegen kirchliche Gewalt ſchüßen können. Dür der Cartinal von Cuſa I. 52. 53 H e ſ e l e Weßer und Welte Kirchenlexikon V. 406. T o ſ t i Geſch. des Concils von Konſtanz überſ. v. A r n o t h 147. 180 ff vertheidi= gen Sigmund, ohne im Grund auf Selbſtſtändigkeit Anſpruch zu machen. Von den Vertretern der hertömmlichen Meinung, daß ein Geleitsbruch gegen Hus vorliege, genügt es, A ſ c h b a c h K. Sigmund II. 96 ff. und S c h w a b Johannes Gerſon 563 und Theolog Literarblatt V. 675—681. 1870. Nr. 18 anzuführen. K r u m m e l Geſch. der böhm. Reformation 454. ſpricht dem König den unbeſtreitbaren Beruf zu, das Concil einzuberufen und demgemäß die Befugniß, im Namen teſſelben, wenn er wollte, Geleitsbriefe zu ertheilen, und meint, das Concil hätte dieſelben als gültig anzuerkennen gehabt, wenn es überhaupt auf Sigmunds Protectorat An= ſpruch machte. Das Recht der Curie, auf die Anklage durch Palecz und Michael von Deutſch= brod Hus gefangen zu ſetzen, wenn auch keine Gefahr im Verſtiehen vorlag, wird S. 464 anerkannt. Gleichwohl wird die Gefangennahme als ein Act roher, perfiver, alle Rechtsform verletzender Gewaltthat des Papſtes und der Cardinäle bezeichnet, denn der Geleitsbrief hätte die Verhaftung verhintern ſollen. H ö ſ l e r Geſchichtſchr. III. 74 ff. nimmt an, das König= liche Geleite hätte Hus vor Verhaftung ſchüßen können, ſei aber wirkungslos geblieben, weil Hus ſelbſt behauptet habe, ohne Geleite nach Konſtanz gekommen zu ſein H e n k e Johannes Hus und die Synode von Conſtanz 22. 43. läßt die Frage, ob gerichtliches oder politiſches

Geleit, unentschieden, und trägt in seiner Beurtheilung Sigmunds mit der rühmenswerthen Unbefangenheit, welche die ganze Schrift auszeichnet, den unabänderlichen Verhältnissen ge= bührende Rechnung. Hefele Conciliengeschichte VII. 1. 218 ff unterwirft die Geleitsfrage einer eingehenden Untersuchung. Er erklärt den Geleitsbrief Sigmunds für einen Reisepaß, dessen schützende Wirkung nur im Falle der Lossprechung hätte fortdauern können. Aehnlich Raumer histor. Taschenbuch. Neue Folge X 99. Hefele wendet sich S. 221 (wie Henke S. 25) gegen die von Gieseler KG. II. 4. 417. gegen das Concil ausgesprochene Beschul= digung, dasselbe habe erklärt, einem Ketzer brauche man keine Treue zu halten, mit einer durchschlagenden Widerlegung. Wo krummel S 470, die angebliche Aeußerung Dachers: „Man redete Sigmund so lange zu, daß er einem der Ketzerei Verdächtigen sein Wort nicht zu halten verpflichtet sei, bis er es glaubte," gefunden hat, vermag ich im Augenblicke nicht zu ermitteln. Sicher ist nur, daß weder in der angeblich Dacher'schen noch in der Richen= tal'schen Concilsbeschreibung eine derartige Aeußerung existiert. Die Wolfenbüttler Hand= schrift, bisher für Dachers Concilsbeschreibung angesehen, in der That nur eine Ueberarbei= tung Richentals, hat in der aller Wahrscheinlichkeit nach dem 16. Jahrh. angehörigen Vorrede fol. 1b: „Zu welchem Concilium Joannes Huss unnd Hieronimus beruessen, der Johann Huß aus des Kaisers geleit von den Böhem gen Costnitz gestellt, von den Baptisten ein Ketzer beschuldigt worden, Jme der Kaiser vermög der Decretal theilnen glauben zu hasten schuldig wehre, der Kaiser also überredt worden, Also dem Johan Huß und dem Böhemerlandt das geleit geprochen" zc. und im Texte fol. 69a: „Do antwurten Jm die geleiten es enmocht noch enthund nit gesin mit dethainem Rechten das dethainer Ketzer, der inn der Ketzerye begriffen wirt, mug noch thun thain gelait haben." Ebenso Aulendorfer Handschr fol. 65b, Constanzer fol. 55b, Prager bei Höfler Gesch. II. 401.

Ich gebe im Folgenden eine Reihe von Geleitsbriefen als Beleg für meine im Texte versuchte Auslegung des von Sigmund ausgestellten Schußbriefes. Den Reihen eröffne eben dieses Dokument in seinem Wortlaute, [1] nur abgetheilt zur Vergleichung mit den einundsechzig Documenten, welche den Inhalt der nach= folgenden Tabellen bilden.

1. C. Sigismundus dei gratia Romanorum rex semper Augustus et Hungariae, Dalmatiae, Croatiae etc. rex.

F. universis et singulis principibus, ecclesiasticis et secularibus, ducibus, marchionibus, comitibus, nobilibus, proceribus, ministerialibus, militibus, clientibus, capitaneis, potestatibus, gubernatoribus, praesidibus, teleonariis, tributariis et officialibus quibuscumque, civitatum, oppidorum, villarum et locorum communitatibus ac rectoribus eorundem ceterisque nostris et imperii sacri subditis ac fidelibus, ad quos praesentes pervenerint, gratiam regiam et omne bonum. Venerabiles, illustres et fideles dilecti!

---

[1] Doc. 238. und sonst mehrfach abgedruckt mit unwesentlichen Textvarianten.

D. Honorabilem magistrum Joannem Hus, sacrae theologiae baccalaureum formatum et artium magistrum, praesentium ostensorem,

E. de regno Bohemiae ad concilium generale in civitate Constantiensi in proximo transeuntem,

G. quem etiam in nostram et sacri imperii protectio-
nem recepimus et tutelam, vobis omnibus et vestrum cuilibet
pleno recommendamus affectu, desiderantes, quatenus ipsum,
dum ad vos pervenerit, grate suscipere, favorabiliter tractare,
ac in his, quae celeritatem ac securitatem ipsius concernunt
itineris, tam per terram quam per aquam, promotivam sibi
velitis et debeatis ostendere voluntatem, nec non ipsum cum
famulis, equis, valisiis, et aliis rebus suis singulis per quos-
cunque passus, portus, pontes, terras, dominia, districtus,
jurisdictiones, civitates, oppida, castra, villas et quaelibet
loca alia vestra sine aliquali solutione datii, pedagii, tributi et
alio quovis solutionis onere omnique prorsus impedimento
remoto transire, stare, morari et redire libere permittatis,
sibique et suis, dum opus fuerit, de securo et salvo velitis
et debeatis providere conductu ad honorem et reverentiam
nostrae regiae majestatis.

A B. Datum Spirae anno domini M⁰ CCCC⁰ XIIII⁰, XVIII⁰
die Octobris regnorum nostrorum anno Hungariae etc. XXXIII
Romanorum vero quinto.

Ad mandatum Domini regis: Michael de Prziest canonicus Vratislaviensis.

A	B	C	D	E
Der Ausstellung		Aussteller.	Träger.	Reisezweck.
Zeit.	Ort.			
2. 1360.	?	Karl IV.	Archiep N. Dux N.	mittimus ad partes Livoniae.
3. 1395 Januar 19.	Prag.	K. Wenzel.	Petrus Dobrnicze.	versus partes Italiae in nostris negotiis.
4. 1395. März 13.	Prag.	K. Wenzel.	Markgraf Jost.	Reise nach Prag. vgl. Palacky Gesch. v. Böhmen III. 1. 86. Pelzel. Wenzel. I. 300. 301.

F	G	
Gerichtet an	Formel.	
N. fidelitatem tuam requirentes etc.	quatenus ipsis in prosecutione itineris praedicti et etiam in reditu et aliis quae promotionem commissi ipsis negotii videntur concernere ad reverentiam Imperialis culminis et sicut de Te nostra Celsitudo confidit promotivam velis et debes ostendere voluntatem.	Pelzel Karl IV. Urk. Nr. 255.
universis et singulis Principibus Ecclesiasticis et Saecularibus, Comitibus, Baronibus, Nobilibus, Ministerialibus, Militibus, Clientibus, Capitaneis, Potestatibus, Ancianis, Gubernatoribus, Burggrafiis, Castellaneis, Theleonariis, Pulletariis, passuum custodibus, vices gerentibus, Judicibus, Magistris consulum, Juratis et Communitatibus Civitatum opidorum et locorum ac Rectoribus eorundem ceterisque nostris et Imperii Sacri subditis et fidelibus, ad quos praesentes pervenerint et cum eis requisiti fuerint, graciam Regiam etc.	universitati vestre pleno recommendamus affectu, desiderantes vosque et quemlibet vestrum studiosius requirentes quatenus prefatum Petrum cum tribus equis, famulis, arnisys, wallisiis et rebus singulis per Civitates, oppida, villas, Castella, passus, vados, districtus, et quelibet alia loca et dominia universa, sine thelonii, dacii, pedagii pontenagii et alterius cujuslibet Solutionis exactione et impedimentis singulis transire et redire libere permittentes, sibi ad Sui requisitionem de securo et saluo prouidere velitis et debeatis conductu ad honorem et specialem reuerentiam nostre Regie Maiestatis.	Pelzel Wenzel Urk. Nr. 113.
allen ben, die In sehen ober heren lezen . . . für uns und alle die durch	das wir mit wohlbedachtem mute guten rate und rechter wissen dem hochgeborenen Josten Marg-	ebend. Nr. 114.

A		C	D	E
Der Ausstellung		Aussteller.	Träger.	Reisezweck.
Zeit.	Ort.			
5. 1412. Juli 26.	Tocznik.	K. Wenzel.	HerzogErnst von Oester-reich.	Reise zu Wenzel. Pelzel a. a O. II. 612.
6. 1408. Juli 21.	Florentiae.	Priores ar-tium et vexillifer populi et Communi-tatis Flo-rentiae.	Cardinäle Benedikt XIII.	Zur Reise behufs der Ver-einigung mit dem Collegium Gregors XII.
7. 1405. Sept. 13.	Florenz.	Priores Ar-tium et Ve-xillifer ju-	Rainaldus de Albizis.	ad civitatem Perusii et ad partes Marchie nec non ad nonnullas alias partes.

F	G	
Gerichtet an	Formel.	
unſern Willen tun und laſſen.	grafen zu Merhern und allen den die er mit Im zu dieſem male furen werdet unſer ſicher friede und geleitte gegeben haben, und geben Im das mit unſern lautern guten trewen an Argeliſte und an alles generbe, alſo das derſelbe M. J. und alle die ſeinen zu uns kommen, und wider von uns in ſeine eigene Sloſſe und Lande ſicher Leibes und gutes reitten und cziehen möge.	
im Weſentlichen wie Nr. 3.	verbindet das Weſentliche von Nr. 3 und 4.	ebend. 235.
omnibus et singulis rectoribus et officialibus nostris sub quibuscunque nominibus et vocabulis subditis atque gentibus armorum.	quatenus dictis reverendissimis dominis Cardinalibus et cuilibet ipsorum cum omni eorum comitiva, sociis, famulis, equis, jumentis, navigiis, arnensibus, ac rebus omnibus in eundo, accedendo, stando, transeundo, discedendo et redeundo dent et praestent accessum, transitum et iter liberum atque securum etc. . in tantum quod praesens securitas ad aliquos cives vel subditos nostros, qui in eorum comitiva essent, pro aliquibus condemnationibus aut bannis pecuniariis aut personalibus nullatenus extendatur.	Mansi. Coll., Conc. XXVII. 161.
Universis et singulis ad quos presentes advenerint . . . rogamus ami-	quatenus ipsum cum omni eius comitiva, equis, valisiis, arnensibus ac rebus omnibus, dum	Comissioni di Rinaldo degli Albiz-

A	B	C	D	E
Der Ausstellung		Aussteller.	Träger.	Zweck.
Zeit.	Ort.			
		stitiae Populi et Communis Flor.		
8. 1406. Juli 6.	Florenz.	Dieselben.	Derselbe.	ad nonnullas partes praesentialiter destinamus.
9. 1406. Aug. 10.	Florenz.	Dieselben.	Derselbe.	wie Nr. 8.
10. 1406. Aug. 31.	Viterbo.	Ludovicus de Melioratis ma-r	Derselbe.	ähnlich wie Nr. 8.

F	G	
Gerichtet an	Formel.	
cos et colligatos nostros, subditis vero ac stipendiariis nostris ponimus in mandatis.	per vestra loca transierit, tam in eundo quam redeundo gratiose recipiatis et amicabiliter pertractetis, prebentes sibi accessum et iter liberum et securum sine ulla solutione pedagii, oneris vel gabelle; eidemque placeat et velitis de vestro salvoconductu, sotietate et scorta quoties vos duxerit requirendos, amicabiliter providere.	zi I. 73. cf. 213. 217. 242. 407. 445. 464.
wie Nr. 7.	cum omni eius comitiva, equis, valisiis, rebus et bonis, in eundo, stando, transeundo et redeundo in vestris terris, passibus et locis benigne et amicabiliter recipiatis et gratiose tractetis, sibi aut eius comitive in personis vel bonis nullam novitatem molestiam vel iniuriam inferendo sed quotiens a dicto Rainaldo requisiti fueritis, placeat et velitis eisdem de securo et salvo conducto, sotietate et scorta facere libere provideri sine aliqua solutione pedagii vel gabelle alicui facienda	ebenb. 77. cf. 389.
wie Nr. 8.	wie Nr. 8.	ib. 92. 93.
	cum duodecim equitibus etc. rebus et bonis tam in eundo quam in redeundo . . . offe-	ib. 96.

A	B	C	D	E
Der Ausstellung		Aussteller.	Träger.	Zweck
Zeit.	Ort.			
		chio An-conitanae Marchie et Paulus de Ursinis Capitaneus.		
11. 1406. Nov. 27.	Florenz.	wie Nr. 8.	wie Nr. 8.	wie Nr. 8.
12. 1408. Juli 2.	Florenz.	wie Nr. 8.	wie Nr. 8.	reist als Gesandter zu Gregor XII.
13. 1414. Oft. 9.	Florenz.	wie Nr. 8.	Nicolaus Johannis de Uzano et Rinaldus de Albizis.	nach Neapel zu Königin Johanna.
14. 1418. Sept. 29.	Florenz.	wie Nr. 8.	Gesandtschaft von sechs Personen.	reisen zum Papst.
15. 1418. Oct. 4.	Pavia.	Philippus Maria Anglus dux Mediolani etc.	Dieselben.	wie Nr. 14.

F	G	
Gerichtet an	Formel.	
	rentesque nos illis similia et maiora; im Uebrigen wie Nr. 8.	
wie Nr. 8.	wie Nr. 8.	ib. 111. cf. 120. 125. 130. 210.
wie Nr. 8.	wie Nr. 8.	ib. 167.
wie Nr. 8. stipendiariis nostris tam cquestribus quam pedestribus.	quatenus praefatum N. et. R. et quemlibet ipsorum pertractetis, prebentes eisdem et eorum cuilibet etc. . . . Eisdemque et cuilibet eorum vobis placeat et velitis de vestro salvo conductu, societate et scorta, quotiens simul aut divisim vos duxerint requirendos providere; sonst wie Nr. 7 und 8 nur mit einem größern Reiseapparat, vgl. Nr. 15.	ib. 158 cf. II. 332.
wie Nr. 13.	wie Nr. 13.	ib. 304.
mandantes capitaneis marestallis, conductoribus, gentibus armorum officialibus et subditis nostris.	Harum tenore concedimus tutum et plenum salvum conductum et securam fidantiam reverendo patri N. et N. presentium ostensoribus, veniendi de Florentia ad quaslibet territorii nostri partes standi pernoctandi et pro suo libito discedendi,	ib. 305.

A	B	C	D	E
Der Ausstellung		Aussteller.	Träger.	Zweck.
Zeit.	Ort.			
16. 1421. Nov. 19.	Averſa.	K. Ludwig v. Sicilien.	Michael be Caſtellanis u. Rinalbo begli Al. bizzi.	nach Sicilien, Rom et alibi ubique terrarum.

F	G	
Geridtet an	Formel.	
	cum comitiva usque ad nu-merum equorum centum, suis-que armis, valisis, salmis, bo-nis rebus et arnisiis, tute et impune ac absque ulla reali vel personali molestia sibi quavis occaxione vel causa quo-modolibet inferenda ... quate-nus has nostras salviconductus et fidantie literas hinc ad men-ses duos valituras observent et facient firmiter observari (sc. capitanei etc.)	.
conmestabilo Regni no-stri Sicilie, vicemgerenti-bus seu iustitiariis etc· et personis aliis subdi-tis et fidelibus nostris per eundem (sic) Regnum nostrum Sicilie constitu-tis presentibus et fu-turis.	N. N. et quemlibet eorum in solidum, quod ipsi vel ipsorum alter possint et valeant pro ipsorum beneplacito voluntatis, de quocunque loco ubi. pre-sentialiter moram trahunt, cum familiaribus triginta vel infra, totidemque equitibus vel infra eorumque valisiis, auro argento rebus et bonis quibuscunque discedere et venire ad civita-tem nostram Averse etc. unum de ipsorum familiaribus quem elegerint, et cum quacumque comitiva dummodo prescriptum numerum non excedat, ibique morari, stare, perno-ctare, et abinde discedere et redire totiens quoti-ens voluerint, ire pari-ter et redire, et in huius-modi recessu et reditu, transire	ib. 340.

A	B	C	D	E
Der Ausstellung		Aussteller.	Träger.	Zweck.
Zeit.	Ort.			
17. 1421. Nov. 25.	Lager vor Cerra.	Bracci de Fortebracci, Connetable von Sicilien.	Rinalbo de Albizzi und Michael de Castelli.	wie Nr. 16.

F	G	
Gerichtet an	Formel.	

| | per quoscunque passus, terras castra et loca predicta eiusdem Regni nostri Sicilie, inibique morari, pernoctare, recedere, receptare et abinde discedere et redire, secure et libere, de die vel de nocte per vias et extra vias, cum armis vel sine armis, equester seu pedester, coniunctim vel divisim, sine impedimento aliquo, reali, personali vel mixto per nos nostrasque gentes subditos et fideles assecuratis ipsis vel ipsorum alteri in personis, arnesiis, vallisiis rebus et bonis ipsorum quomodolibet inferendo ... nullam ipsis aut alteri eorum in veniendo, eundo, stando, morando, discedendo et redeundo vel aliter quovis modo . . damnum inferendo.. Presentes autem nostri salviconductus literas . . concedendas duximus, in testimonium premissorum usque ad mensem unum ex nunc in ante numerandum et non ulterius valituras. | |
| officialibus, stipendiariis, tam pedestribus quam equestribus. | licentiam liberamque fidantiam atque purum et securum salvum conductum concedimus et impertimur magnificis N. N. eundi ... pro eorum libito voluntatis cum triginta equis et totidem sotiis seu familiaribus, | ib. 344. 345. |

A	B	C	D	E
Der Ausstellung		Aussteller.	Träger.	Zweck.
Zeit.	Ort.			
18. 1421. Nov. 27.	Averfa.	K. Ludwig von Sici= lien.	ungenannt, nur als pre- sentium os- tensor bez.	
19. 1423. Mai 7.	Florenz.	wie Nr. 8.	wie Nr. 8.	als Gesandter nach Bo= logna 2c.
20. 1426. Jan. 12.	Rom.	Benedict Guibalotti päpstl. Bi- cekämmerer.	Rinalbo be= gli Albizzi u. zwei Mit= gesandte.	Transport von Gepäck.

F Gerichtet an	**G** Formel.	
	vallisiis, arnesiis, salmis et aliis suis rebus et bonis quibuscumque per vias vel extra vias de die vel de nocte et redeundi ad campum Reginalem ac Regium tute libere et secure sine aliqua molestia obstaculo vel offensa . . . per unum mensem proxime futurum.	
universis et singulis officialibus etc. wie Nr. 16.	assecuramus et affidamus presentium ostensorem, quicumque fuerit et cuiuscunque status et conditionis existat, im Uebrigen beffelben wefentlichen Inhaltes wie Nr. 16.	ib. 350.
wie Nr. 7. u. 8.	in eundo, stando, discedendo et redeundo accessum reditum et iter liberum atque securum, fonſt wie Nr. 7. u. 8.	ib. 415. cf. II, 54. 89.
subditis sanctissimi Domini nostri Pape et Romane Ecclesie.	duas salmas pannorum et utensilium atque rerum suarum ad usus ipsorum eorumque familiarium deputatorum versus civitatem Florentie transmittere . . . nos cupientes salmas et bona huiusmodi eorumque conductores et ipsorum animalia in eundo stando et pernoctando plena securitate gaudere . . . presentibus post lapsum quindecim dierum a die date presentis in antea computandorum minime valituris.	ib. II. 527.

A	B	C	D	E
Der Ausstellung		Aussteller.	Träger.	Zweck.
Ort.	Zeit.			
21. 1426. Febr. 16.	Florenz.	wie Nr. 7.	zwei Gesandte.	ad Dom. Albertum D. G. ducem Haustriae.
				versus Hungariam et ad nonnullas alias partes.
22. 1426. Febr. 26.	Venedig.	Franz Foscari, Doge v. Venedig.	wie Nr. 21.	ad partes Hungarie et alio.

F	**G**	
Gerichtet an	Formel.	
wie Nr. 7.	quatinus ipsos et quemlibet eorum, cum omni eorum comitiva et cuiuslibet ipsorum equis valisiis arnensibns ac rebus omnibus, dum per loca vestra transierint gratiose recipiatis et amicabiliter pertractetis, prebentes eis et cuilibet ipsorum, simul et divisim tam in eundo quam redeundo, accessum, transitum et iter liberum et securum absque solutione etc wie Nr. 14. Obige Formel auch mit der Wendung quatinus ipsos et quemlibet eorum cum omni eorum et cuiuslibet ipsorum comitiva etc.	ib. 563 ib. 563.
wie Nr. 7.	quatenus predictos honorabiles oratores, et quemlibet eorum simul et divisim cum eorum comitiva tam pedestri quam equestri, equis, pannis, valisiis, coffinis, savinis et suis quibuscumque bonis et rebus, per quoscunque passus portus ... transitum facientes, stantes et redientes semel et pluries, tractare et expedire, ac tractari et expediri facere placeat.. et absque solutione etc.... etiam si opus fuerit eisdem et cuilibet eorum de salvo et securo conductu et scorta ac guidis seu viatoribus sufficientibus providendo.	ib. 570.

A	B	C	D	E
Der Ausstellung		Aussteller.	Träger.	Zweck.
Zeit.	Ort.			
23. 1426. Juni 10.	Bologna.	Cardinal= legat Ludwig.	wie Nr. 21.	Zur Reise nach Bologna.
24. 1465. Sept. 7.	W. Neu= stadt.	Kaiser Friedr. III.	Leo v. Roz= mital.	majoris experientiae gratia et ut ex moribus diversorum regnorum meliorem vitae frugem probatioremque militarem normam sibi comparare valeat.

F Gerichtet an	G Formel.	
wie Nr. 17.	Fidentiam liberam ac salvum et securum conductum damus et concedimus per presentes spectabilibus N. et N... veniendi ad civitatem Bononie eiusque comitatum et districtum ibique et in eis standi habitandi morandi et permanendi, indeque et ex eis recedendi et discedendi pro eorum et cuiuslibet libito voluntatis, weiter wie Nr. 21. 22 salvum conductum valiturum viginti diebus proximis futuris a data presentium inchoandis.	ib. 600.
Universis et singulis Regibus fratribus nostris carissimis, im Uebrigen wie Nr. 3.	quatenus cum eundem Leonem ad vos terras vestras et loca declinare contigerit in hujusmodi ejus transitu ... recommissum suscipere atque in his quae securitatem et celeritatem sui concernunt itineris promotivam et gratuitam velitis ostendere et exhibere voluntatem. Ipsumque una cum familia equis rebus et bonis suis universis per quoscunque passus portus ... tam per terram quam per aquas absque aliqua solutione Telonii, Pedagii, Pontiwegii, Gabellae, Gustumae sive alterius cujuscunque exactionis onere, impedimento et molestia quibusvis semotis, transire, stare, morari et redire secure et libere per-	Biblioth. bes Lit. Ber. VII. 10.

A	B	C	D	E
Der Ausstellung		Aussteller.	Träger.	Zweck.
Zeit.	Ort.			
25. 1465. Nov. 10.	Prag.	K. Johanna v. Böhmen.	wie Nr. 24.	wie Nr. 25 mit verschied. rhetorischem Schmuck.
26. 1465. Dez. 10.	Onolzbach.	Markgr. Albrecht v. Branden= burg.	wie Nr. 24.	wie Nr. 24.
27. 1466. Febr. 16.	London.	K. Eduard v. England.	wie Nr. 24.	

F	G	
Gerichtet an	Formel.	
	mittatis et permitti faciatis, weiter wie Nr. 3.	
wie Nr. 24.	wie Nr. 24 wörtlich.	ib. 11.
wie Nr. 24.	wie Nr. 13. 24. mit Nr. 24 wesentlich gleich die Geleitsbriefe des Pfalzgrafen bei Rhein, des Kurf. von Cöln, ausführlicher des Herz. Philipp v. Burgund vom 21. Jan. und vom 9. Febr. des Grafen Carl v. Charolais, nur daß die Formel in: venire, pertransire, stare, pernoctari, morari ac inde abire, reverti et redire permittere velitis salvos, tutos, pacificos, liberos, quietos erweitert ist.	ib. 14. ib. 16. ib. 19. ib. 32. 33.
ähnlich wie Nr. 24.	Sciatis quod de gratia nostra speciali suscepimus in salvum et securum conductum nostrum ac in protectionem, tuitionem et defensionem speciales L... cum quadraginta personis equiatis vel non equiatis in comitiva sua vel infra et totidem equis, ac bonis, rebus, habilimentis guerrae et harnesiis suis quibuscunque conjunctim vel divisim, tam per terram quam per mare et aquas dulces equestre vel pedestre, totiens quotiens sibi placuerit, durante praesenti salvo conductu nostro, veniendo, ibidem morando,	ib. 42.

G. Formel (Fortſetzung von Nr. 27)

perhendinando et conversando, et exindc ad quascunque
partes exteras transeundo et redeundo liber... Et si quid
eis aut eorum alicui foris factum sive injuriatum fuerit id eis et eorum
cuilibet sine dilatione debite corrigi et reformari faciatis. Proviso
semper, quod praedictus Leo ac secum comitantes se
bene et honeste erga nos et populum nostrum habeant
et gerant., Proviso etiam quod si contingat praedictum
L. aut aliquem secum comitantium praesentem salvum
conductum nostrum infringere, nolumus tamen alicui
dictum salvum conductum nostrum minime infringenti
aliquod damnum vel praejudicium generari, sed illi vel
illis sic infringenti vel infringentibus. In cujus rei testimonium has literas nostras fieri fecimus patentes, per sex menses
proxime futuros durantes.

Jn einem zweiten Geleitsbrief beſſelben Königs (ib. 44) erſcheint die
Formel libere eum ire et redire., permittant; in dem des Herzogs von
Bretagne (ib. 50) transire, stare et morari secure et libere; in dem des
K. René von Sicilien (ib. 53.): eundo, morando, dietando, pernoctando,
redeundo.

Ebenſo ſchreibt der K. v. Frankreich (ib. 57) transire stare morari
et redire die noctuque, secure et libere, welche Formel mit geringen
Abänderungen in noch acht Geleitsbriefen S. 58. 73. 91. 95. 97. 106.
120. 131 wiederkehrt. Der ſpaniſche S. 112 faßt ſich am kürzeſten: vos
pregam e encarregam, quant mes podem que lo dic don L. lexen passar
liberament fahent li bona companyia sene contradiccio alguam.

28. Formel für Geleitsmänner. [1]

Wir Wenczlaw von Gotes Gnaden Romiſcher Kunig zu
allen zeiten merer des Reichs und Kunig zu Beheim. Bekennen
und tun kunt offenlichen mit dieſem briue allen den die jn ſehen oder
horen leſen. Das wir den Erwirdigen Johanſen Biſcoff zu Lubus
unſeren furſten, dem Erſamen Markolb, prior Sand Johans orden
bei Jeruſaleim zu Beheim, Polan und zu Oſterich, unſere lieben
anbechtigen und den Edlen Poten von Czaſtalowicz und Heinczen
Pflug von Orlik, unſern reten und liben getrewen beuolhen haben,

---

[1] Pelzel Wenzel II. Urk. 120.

das fie ben Hochgebornen Joften, Marggrauen zu Merhern, unfern lieben vettern unb fürften unb alle unb igliche lauthe zu Beheim mit Jm zu uns brengen unb ficher geleiten follen, [*bauon mit wolbebachten mute unb rechter wiffen, fo geben wir bem eegenan= ten Vnferm Vettern Marggrauen Joften unb allen unb iglichen unfern lantherrn zu Beheim unb allen iren binern, bie mit Jm zu uns reiten, unfer ficher fribe unb geleite zu uns zu kommen, bei uns zu fein unb wiber von uns wiber zu haus zu reiten, für uns unb alle bie, bie burch Vnfern willen tun unb laffen, ficher leibes unb gutes an alles geuerbe, als ouch unfere Rete unb auch bie Burgermeiftere, Rete unb Burger gemeinlich Vnferr Stete in ber groffen, cleinen unb newen Stete zu Prage, jn auch fulche geleite geloben unb geben. Vnb fulche Vnfere geleite fol weren von bem Suntag, ber bo fchirift kumpt, über vierzehn Tage angeuerbe.] Mit urkunt bicz brifes vor figelt mit unfer kunig= lichen Majeftat jnfigel. Geben zu Prage nach Chriftens geburte breizenhundert jare unb barnach in bem funfunbnewizigiften jare an fanb lucastage.

[*] Der zweite Theil biefes Briefes gleicht ber Formel bes gerichtlichen Geleites, welchem er auch feiner Bebeutung nach nahe fteht. Pelzel Wenzel II. 313.

Wir laffen hier noch zwei Formeln für bas Reifegeleite aus bem fech= zehnten Jahrhundert folgen.

29. Bottenbrieff vnnd paffagia. [1]

Wilhelmus.. universos et singulos illustres principes dominos duces comites marchiones marggravios barones et nobiles nec. non civitatum oppidorum et villarum et castro- rum rectores et gubernatores tenore presentium rogamus et hortamur, quatenus dilectum N. quem pro nostris negotiis peragendis ad curiam destinavimus romanam, cum per civi- tates terras oppida castra passus et districtus vestros trans- itum fecerit, nostri contemplatione libere pacifice et quiete

---

[1] Formelbuch bes B. Wilhelm I. von Strassburg (1506-41). Cod. Univ. Frib. XVII.

cum sex equis familia et rebus suis quibuscumque absque
quacunque exactione gabelle thelonii aut immissionis cuiuscunque libere transire permittatis, sibique si opportunum
fuerit de ulteriori conducto nostri contemplatione et favore
providendo, prout vobis et cuilibet vestrum in casu consi-
mili et maiori utique complacere volumus. Datum etc.

30. Ein paßport einem Roßteuſcher. [1]

Wir Wilhelm ꝛc. Thun khunt meniglich mit dieſem brieff
das wir vnſerm liebenn beſondern N. vß ſondern gnabenn vnſer
frey ſtrack ſicher geleibt, für die vnſern vnnd die deren wir vnge=
uerlich ʒu recht mechtig ſind, vnnd die vmb vnſert willenn thun
vnnd laſſenn wöllen von wegen dieß brieffs ein jahrlang werenbe
gebenn habenn vnd geben jn krafft biß brieffs das er jn der Zeit
allerhand junge pferd ober hengſt ſo er kaufft vnnd wiber ver=
kauffen wurde allenthalb durch vnſer Stifft vnd Fürſtenthumb wo
jme das am nechſten fugenn wurt furenn möge, doch daß er ge=
bürlichenn ʒoll davon gebe vnnd die nirrget anberswo noch wither
bann vnnſeres Herren vnnd freunbs deß Herʒogen von Lottringen
vnnd teutſchen lanbenn verkauffenn vnb vertriben möge ꝛc. [2]

31. Geleit ʒu recht. [3]

Wir meiſter vnb rat des heiligen richs ſtatt colmar ſetzen vnb
verkünben dir N. von hattſtatt ein recht tag vff bonrſtag nach
ſant Bartholomeus apoſtels tag ʒu fruyer tagʒyt binr vorbrung halb
ſo bu vermeinſt ʒu haben ʒu N. vnſerm burger, bem auch wir
ſolhen tag ʒe erwarten ebenglych beſcheiben hant. Geben auch

---

[1] Ebenba.
[2] Weiterhin wirb Geleite und Zollfreiheit vom Vorkaufe bes Biſchofs
abhängig gemacht.
[3] Rhetorik und Briefformular bes Heinrich Geßler von
Freiburg. fol. 55. Hain Rep. 7516. Die Formeln Nr. 31. 32. 36.
37 beziehen ſich auf Angelegenheiten privatrechtlicher Natur, baß jedoch für
ben Criminalproceß keine weſentlich verſchiebene Form in Gebrauch war,
möchte neben ber Stelle aus Richental, Konſt. Hſchr. fol. 54 b (S. 204. A. 2.)
Nr. 33. 35 unb ber Geleitsbrief M. Luthers Nr. 38. beweiſen.

damit dir vnſer geleit fur vns vnd die vnſern vnd menglich beß
wir zu recht mechtig ſeint mit dhnen zugewanten alles vngeuerlich
zu ſolhem rechtbag zekomen vnd dem vß zewarten vnd wiber
an dhn gewahrſamh mit denſelben, vnd mit vrkund biß vnſers
offen verſigelten briefes. Geben 2c.

32. Deßglnch ein ander forme.

Wir burgermeiſter vnnd rate der ſtatt frhburg jn brhßgöw,
embieten dem edeln veſten hanſwernhern vom huß vnſer fruntlich
willig dienſt biner clag halb vff vnſer vorbrung vom hofgericht
zu rothwpl gegen dem ſtrengen heren hans bernharten ſchnewlh
ritter fur vns zu recht gewphßt, ſetzen vnd verkunden wir bir ein
recht tag fur vns vff montag nach vnſer lieben frawen liechtmeß
nechſtkunftig nach biß brifs batum zu fruher rats zeit ergen ze
laſſen was ſich nach recht vnd ſeiner ordnung geburt. Geben auch
bamit bir vnſer geleit fur vns, bie vnſern vnd menglich des wir
zu recht mechtig ſeint, ſampt dhnen mit gewandten, ſo bir zu recht
beh ſtön ſollen fur vns ze komen, bem rechten vß ze warten, vnd
wiber von bannen an vwer getwarſamh alles on geuerbe.

33. Ein kurtzförmig gleit ſchlechtlich.

Wir burgermeiſter vnd rat zu augſpurg geben heinrichen
grunſſelber zu N. vnſer frh ſicher gleit zu vnd jn vnſer ſtatt
augſpurg zekomen barinnen ze ſeinb von ſant jacobs zwölfbotten=
tag biß ſant aufra marterrin alles nechſt nach biß briefs batum
kunftig behb tag gar vß vnd bazwuſchen alle zht vnd wiber von
bannan vnd baruß derſelben ſtatt zu kommen wie vorſtöt vnd an
ſein gewarſamh alles fur vns bie vnſern vnd menglich bero wir
zu recht mechtig ſeint vnd an all geuerbe 2c.

34. Littera conductoria. [1]

Tibi ff de S alias dc h et omnibus tuis quos tecum ad
nostre magestatis presenciam hac vice ducendos decreueris
damus virtute presencium securum et saluum nostrum con-

---

[1] Summa Cancellariae Caroli IV. Cod. Univ. Frib. CLXII.

ductum a data presencium per tres septimanas inmediate
se sequentes inmobiliter duraturum ad nos ueniendi nobiscum standi a nobis ad propria domicilia uiceuersa
libera (libere) recedendi. Saluis tuis rebus et tuorum singulis pariter et personis pro nobis et omnibus nostris qui
causa nostri faciunt et demittunt dolo et fraudibus quibus-
libet procul motis. Datum etc.

Faſt gleichlautende Formeln waren auch noch im ſechzehnten Jahrhundert
im Gebrauche.

35. Geleitsformen om ſich zuuerantwurten. [1]

Wir des hochwürdigen Fürſten N. relhe thun khunt meniglich das wir N. onſers gnedigenn herren von Straßburg ſicherheit
onnd geleibt gebenn habenn. In crafft biß brieffs fur ſein gnab
onb ons auch alle die beren wir zu recht mächtig ſind baß er off
N. tage zu ons von N. khomen daſein onnd ſich ſeiner notturfft
nach gegen onns verantwurtenn mögenn onb von bannen biß
wider an ſein gewahrſame. [2] In urkhund biß brieffs ber mit onſers
gnebigen herren ſecret beſigellt. Geben zc.

36. Aliud.

Wir beß hochwurdigen N. relhe Bekennen onb thun khunt
meniglich bas wir gegenwärtigen N. von N. mit ſo oil wegenn

---

[1] Formelb. des B. Wilhelm von Straßburg Cod. Univ.
Frib. XVII. Für die Zeitbeſtimmung: Geleibt. Wir Wilhelm von gots
gnaben Biſchouw zu Straßburg onnd Landgrauw zu Elſas thun khunbt . .
In onſer Statt Zabern am Sambſtag nach Adolphi Anno mdxxxviij".

[2] Dieſer Ausbruck findet ſich auch bei Ulrich Richental, Konſtanzer Hſchr. fol. 54 b, wo er über Huſſens Geleite berichtet: „bennoch wolten
ſy nit komen unſer her der Romiſch küng· ſanti benn bemſelben maiſter
Hanſen Huſſen ein frh ſicher gelait mit ſinem brief und ſiegel ſicher bar und
bannen ze kommen bis an ſin gewahrſami, bas im ouch von unſerm herren
bem Römſchen küng geſanbt warb." Ebenſo die Wolfenbüttler Hanbſchr. fol. 67 b. „ſicher bar zekhommen onnb ſicher wieber heim zekhommen
an ſin gewarſamj bas gelait ſanbt jm ouch onſer herr ber Romiſch Kunig."
Demnach hätte Richental Huſſens Geleite für ein gerichtliches gehalten. Allein
bie offenbar ältere Aulenborfer Hanbſchr. fol. 64 b unb mit ihr die
Prager (Höfler Geſch. II. 400) haben: „ze ſinb bar unb bannen, bas
gelait ſanbt im ouch unſer her ber kung," was wohl nur als außergericht-
liches Geleite verſtanden werben bürfte.

vnnd pferden vonn Zabern vß biß gön Hagenauw zu füren vnsers
gnebigen herren trostung vnndt gleibt zu diesem male gebenn
habenn vnnd geben dir hiemit für sein gnad für vns all seiner
gnaden verwandten vnnd alle die jhenen deren sein Fürstlich gnab
vnnd wir an seiner gnaden stat ongeuerlich zu recht mechtig seind
vnnd die umb seiner gnaden willen thun vnb lassen wollen, alles
mit vrkhund biß brieffs der ꝛc.

37. Rotweilische abforderung.

Ein Unterthan des Stiftes Straßburg wird vor dem Hofgericht zu
Rothweil belangt und von diesem vorgeladen. Der Bischof reclamiert gegen
die Ladung und verlangt Remission des Processes an die Straßburger Gerichte, weil die Stiftischen vom Hofgericht durch kaiserliche und königliche
Privilegien gefreit seien.

Geleidt uff die abforderung.

Wir Wilhelm empieten vnserm lieben N. burgern zu N. zu-
wissen als du vnsern N. vor deß heiligenn Reychs hoffgericht zu
Rotwyl furgenomen hast. Denn wir jn crafft vnseres stifft frey-
hait abgefordert habenn vnd du daruff noch vermög berurter
vnser freiheit vor vns vnnd vnsere rethe zu recht gewysen bist
dermassen das dir jn sechs wochenn vnd drey tagenn nach deiner
erforderung gegen demselben das Recht gedeihenn, dir auch zu
solchem rechten vnnd wibber von bannen vnser sicherheit vnnd
gleibt gegeben vnnd zugeschickt werden soll vnnd alles nach ver-
möge derselben weysung, das wir daruff dir, beinem anwalt vnnd
benen so du mit dir bringen vnnd schicken wurdest, vnser frey
sicherheit trostung vnnd geleidt gebenn habenn, geben auch dir
hiemit jn crafft diß brieffs fur vns die vnsernn vnnd aller berenn
wir ongeuerlich zu recht mechtig sind, zu solchem rechtenn dabey
so lang das weret vnnd wibber von bannenn biß an beyn vnnd
jr ieder sicher gewarsame. In vrkhund biß brieffs der mit zuruck
vffgebrucktem secret besigelt Geben ist jn vnser Stat Zabern am
N. tage Anno 38.

38. Geleitsbrief Martin Luthers. [1]

Carolus V. D. G. R. J. S. A. Honorabilis, Dilecte, Devote, quoniam nos et S. Imperii status nunc hic congregati proposuimus et conclusimus, propter doctrinam ac libros aliquandiu hactenus abs te editos scrutinium de te sumere, dedimus tibi ad veniendum huc et iterum hinc ad tuam securam tuitionem nostram et Imperii liberam directam securitatem et conductum, quem tibi citra haec mittimus, desiderantes, ut velis te statim accingere itineri, ita ut infra viginti unum dies in hujusmodi conductu nostro nominatis omnibus modis hic apud nos sis et non domi maneas. Neque ullam vel violentiam vel injuriam timeas. Volumus enim te in praefato nostro conductu firmiter manutenere et nobis persuadere te venturum. In hoc namque facies nostram severam sententiam. Datum Wormatiae die VI Martii, Anno D. 1521. Regnorum nostrorum etc.

ad mandatum Dom. Imp. propria manu subscripsit Albertus Cardinalis Mogunt. Archicancellarius.

Abresse: Honorabili nostro dilecto devoto D. Martino Luther Augustini Ordinis.

Zur Beleuchtung der Verpflichtungen des Geleitsherrn und des Berge= geleiteten dienen folgende Stellen:

Quandoquidem [2] ergo pertinax hesterno die Lutheri responsum coram omnes audivimus, mentem vobis meam aperio, poenitere me quod tamdiu distulerim contra hominem illum ejusque falsam doctrinam procedere, nec me posthac audire illum velle, quidquid etiam allatum sit. Jubeo autem ut quam primum ex mandato praescripto reducatur caveatque ipse ex publicae fidei ipsi datae formula ne palam concionetur... equidem sicut jam dixi contra eum haudsecus atque contra notorium haereticum plene deliberavi procedere.

---

[1] Goldast Const. Imper. II. 142.

[2] Rescriptum Caroli V. Imp. Aug. de Martino Luthero ad Ordines Imperii in comitiis Vormatiae congregatos §. 3. ib. 143.

Nos¹) juxta nostrarum tenorem literarum de securitate die proximo mensis Aprilis 25 abire illum e conspectu nostro jussimus caducea-
toremque rursus adjunximus ut secundum hunc vicesimum quintum
diem Aprilis adhuc viginti dies consequentes conductu salvo muniatur,
hisque transactis nihil a nobis praesidii defensionisque habeat amplius.

Die beiden vom Konstanzer Concil Johannes dem Dreiundzwanzigsten
und Hieronymus von Prag ausgestellten gerichtlichen Geleitsbriefe stimmen
im Wesentlichen mit den bisher aufgeführten überein, wenn auch unverkenn-
bar die Angelegenheit Huffens nicht ohne Einfluß auf die Fassung derselben
geblieben ist.

Johannes der Dreiundzwanzigste wurde am 2. Mai 1415 vorgeladen
und erhielt die Zusicherung des freien Geleites in folgender Form: ²)

89. Et ne dictus Dominus Johannes et sui sequaces
valeant se aliquo modo excusare, quo minus juxta praefixum
terminum compareant, ut praefertur, quanquam ad hoc non
teneamur, nihilominus ex superabundanti eidem Domino
Johanni et sequacibus damus et tenore praesentium concedimus tutum et liberum salvum conductum ad veniendum
ad istam civitatem Constantiensem et sacratissimam Synodum,
ita quod in accessu nullum debeant aut possint habere
impedimentum, et etiam in eadem civitate stare et manere
libere et secure justitia tamen semper salva. Praedictum
etiam salvum conductum sub eadem forma fieri et concedi
fecimus praedicto Domino Johanni Papae et sequacibus a
Serenissimo Romanorum et Hungariae Rege. ³)

In dem Geleitsbrief des Hieronymus⁴) scheint die Clausel justitia
semper salva omnem tibi salvum conductum nostrum quantum
in nobis est et fides exigit orthodoxa, tenore praesentium

---

¹) Caroli V. J. A. Edictum contra Lutherum et
novatores religionum. 1521 Mai 8.

²) Von der Harbt IV. 145. ib.

³) Dieser letzte Zusatz fügt der Zusage des Concils noch die Garantie
des Königs bei und beweist, (fieri et concedi fecimus) daß Sigmund nicht,
wie Krummel Gesch. der böhm. Ref. 454. ohne nähere Begründung behauptet, das Recht hatte, im Namen des Concils, wenn er wollte, Geleitsbriefe zu ertheilen.

⁴) Von der Harbt IV. 118.

offerimus et plenius assignamus, nur beigefügt worden zu sein, um jeder zu weit gehenden Deutung die Spitze abzubrechen.

Die vom Concil zu Basel den Böhmen und den Griechen ausgestellten Geleitsbriefe möchten kaum zur Lösung unserer Frage beigezogen werden können, da ihre Formulierung das Resultat eigener Verhandlungen war. [1]

---

[1] Mansi XXIX. 28. 122. vgl. XXX. 145. Bemerkenswerth ist, daß beide eine eigene Bestimmung enthalten für den Fall eines Geleitsbruches von Seiten des Concils oder der Inhaber des Geleites. Quodsi quispiam aut aliqui ex illis, sive in itinere ad nos in Basileam veniendo sive ibidem demorando aut redeundo aliquod enorme (quod absit) egerit aut egerint, per quod possent assecurationes eorum eis aut eorum alicui annullari aut cassari, volumus etiam. ac admittimus et concedimus ut talis vel tales in facinore ejusmodi deprehensi vel deprehensus, ab ipsis dumtaxat et non ab aliis condigna animadversione cum emenda sufficienti, per partem nostram merito approbanda et laudanda, mox puniatur aut puniantur, und ebenso für den umgekehrten Fall, daß den Gesandten Etwas wider das Geleite zugefügt werden solle. XXIX. 28. B. C. Dieselbe Bestimmung, nur in andern Ausdrücken, für die Griechen ib. 124 B. C.

Beilage II.

Ulrich Richentals Berichte über Johannes Hus.

Unter den Quellen der Geschichte des Konstanzer Concils nimmt das Diarium Ulrich Richentals eine bedeutende Stelle ein. Ueber die innere Geschichte der Kirchenversammlung, über die theologischen, canonistischen, politischen Fragen, welche Gegenstand der Berathung waren, gibt dasselbe zwar nur wenige Aufschlüsse. Um so werthvoller dagegen ist es für die Kenntniß der äußern Vorgänge, indem Richental in seiner naiven Weise erzählt und schildert, was er selbst theils mitgemacht, theils mit angesehen, theils von Andern vernommen hat. Was der Culturhistoriker der Gegenwart für die Darstellung der Sitten, der Lebensweise, des Alltagsgeistes jener Zeit mühsam aus verschiedenen Quellen zusammensuchen muß, findet sich hier zu einem lebensvollen Gesammt= bilde vereinigt. Der Werth dieses Tagebuches wird noch um ein Beträchtliches erhöht durch die fast allen Handschriften eingefügten bildlichen Darstellungen, sowie die nahezu sechshundert Wappen= schilder, welche den letzten Blättern des Buches noch eine beson= dere, über seinen ursprünglichen Zweck hinausgehende Bedeutung verleihen.

Bereits 1483 wurde durch Anton Sorg in Augsburg eine Druckausgabe veranstaltet, welche einen Theil der Illustrationen sowie die meisten Wappen in colorierten Holzschnitten enthält. Zwei weitere ebenfalls illustrierte Ausgaben erschienen, die eine 1536 bei Hainrich Stainer in Augsburg, die andere 1575 bei Sig= mund Feyerabend in Frankfurt. Bei diesen drei Editionen scheinen jedoch die Herausgeber mehr das Wappenbuch [1]) im Auge gehabt zu haben als die Geschichte des Concils, denn von dieser letztern ist ein bedeutender Theil des handschriftlichen Textes unterdrückt worden. Gleichwohl haben sie bis auf unsere Tage das Ansehen einer authentischen Quelle behauptet, neben welcher die Berücksichtigung der Handschriften überflüssig erschien.

Bereits Hermann von der Hardt [2]) wurde durch einen Bericht Pregizers auf die bekannteste der Handschriften, die Konstanzer, aufmerksam gemacht. Allein er scheint eine nähere Prüfung derselben nicht für nöthig gehalten zu haben, sei es, weil er umfangreichere Quellenschriften in deutscher Sprache von seinem Sammelwerke überhaupt ausschloß, sei es, weil er die Druckausgaben für genügend erachtete. Im Jahre 1847 erst wies J. Eiselein darauf hin, wie mangelhaft die Drucke sind, und faßte den Plan eine kritische Ausgabe zu veranstalten, welcher die Konstanzer Handschrift zu Grunde gelegt werden sollte. Allein die Ausgabe kam nicht zu Stande, wohl vorzüglich deßwegen, weil Eiselein dieselbe durch den Druck des Textes und die Nachbildung der Illustrationen in Farbendruck so splendid auszustatten vorhatte, daß das Exemplar im Subscriptionswege auf fünfzig Gulden gekommen wäre. Meines Wissens blieb es bei einer Druckprobe des Textes von anderthalb Folioseiten und einer Illustration, welche dem Aulendorfer Codex entnommen ist und die Abführung Huſſens zur Richtstätte vorstellt. [3])

Die genannte Druckprobe, sowie Eiseleins zum größten Theile druckfertig ausgearbeitetes Manuscript, gegenwärtig im Besitze der fürstlich fürstenbergischen Hofbibliothek zu Donaueschingen, laſſen

---

[1]) Zu dieser Vermuthung berechtigen die nicht wenigen abenteuerlichen Wappen, deren angebliche Inhaber sicher keine Beziehung zu dem Concil hatten. Martin Luther bezieht sich in der Vorrede zu „Etliche Briefe Johannis Huß" ꝛc. 1537 (Werke, Walch XVI. 2564) auf den „Schreiber, so die deutschen Acta des Concilii mit den viel Schildern hat geschrieben."

[2]) Conc. Const. I. 8. seqq. V. 11. 12. 18. 19.

[3]) Ankündigung Uolrichs von Richental ains burgers ze Coſtenz chronik des allgemainen conciliums in biſer ſtat ꝛc. 2 Bll. fol. „Dieſe Ausgaben ſtellen den Text nicht getreu dar und eine überbietet die andere an willkürlichen Veränderungen."

es kaum bedauern, daß diese Ausgabe nicht zu Stande gekommen
ist. Denn, abgesehen von dem hohen Preise, welcher nur sehr
bemittelten Bibliotheken und Privaten die Anschaffung ermöglicht
hätte, wäre schwerlich der ächte Richental in einer den Anforde=
rungen der Wissenschaft genügenden Form an's Licht getreten.
Eiselein konnte nämlich nicht nur über das Verhältniß der beiden
ihm vorliegenden Handschriften, der Konstanzer und der Aulen=
dorfer, nicht recht ins Reine kommen, sondern er verfuhr bei der
Gestaltung des Textes willkürlich und nach ganz eigenthümlichen
Grundsätzen der Orthographie, und hätte in seinen erklärenden An=
merkungen, die überdies mit den kritischen vermischt werden
sollten, an einem Orte zu Viel, an einem andern zu Wenig ge=
boten.

Ein Verdienst bleibt ihm jedoch unbestritten, zuerst auf die
Unvollständigkeit der Druckausgaben hingewiesen und die seit H.
von der Hardt über die Person und Lebensverhältnisse Richentals
verbreiteten und zum Theile noch heute festgehaltenen Irrthümer
widerlegt zu haben. Ueber diesen letztern Punkt hat er nur
Weniges im Drucke veröffentlicht; ich entnehme seinem der fürst=
lichen Hofbibliothek zu Donaueschingen gehörigen Handexemplar
seiner Geschichte und Beschreibung der Stadt Konstanz und ihrer
nächsten Umgebung ¹) nachstehende eigenhändige Notiz:

„Das Constanzer Patriciergeschlecht der Richentaler oder deren
von Richental stammet ohne Zweifel aus dem bischöflich bres=
lauischen Städtchen Richental, heute Reichenthal, in Schlesien,
Namslauer Kreises, und führet von demselben auch seinen Namen,
wie die Briburger, Kempter, Krüzlinger, Lindower,
Mangoltshover, Nusplinger, Roggwiler, Sangaller,
Schafhuser, Spruotenhover, Tettikover, Tuwin=
ger, Ulmer, Wiener ebendaselbst ihre Stammen und Namen
haben von Briburg, Kempten ꝛc. Ein anderer Ort Richen=

---

¹) Konstanz 1851. Handschriftl. Ergänzungen p. 275 ff. Vgl. den
Artikel Richental im Verzeichniß der Literaten und Künstler von Konstanz.
Ebend. 265. und Eiselein Begründeter Aufweis des Platzes bei der
Stadt Konstanz, auf welchem Joh. Hus und Hieronymus von Prag in den
Jahren 1415 und 1416 verbrannt worden. S. 10.

tal ober Reichenthal wird in den geographischen Wörterbüchern von Hübner, Martinière und Jäger[1] theils nicht angeführt, und aus der Chronikstelle, die ich beilegen werde, ergibt sich, daß Richental, das Städtchen, zu verstehen ist. Wie und wann der Stammvater der Richentale nach Costenz gekommen, bleibt im Dunkel. Etwa schon mit dem Bischofe Otto von Lierhaim aus Sachsen im Jahre 1071? Urkundlich erscheint in Constanz zuerst Uodalrich von Richental im Jahre 1277 als Chorherr zu sant Stephan und 1283 als Domherr am Münster. Der letzte urkundlich nachweisbare Richental in Constanz ist der Verfasser der Conciliumschronik, von etwa 1385—1438. Die Familie der Richentale muß mit ihrem Stammorte stets in einiger Verbindung gestanden sein und eine besondere Pietät für denselben im Herzen getragen haben, denn solches geht aus folgender Stelle der alten Costenzer Chronik A. bl. 95. b.: Anno domini 1379 12/19 mensis aprilis bo tet man den allerschönsten kruzgang zuo Costenz mit unsers herren vronlichnam umb die stat. Und gieng dar mit ain groß volk von vrowen, pfaffen und laigen. . . . Diser kruzgang beschach wider die bösen gaist, won es wärent vil luts behaft in ainem stätlin, haißt Richental, und och in andren stetten.

Nur die Familie von Richental in Costenz konnte für die Leiden des genannten Städtlins als ihrem Stammorte eine besondere Theilnahme empfinden und wahrscheinlich hat Johannes von Richental, der 1373 bis 1398 Statschriber daselbst war, den besagten allerschönsten kruzgang bei der Geistlichkeit der Domkirche im Jahre 1379 in Anregung gebracht und erwirkt.

Bei diesem Anlasse kann ich anders nicht, als meine Muthmaßung aussprechen, daß einer der Richentale, Johannes

---

[1] Das Ortslexikon von Rudolph kennt kein Reichenthal in Schlesien, wohl aber ein solches in Böhmen, Egerer Kreis. Sollte an einen Zusammenhang des Namens mit diesem Orte gedacht werden können? Richental sagt Prager Hschr. 53 (Höfler Geschichtschr. II. 405): Ich waiss das wol das er starb darnach zw Grätz do ich jn Bechamer land was. Ebenso die Aulendorfer Hschr. zum 29. Juni 1416.

der Statſchriber, oder Uobalrich ſein Sohn, Verfaſſer des=
jenigen Theiles der alten Coſtenzer Chronik ſein mag, die
man mit A. zu bezeichnen pflegt. Wer anders hätte auch ſo
außführlich und mit ſolcher Pietät des allerſchönſten kruz=
gangs gedenken können oder wollen als ainer von Richen=
tal? Wie, wenn der Verfaßer der Conciliumschronik auch
Verfaſſer der älteſten Stabtchronik von Conſtanz wäre!
Der Gegenſtand iſt einer genauen Erwägung und Erforſchung
nicht unwerth." So weit Eiſelein.

Ulrich Richental, der Verfaſſer der Conciliumschronik, [1]) war
nicht, wie ſeit H. von der Hardt angenommen wurde, ein Cano=
nicus einer Konſtanzer Kirche, ſondern ein Bürger dieſer Stadt,
anſäßig im Hauſe zum gülbinen Braken, öſtlich gegenüber dem
Thurme zu ſanct Stephan in den Jahren 1378 – 1438. [2]) Ob er,
wie Eiſelein will, ein Diplomat im Dienſte des Grafen von
Nellenburg war, ſteht dahin; denn daß dieſer ſich an ihn um
Auskunft wegen der Verhältniſſe der Stadt wendete, und ſonſt
viel mit ihm über Angelegenheiten des Concils verkehrte, kann
ſeinen Grund in beſonderen für dieſen Zweck dem Ulrich Richen=
tal vom Konſtanzer Rathe ertheilten Aufträgen haben. [3]) Jeden=
falls war Richental ein angeſehener und wohlhabender Mann, wie
aus dem Umſtande erhellt, daß er mit vornehmen Perſönlichkeiten
beim Concil verkehrte und einmal ſogar den König ſelbſt bewir=
thete. [4]) Die Angaben, welche er über Kommen und Gehen der
Fremden beim Concil ſeiner Arbeit einverleibt hat, gründen ſich
wohl nur zum Theil auf amtliche Aufzeichnungen. Das Meiſte
möchte er aus eigenem Antrieb erfragt haben. [5]) Die Chronik

---

[1]) Marmor das Concil zu Konſtanz 2. A. 5 ff.

[2]) Eiſelein Geſch. und Beſchreibung der Stadt Konſtanz 265. Aulenb.
Hbſchr. fol. 1 ª: Wann ich burger vnd ſeßhaft ze Coſtentz was zu dem
gultin braken.

[3]) Aulenb. fol. 5 ª.

[4]) Marmor a. a. O. 7.

[5]) Aulenb. fol 1 ª: Vnd wie vil herren dar koment, ſy wärind gaiſt=
lich oder ſy wärind weltlich, vnd mit wie vil perſonen das Alles ich Volrich
Richental zuſammen bracht hab, vnd es aigentlich von huß ze huß erfaren
hab. Wann ich burger vnd ſeßhaft zu Coſtentz was zu dem gultin braken
vnd erkannt, was das mir gaiſtlich vnd och weltlich herren ſaiten wes ich

des Concils wurde — vorausgesetzt, daß in der Aulendorfer
Handschrift die älteste Recension vorliegt — vor 1433 abgefaßt [1]
In derselben hat Richental offenbar keine andere Tendenz als die,
das merkwürdigste Ereigniß aus der Geschichte seiner Vaterstadt
möglichst genau zu schildern. Eine Partheinahme nach der einen
oder andern Seite läßt sich nicht nachweisen.

Handschriften von Richentals Conciliumschronik befinden sich
zu Aulendorf im Besitze des Herrn Grafen von Königsegg, zu
Konstanz, Eigenthum der Stadtkanzlei, auf der k. k. Universitäts-
bibliothek zu Prag, [2] der k. Bibliothek zu Wien [3] und der herzoglichen Bibliothek zu Wolfenbüttel. [4] Die beiden ersten und die
letzte habe ich selbst eingesehen, und aus der Vergleichung die
Ueberzeugung gewonnen, daß dieselben drei verschiedene Bearbei-

---

sy dann ye fraget vnd och der herren wapen die es an die hufer daselbs
je Costentz anschlugent vnd ich erfragen kond. Diese Aeußerung schließt wohl
Höflers Vermuthung (Gesch. II. 400) aus, daß Richental von dem Rathe
zu Konstanz beauftragt war, die Polizei zu hanthaben. Wenn er ein solches
Amt bekleidet hätte, so wäre hier der Ort gewesen, es zu erwähnen.

[1] Richental verkauft sein Gut am Harbt 1433 (Marmor 7.) und
erscheint 1434 als Zeuge in Urkunden des Spitalarchivs zu Konstanz.
Eiselein Ankündigung 1. col. 2. In der Konstanzer Handschr. fol. 3.
wird die Kaiserkrönung Sigmunds (31. Mai 1433) erwähnt, von welcher
die Aulendorfer, die überhaupt Sigmund nur König nennt, an der betreffenden Stelle fol. 4. nichts weiß. Die Stelle Konst. Hschr. fol. 22ᵃ, welche
Marmor a. a. O. 4. benützt, um die Konstanzer Handschrift nicht früher
als 1424 zu setzen, findet auf die Aulendorfer keine Anwendung, da diese
den Zusatz „da yetz die kaez ist," nicht hat. Ich weiß nicht wie weit die
Veränderungen an Gebäuden, Häuser- und Straßennamen in Konstanz aus
dortigen Archiven mit Sicherheit nachzuweisen sind; eine genaue Vergleichung
beider Handschriften sollte für den Kundigen manchen werthvollen Wink geben.
So vgl. Aulenb. fol. 29 mit Konst. fol. 29, ferner die Vorrichtungen
zur Krönung Martin V. Konst. 108. mit der betreffenden Stelle der
Aulendorfer Handschr.

[2] Hanslik Gesch. der Prager Univ.-Biblioth. 611. Höfler Geschichtschr. II. 399.

[3] Archiv der Gesellsch. für ältere deutsche Geschichts-
kunde. II. 494.

[4] Die in Ber. der Antiquar. Gesellschaft zu Zürich 1868
S. 64 erwähnte Richentalhandschrift ist nach freundlicher Mittheilung des
H. Decan Pupikofer in Frauenfeld an Dr. Barack Nichts als eine 1638
gefertigte Abschrift des Stainerschen Druckes von 1536.

tungen enthalten. Die Aulendorfer dürfte von diesen dreien die
älteste, die Wolfenbüttler die jüngste repräsentieren. ¹)

Eine ins Einzelne gehende Erörterung über das Verhältniß
der von mir verglichenen drei Handschriften würde hier zu weit
führen; überdies dürften die unten folgenden Texte für den zunächst in Betracht kommenden Zweck genügen. Das jedoch kann
ich mir nicht versagen, einen alten Irrthum zu berichtigen, welcher
seit anderthalb Jahrhunderten mancherlei Mißverständnisse hervorgerufen hat.

Von der Hardt berichtet ²) über eine zu Wolfenbüttel befindliche Handschrift einer Geschichte des Konstanzer Concils,
welche von dem Augenzeugen Eberhard Dacher, einem Freunde
Richentals und Rathe des Kurfürsten Rudolph von Sachsen verfaßt worden sei. Dieser Geschichte wird das Lob gespendet, in
besserer Ordnung, sowie mit freierem Blicke und größerem Eifer
für die Kirchenverbesserung geschrieben zu sein, als die Richental'sche. Diese ganze Notiz ist von Anfang bis Ende unrichtig.

Dacher hatte vor Allem den Namen Gebhart und nicht
Eberhard. ³) Er war ferner nicht ein Rath oder sonst Bediensteter
des Kurfürsten Rudolph von Sachsen, sondern ein Konstanzer
Bürger, welcher 1461 Zolleinnehmer im Kaufhause wurde, und
entweder Bücher für Andere abschrieb oder durch Wohlhabenheit
in der Lage war, Etwas auf die Anschaffung einer Bibliothek zu
verwenden. ⁴) Schwerlich wird er ein Augenzeuge des Concils ge-

---

¹) Nach Obigem. S. 214 Anmerk. 1., fällt die Aulendorfer Hschr. vor
1424 (?) die Konstanzer zwischen 1433 und 1437, die Prager nach dem
Datum auf dem Titel 1464 und das Original der Wolfenbüttler, welche die
Papstreihe mit Paul II. schließt, zwischen 1464 und 1470.

²) a. a. O. V. 19. 20.

³) Wolfenbüttler Hschr. Vorsetzblatt: Gebhart Dacher von Costentz
hat dieses zusammengeschrieben. Desgleichen in der Prager (Höfler a.
a. O. 399): Dies Buch ist Gebhartt Dachers von Oostentz; vgl. Archiv
der Gesellsch. für ältere deutsche Geschichtsk. I. 394. V. 506.
Mittheil. zur vaterl. Gesch. herausg. vom histor. Verein zu
St. Gallen I. 97.

⁴) Marmor a. a. O. Vorrede 2. Daß er ein Bücherfreund gewesen,
schließe ich aus dem Umstande, daß außer der Wolfenbüttler noch andere

wesen sein, da er 1464 in der Prager Handschrift als Erneuerer
der Richentalschen Concilsgeschichte erscheint [1]) und achtzehn Jahre
später 1482 als gestorben erwähnt wird. [2]) In den Ruf, ein
Freund der Kirchenverbesserung zu sein, ist er wohl nur durch die
Vorrede der Wolfenbüttler Handschrift gekommen. Allein ob diese
Vorrede von Dacher herrührt, ist zweifelhaft, denn die Handschrift
ist sicher nicht älter als das sechzehnte Jahrhundert, wenn auch
ihr Original um 1470 entstand, und die Vorrede enthält verschie=
dene Wendungen, welche bei einem Manne des fünfzehnten befremd=
lich erscheinen möchten. Die Prager Handschrift dürfte hierüber
Aufschluß geben.

Daß Dacher nur den Richental überarbeitet, vielleicht auch
an manchen Stellen vervollständigt hat, ersehen wir aus der
Ueberschrift des Prager Codex und beweist neben vielfacher
Uebereinstimmung der Wolfenbüttler Concilsgeschichte mit den
Handschriften zu Konstanz und Aulendorf ganz besonders der
Umstand, daß Ulrich Richental von sich in der ersten Person fast
eben so oft in der Wolfenbüttler Handschrift, als in der Aulen=
dorfer spricht, [3]) und zwar an Stellen, an welchen diese letztere
den Namen wegläßt.

Bibliotheken, so die Prager, St. Galler, Stuttgarter im Besitze von meist
schön ausgestatteten Handschriften sind, welche einst ihm gehört haben.

[1]) Höfler a. a. O. und seit von dem concilium daz danne zu Co=
stentz gewessen ist als danne Vlrich Richental ain Burger von Costentz
zu denselben zitten gar aigenlichen was darinne beschehen ist ver=
schriben vnd lassen maulen hat vnd ich Gebbartt Dacher das ernuwert
hab anno MCCCCLXIIII jar. In bemselben Jahr soll er über den gefrorenen
Bodensee von Dingelsdorf nach Ueberlingen gegangen sein. Marmor a. a. O. 5.

[2]) Archiv der Gesellsch. für ältere beutsche Geschichts=
kunde V. 506. Anno domini etc. LXXXIIdo uf Mentag nach saunt
Marhentag warb mir Conraten Albrecht stattschriber zu Costenz biß Buch
von Gebhartt Tachers säligen frawen 2c.

[3]) So Wolfenb. fol. 69ᵇ: „Ich Ulrich Richental;" fol. 73: „Do warb
ich Ulrich Richental gehaissen, das ich in fragen solt ob er dichten wolt."
Einige Zeilen weiter unten heißt es: „also ruft ihm derselbig Ulrich Richen=
tal demselben Herrn Ulrichen." Aulenb. fol. 66 und 67ᵇ erzählt an
allen drei Stellen in der ersten Person jedoch ohne Nennung des Namens
Ulrich Richental. Konst. fol. 55ᵇ und 57 berichtet von einer persönlichen
Betheiligung Richentals gar Nichts. Die Prager Hschr. Höfler a. a.

Auch die Stelle, welche H. von der Hardt für die wichtigste hielt, und aus welcher er schloß, daß Dacher zum Gefolge des Kurfürsten von Sachsen gehört habe, jener bekannte Bericht über die öffentlichen Dirnen in Konstanz, gehört nicht Dacher, sondern Richental an, welcher in der Aulendorfer Handschrift[1] sagt: „Item och mußt ich minem herren herzog rudolffen von sachsen erfaren" u. s. w. Der Ausdruck „minem herren" wurde in der Umschreibung der Wolfenbüttler Handschrift auf ein Dienstverhältniß bezogen, während er nichts Anderes als eine Höflichkeitsformel ist, welche auch sonst bei Richental vorkommt.[2]

Ist nach Allem diesem Dacher nicht Verfasser einer selbständigen Geschichte des Concils, so bleibt ihm doch das unbestrittene Verdienst, durch Ueberarbeitung und Besorgung von Abschriften des Richentalschen Werkes wesentlich zu dessen Erhaltung und Verbreitung beigetragen zu haben. Ja noch mehr, es möchte auch ihm die erste Drucklegung zu verdanken sein; denn daß Anton Sorg eine Dachersche Handschrift seiner Ausgabe zu Grunde gelegt hat, beweisen mit aller Sicherheit die auf dem elften Blatt befindlichen Wappen Gebhart Dachers und seiner Gemahlin Ursula Echtpighin.[3] Das Druckjahr 1483 und Dachers mögliches Todesjahr 1482[4] stehen dieser Vermuthung nicht entgegen, da die Vorbereitung des Druckes. Stich der Holzschnitte wohl reichlich ein Jahr und längere Zeit in Anspruch nehmen konnte.[5]

O. 401. 404. stimmt mit der Aulendorfer überein. Wolfenb. 77ᵃ: „Ich Ulrich Richental."

[1] Fol. 200. vgl. Wolfenb. fol. 187, abgedruckt bei von der Hardt V. 20. „Ouch muß Ich schamparlich schreiben, daczu zwang mich min gnädiger her, herzog Rudolff ꝛc."

[2] So Aulenb. 21ᵇ: „Etlich nach dem zoch vnser her der küng mit den künginen vnd mit miner frow von wirtemberg."

[3] In der Ausg. von 1536 fol. VIII, Ausg. 1573 fol. 7.

[4] Genauer: Aftermontag nach Egidi 3. Sept. 1483 und Montag nach sannt Margentag 13. Sept. 1482.

[5] Auch Eiselein hat diese Vermuthung ausgesprochen, jedoch ohne nähere Begründung. Ich muß mich auf die hier gemachten Angaben über Dacher beschränken, und Verschiedenes auf eine andere Gelegenheit verschieben, da ich im Augenblick die Möglichkeit nicht habe, über alle den Mann betreffenden Fragen ins Reine zu kommen. Ueber seine wirklichen oder angeblichen Schriften vgl. Archiv der Gesellsch. für ältere deutsche Geschichts-

Ich gebe in Folgendem die bisher ungedruckten Berichte Richentals über Johannes Hus nach den Handschriften von Aulendorf, Konstanz und Wolfenbüttel.

kunde I. 394 und V. 526, wo eine der Stiftsbibliothek zu St. Gallen gehörige Chronik von Konstanz bis 1473 erwähnt wird, wohl dasselbe Werk, welches Scherer Mittheil. zur vaterl. Gesch. hg. vom histor. Verein zu St Gallen I. 97 als eine Geschichte der Bischöfe von Konstanz bezeichnet. Die Zeitschrift des bad. Alterthumsvereines I. 263 erwähnt als der k. Bibliothek zu Stuttgart gehörig „Gebhart Dachers Chronik der Kaiser und Päbste, Hschr. in fol. des 15. Jahrh. Die Geschichte der Stadt Konstanz und des dortigen Concils ist mit eingeflochten und viele Wappen sind in der Handschrift enthalten." Die Chronik ist eine Ueberarbeitung und Fortsetzung Königshovens; die das Concil betreffenden Parthien schließen sich enge an Richental an. Eiselein Gesch. und Beschreibung der Stadt Konstanz 262 erwähnt eine Chronik der Bischöfe von Konstanz, welche nun in der Bibliothek zu Sangallen aufbewahrt wird. Ferner, Dacher habe als Freund Uobalrich von Richentals desselben Chronik des Conciliums wirklich copiert. Von der Hardt endlich gibt V. 20 ff. eine historia magnatum in Concilio Constantiensi nach einem Wiener Codex, welche jedoch schwerlich Etwas anderes ist, als eine lateinische Bearbeitung der Richental'schen Fremdenverzeichnisse. Woher Eiselein (in F. K. Zur Gesch. des Fürstenbergischen Wappens 71. Marmor a. a. O. 4 und Vorrede 1.) es weiß, daß die Wolfenbüttler Handschrift eine auf Veranlassung von der Hardts gefertigte Abschrift des Wiener Codex ist, vermag ich nicht zu sagen. Von der Hardt berichtet an den mehrerwähnten Stellen nur von einer zu Wien befindlichen lateinischen Arbeit Dachers über das Concil und bezeichnet dessen deutsche Conciliumschronik als einen Wolfenbüttler Codex. Wahrscheinlich ist die Angabe nur eine Conjectur Eiseleins. Während des Druckes kam mir der Verhandlungen des Vereins für Kunst und Alterthum in Ulm und Oberschwaben N. R. Drittes Heft (Ulm 1871) zu. Herr Dr. M. R. Buck in Aulendorf gibt S. 1—4 in einem Vortrage „Ueber Ulrich Richentals Chronik des Konstanzer Concils" eine Reihe von dankenswerthen Mittheilungen über Richental, denen ich Folgendes entnehme. Vor den deutschen Texten habe ein lateinischer existiert. Außer den obengenannten Handschriften liege noch eine weitere in Winterthur. Richental sei kein Patricier von Konstanz, vielleicht (bischöflicher) Notar gewesen. Der Aulendorfer Text sei älter als der Konstanzer, zwischen 1423 und 1433 entstanden und möglicher Weise durch den um 1480 vorkommenden Konstanzer Chorherrn Johann von Königsegg nach Aulendorf gekommen.

A. Der kürzere Fluchtbericht.

Richental beschreibt die Weihe der goldenen Rose und die damit ver=
bundenen Ceremonien und fährt dann fort: „Vnd biß beschach alles an bem
sonntag ze mitter vasten letare vor imbiß vnd zu bem imbiß lub bapst
Johannes ber rriij ben selben vnsern herren ben küng zu imbiß vnd zu im ben
Carbinal Ostiensis vnd ban nocht sechs Carbinäl ben ertzbischoff von Mentz
vnd vil ertzbischoff vnd bischoff vnd sust by nün gefürsten herren.

Vnd als sy nun ze tische wollend sitzen bo predigott inn vor bem
tisch ain lerer götlicher kunst 2c.,“ hier folgt eine Beschreibung, wie der Papst
gespeist und in welcher Ordnung man zu Tische gesessen (25 Zeilen.) Daran
schließt sich unmittelbar ber erste Bericht über Hus an.

Vnd also vff ben tag glich vmb ben imbiß bo hätt sich
maister Hanns Huß von Behem gelait in ain wagen in siner
herberg ber was des Lactschenbocks ain ritters ze Behem ber was
ze herberg in ber pfistrinen hus an sant Pauls gassen. Vnd nam
zu im ain fläschli mit win vnd ain wiß brott. Der selbig wagen
wolt nach imbiß gefaren sin in bas gö vmb stro vnd vmb hö
vnd maint also von Costentz ze kommen widerumb ge Behem.
Do man vber tisch kam vnd man sin irret bo luff von stund an
ber selbig ritter Lactschenbock vnd mit im ain ritter mit namen

Vnd uf ben tag am suntag letare bo hat Johannes Huß ber benn vor
gen Costentz komen was von gebots wegen bes conciliums in ber pfistrinen
huß an sant pauls tag meß vnd hieß barzu lüten vnd ainfaltig vngelert lüt
vnd horten sin meß bas warb im nu verbotten von ainem vicary zu Costentz
bo er bas marckt vnd anber reb so vf in gieng von sins vnglobens wegen
bo warb er im fürchten über bas bas im ain gut gelait geben was vom
bapst vnd bem concilio vnd och von vnserem herren bem Römschen küng
bem gelait wolt er nit gantz getruwen vnd lait sich in ain wagen vnd ver=
backt sich mit strow vnd nam zu im was im not was von essen vnd von
trincken ber wagen vnd bie knecht wolten nach bem imbiß ze holtz faren vnd
was ber wagen ains ritters von Beham hieß ber Latschenbock vnd was im
zig er wär ouch ain huß vnd warend baib in ainer herberg wann ber Lat=
schenbock ben Hussen herbß bracht von Beham vnd brach also selb sin gelait.
Do man nu ze tisch wolt gon vnd man sin mangelt bo luff an stett ber
Latschenbock vnd ber Kolobraut ouch von Beham ritter fur ben burgermaister

Kolenbrat och von Behem die [46] dann den Huſſen heruß
her Behem bracht hattend für den Burgermaiſter herr Hainrichen
von Ulm vnd klegten im das. Der Burgermaiſter hieß von ſtund
an alle tor beſchließen vnd menglich gewapet kommen vff den
obern marckt das och beſchach vnd bo die alſo hieltend vnd georb-
nott ward wa ieglicher hin ſolt riten bo ward er funden in dem
wagen vnd ſprach Lactſchembock der ritter zu im maiſter Hanns
warumb haben ir vwer gelait ſelber brochen vnd glich vmb
veſperzit bo furt der ſelbig Lactſchenbock vnd der Kolenbrat den
ſelben Huſſen vff den obern hof für die pfaltz vnd gab inn da
bapſt Johannſen vnd luſſen im nach mer dan xii tuſend menſchen
burch wonders willen. Der bapſt leit inn bo gefangen in die
pfaltz bo lag er acht tag barnach bo ward er geleit zu den pre-
bigern ba lag er bis er verbrennet ward vnd giengen zu im allweg
am britten tag gelert herren in theologia.

Nun möcht etliche wondern wie der bapſt dem volk ben
ſegen gab.

Hainrichen von Ulm vnd clegt im das der burgermaiſter der hieß an ſtet alle
thor beſchlieſſen vnd hieß mengklich gewappet vff ben obern marckt komen ze
roß das beſchach ouch an ſtet vnd bo man ſo bald gerüſt kam das lobten
bie frömben vaſt das man als gehorſam vnd das ſolich ſchön züg in ainer
clainen ſtatt was bie ba wißten warumb es was bie es aber nit wißten bie
erſchracken bo bie alſo by ainander hielten vnd ieglicher georbnet ward wa
hin er ritten vnd loſſen ſölt vnd an welich rick Alſo ward berſelb maiſter
Hans Huß funden in bem wagen vnd ſprach ber Latſchenbock zu im warumb
hand ir uwer gelait ſelbs brochen Vnd glich uff veſper zit Do fürt ber ſelb
Latſchenbock vnd ber Kolobrat ben ſelben Huſſen vff ben obern hoff fuor bie
pfallentz vnd gaben in bapſt Johannes vnd luſſent im nach mer ben rij tuſend
menſchen burch wunders willen vnd brachten in ze roß vnd bo er abſtünd
bo entran er unter bie lüt vnd wolt ſich verſchlagen haben Es halff in aber
nit wann bes bapſts botten mit ben ſilbrin ſtecken bie erwuſchten in vnd ber
bapſt lait in gefangen in bie pfallentz ba lag er by acht tagen bar nach
ward er gelaitt zu ben prebiern ba lag er vncz bas er verbrant ward vnd
giengen allweg zu im gelert lüt in ber götlichen kunſt vnd biſputierten mit
im von ſins böſen globens wegen vnd ward von in allweg überwunden vnd
wolt bes böſen globen abgeſtanden ſin muſt er es nit wiberruft haben vnd
gen beham geſchrieben bas er valſch gelert vnd geprebiot hett bas wolt er nit
vfnemen vnd wolt ſich e lauſſen brennen.

B. Der ausführliche Bericht über Hus.

Aulenborfer Handschrift fol. 64 b.

Nun follen wir das concilium alfo laßen bliben biß ir ver=
standen wie nun der Huff vnd Jeronimus gen Conftenz kommen
vnd da verbrennt wurden.

Als nun das concilium gen Coftenz kommen was vnd als
nun die feffiones wurden bo wurdent fy och ze rat das fy den
vngloben in behem demmen wöltend vnd die kätzery vertilggen
vnd ludent für ir gericht den Huffen vnd och Jeronimum vnd
bienend die, die woltend fich nünz daran keren vnd woltend och
irem bann vnd gericht nit gehorfam fin vnd bo fchrib das conci=

Konftanzer Handfchrift fol. 54b.	Wolfenbüttler Handfchrift fol. 67ª.
Nun wöllen wir bif concilium lauffen belieben vncz das wir ver= ftanden wie der Huß vnd Jeronymus gen Coftenz kamen vnd da verbrent wurden.	Nun wollen wir diss Concilium lassen beliben vncz das wir ver- standen, wie das der Huss . vnd Jieronymus gen Costentz kament vnd da verbrent wurden.
Als nu das concilium alfo auch die feffiones gehalten *) wurden fy un= ter anderm ouch ze raut, das fy den vngloben in behamer land verdampnen wolten vnd die kezery vertilgen, vnd luoben für das concilium vnd für ir gericht den Huffen vnd Jeronimum, die kamen nit noch niema von iren wegen, do tet fy das concilium in den ban, fy wolten aber nüt daruf halten. Do verfchrieb man küng Wen=	Alß nun das Concilium gen Co= ftenz khomen was vnnd die Sessiones all redlichen gehept wurden, bo wur= den fi ouch zu rautt das fi den vn= globen in Böchemer lanndt verdampnen wolten, vnnd die khezerye vertillgen vnnd luden für das Concilium vnnd für ir gericht den Huffen vnnd Hieronymum bie khament nit noch nieman von iren wegen, bo thätten Sy fy inn den pann: fi wollten fich an den pann nit kheren noch nütt darumb geben vnnd wollten ir gericht vnnd pann niena fürhallten, bo enbuttent fy kunig Wen=

---

*) wurden wurden, bas erfte ausgestrichen.

lium kunig Wentzelau von Behem das er so wol[1]) tät durch
Cristan globens willen vnd bie zwen gen Costentz santi wann
boch ba jetzo ber grund vnd bie ler aller cristenhait wär vnd
batenb vnnßern herren ben Römischen küng bas er barumb sinem
bruder och schrib bas tett och er, noch bannocht woltend sy nit
kommen vnßer herr ber Römisch küng santi bann dem selben
maister Hansen Hussen ain fry sicher gelait mit sinem brief vnd
insigel sicher ze sinb bar vnd bannen bas gelait sant im och vnßer
herr ber küng.

Also sant inn küng[2]) Wentzlau erlich gen Costentz vnb rittenb
mit im bie inn belaiten soltenb herr Waczla [65] von ber tuben

<hr>

[1]) Hschr. wolt, t ist ausgestrichen; vgl. bie entsprechenbe Stelle ber Konstanzer Hschr.

[2]) kuntz.

<hr>

czeslaw von Beham vnb verschribent
im bas er so wolt tät burch Cristens
globens willen, vnb bie zwen gen Costentz santi, [b]) wann boch ba yetz ber
grund aller künst wär, vnb batten
vnsern herren ben Römischen küng,
bas er sinem bruder ouch barumb
schrib, als er ouch tet, bennocht wolten sy nit komen, vnnser her ber Romisch küng santi benn bemselben maister
Hansen Hussen ain fry sicher gelait,
mit sinem brif vnb sigel, sicher bar
vnb bannen ze komen bis an sin gewarsami bas im ouch von vnserm
herren dem Romischen küng gesanbt
warb.

[55 [a]] Also sanbt in küng wenczlaw erlich gen Costentz vnb riten mit
im bie in gelaitten her Weneczeslaw
von ber Thuben, vnb her Hainrich

zeslawen von Behaim vnnb verschrie-
bent im bas er so wol thatt von
Christens globen willen, vnnb bie 2
gen Costenz sanbti won boch ba iezt
ber grundt ber lehr so alle christenhait
hett ba yetzt wär, vnnb batten vnnsern
herrn ben Römischen kunig Sigmun-
ben [67 [b]] bas er sinem bruber ouch
barumb beschrieb, bas tatt ouch er noch
bennocht wolltenb si nit khommen
vnnser herr ber Römisch kunig sanbti
bann bemselben maister Johannsen
Huß ain fri sicher gelait mit sinem
brieff vnnb insigl sicher bazelhommen,
vnnb sicher wiber heim zekhommen an
sin gewarsami bas gelait sanbt im ouch
vnser herr ber Romisch kunig.

Also sandt in kunig Wentzeslaus
ehrlich gen Costenz vnb rieten mit
im bie in gelaitten herr Wenzeßlaw
von ber Thuben, vnnb herr Hainrich

<hr>

[b]) Costentz kant (ausgestr.) santi.

vnb herr Hainrich Lathenbot mer bann mit ꝛꝛꝛ pfärb vnb zwain wägen bo hatt der Huff felbs ain wägelin baruff er vnb fin caplon faßen vnb zugenb in der pfiftrinen hus an fant Pauls gaffen.

Do fy nun ba ain tag ober zwen geruwet hattenb bo nam der Huff vnb hett. in bem hus in ber kammer neben ber ftuben meß. Vnb komen vil ber nachgeburen vnb hortenb by im meß bas bes lofens vil warb. Doch hett er bozemal meff als vnßer pfaffen. Do nun bas vernam vnßer herr[1]) ber bifchoff, Ott bifchoff ze Coftentz bo fenbet er zu im fin vicarij maifter Hanfen Tenger vnb fin official maifter Conraten Helije bie zwen komen zu im vnb rettenb mit im warumb er meff hett nun wißti er boch bas er lange zit in bes bapftes bann war vnb fonber ietzo

---

[1]) herr ber bifchoff, bifchoff von Ott bifchoff; von ift ausgeftrichen.

Latfchenbock ritter mer bann mit briffig pfaritten vnb mit zwain wagen vnb het ber Huß felb ain wageli baruf er vnb fin capplan faffen vnb zugen in ber pfiftrinen huß an Sant Pauls gaffen.

Vnb als fy nu in bem huß ain tag ober zwen ruwten, bo het berfelb maifter Hanns Huß in ber kamer nebenb ber Stuben meß, vnb kamen vil ber nachpuren, vnb horten by im meß, bo bes lofs alfo vil warb, wie boch bas er meß het als vnfer pfaffen bas warb vnfer her von Coftentz innen, ber hieß bifchof Ott, vnb was ain geborner marggraf von Röteln, vnb fanbt zu im finen vicarien maifter Hannfen Tenger vnb fin official maifter Cunraten Heligen vnb rebten mit im warumb er meß het, nu wißti er boch wol bas er lang zit in bes bapfts ban wär gewefen, vnb ouch hecz fun-

Lattfchenbockh ritter mehr ban mit 30 pfäritten vnb mit 2 wägen. Do hett ber huff felb ein wägeulli baruff er vnnb fin capplan faffen vnb zugent allfo inn ber pfryftrinen hus an S. Pauls gaffen by ber zueben aller nächft.

Do fy nun inn bem hus Ain thag ober zwen ruweten, bo hett berfelb maifter Hanns Hus inn ber kamer nebenb ber ftueben mes vnnb khament vil ber nachpuren vnnb hörten by im mes Do bes loffs als viel warb wie boch bas er meß hett als vnfere pfaffen vnnb bes warbt innen vnfer herr von Coftentz, bifchoff Ott ein gefurfter graff von Röteln, bo fannbt er zu im finen Vicarium maifter Johannfen Teng vnnb finen Official maifter Cunraten Heligen. Die zwen khament zu im vnnb retten mit im warumb er mes hett nun wefti er boch wol bas er lange zitte inn bes bapftes panne war [68] vnnb funber ouch zo inn

in des hailigen conciliums. Do antwortt er, er hielte kain bann vnd wölt messe haben als bick er sin gnab hett. Do verbot der bischof dem volk das sy sin mess nit hortend.

Do das der Huss marck vnd anders das man im zu trechn wolt do fur er zu an dem sonnentag in der vastan oculi nach siner mess vnd nam ain brott vnd ain flaschlin mit win vnd verbarg sich in des Latschenboks wagen wann die karen nach imbiß wolltend vß faren vmb höw vnd futer in ain dorff da sy es dann gekoft hettend. Do bie ritter ze tisch komen bo fragend sy bem Hussen nach. Do man sin nit finden kond bo luff der Latschenbock zu dem burgermaister vnd klegt dem söllichs. Der hieß an

ber in bas concilio Dann antwurt er, er hielte kain ban vnd wolte mess haben als bick im got gnab tät, bo verbot vnnser her von Costentz vnd sin vicary vnd ber official bem volck so vmb in gesessen was vnd mengklichem bas niemend mer sin mess horti noch bar zu gieng.

Do ber Huß biß marckt, vnd ouch anbers hort sollicher böser sachen, so mann vff in trechen wolt, bo fur er zu an ainem sunnentag in der vasten als man singet Oculi nach siner mess vnd nam ain brot vnd ain flaschli mit win, vnd verbarg sich in bes Latschenbocks wagen, wann man den selben wagen füren wolt vf bas land vnd die knecht kauffen höw vnd futer. Vnd bo nu bie ritter vnd bas volck zu tisch kamen vnd essen wolten, bo fragten sy bem Hussen nach, bo man syn nit finden kunb, bo luff der Latschenbock für ber burgermaister, vnd

bes hailligen Concilio bo antwurt er er hiellte khain pann vnnd wolte mes haben als bickh im Got genab tätt bo verbott vnnser herr von Costencz vnnd sin Vicarius vnnd ber Official bem volckh, so vmb in gesässen was, vnd meniglichem, bas niemanb me sin mes hörti noch barzuging.

Do ber huss dis marckht vnnd ouch anbers hort sollicher böser sachen so man vff in trechen wolt, bo für er zu an ainem sunnentag in ber fasten Als man singet Oculi mei nach siner mess vnnd nam ain prot vnnd ain flaschli mit win zu im vnnb verbarg sich inn des Latschenbockhs wagen wen berselb wagen wollt man fueren uff bas lanbt vnnd bie knecht khoussen heu vnnd futer vnd wolt ber wagen sin gangen nach bem ymbis inn ain borff borinnen si khoufft hatten futer höw vnn strow, Do nun bie ritter vnnd volckh zetisch khament vnd essen wollten bo fragten si bem hussen nach bo man sin nit finden khunb bo luff ber Lattschenpockh zu bem burgermaister ze

ſtett die ſtatt beſchließen vnd menglich berait ſin ze roß vnd ze
fuß im nach ze ylen das beſchach glich in dem do ward er funden
vnd ward menglichen wider botten.

Glich nam imbiß do es ains ſchlug do nam derſelb |65_b|
herr Hainrich Latſchenbock denſelben Huſſen vff ain roſſ vnd ſin
caplou mit im vnd viel ander Behem vnd furtend inn vff den
obern hof für die pfaltz für bapſt Johannes do ſprach der Huſſ:
Er ſölt inn in kain gefangnuß nit bringen dann er hett ain ſicher
glait. Do ſprach der Lathenbok es iſt alſo angeſehen, das ir
üwer ſachen ſollen zu bringen oder billicht darumb ſterben. Alſo

clegt im ſolichs. Der ſelb burger=
maiſter hieß an ſtat die ſtat beſchlieſſen
vnd mengtlich berait ſin ze roß vnd
ze fuß, das man im nach ylte, wan
er doch durch ſolich rick die umb Co=
ſtentz ſind nit wol komen möcht. In
dem do ſich mengklich berait hat, do
ward er funden vff dem wagen, das
ſait man dem burgermaiſter der hieß
do mangklich wider haym gen.

Glich nach imbis do es ains
ſchlug do nam der ſelb her Hainrich
Latſchenbock den ſelben maiſter Hanſen
Huſſen, vff ain roß vnd ſinen capplon
ouch vff ain roß, vnd vil ander Be=
hamen die mit inen ritten, vnd furten
in vff den obern hoff für die pfallentz
für bapſt Johannes, do ſprach der
ſelb maiſter Johannes Huß, Er ſolte
in in kain vancknuß nit bringen, wann
er het ain gut ſry ſicher gelait, für
aller mengkllich. Do antwurt im der
latſchenbock vnd ſprach: Es iſt alſo
angeſehen das ir üwer ſachen zu brin=
gen ſullen das die recht ſyen ob ir
mugent alb darumb ſterben alſo trat
der Huß behend ab dem roß vnd wolt

Coſtenz vnd khlegt im das derſelb, bur=
germaiſter hies an ſtatt di ſtatt be=
ſchlieſſen vnnd meniglich berait ſin ze
roß vnnd ze fus das man im nach
ylte, wen er doch durch ſöllich rickh
die vmb Coſtencz ſind vnſanfft khom=
men möcht, inn dem do ſich meniglich
beraitt hatt, bo ward er ſunden vff
[68 b] dem wagen vnnd des ſaitt man
anſtett dem burgermaiſter der hies
meniglich wider heimgen.

Glich nach dem ymbis do es ains
ſchlug do nam derſelb herr Hanns Hain=
rich Lattſchenpockh denſelben maiſter
Hannſen Huſſen vff ain ros vnnd ſinen
capplon ouch vff ain ros vnnd viell ander
Behmen die mit inen ritten vnd fürten
in vff den obern hoff ſur die pfallentz
für bapſt Joannes Do ſprach derſelb
maiſter Johannes Huß er ſollte in
inn khain vanckhnus nit pringen, won
er hett ain ſrye ſicher gutt gelaitt für
aller meniglich do antwurt im der
Lattſchenpockh vnd ſprach es iſt alſo
angeſehen das ir vwer ſachen zubrin=
gen, das die recht ſygent allſo tratt
der Huß behend ab dem roß vnnd

tratt er bald von dem roſſ vnd wolt vnder das behemiſch volk
geloffen ſin wann ob acht zehen tuſend menſchen vff dem hof
waren die ſin innen [1]) waren worden das man inn dem bapſt
wolt bringen. Do des bapſtes büttel das ſachen bie bie ſilbrin
ſtecken ober trömel tragen die erwuſchtend inn vnd furtend inn
in die pfaltz vnd beſchluſſend ſy vnd ließend ben caplon hinweg
gon vnd bo er alſo da lag bo hett im vnſer herr ber küng gern
geholfen vnd maint es wär im ain groſſe ſchanb ſolt ſin fry gelait an im gebrochen werden. Da antworten im die gelerten es
könb vnd möcht in kainen rechten nit ſin das ain ketzer gelait

---

[1]) aus innem corrigiert.

unber das **Behamiſch** volck [55ᵇ] geloffen ſin, wann es waren mer ban
achczig tuſent menſchen vff bem obern
hoff, bie alle zu warend geloſſen von
bes wunbers wegen, vnb bas ſy ben
ſelben Huſſen ſächen die bes innen
warenb worden, das man in bapſt
Johanneßen bringen wolt, das erſachen
bie püttel bes bapſts mit ben ſilbrin
ſtecken, die erwuſtenb in, vnb fürten
in in bie pfallentz vnb beſchluſſent die
pfallentz vnb lieſſent ben capplon enweg ritten. Do er alſo in ber pfallentz behut lag in bem ſelben het im
vnſer her ber küng gern geholſſen vnd
forcht villicht ſins bruders zorn vnb
ouch bas er beſter fürberlicher ber be-
hamſchen hulb verlur vnb maint es
wär im ain groſſe vner, ſolte er ſin
fry ſicher gelait alſo brechen. Do antwurten im bie gelerten Es mocht noch
kund nit geſin mit behainem rechten

wolt vnber bas **Böhmiſch** volck) geloffen ſin wan es was mehr bann
achtzig tuſent manſchen vff bem obern
hoff bi alle zu warend geloſſen von bes
wunders wegen vnnb bas ſi benſelben
Huſſen geſachen bi bes innen warenb
worben bas man in bapſt Joannes
pringen wolt Do die püttel bes bapſtes vnnb ber carbinäl bie bie ſilbrin
vergulten ſteckhen thrugenb bas erſachen bas er allſo geſtochen wolt ſin,
bi erwuſchtenb in vnb fürten in imu
bie pfallencz vnnb beſchluſſent bi pfallencz vnnb lieſſenb ben capplan enweg
rieten, Do er alſo inn ber [69 ᵃ] pfallencz behütt lag inn berſelben ziit hett
inr vnnſer herr ber kunig gern geholſſen vnnb forcht villicht ſines brue-
bers zorn vnnb ouch bas er beſten fürberlicher ber Behemiſchen hulb verlur,
vnnb malt es wär ain groſſe vnehr
ſollte er ſin frye ſicher gelait alſo
prechen Do antwurtten im bie gelertten
es enmocht noch enthunbt nit geſin,
mit bekhainem rechten bas bekhainer

haben folt vnd do er iren ernft hortt do ließ er es gut fin. Do
ward er zu den predigern in ain fonder gemach gelait wol behut
vnd giengen zu im alltag die gelerteften in theoloya vnd haltend
im vor ob fy inn ab finem böfen globen bringen möchtind.

Darnach uf mentag an dem hailgen tag ze Oftran do kam
Jeronimus haimlich mit einem fchuler gen Coftentz vnd wißt es
nieman von manigfaltikait des volks vnd fchlug ainen brief an er
wißoti anders nit dann das maifter Hanns Huff recht geleret
vnd geprebigott hett doch fo wärind im etlich artikel zugezogen

das behainer feezer der in der feezery begriffen würt müg noch künd gelait haben, do vnfer her der Romifch küng das erhort, do ließ er es gut fin do ward der felb maifter Hanns Huß vifer der pfallentz gefürt. Vnd ward gefangen vnd zu den prebyern gen Coftentz gelaibt vnd ward im ain funder gemach geben vnd vil die fin hütten, vnd giengen alle tag zu im die gelertoften die fin mochten in dem concilio in der hailigen gefchrift vnd faiten im vor vnd bewißten mit der hailigen gefchrift das er übel gelobt hat vnd übel geprebyot vnd tatten das darumb ob fy in von finem böfen glouben bringen mochten	fetzer der inn der ketzerye begriffen wirt mug noch khun thain gelaitt haben Do vnnfer herr der Romifch kunig das erhort do lies er es guett fin Do ward derfelb maifter Hanns Huß vß der pfalleutz gefurt, vnnd ward gefangen gelait zu den prebigern zu Coftencz vnnd ward im ain funder gemach geben vnnd viel hütter die in behütten für fluchtfami vnnd giengen alle tag zu im die gelertoften inn der theologie vnnd faiten im vor vnd bewuften mit der hailigen gefchrift das er ybel gelobt hett vnnd vbel gepredigett vnnd tätten es darumb ob fie in von finem böfen globen pringen möchten.
Dar nach am Mentag nach dem hailigen tag ze Oftran do kam Jeronimus mit ainem fchüler haimlich gen Coftentz das in niemen erkennen noch fin inen mocht werden von der menge des volds vnd fchlug ain brieff an Sant Steffans filchthür der wißt vnd fait in latin Er wißti anders nit denn das maifter Hanns Hus recht gelert vnd geprebiot	Darnach am mentag nach dem hailligen tag zu Oftern do kham Hieronymus mit ainem fchueler heimlich gen Coftencz das es niemand wuft, noch in erkhennen möcht vnnd gewar mocht werden von der mengi des volckhes vnnd fchlug an ainen brieff an S. Stephaus kilch tor zu Coftencz der wuft vnnd faitt inn latin, er [69 "] wüfti anders nit dann das maifter Hanns Huß recht gelert vnnd gepre-

von finbſchaft wegen war ſach das er die hielt da vor kund er
inn nit ſchirmen vnd als er den brieff angeſchlagen hett bo luff
er glich hin weg. Do warb [66] ich vnd ander vil gefragott
war er komen wär da wiſſt nieman nüntz darumb. Vnd barnach
über ſechs tag bo warb man innen das er ze herberg geweſen
wär by dem gut jar an ſant Pauls gaſſen vnd hatt von forchten
hinder im ain ſchwertt gelaßen Vnd kam alſo an den behemer
walb vnd wolt da ruwen vnd als nun ain yeber gelerter man
den andern ſucht, alſo kam er och zu dem lüprieſter daſelbs der
hett von geſchicht all pfaffen geladet bo kam Jeronimus och zu

het, doch ſo warenb im etlich artikel
zu gezogen, von haß vnd vinbſchaft
wegen wäre bie alſo ſo kund vnd
möcht er in ba vor nit ſchirmen. Er
gelobte aber nit bas er es geton hab.
Vnd alsbalb er den brief angeſchlagen
hat bo luff er vnd ſin ſchüler glich
enweg von Coſtentz bas ſie niemanb
innen warb vnd beſchach im ſo not
bas er ſins ſchwerts in der herberg
vergaß oder villicht vor forcht nit
nemen wolt, vnd fragt man yebermann
wa er ze herberg wär geſin ba wißt
nieman nüt barumb. Dar nach über
ſechs tag bo warb man innen, bas er
ze herberg was geſin by dem gut Jar
an ſant pauls gaſſen vnd hett von
forcht hinder im gelaſſen ſin ſchwert
in der herberg vnb kam alſo an den
Behamer walb vnd wolt ba ruwen
vnd als ein yeglicher man ſuchet anber gelert lüt, kam er zu ainem lüt-
prieſter baſelbs ber hett von geſchicht
viel pfaffen gelat kam Jeronimus och

bigt hett, doch ſo wärenbt im etliche
artickhel zu gezegen von haß vnnb
veinbtſchafft wegen, wäre ba bas er
bie hielte oder geprebigt hett banor
khunb er in nit geſchiermen, aber er
gelobte ſin nit, bas er bas gethan hab,
vnnb als pallbt er ben brieff ange=
ſchlagen hett bo lueff er vnnb ſin
ſchueler glich enweg von Coſtencz, bas
ſyn niemanb innen warb vnnb be=
ſchach im ſo nott, bas [er] ſines ſchwertz
inn ber herberg vorgas ober villicht
von forcht nit nemen wolt.* Do warb
ich Ulrich Richental vnnb anbre viel
gefrägt, war er khomen war, ober wa
er ze herberg geweſen war Do wuſt
niemanbt nutt barumb, barnach yber
6 tag bo warb man innen bas er ze=
herberg was geſin by bem Gutt iar
an S Paulsgaſſen vnnb hett von
vorchten hinder im gelaſſen ſin ſchwert
Vnb kham alſo an den Behaimer walbt
vnnb wolt ba ruwen vnnb als ain
yeglicher gelerter man [ſuchet anber
gelerter man], ben anbern ſucht, allſo
kham er zu bem Luttprieſter baſelbs
ber hett von geſchicht all pfaffhait ge=

dem mal Vnd in den mal vieng er an ȝe reden wann er vaſt
geſpräch was w[ie] er ȝe Coſtentz geweſen wär in dem concilium
das da wol hieß ain ſchul des tüfels ſathane vnd ain ſynagog
aller gelerten lüt vnd hett brieff by im wol mit lȟ inſigeln das
maiſter Hanns Huſſ vnd er wol beſtanden wären vnd könd kain
gelerter man noch herr nit wider ſy reden vnd ſeit vil übels da
von dem concilium das die pfaffen übel erſchracken vnd wurdent
haimlich ȝe rat das ſy das dem herren daſelbs ſaitind der ant=
wurt das ſy alſo baitotind biß morn. Mornendes bo hielt der
herr mit ſinen bienern vff inn vnd fieng in vnd ſprach maiſter

[56] ȝu in inhin über das mal, vnd
darnach vieng er an ȝe reden, wann
er vaſt wol geſprach was in latin,
vnd in tütſch, wie das er Coſtentz ge=
weſen wär in dem concilium, das da
wol hieß ain ſchul des tüfels ſathane
vnd ain ſinagog vnrechttunder lüt vnd
aller verferten lüt, vnd hett des brieff
by im wol mit lȟ inſigln, das mai=
ſter Hanns Huß vnd ouch er wol be=
ſtanden waren. Vnd künd noch möcht
in kain gelerter man, noch her nit
widerreden noch ſy überwinden. Vnd
ſait viel übels von dem concilio, des
die pfaffen all übel erſchracken, vnd
wurden haimlich ȝu rat das ſy das
dem herren, der da by in ſas vnd ge=
waltig in dem ſtätli was ſagen wolten,
der antwurt inen ſy ſolten alſo baiten
vnd ſtil ſchwigen bis mornends, vnd
nüt davon reden. Mornends bo hielt
der ſelb herr mit ſinen bienern vff in
vor der ſtat oder dem markt vnd als
balb er vßher kam bo graif er ȝu im
vnd fieng in, vnd ſprach ȝu im Maiſter

lat bo kham Hieronymus ouch ȝu in
jehin vber das mal vnnd barnach fieng
er an ȝe reden, wann er *) vaſt wol
geſpräch was inn latin vnnd inn tutſch
wie das er ȝu Coſtencȝ geweſen war
inn dem Concilio* das da wol hies
ein ſchuel des tuſſels Sathanae vnnd
ein Synagog vnrecht thunder lutt vnnd
[70] Aller verkehrter lutt vnnd hett
des brieffs by im wol mit 70 inſigeln,
das maiſter Johannes Huß vnnd ouch
er wol beſtanden wärent vnnd khunbt
noch mocht in khein gelerter mann noch
herr nit widerreden noch ſy vberwin=
ben vnnd ſeit viel vbels von dem
Concilio. Das bo die pfaffen alle
vbel erſchrackhen, vnnd wurden haim=
lich ȝe ratt, das ſi das dem herren
ber da by in ſas vnnd gewaltig inn
bem ſtättlin oder inn dem marckht
was dem ſeiten ſi es. Der antwurt
inen das ſy allſo baittotin vnz mor=
nanbes vnnd nütt vß der ſach redten.
Mornendes bo hielt derſelb herr mit
ſinen bienern vff in vor ber ſtatt oder
marckht vnnd alspalbt er vßher kham
bo grüff er ȝe im vnnd fieng in vnnd

---

*) Hſchr.: es.

ir habt gestern etwas geredt von dem concilium da muß ich je
wissen ob¹) das war sy oder nit vnd mußend mit mir gen Costentz
Also bracht er inn gen Costentz an dem rri tag nach ostren bo
warb er an stett gelait gen Gottlieben in die vesti in ain souber
gemach vnd rittend vnd furend och gelert lüt zu im die selben
maintend er wär vil vnd vierfalt großer an kunst dann der Huß
vnd giengen die gelerten als dick zu inen baiden das sy ye baide
sprachen sy wöltind von irem bösen globen lassen vnd wöltind och

¹) wissen ob ob das; ob ausgestrichen.

Jeronimus, ir hand gestert geredt von
dem concilio ze Costentz, ba muß ich
ye wissen ob das war sy oder nit
wann ich vnd all herren geschworen
habent, das concilium ze beschirmen,
vnd müssent mit mir wider in das
concilium gen Costentz, bo antwurt er,
Er het ain fry sicher gelait vnd wären
sin red vnd sach war, bo sprach der
her das mag sin oder nit off die red
so ir geton hand so müssent ir ye gen
Costentz. Vnd also bracht er in wider
gen Costentz am ain vnd zwaintzigo-
sten tag nach Ostran, vnd warb an
stet gelait gen Gottlieben, in die vesti,
in ain sunbrig gemach, vnd kamen zu
im vil gelerter lüt, die mit im disput-
tierten von sins bösen gloubens wegen
vnd von andren göttlichen künsten die
mainten das er vier stund gelerter wär
wenn der Huß vnd giengen die gelerten als dick zu inen baiden vnd er-
wißten sy vnd brachten sy dar zu, das
sy baid sprachent Sy wolten von irem
bösen geloben lauffen vnd wolten das,
widerprednen vnd widerrufen alles das
das sy gelert vnd geprediot hetten, des

sprach zu im maister Hieronime ir
habt gestern geredt von dem Concilio
ze Costencz ba mußt ich ye wissen ob
das war sy oder nit war ich vnnd
alle herrn vnnd graffen geschworn haben
das Concilium zebeschirmen vnnd muß-
sent mit mir wider inn das Concilium
gen Costencz bo antwurt er, er hett
frye gelaitt vnnd wärend sine red vnnd
sach war, bo sprach der herr, es mag
sin oder nit, off die red so ir gethan
hand so müssent ir ye gen Costencz
vnnd allso pracht er in wider gen Costencz an dem [70 ᵇ] 21 tag nach
Ostran bo warb er anstett gelaitt gen
Gottlieben in die vesti in ain sunbrig
gemach, vnnd ryten vnnd furend ouch
die gelörten lutt, die verhortten in
vnnd disputierten mit im offer demselben bösen vngloben vnnd von anbern gotlich kunst die mainten er war
4 stund mehr vnnd ouch gelertter denn
der Huß.

Vnd giengen die gelertten als
dick zu inen baiden vnnd erwusten sy
vnnd brachten si darzu das si beib
sprachent, sy wollten von irem bösen
geloben lassen, vnnd wollten das wider
predigen vnnd si gelert hetten des

das wiber prebigen was ſy gelert hettinb, des was menglich fro
vnb lut man aber laubes.

Darnach ward ain ſeſſio ba ward inn ertailt das man ſy
hier vff in Swabenlanden halten ſolt¹) [66] in welhem kloſter
ober an welher ſtatt ſy woltend vnb bas ir ieglicher ſelb ſechßt
gnug haben ſölt boch bas ſy niemer mer gen Behem ſotten kommen
vnb bas ſy och mit ir aigen hanb vnb irem aigen inſigel gen
Behem ſchriben ſoltinb bas ſy falſch vnb och vnrecht geprebigot
hetten vnb es hinfür nieman nit halten ſölt. Des alles woltenb
ſy gern gehalten haben vnb baby beliben bann allain vmb bas
ſchriben gen Behem bas woltenb ſy ye nit tun vnb woltenb bie
bemütikait nit vff nemen vnb ſprachen bas laſter wöllen wir ie

---

¹) ſolt in welhem [66] in welhem kloſter.

was mengllich frow vnb lüt man lau=
bes bryſtunb über all ſtat.

Nach bem ward ain ſeſſio vnb
warb in ber ſelben ſeſſion gemainlich
ertailt bas man ſy in Swaben landen
behalten ſölt in welhem cloſter vnb
orben ſy wolten ſin vnb bas yegli=
cher ſelb ſechſten gnug het ze bruchen
boch bas ſy gen Beham nimmer mer
komen ſollten vnb bas ſy ouch mit ir
baiden henben vnb mit iren inſigeln gen
Beham ſchriben ſolten bas ſy falſch vnb
vnrecht gelobt geprebiot vnb gelert hetten
vnb bas es nun hinfür niema mer
glouben ſolt bas alles wolten ſy gern
gehalten haben vnb baby beliben ſin
allain vmb bas ſchriben gen Beham
bas wolten ſy ye nit tun vnb wolten
ſy bie bemuttikait nit vff nemen vnb

wollten ſie je wiberruſſen, bes was
menigklich frow* vnnb lutt man laudes
3 ſtunbt vber alle ſtatt als vorgeſchrie=
ben iſt laudes zeſlutten.

Darnacht bo warb ain session bo
inn berſelben ſeſſion bo warb gemaing=
lich ertailt bas man ſi inn Schwaben
landen behallten ſolt inn welchem kloſter
vnnb orben ſi wolten ſin, vnnb bas ir
yeglicher ſelb ſechſten gnug hetten zebru=
chen Doch bas ſi gen Behem niemer
khommen ſollten vnnb bas ſi ouch baib
mit ir aigen hanbt vnnb mit ir aigen
inſigl gen Behem ſchreiben ſollten bas
ſi falſch vnnb vnrecht gelobt geprebigt
vnnb gehallten hetten, vnnb bas es nun
hinnan für niemanbmehr, hallten ſolt
[71] Das alles wollten ſi gern gehall=
ten haben, vnnb baby beliben ſin, bann
allein vmb bas ſchrieben gen Behaim
bas wollten ſi ie nit thun vnnb wol=
ten bie bemuttigkhait nit offnemmen

vns ſelbs nit vff legen wann wir nemen mit werten mengen
uß dem himelrich den wir darin bracht haben mit vnßer ler als
man das alles in der latin findet.

Nun heb ich das concilium wider an wie es den zwayn er=
gieng vnd was darnach von tag ze tag geſchach wie vnſer her
der küng hinweg rait zu andern küngen vnd herren vnd wie er
widerumb kam.

Uff ſamßtag nach dem Ulrichstag an bem achtenden tag im
höwat anno bei mccccxv Vnd bo warb aber ain ſeſſion vnd was
vnßer herr der küng och ba by Och hertzog Ludwig von Payer
von Haibelberg vnd anber vil weltlicher fürſten vnd herren vnd

ſprachent bas laſter wollen wir ye uns
ſelbs nit tun wann wir nämen mit
vnſern worten vnb geſchrift [56 b] men=
gen vſſer bem himelrich ben wir bar
in bracht hand mit vnſer gotlicher ler
als man bas alles in der latin aigent=
lich findet.

Nu heb ich bas concilium wider
an wie es ben zwainen ergieng vnb
was bar nach von tag ze tag beſchach
wie vnſer her ber Romiſch küng en=
weg rait gen Hiſpania vnb zu anberen
küngen vnb herren in bem land vnb
wie er wiber kam.

An fritag nach ſant Ulrichs tag am
achtenden tag im höwat, bo warb aber
ain ſeſſio mit gantzer pfaffhait. Vnb
was vnſer her ber Römiſch küng ſelbe
ba by, Hertzog Ludwig von Bayern,
von Haibelberg vnb anber vil welt=
licher fürſten vnb herren vnb was bie

vnb ſprachend bas laſter wöllen wir
je vns ſelb nit thun, wann wir nemen
mit vnſer geſchrifft vnnb mit vnnſern
wortten mengen vſſer bem himelrich
ben wir bargepracht hanb mit vnſer
göttlicher lehr als man bas alles im
ber latin aigenlich findet,* bas ich ouch
erfarn hab.

Nun heb ich bas Concilium wider
an wie es ben zwaien ergieng vnb
was barnach von tag ze tag geſchach
wie vnſer herr der Römiſch kunig en=
weg rait gen Hiſpania vnb zu anbe=
ren kunigen vnnb herrn in bem laubt
vnnb wie er wiberkam ꝛc.

Am frytag a) nach S Ulrichs tag
am 8ten b) tag im howat anno Domini
MCCCCXV o bo warb aber ain Session
mit gannczer pfaffhait vnnb was vnnſer
herr der Römiſch kunig ouch ſelb baby,
hörtzog Ludwig von Pajern von Heibel=
berg vnnb anber viel welltlicher furſten
vnnb herrn vnnb beſchach bie Session

---

a) corrigiert: Sonnabenb.
b) corrigiert: 6.

beschach die seſſion an der ſechſten ſtund nach mitternacht. Do
ward beſendet maiſter Hanns Huſſ von Behem der ketzer vnd
prebigott da vor im der hochwirbig götlich maiſter Johannes
Thacheri der obroſten ſchul ꝛc Paris in göttlicher kunſt regierer
von ſiner böſen ketzery vnd ward mit hailiger göttlicher ler vß
der hailigen geſchrift vberwunden das ſin artikel die er geprebigott
vnd gelert hett ain rechti falſchi ketzery was vnd gabend ain recht
vrtail vber inn des erſten als er ain prieſter gewihet was das
man inn begrabieren [67] ſolt vnd im ſin wihe ab nemen. ¹) Do
ſtund zu herr Niclaus der groß maiſter vnd ertzbiſchoff zu Mailand zwen carbinäl vnd zwen biſchoff vnd zwen wichbiſchoff vnd
leitend inn an als ain prieſter vnd zugend inn wider ab als mit
gebett vnd wuſchen im ſin karacteres ab. Do macht er ain ge-

---

¹) nen.

<table>
<tr><td>

ſeſſio am morgen vmb die vj, do ward
beſant maiſter Hanns Huß vnd pre-
biot vor im der erwirbig Johannes
Tatteri ain maiſter gotlicher kunſt vnd
ain maiſter der obroſto ſchul ꝛc Paris,
von ſiner böſer keczerlicher ler vnd
ward mit rechter götlicher ler oſſer der
hailigen götlichen geſchrift vberwun-
den, das ſin artikel vnd ler die er
geprebiot vnd gelert valſch vnrecht vnd
kaeczery wären, vnd gabent ain recht
vrtail vber in, des Erſten als er zu
ainem prieſter gewicht was, das man
in bann begrabieren ſolt vnd ſin wichi
abnemen do ſtalten ſy in vff ain hohen
ſtul, das in mangllich wol ſechen mocht.
Vnd ſtund zu im der hochwirbig her
vnd maiſter Nicolaus erczbiſchoff zu
Mailand zu ainer ſitzen vnd zwen car-
binall, vnd zwen wichbiſchoff vnd laiten
in an als ain prieſter, vnd zugen in

</td><td>

an der 6 ſtundt nach mitter nacht, bo
ward beſanbt maiſter Hanns Huß der
ketzer von Behem vnnd prebiget da vor
im der Erwürbig Joannes Tarieri
ain maiſter gottlicher kunſt, vnnd ain
maiſter [71 ᵇ] der obroſten ſchul zu Paris
vnnd regierer götlicher kunſt vnnd rech-
ten von ſiner böſer khäzerlicher lehr
vnnd ward mit rechter götlicher lehr
oſſer der hailligen geſchrifft vberwun-
ben das ſin artickhl bi er gelert vnnd
geprebigt hett falſch, vnrecht vnnd rechte
käzerye was, vnnd gabent ain recht
vrtheil yber in Des erſten als er zu
ainem prieſter gewücht was das man
in bann Degradiern ſolt vnnd ſin
wuchy abnemmen Do ſtalten ſi in vff
ainen hochen ſtuel, das in meniglich
ſechen mocht vnnd ſtund zu im der
Hochwürdig maiſter maiſter Nicolaus
erczbiſchoff zu Mailand ꝛc ainer ſiten
vnnb· 2 carbinäl vnnb 2 biſchoff vnnb
2 wuchbiſchoff· vnnb laiten in an als

</td></tr>
</table>

ſpött daruß. Do nun das verging do gaben ſy ain vrtail über
inn alſo das er wär ain kätzer vnd ainer der geſtraft ſolt wer=
den vmb ſin boßhait vn empfalhen inn dem weltlichen rechten
vnd batend vnßern herren den küng vnd das weltlich recht das
man inn nit tötet vnd inn ſuſt behielt. Do ſprach der küng ze
hertzog Ludwigen Sib ich der bin der das weltlich ſchwertt inn
haltet lieber öham hertzog Ludwig vnßer vnd des hailigen röm=
ſchen richs kurfürſt vnd vnßer ertz truchſäß ſo nement inn vnd
tund im als ainem ketzer an vnßer ſtatt. Do ruft hertzog Ludwig
der von Coſtentz vogt der von des richs wegen vogt was das
was Hanns Hagen der och zegegen was vnd ſprach vogt nun

wiber ab mit worten dar zu gehörig,
vnd wuſchen im ab ſin caracteres, do
machet er ain geſpet dar vß, do nu
das volgieng do gabent ſy ain vrtail
vber in, alſo das er wär ain keczer,
vnd ain vnſtrafbarer vnd vnwiſiger
man ſiner boßhait abzeſtänd, vnd em=
pfalhent in dem weltlichen rechten.
Vnd batten vnſern herren den küng
vnd das weltlich recht das man in
nit totti, vnd man in ſuſt behielt, vnd
im ainen ewigen kärcher gäb. Do
ſprach der küng zu hertzog Ludwig
von Bayern: Siber ich der bin der
das weltlich ſchwert inne hat, lieber
öham vnd ain churfürſt des hailigen
Romſchen richs, vnd vnſer erztruchſäs
ſo nemend in an vnſer Stat vnd tund
im als ainem keczer. Do ruft hertzog
Ludwig von Bayern zu im des haili=
gen Romſchen richs vogt ze Coſtentz,
der do ouch ze gegen was vnd zu im
kam. Sprach hertzog Ludwig Niem

ain prieſter vnnd zugent in wider ab
mit gebett bie ſi yber in ſprachent vnnd
wuſchent im ſin caracteres ab Do macht
er ain geſpött darus, bo nun das vol=
ging bo gabent ſi ain vrthail yber in
alſo das er wär ain kätzer vnnd ain
vnſtrauſſber vnnd vnwiſiger mann ſiner
böſchait abzeſtaund, vnnd empfulchend
in dem weltlichen rechten vnnd patten
vnnſern herrn den kunig, vnnd das
weltlich recht, das man in nit tötty
vnnd man in ſuſt behielt vnnd im
ain ewig kchärcher gab, Do ſprach
der künig zu hörtzog Ludwigen von
Bayern, Siber ich der bin, der das
weltlich ſchwert innenhaltet, lieber
öchen vnnd hochwürdiger churfürſt [72]
des hailligen Römiſchen richs, herzog
Ludwig von Bayger pfallentzgraff bim
Rhin vnnd vnſer erztruchſäſs, ſo ne=
ment in an vnſer ſtatt, vnnd thund
im als ainem kätzer Do rufft hörtzog
Ludwig von Bayger zu im der von
Coſtentz vogt, *) der ouch zegegen
was vnnd zu im kham vnnd ſprach:

*) vogt was, der.

nim ben von vnßer baider vrtail wegen vnd verbrenn inn als
ain käßer. Der hieß die raßknecht vnd den henler das sy inn
vß furtind zu verbrennen vnd im aber lain sin häß gürtel ge=
wand selel messer pfennig hosen noch schuch nit nemen noch ab
zugend das beschach och Vnd hatt doch zwen gut schwarß¹) röl an
von gutem tuch vnd ain gürtel der was en llain beschlagen vnd
zway bymeßer in ainer schaib vnd ain librin selel da mocht wol
ettwas inne sin vnd hat ain wiß insel vff sinem hopt als dann
hernach gemalet statt da stunden an zwen tüfel vnd ye enmitten
geschriben heresiarcha das ist so vil gerebt als ain erßbischof aller

---

¹) scharß.

ba maister Hannsen Hussen von vnser
baider wegen, vnd vnser vrtail. So
verbrenn in als ain leczer: Enpsalch
ber selb vogt Hannsen Hussen vnd ben
rats lnechten das sy in vß fürten vnd
verbranten, boch bas sy im weber
schuch häß noch claiber [57 ᵇ] abzugen,
sonber in ba mit verbranten, bas be=
schach onch: vnd hat boch zwen gut
schwarß röl an von guttem tuch vnd
ain elain silbrin gürtel vnb het ain
wiße vnsel vff sinem hopt mit bappir
gemacht, vnb stunden zwen tüfel ba=
ran gemalt, vnb zwischen ben tüfeln
geschriben, heresiarcha, das ist ain erez=
keßer. Vnb fürten in bie von Cofenß
vß mer bann mit tusent gewapnoten

*Hochwürbiger fürst was gebütt viver
gnab, bo antwurt im herßog Lubwig
vnnd sprach, Nim ba maister Hannsen
Hussen von vnnser beider wegen vnnd
von vnnser verthail vnnd verbrenn in
als ain läßer, berselb vogt ba ze Co=
stenß hies ba bie rattes lhuecht zu
Costenß bie bo waren, vnnd ben ho=
cher bas si in vsfüren zu verbrennen
vnnd im aber lhain sin häß, gürtel,
noch gewand, seckhel, messer, pfenning,
hosen, noch schuch nit nämen noch ab=
zugen bas beschach ouch vnnb hatt boch
zwen guett schwarß röckh angeheyt von
guettem tuch vnnb ain gürttel was
ain lhlein beschlagen mit vergulten
silber vnnb 2 gutte bymesser inn ainer
schaib vnnb ainen librin seckhel,* bo
mochten woll pfenning inn sin, vnnb
hat ain hoch wüsse ynsfel vff sinem
houpt, bie was mit papier gemacht
vnnb¹ stunbt baran gemalt 2 tuffel vnnb
je entzwuschent ben tuffeln geschriben
Eresiarcha, bas ist ein erßbischoff
aller läßer, vnnb fürten inn von [72 ᵇ]

kätzer Vnd furtend inn die von Coſtentz vß mer dann mit tuſent
gewapoten mannen vnd die fürſten vnd herren och gewapot Vnd
furtend inn hertzog Ludwigs diener zween ainr zu der rechten
ſiten der anber zu der linggen vnd was nit [67 b] gebunden dann
ſy ſuſt neben im giengen vnd ruftend mir Vlrichen zu in vnd
giengen vor und hinder im des rats knecht vnd furtend inn zu
geltinger tor vßhin Vnd von großem trang das da was do muß
man inn füren den brül umbhin umb richmans wiben huß vnd
wurden der gewapoten mer dann iii tuſend on ungewapot vnd
on frowen do muß man die lüt vff der brugg an geltinger tor
halten das ye ain ſchar hinüber kam vnd vorcht man die brugg
bräch vnd furt man inn vff das klain inder vſſer feld enmitten
Vnd an dem vßhin füren bettot er nit anders dann Jheſu Xpe

manen, vnd die layen fürſten vnd
herren ouch gewapnet. Vnd fürten in
zwen biener hertzog Ludwigs vnd was
nit gebunden, vnd giengen zwen rats
knecht vor vnd zwen nach im vnd furt
man in zu Göltinger thor vß, vnd
von großem getrang mußt man in
furen umb richmans wiben huß den
prül vmb hin, vnd was mer dann
dritw tuſent gewapoter man, vnd ſuſt
vil volcks on zal, vnd mußt man die
lüt an Goltinger thor halten, ye als
lang bis das ain ſchar vberhin kam:
vnd forcht man die brugg gieng nider
vnd furt man in vff das clain inder
vßer feld enmitten, vnd an dem vßhin
furen, bo ruft er die lüt nit vaſt an

Coſtentz vs mehr dann mit tuſent gewapnoten manen, vnnd die leigen
fürſten vnnd herrn ouch gewapnotet
vnnd furten in 2 hertzog Ludwigs
biener ainer zu der rechten, der anber
zu der linckhen ſyten, vnnd was nit
gepunbten wann das ſi ſuſt nebend
im giengen vnd giengent vor im 2
rattes knecht, vnnd hinder im ouch 2
rattes khnecht der von Koſtentz vnnd
furten in zu Gelltinger thor vßhin vnnd
von großem getrang muſt man in furen vmb Richmans wiben hus den
prull vmbhin von großem getrang vnnd
warend der gewapnoten mannen mehr
dann bry tuſent one vngewapnotes
volckhs der on zal was, vnnd frowen,
vnnd muſt man die lutt an Gelltinger
tor hallten in als lang vntz ain ſchar
yber hin kham vnnd forcht man die
prugg zerprach vnd gieng nieder, vnnd
furt man in vff das khlein inder vſſer
veld enmitten vnnd an dem vßhin-
fueren, bo rufft er die lutt nit vaſt an,

fili bei viui miſerere mei vnd do er kam zu' dem vßer veld vnd
er erſach das für holtz vnd ſtro do viel er drü mal vff ſin knie
vnd ſprach mit luter ſtim Jheſu Xpe fili bei viui qui paſſus es
pro nobis miſerere mei Darnach fragt man inn ob er bichten
wölt do ſprach er gern wann das es hie zu eng iſt da er nun
kam in den ring do machot man ain witen ring Do fragt ich inn ob er
bichten wölt da wär ain prieſter der hieß her Vlrich Schorand der
hett do des concilium vnd des biſtumbs gewalt Do ruft ich demſel=
ben herr Vlrichen der kam zu im vnd ſprach zu im lieber herr
vnd maiſter wöllen ir abtretten dem vngeloben vnd der kätzery

vnd betot niit anders, dann Jheſu Xpe
fili bei viui miſerere mei vnd do er
kam zu bem indern vſſer ſelb über
bas prugli vnd er ſach bas holcz ſtrow
vnd für, do viel er bryſtund vff ſine
knie, vnd ſprach lut, Jheſu Xpe fili
bei viui qui paſſus es pro nobis mi=
ſerere mei, bar nach warb er gefragt
ob er bichten wölt wann doch kainer
in ſolichen nöten on bichten ſterben
ſölt, do ſprach er. Jch wil gern bich=
ten, es iſt aber hie ze eng: vnd do
er in den ring kam do ruft man
ainen prieſter hieß her Vlrich Schorand,
vnd was ain capplon zu Sant Steffan,
vnd het des concilinms vnd des bi=
ſchofs gewalt, *) der kam zu im vnd
ſprach, Lieber her vnd maiſter went
ir noch abtretten von üwern vngloben
vnd keczery darumb ir liden muſent,

vnnd pettot nit anders dann Ihesu
Christe fili Dei vivi miserere mei,
vnnd do er kham zu dem indren vſſer
veld yber das pruggli vnnd er erſach
bas holtz, bas ſtrow, vnnd bas ſur,
bo fiel er 3 ſtund vff ſine knuw vnnd
ſprach lut, Ihesu Christe fili Dei
vivi qui passus es pro nobis miserere mei. Darnach warb er gefragt
ob er [73] bichten wolt, won doch
khainer inn ſolichen nöten hinſaren
ſolt, bo ſprach er ich wil gern bichten
es iſt aber hie zu eng, vnnd bo er
in den ring kham, bo macht man
ainen witen ring* Do warb ich Vlrich
Richental gehaiſſen, bas ich in fragen
ſolt ob er bichten wolt ba war ain
prieſter der war capplan zu S. Stephan
vnnd hies Vlrich Schorand der war
gelert vnnd hett ouch des biſchoffs
gewalt vnd des Concilium, Do ſprach
er ja gern, allſo ruſft im berſelbig
Vlrich Richental demſelben herr Vlri=
chen der khom zu dem Huiſſen vnnd
ſprach Lieber herr vnnd maiſter wend
ir abtretten des vngelobens vnnd der

---

*) gewalt, folgt ausgeſtrichen: bo ſprach er ja gern.

darumb ir liben mußend so wil ich üch gern bicht hörn wöllen ir aber das nit tun so wissend ir selbs wol das in gaistlichem rechten stat das man kainem ketzer enkain götlich sach tun noch geben sol Do sprach der Huß es ist nit not ich bin kain todsünder nit Darnach do wolt er haben angefangen prebigen in tütsch das wolt hertzog Ludwig nit vnd hieß inn verbrennen do nam der henker vnd band inn mit häß vnd mit allem an ain offrecht brett vnd stellt im ain schemel vnder sin füß vnd leit holtz vnd stro vmb in vnd schutt ain wenig bech dar in vnd zündet es an do gehub er sich mit schryen vast übel vnd was bald verbrunnen.

[68] Und do er aller ding verbrunnen was dannocht was die infel in dem für gantz do zerstieß· sy der henker vnd do ver=

so wil ich üch gern bicht hören, went ir aber des nit, so wissent ir selber wol das in gaistlichen rechten stat, das man kainem keczer kain gotlich sach nit tun solt, do sprach der Huß: Es ist nit notdurftig wenn ich bin kain todsünder, vnd wolt angefangen haben zu prebyen in tütsch, das wolt im herczog Ludwig nit vergunnen, vnd hieß in brennen do nam in der hencker, vnd band in mit schuch vnd mit häß an ain lang bret, das stund vfrecht vnd stalt im ain hochem schämel vnder die füß, vnd lait holcz vnd strow vmb in, vnd schutt kech dar in vnd zunt es an, do schray er vast vnd was bald verbrunnen. Vnd do er verbrunnen was dennocht was die ynsel gancz in bem für, do zerstieß syh der hencker do verbran sin erst. Vnd stanck vast

kätzerye darumb ir liben müssent, so wil ich üch gern bicht horen, wend ir aber das nit tun, so wissen ir selber wol das iun gaistlichen rechten stätt das man khainem kätzer khain gotlich sach nit thuen noch geben sol, do sprach der Hus, es ist nit nottürssftig, dann ich bin khain todsünder nit, Darnach wolt er angefangen haben zu prebigen inn tütsch, das wolt hörtzog Ludwig von Paygern pfallentzgraff bim Rin nit verhengen, vnnd hies in an stett verprennen, do nam in der [73 b] hocher vnnd pandt in mit häs vnnd mit allem als er anhett an ain hoch prät, das stund vfrecht vnd stalt im ainen hochen schämel vnder sin füs vnnd lait holtz vnnd strow vmb in, vnnd schutt pech darin vnnd zünt es an, do gehub er sich mit schrygen vast ybel vnnd was palb verprunnen, bb er nun allerding verprunnen was, dannocht war die papirin ynssel inn dem für gantz, do zersties si der henckher do verpran si

brann ſy och vnd ward der böſt ſchmackk den man ſchmeken möcht
wann der carbinal Pangracius hett ain roſſ mul das ſtarb an
der ſtatt von alti bas ward ba vor ba hin gegraben vnd von der
hitz tett ſich bas ertrich vff bas ber ſchmak heruß kam. Darnach
furt man äſchen gentzlichen was ba lag in ben Rin.

übel, wann ber carbinal Pangracius
hat ain groß alt mul bas ſtarb vnd
ward an bie ſtat vergraben, ba ber
Huß verbrent ward vnb von ſolicher
hietz bo tel ſich bas erbtrich vff bas
ber böß ſchmack her vß kam, bar
nach ſurt man bie eſchen bas gebain
vnb was ba bennocht vnverbrant was
gantz vnb gar in ben Rin.

erſt ouch, vnnb ward ber bößt ſchmackh
ben man ſchmeckhen möcht won ber
carbinal Pangratius hatt ain gros allt
mul, bas von eltin nit mehr leben
möcht vnb ſtarb an ber ſtätt bo ber
Huß verprent ward vnb ward baſelbs
vergraben vnb inn bie erb gelauſſen,
vnnb von ſolicher hitz wegen bo thätt
ſich bas erbrich vff, bas ber böſe ge-
ſchmackh herus kham barnoch fürt man
bi aſchen, bas gepein, vnb was ba
bannocht vnuerprant was gantz vnnb
gar in ben Rhin. *)

---

*) Die oben S. 217 ausgeſprochene Vermuthung, baß ber Druckausgabe
von 1483 eine Dacherſche Handſchrift zu Grunde liege, wird beſtätigt burch
bie im Vorſtehenden mit Sternchen bezeichneten Sätze ber Wolfenbüttler
Handſchrift fol. 69 b, 70 b, 71, 72, 73 vgl. mit ben entſprechenben Stellen
ber Sorg'ſchen Ausg. fol. 244, 244 b, 245, 245 b, 246.